Ueberreuter Großdruck

Amanda Quick

Geheimnis der Nacht

Aus dem Amerikanischen
von Marion Gieseke

UEBERREUTER

ISBN 978-3-8000-9268-0

Titel der Originalausgabe: »The Paid Companion«
Originalverlag: G. P. Putnam's Sons, a division of Penguin Group Inc., New York

Aus dem Amerikanischen von Marion Gieseke

Umschlaggestaltung von Agentur C21 unter Verwendung eines Fotos von Corbis
Druck: Druckerei Theiss, A-9431 St. Stefan i. L.
Gedruckt auf Salzer EOS 1,3 x Vol., naturweiß, 80g
1 3 5 7 6 4 2

www.ueberreuter-grossdruck.com
www.ueberreuter.at

Arthur Lancaster, Graf von St. Merryn, saß am Kamin des Clubs, in dem das Feuer prasselte. In der einen Hand hielt er ein Glas mit vorzüglichem Wein, in der anderen eine Zeitung, als ihn die Nachricht ereilte, dass seine Verlobte mit einem anderen Mann durchgebrannt war.

»Ich habe erfahren, dass der junge Burnley eine Leiter benutzt hat, um zu ihrem Fenster hinaufzuklettern. Dann hat er Miss Juliana heruntergeholfen und sie in die Kutsche gesetzt.«

Bennett Fleming hievte seinen massigen Körper in den Arthur gegenüberstehenden Sessel und griff nach der Weinflasche.

»Sie sind auf jeden Fall nach Norden gefahren, nach Gretna Green. Julianas Vater hat soeben ihre Verfolgung aufgenommen, aber seine Kutsche ist alt und kommt nur äußerst langsam voran.«

Im Raum breitete sich Schweigen aus. Niemand wagte zu reden. Man hörte weder raschelnde Zeitungen noch das Klirren von Gläsern. Es schlug Mitternacht und der Club war voller Männer. Alle saßen erstarrt in ihren Sesseln und strengten sich an, der Unterhaltung am Kamin zu folgen. Mit einem Seufzer faltete Sir Arthur seine Zeitung zusammen, legte sie beiseite und trank einen Schluck von seinem Wein. Er sah zum Fenster hinüber, wo der vom Wind gepeitschte Regen wütend gegen die Scheiben schlug.

»Mit viel Glück kommen sie bei diesem Sturm höchstens zehn Meilen weit.«

Wie jede weitere Äußerung an jenem Abend, so wurde auch diese Teil der St.-Merryn-Geschichte. *Diese Kaltblütigkeit, als ihm berichtet wurde, dass seine Verlobte mit einem anderen Mann davongelaufen war, und er übers Wetter sprach …*

Bennett trank hastig von seinem Wein und folgte Arthurs Blick zum Fenster. »Der junge Burnley und Miss Juliana fahren in einer ausgezeichneten, gut gepolsterten Kutsche mit einem starken, frischen Gespann.« Er räusperte sich. »Ich bezweifle, dass Miss Julianas Vater sie einholen wird, aber ein einzelner Reiter auf einem schnellen Pferd könnte die beiden sicherlich noch erreichen.«

Knisternde Spannung machte sich im Raum breit. St. Merryn war ohne jeden Zweifel allein stehend, und es war kein Geheimnis, dass er in seinem Stall einige der besten Pferde hatte. Alle wollten nun erfahren, ob sich der Graf mit der Absicht trug, das fliehende Paar zu verfolgen.

Arthur stand lässig auf und hob die halb leere

Weinflasche hoch. »Wissen Sie, Bennett, ich leide heute Abend unter großer Langeweile. Ich werde mal nachsehen, ob im Kartenzimmer etwas Interessantes passiert.«

Bennetts Augenbrauen hoben sich, als wollten sie seinen zurückweichenden Haaransatz berühren. »Aber Sie spielen doch nie. Ich weiß nicht, wie oft ich Sie bereits sagen hörte, dass es unlogisch ist, auf Würfel- oder Kartenspiele zu setzen.«

»Ich habe das Gefühl, dass das Glück mir heute Abend hold ist.« Mit diesen Worten ging Arthur in Richtung Kartenzimmer.

»Hol's der Teufel«, brummte Bennett. Alarmiert zog er die Stirn in Falten. Dann ergriff er sein halb leeres Weinglas und hastete hinter dem Grafen her. »Wissen Sie«, erklang Arthurs Stimme in dem ungewöhnlich stillen Raum, »ich glaube, ich habe mich ziemlich verkalkuliert, als ich bei Graham um die Hand seiner Tochter anhielt.«

»Wirklich?« Bennett warf Arthur einen besorgten Blick zu, als ob er ihn auf Anzeichen von Fieber untersuchen würde.

»Ja, wenn ich das nächste Mal auf Brautschau gehe, werde ich dies nach den Gesetzen der Logik tun, ganz so, wie ich mit meinen Vermögensanlagen verfahre.«

Bennett verzog das Gesicht und bemerkte, dass

die Zuhörer Arthurs Worten noch immer mit gespannter Aufmerksamkeit folgten. »Wie, um Himmels willen, wollen Sie bei der Suche nach einer Frau Logik anwenden?«

»Ich vermute, dass die Qualitäten einer Ehefrau sich nicht unwesentlich von denen einer bezahlten Gesellschafterin unterscheiden.«

Bennett verschluckte sich an seinem Wein und hustete. »Eine *Gesellschafterin*?«

»Betrachten Sie die Sache doch einmal genauer.« Ein Klicken ertönte, als Arthur sein Glas nachfüllte. »Die ideale Gesellschafterin ist eine wohlerzogene, gebildete Dame von exzellentem Ruf. Sie hat starke Nerven, ein sanftes Gemüt und ist bescheiden in ihren Handlungen und der Art, sich zu kleiden. Sind das nicht genau die Eigenschaften, an die man denkt, wenn man die perfekte Ehefrau beschreibt?«

»Eine bezahlte Gesellschafterin ist *per definitionem* verarmt und ganz allein auf der Welt.«

»Natürlich ist sie arm und ohne Vermögen.« Arthur zuckte mit den Schultern. »Warum sollte sie sich sonst um eine so schlecht bezahlte Stelle bewerben?«

»Aber die meisten Männer bevorzugen eine Frau, die bereits ein Vermögen oder ein Stück Land mit in die Ehe bringt«, erklärte Bennett.

»Ja, aber in dieser Beziehung habe ich einen großen Vorteil, nicht wahr?« Arthur blieb an der Tür zum Kartenzimmer stehen und beobachtete das lebhafte Spiel an den Tischen. »Ich will mich ja nicht rühmen, aber ich bin unermesslich reich und werde jeden Tag reicher. Ich brauche keine wohlhabende Frau.«

Bennett stellte sich neben ihn und gab ihm zögernd Recht. »Das stimmt.«

»Das Beste an bezahlten Gesellschafterinnen ist, dass sie arm sind«, fuhr Arthur fort. »Sie sind für jede Beschäftigung, die ihnen angeboten wird, dankbar.«

»Daran hatte ich in der Tat gar nicht gedacht.« Bennett trank erneut einen Schluck von dem Wein und stellte das Glas ab. »Ich glaube, langsam kann ich Ihren Gedankengängen folgen.«

»Im Gegensatz zu wohl behüteten, romantischen jungen Damen, deren Bild von der Liebe durch die Lektüre von Byron und den Romanen der Minerva Press kläglich verbogen wurde, sind bezahlte Geliebte notgedrungen wesentlich praktischer veranlagt. Sie haben es bereits erfahren, wie schlimm die Welt sein kann.«

»Zweifellos.«

»Die typische bezahlte Gesellschafterin würde also alles tun, um ihre Stellung zu behalten. Man könnte zum Beispiel erwarten, dass eine solche Dame nicht kurz vor der Hochzeit mit einem anderen durchbrennt.«

»Vielleicht ist es der Wein, aber ich glaube, ich kann Ihren Worten folgen.« Bennett runzelte die Stirn. »Aber wie würde es gelingen, eine Ehefrau mit diesen Eigenschaften zu finden?«

»Fleming, Sie enttäuschen mich. Die Antwort auf diese Frage liegt auf der Hand. Man geht zu einer Agentur, die solche Damen vermittelt, befragt einige Bewerberinnen und trifft dann eine Auswahl.

Bennett blinzelte. »Eine Agentur?«

»Warum nicht?« Arthur nickte. »Ich hätte schon vor ein paar Monaten diese Idee haben sollen, dann hätte ich mir einiges ersparen können.«

»Ja, aber …«

»Wenn Sie mich jetzt bitte entschuldigen würden, ich glaube, am Spieltisch in der Ecke ist ein Platz frei geworden.«

»Das Spiel ist riskant«, warnte Bennett. »Sind Sie sich ganz sicher …«

Arthur hörte jedoch nicht mehr zu. Er ging durch den Raum und setzte sich an den Kartentisch. Als er sich Stunden später von seinem Platz erhob, war er um einige hundert Pfund reicher. Die Tatsache, dass der Graf seine Abneigung gegen Glücksspiele aufgegeben hatte und an jenem Abend eine beträchtliche Summe Geldes gewann, verlieh der Legende über St. Merryn eine neue Dimension.

Der heraufdämmernde Morgen zeigte sich grau und regnerisch, als Sir Arthur den Club verließ. Er stieg in die wartende Kutsche und ließ sich zu dem großen, düsteren Haus in der Rain Street zurückfahren. Dann ging er sofort zu Bett.

Um halb zehn weckte ihn sein alter Butler und erzählte ihm, dass der Vater seiner Verlobten seine Tochter in einem Gasthaus aufgespürt hatte, wo sie mit ihrem gut aussehenden, jungen Retter ein Zimmer teilte. Um das Ansehen der jungen Dame zu bewahren, gab es jetzt nur eines. Der aufgebrachte Vater wollte, dass das Paar auf der Stelle heiratete, und zwar per Sondererlaubnis.

Arthur dankte seinem Diener für die Nachricht, drehte sich auf die Seite und fiel sofort wieder in einen tiefen Schlaf.

Prolog

Elenora

Die Nachricht vom Tod ihres Stiefvaters wurde Elenora Lodge von zwei Männern überbracht, die um drei Uhr nachmittags vor ihrer Tür standen. Ihr Stiefvater hatte in ein Unternehmen investiert, das gescheitert war, und hatte sein gesamtes Vermögen an diese Männer verloren.

»Samuel Jones erlitt einen Schlaganfall, nachdem er erfuhr, dass das Bergbauprojekt gescheitert ist«, sagte einer der Männer, die aus London kamen, ohne jedes Mitgefühl.

»Das Haus und die Ländereien, die sich von hier bis zum Fluss erstrecken, gehören jetzt uns«, verkündete der andere und schwenkte ein Bündel Papiere, die auf jeder Seite die Unterschrift von Samuel Jones trugen.

Der Erste der beiden schielte verstohlen auf den kleinen goldenen Ring, den Elenora an ihrem kleinen Finger trug. »Der Verstorbene hat Ihren

Schmuck und alles, was Sie besitzen, mit Ausnahme Ihrer Kleidung, auf die Liste der Dinge gesetzt, die er als Sicherheit für das Darlehen aufgestellt hat.«

Der zweite Gläubiger deutete mit dem Daumen auf den groß gewachsenen Mann, der an der Seite hinter ihm stand. »Dies ist Detektiv Hitchins. Wir haben ihn direkt von der Bow Street angeheuert. Er wird sicherstellen, dass Sie nichts Wertvolles aus dem Haus mitgehen lassen.«

Der ungeschlachte grauhaarige Mann, der die beiden Männer begleitete, hatte einen harten, wachsamen Blick. An seinem Rock trug er das Abzeichen seiner Detektei, einen Schlagstock.

Elenora stand den drei aggressiv aussehenden Männern direkt gegenüber und bemerkte, dass ihre Haushälterin und das Dienstmädchen in der Eingangshalle aufgeregt hin und her liefen. Ihre Gedanken flogen zu den Stallknechten und den Bediensteten, die sich um die Gärten und um Haus und Hof kümmerten. Sie wusste nur zu gut, dass sie kaum etwas tun konnte, um sie zu schützen. Sie musste den Männern einfach zu verstehen geben, dass es äußerst töricht wäre, sie zu entlassen.

»Ich nehme an, Sie wissen, dass mit dem Grundstück ein beträchtliches Einkommen verbunden ist«, sagte sie.

»Das ist mir bekannt, Miss Lodge.« Der erste Gläubiger schaukelte mit einem zufriedenen Gesichtsausdruck auf seinen Fersen vor und zurück. »Samuel Jones hat das zweifelsohne bestätigt.«

Der andere Mann ließ seinen Blick erwartungsvoll über das gepflegte Gelände schweifen. »Es ist wirklich ein außerordentlich attraktives Anwesen.«

»Dann wissen Sie vielleicht auch, dass das Land nur deshalb so wertvoll ist, weil die Menschen, die es bewirtschaften und sich um die Hauswirtschaft kümmern, hoch qualifiziert sind. Man kann sie unmöglich ersetzen. Wenn Sie sie entlassen, können Sie davon ausgehen, dass die nächste Ernte misslingt und das Haus innerhalb von wenigen Monaten an Wert verliert.«

Die beiden Gläubiger sahen einander missmutig an. Offensichtlich hatte keiner von ihnen an die Arbeiter und das Dienstpersonal gedacht. Die grauen Augenbrauen des Detektivs hoben sich und ein merkwürdiger Ausdruck trat auf sein Gesicht. Er sagte jedoch nichts. Warum auch?, dachte Elenora.

Die geschäftliche Seite hatte ganz und gar nichts mit ihm zu tun.

Die beiden Gläubiger waren zu einer stillschweigenden Vereinbarung gekommen. Der erste räusperte sich geräuschvoll.

»Das Personal wird bleiben«, sagte er. »Wir haben den Verkauf des Besitzes bereits in die Wege geleitet, und der neue Besitzer möchte, dass alles so bleibt, wie es ist.«

»Mit Ausnahme von Ihnen natürlich, Miss Lodge.« Der andere wackelte mit dem Kopf. »Der neue Besitzer braucht Sie nicht.«

Elenora verlor etwas von ihrer Anspannung. Wenigstens war ihr Personal in Sicherheit. Jetzt konnte sie ihre ganze Aufmerksamkeit auf ihr eigenes Leben und die Zukunft richten.

»Ich hoffe, Sie geben mir noch die Zeit, meine Sachen zu packen«, sagte sie kühl. Die beiden Männer schienen die Verachtung in ihrer Stimme nicht zu hören. Einer von ihnen zog eine Uhr aus seiner Tasche.

»Sie haben dreißig Minuten, Miss Lodge.« Er nickte dem großen Mann von der Bow Street zu. »Mr Hitchins wird bei Ihnen bleiben, während Sie packen, um sicherzustellen, dass Sie das Tafelsilber nicht mitgehen lassen. Wenn Sie so weit sind, wird einer der Bauern Sie ins Dorf bringen und am Gasthaus absetzen. Was Sie danach machen, bleibt Ihnen überlassen.«

Elenora wandte sich hochmütig von ihnen ab. Dann erblickte sie die laut schluchzende Haushälterin und das verzweifelte Dienstmädchen.

Ihr schwirrte der Kopf von all den Sorgen, aber sie wusste, dass sie vor ihrem Personal die Haltung bewahren musste. Sie schenkte den beiden ein aufmunterndes Lächeln.

»Beruhigt euch«, sagte sie mit energischer Stimme.

»Wie ihr gerade gehört habt, werdet ihr eure Stellung behalten, und die Arbeiter können ebenfalls bleiben.«

Die Haushälterin und das Dienstmädchen hörten auf zu schluchzen und legten die Taschentücher beiseite. Beiden wurde vor Erleichterung ganz schwach.

»Danke, Miss Elenora«, flüsterte die Haushälterin.

Elenora tätschelte ihre Schulter und lief zur Treppe. Sie versuchte, den Detektiv zu ignorieren, der sie auf Schritt und Tritt im ganzen Haus verfolgte.

Hitchins stand in der Tür zu ihrem Schlafzimmer. Er hatte die Hände hinter dem Rücken verschränkt, die Beine gespreizt, während er beobachtete, wie sie einen großen Schrankkoffer unter ihrem Bett hervorzog.

Sie überlegte, wie er wohl reagieren würde, wenn sie ihm sagte, dass er der einzige Mann war, der jemals ihr Schlafzimmer betreten hatte.

»Dies war der Reisekoffer meiner Großmutter«, sagte sie stattdessen und öffnete den Deckel, um ihm zu beweisen, dass der Koffer leer war. »Sie war Schauspielerin. Ihr Bühnenname lautete Agatha Knight. Als sie meinen Großvater heiratete, gab es schrecklichen Ärger in der Familie. Einen Riesenskandal. Meine Urgroßeltern drohten meinem Großvater damit, ihn zu enterben. Aber schließlich mussten sie die Tatsachen akzeptieren. Sie wissen sicherlich, was sich in Familien so abspielt.«

Hitchins grunzte. Entweder hatte er keine Erfahrung, weil er keine Familie hatte, oder er fand ihre Geschichte äußerst langweilig. Sie vermutete Letzteres.

Trotz Hitchins' Schweigen plapperte sie weiterhin munter drauflos, während sie ihre Kleidung aus dem Schrank nahm. Sie wollte ihn ablenken, damit er nicht neugierig auf den alten Schrankkoffer wurde.

»Meine arme Mutter hat sich entsetzlich geschämt, dass ihre Mutter auf der Theaterbühne stand. Sie hat ihr ganzes Leben damit zugebracht, über Großmutters berüchtigte Karriere hinwegzukommen.«

Hitchins schaute auf seine Uhr. »Sie haben noch zehn Minuten.«

»Danke, Mr Hitchins.« Sie schenkte ihm ein

kaltes Lächeln. »Sie sind wirklich sehr hilfsbereit.«

Hitchins war Sarkasmus gewöhnt. Zweifellos wurde er in seinem Beruf tagtäglich damit konfrontiert.

Elenora zog eine Schublade auf und nahm einen Stapel ordentlich gefalteter Leinenwäsche heraus. »Vielleicht möchten Sie Ihren Blick abwenden, Sir.«

Hitchins war Gott sei Dank so taktvoll, nicht auf ihre Unterwäsche und Nachthemden zu starren. Als sie jedoch nach der kleinen Uhr auf dem Nachttisch griff, presste er seine dünnen Lippen zusammen.

»Sie dürfen nichts mitnehmen außer Ihrer Kleidung, Miss Lodge«, sagte er und schüttelte den Kopf.

»Ja, natürlich.« Schade, der Pfandleiher hätte bestimmt noch einige Pfund für die Uhr bezahlt. »Wie konnte ich das nur vergessen?«

Sie ließ den Deckel fallen und verschloss den Koffer, während ein Schauer der Erleichterung über ihren Rücken rieselte. Hitchins hatte nicht das geringste Interesse an dem alten Theaterkoffer ihrer Großmutter gezeigt.

»Die Leute sagen, dass ich genauso aussehe wie sie, als sie so alt war wie ich«, sagte sie im Plauderton.

»Wer denn, Miss Lodge?«

»Meine Großmutter, die Schauspielerin.«

»Ist das so?« Hitchins zuckte die Schultern. »Sind Sie fertig?«

»Ja, ich nehme an, Sie werden die Sachen für mich runterbringen?«

»In Ordnung, Madam.«

Hitchins hob den Koffer hoch und trug ihn in die Eingangshalle hinunter. Dann lud er ihn auf den Bauernkarren, der bereits auf der Straße stand, und wartete.

Als Elenora Hitchins folgen wollte, trat einer der Gläubiger ihr in den Weg. »Den kleinen goldenen Ring an Ihrer Hand bitte, Miss Lodge«, sagte er in scharfem Ton.

Genau in dem Moment, als der Mann die Hand ausstreckte, um ihr den Ring wegzunehmen, zog sie ihn von ihrem Finger und ließ ihn auf den Boden fallen, wo er ein paar Mal hin und her sprang.

»Verdammt.« Ärgerlich beugte sich der kleine Mann, um den Ring aufzuheben.

Während er in dieser lächerlich gebückten Haltung dastand, rauschte Elenora an ihm vorbei die Treppe hinunter. Agatha Knight hatte immer großen Wert auf einen bühnenreifen Abgang gelegt.

Hitchins, der sein Verhalten unerwarteterweise geändert hatte und ihr gegenüber freundlicher war, half ihr beim Einsteigen in den Karren.

»Danke, Sir«, murmelte sie. Mit der gleichen Würde und Selbstsicherheit, die sie auch an den Tag gelegt hätte, wenn sie in eine vornehme Kutsche gestiegen wäre, ließ sie sich auf dem harten Holzsitz nieder.

Ein Funke von Bewunderung trat in Hitchins Augen.

»Viel Glück, Miss Lodge.« Er warf einen Blick in den hinteren Teil des Karrens, wo der Koffer hoch aufragte.

»Habe ich bereits erwähnt, dass mein Onkel in jungen Jahren mit einer Gruppe von Schauspielern durch das Land gezogen ist?«

Elenora erstarrte. »Nein, das haben Sie nicht.«

»Er hatte genau so einen Koffer wie der Ihre. Er sagte, dass er sehr nützlich war. Auch hat er sich immer vergewissert, dass er das Nötigste gepackt hatte, falls er die Stadt ganz plötzlich einmal verlassen musste.«

Sie schluckte. »Meine Großmutter hat mir den gleichen Rat gegeben.«

»Und Sie haben ihn hoffentlich befolgt, Miss Lodge?«

»Gewiss, Mr Hitchins, das habe ich.«

»Sie werden schon zurechtkommen, Miss

Lodge. Sie sind sehr beherzt.« Er zwinkerte ihr zu, tippte an seinen Hut und ging zu seinen Arbeitgebern zurück.

Elenora atmete tief ein. Mit einem Schnappen spannte sie ihren Sonnenschirm auf und hielt ihn wie ein grelles Schlachtbanner in die Höhe. Der Karren setzte sich langsam in Bewegung.

Sie warf keinen einzigen Blick auf das Haus zurück, wo sie geboren worden war und ihr ganzes Leben verbracht hatte.

Der Tod ihres Stiefvaters war keine große Überraschung und sie war nicht besonders traurig darüber gewesen. Sie war sechzehn Jahre alt, als Samuel Jones ihre Mutter heiratete. Er hatte hier auf dem Land nur sehr wenig Zeit verbracht und ein Leben in London, wo er seinen Geschäften nachgehen konnte, vorgezogen. Nachdem Elenoras Mutter vor drei Jahren gestorben war, hatte er sich fast überhaupt nicht mehr blicken lassen.

Das war Elenora sehr gelegen gekommen. Sie mochte Jones nicht und war froh, ihn nicht ständig um sich herum zu haben. Aber das war natürlich, bevor sie herausgefunden hatte, dass sein Rechtsanwalt ihr Erbe, das aus dem Haus und dem Grundstück bestand, von ihrer Großmutter auf Jones übertragen hatte. Und jetzt hatte sie alles verloren.

Aber nicht alles, dachte sie mit grimmiger Genugtuung. Samuel Jones' Gläubiger wussten nichts von den Perlen- und Goldbroschen ihrer Großmutter sowie den dazupassenden Ohrringen, die im doppelten Boden des alten Kostümkoffers versteckt waren.

Agatha Knight hatte ihr den Schmuck gegeben, nachdem ihre Mutter Samuel Jones geheiratet hatte. Agatha hatte das Geschenk geheim gehalten und Elenora geraten, die Brosche und die Ohrringe in dem Koffer zu verstecken und niemandem etwas darüber zu erzählen, nicht einmal ihrer Mutter.

Es lag klar auf der Hand, dass Agathas Intuition bezüglich Jones richtig gewesen war.

Die beiden Gläubiger wussten auch nichts von den zwanzig Pfund in Banknoten, die ebenfalls in dem Koffer versteckt waren. Elenora hatte das Geld nach dem Verkauf der Ernte auf die Seite gelegt und es zusammen mit dem Schmuck versteckt, nachdem ihr bewusst geworden war, dass Jones ihr jeden Penny abnehmen und in sein Bergbauvorhaben stecken würde.

Was geschehen war, ließ sich nicht mehr ändern, dachte Elenora. Sie musste jetzt an die Zukunft denken. Ihr Schicksal war sicherlich alles andere als positiv verlaufen, aber wenigstens war sie nicht völlig allein auf der Welt. Sie war verlobt und würde bald einen wirklichen Gentleman heiraten. Wenn Jeremy Clyde erfuhr, was ihr widerfahren war, würde er ihr sicherlich sofort zu Hilfe eilen. Er würde zweifellos darauf bestehen, das Datum ihrer Hochzeit vorzuverlegen.

In ungefähr einem Monat würde das schreckliche Geschehen bereits hinter ihr liegen. Sie wäre eine verheiratete Frau und müsste sich nur noch um ihren Haushalt kümmern. Diese Aussicht erfüllte sie mit großer Freude.

Wenn es etwas gab, das sie außerordentlich gut beherrschte, dann war das, die unzähligen Aufgaben, die mit der Führung eines ordentlichen Haushalts und einer erfolgreichen Landwirtschaft verbunden waren, zu organisieren und zu überwachen. Sie konnte sich um den Gewinn bringenden Verkauf der Ernteerzeugnisse und die Buchhaltung kümmern sowie um die Instandsetzung der kleineren Häuser, konnte neues Hauspersonal und Arbeitskräfte einstellen und sich damit beschäftigen, im Destillierraum Heilkräuter und Arzneimittel zu mischen.

Sie würde Jeremy eine ausgezeichnete Ehefrau sein, wenn sie nur selbst daran glaubte.

Jeremy Clyde ritt spät an jenem Abend auf den

Hof des Gasthauses. Gerade hatte Elenora der Frau des Gastwirts eine Lektion darüber erteilt, wie wichtig es war, dass die Laken auf ihrem Bett frisch gewaschen waren.

Als sie aus dem Fenster schaute und sah, wer angekommen war, brach Elenora ihren Vortrag ab und eilte nach unten, wo sie in Jeremys Arme flog.

»Liebste.« Jeremy umarmte sie rasch und schob sie dann sachte von sich. Auf seinem attraktiven Gesicht erschienen tiefe Sorgenfalten. »Ich bin sofort aufgebrochen, als ich die Nachricht bekommen hatte. Wie schrecklich für dich. Die Gläubiger deines Stiefvaters haben dir alles genommen? Das Haus und den gesamten Besitz?«

Sie seufzte. »Ich fürchte, ja.«

»Das ist ein schrecklicher Schlag für dich, meine Liebe. Ich weiß nicht, was ich dazu sagen soll.«

Es stellte sich jedoch heraus, dass Jeremy in der Tat etwas äußerst Wichtiges zu sagen hatte. Er machte einen langen Anlauf und begann seine einleitenden Worte mit der Versicherung, dass es ihm das Herz breche, ihr das sagen zu müssen, dass er jedoch keine Wahl habe.

Alles lief auf eine sehr einfache Formel hinaus: Angesichts der Tatsache, dass Elenora ihres Erbes beraubt worden war, sah Jeremy sich gezwungen, ihre Verlobung auf der Stelle zu lösen.

Wenig später ritt er davon, genauso schnell, wie er gekommen war.

Elenora stieg die Treppe zu ihrem kleinen Zimmer hinauf und bestellte eine Flasche Wein, den preiswertesten, den der Gastwirt vorrätig hatte. Als sie gebracht wurde, verriegelte sie die Tür, zündete eine Kerze an und schenkte sich ein Glas ein.

Lange Zeit saß sie so da, starrte aus dem Fenster, trank den minderwertigen Wein und dachte an ihre Zukunft.

Jetzt war sie wirklich ganz allein auf der Welt – ein merkwürdiger, beunruhigender Gedanke. Ihr wohl geordnetes, durchgeplantes Leben war auf einmal völlig durcheinander geraten.

Erst wenige Stunden vorher hatte ihre Zukunft klar und rosig ausgesehen. Jeremy hatte vorgehabt, nach der Hochzeit in ihr Haus einzuziehen. Sie hatte davon geträumt, seine Frau und Lebenspartnerin zu sein, hatte sich vorgestellt, wie sie den Haushalt führte, die Kinder erzog und weiterhin die geschäftlichen Dinge im Zusammenhang mit der Farm überwachte. Doch die schillernde Traumblase war geplatzt.

Sehr viel später am Abend, nachdem sie die Weinflasche fast ausgetrunken hatte, kam ihr der Gedanke, dass sie jetzt so frei war wie niemals zuvor in ihrem Leben. Zum ersten Mal hatte sie niemandem gegenüber irgendwelche Verpflichtungen. Weder Mieter noch Personal waren von ihr abhängig. Es gab niemanden, der sie brauchte. Sie hatte keine Wurzeln mehr, keine familiären Bindungen, kein Zuhause. Niemand würde es kümmern, wenn sie auf die schiefe Bahn geriet oder ihr Name in einem Skandal durch den Dreck gezogen wurde, wie es ihrer Großmutter passiert war. Sie hatte die Möglichkeit, ihren Lebensweg selbst zu bestimmen.

Im blassen Licht der Morgendämmerung stellte sie sich vor, wie ihre Zukunft aussehen würde. Eine Zukunft, in der sie frei war von den engstirnigen Vorschriften und Einschränkungen, denen man unterworfen ist, wenn man in einem kleinen Dorf lebt. Eine Zukunft, in der sie über ihren Besitz und ihre Finanzen selbst entscheiden konnte.

In dieser herrlichen neuen Zukunft würde sie all die Dinge tun, die sie in ihrem alten Leben niemals hätte tun können. Sie würde sich vielleicht sogar erlauben, von jenen erregenden Vergnügungen zu kosten, die man, wie ihre Großmutter ihr versichert hatte, in den Armen des richtigen Mannes finden konnte.

Aber sie würde nicht den Preis zahlen, den die meisten Frauen in ihrer Lebenssituation zahlen mussten, um diese Freuden kennen zu lernen, das schwor sie sich. Sie brauchte nicht zu heiraten. Es gab niemanden, der sich darum scherte, wenn sie ihren guten Ruf verlor. Ja, diese neue Zukunft würde wirklich wunderbar werden. Sie musste nur einen Weg finden, um sie sich leisten zu können.

1

Plötzlich tauchte ein geisterhaftes, leichenblasses Gesicht auf. Es erhob sich aus den Tiefen einer unergründlichen Dunkelheit wie ein dämonischer Wächter, der danach trachtete, verbotene Geheimnisse zu schützen. Das Licht der Laterne warf einen schaurigen Schimmer auf das harte, starre Gesicht.

Beim Anblick des Monsters stieß der Mann in dem kleinen Boot einen grellen Schrei aus, aber niemand hörte ihn.

Sein Schreckensschrei hallte von den alten Steinmauern wider, die ihn in einem Korridor aus endloser Dunkelheit einschlossen. Durch sein Schreien verlor er das Gleichgewicht und geriet ins Wanken, wodurch das kleine Boot, in dem er fuhr, in der Strömung des schwarzen Wassers gefährlich hin- und her schaukelte.

Sein Herz raste wie wild. Er war schweißgebadet und ihm stockte der Atem.

Reflexartig griff er nach der langen Stange, die er benutzt hatte, um das kleine Boot den trägen

Fluss hinaufzusteuern, und kämpfte darum, sein Gleichgewicht zu halten.

Glücklicherweise grub sich das Ende der Stange fest in das Flussbett hinein, sodass das Boot wieder ins Gleichgewicht gebracht wurde. Langsam verhallte sein Schrei und es gelang ihm, ruhig zu atmen.

Die bleierne Stille senkte sich erneut herab. Mit zitternden Händen starrte er auf den Schädel, der etwas größer war als der Kopf eines Menschen.

Es handelte sich jedoch nur um eine der zahlreichen klassischen Statuen, die wie so viele abgetrennte Gliedmaßen überall am Ufer des Flusses verstreut herumlagen. Der Helm auf dem Kopf der Statue ließ auf Minerva schließen.

Obwohl dies nicht die einzige Statue war, der er auf seiner sonderbaren Reise begegnet war, war sie zweifellos diejenige, die ihn am meisten beunruhigte. Sie glich einem abgetrennten Kopf, der achtlos in den Schlamm des Flussufers geworfen worden war.

Erneut durchfuhr ihn ein Schauer. Verärgert verstärkte er seinen Griff um die Stange und stieß kräftig zu. Was war nur los mit ihm? Er konnte sich nicht erlauben, so leicht die Nerven zu verlieren. Schließlich hatte er eine Mission zu erfüllen.

Das kleine Boot schoss an dem marmornen Kopf

vorbei und folgte der Biegung, die der Fluss machte. Im Licht der Laterne war eine der niedrigen, gewölbten Fußgängerbrücken zu erkennen, die den Fluss an verschiedenen Stellen überspannten. Sie führten eigentlich nirgendwohin und endeten an den Tunnelwänden. Der Mann duckte sich ein wenig, um sich nicht den Kopf anzustoßen.

Als der letzte Rest Angst von ihm gewichen war, überkam ihn plötzlich freudige Erregung. Genauso hatte es sein Vorgänger in seinem Tagebuch beschrieben. Der verlorene Fluss existierte tatsächlich und schlängelte sich jenseits der Stadt dahin, eine geheime Wasserstraße, die vor vielen Jahrhunderten von Pflanzen überwachsen worden und in Vergessenheit geraten war.

Der Verfasser des Tagebuchs hatte daraus den Schluss gezogen, dass die Römer, die sich kein potenzielles Bauprojekt entgehen ließen, die Ersten waren, die den Fluss einfassten, damit sie ihn in seinen Grenzen halten und darauf Gebäude errichten konnten. Im Licht der Laterne waren hier und dort Beweisstücke für ihr Maurerhandwerk zu erkennen. An anderen Stellen war der unterirdische Tunnel, durch den der Fluss hindurchlief, gewölbt, wie es im Mittelalter üblich war.

Der eingeschlossene Teil des Flusses diente zweifellos als Abwasserkanal für die große Stadt darüber. Er leitete überschüssiges Regenwasser und das Wasser aus den Abflussrohren in die Themse. Der Gestank war penetrant. Es war so still in dieser ewigen Finsternis, dass der Mann das Umherhuschen der Ratten und anderen Ungeziefers an den schmalen Randstreifen hören konnte.

Jetzt ist es nicht mehr weit, dachte der Mann. Wenn die Wegbeschreibungen in dem Tagebuch richtig waren, würde er bald die steinerne Krypta erreichen, die den Eingang zum geheimen unterirdischen Labor seines Vorgängers kennzeichnete. Er hoffte inständig, dass er die merkwürdige Maschine dort finden würde, wo sie bereits all die Jahre über war.

Sein Vorgänger war gezwungen gewesen, das Projekt abzubrechen, weil es ihm nicht gelungen war, das letzte große Rätsel der alten Steine zu entziffern. Der Mann in dem Boot wusste jedoch, dass ihm dort Erfolg beschieden war, wo sein Vorgänger versagt hatte. Es war ihm gelungen, die Beschreibungen des alten Alchimisten zu entziffern. Er war sicher, dass er die Arbeit zum Abschluss bringen konnte.

Wenn er Glück hatte und das Gerät fand, gab es noch eine Menge zu tun, bevor es in Gang gesetzt werden konnte. Er musste die zwei fehlenden Steine finden und die beiden alten Männer loswerden, die die Geheimnisse aus der Vergangenheit kannten. Aber darin sah er keine große Schwierigkeit.

Informationen waren der Schlüssel zum Erfolg, und er wusste, wie er sie erhalten konnte. Er bewegte sich in höheren Kreisen und hatte einige wertvolle Kontakte. Aber er legte ebenso großen Wert darauf, einen Teil seiner Zeit in dreckigen Spelunken und Bordellen zu verbringen, wo die Gentlemen der feinen Gesellschaft zwielichtigen Vergnügungen nachgingen. Solche Orte waren immer die besten Quellen von Gerüchten und Klatsch und Tratsch.

Es gab nur eine einzige Person, die genug wusste, um zu erkennen, was er vorhatte, sie stellte jedoch kein Problem dar. Ihre große Schwäche war ihre Liebe zu ihm, und es war ihm bisher immer gelungen, ihre Zuneigung und ihr Vertrauen auszunutzen, um sie zu beeinflussen.

Wenn er das Gerät heute Nacht fand, würde ihn nichts davon abhalten, sein Schicksal zu erfüllen.

Man hatte seinen Vorgänger als Verrückten abgestempelt und sich geweigert, ihn als Genie anzuerkennen. Aber diesmal würden sich die Dinge vollkommen anders entwickeln.

Wenn er den Bau der tödlichen Maschine beendet und ihre zerstörerische Energie bewiesen hatte, würde ganz England, ja, sogar ganz Europa gezwungen sein, den zweiten Newton in seiner Mitte willkommen zu heißen.

2

»Sie entspricht ganz und gar nicht meinen Ansprüchen. Sie ist zu schüchtern, zu sanftmütig.« Arthur sah, wie sich die Tür hinter der Frau schloss, die er soeben befragt hatte. »Ich dachte, ich hätte Ihnen klar gemacht, dass ich eine Dame mit Temperament und einem gewissen Auftreten suche. Ich möchte keine von den typischen bezahlten Gesellschafterinnen. Stellen Sie mir noch weitere Damen vor.«

Mrs Goodhew tauschte einen Blick mit ihrer Geschäftspartnerin, Mrs Willis. Arthur spürte, dass ihre Geduld bald ein Ende haben würde. In den letzten anderthalb Stunden hatte er mit sieben Bewerberinnen gesprochen. Keines dieser schüchternen, farblosen Wesen, die die Agentur Goodhew & Willis in ihrer Kartei hatte, entsprach im Geringsten seinen Vorstellungen und kam für die Position, die er anzubieten hatte, in Frage.

Er verstand, warum die beiden Damen kurz davor waren, auf die Palme zu gehen, denn er war selbst mehr als verärgert, ja, er war der Verzweiflung nahe.

Mrs Goodhew räusperte sich kurz, dann faltete sie ihre großen Hände auf der Schreibtischplatte und sah Arthur mit ernster Miene an.

»Mylord, ich bedauere, Ihnen sagen zu müssen, dass unsere Liste mit geeigneten Damen erschöpft ist.«

»Unmöglich. Es muss doch noch andere geben.« Es musste doch noch eine Kandidatin geben. Sein ganzer Plan basierte darauf, die richtige Frau zu finden.

Mrs Goodhew und Mrs Willis warfen ihm von ihren fast identischen Schreibtischen aus einen finsteren Blick zu. Beide waren eindrucksvolle Frauen. Mrs Goodhew war groß und wohl proportioniert. Sie hatte ein Gesicht, das auf eine alte Münze hätte geprägt sein können. Ihre Kollegin war dünn und scharfzüngig.

Beide trugen schlichte, aber teure Kleidung. Graue Fäden durchzogen ihr Haar und in ihren Augen lag ein beträchtliches Maß an Erfahrung.

Auf dem Schild draußen an der Eingangstür stand geschrieben, dass die Agentur Goodhew & Willis über eine fünfzehnjährige Erfahrung in der Vermittlung von bezahlten Gefährtinnen und Gouvernanten an Leute von Welt verfügte. Die Tatsache, dass die beiden Frauen die Agentur aufgebaut hatten und offensichtlich die ganze Zeit über Gewinn bringend leiteten, war auf ihre Intelligenz und ihren guten Geschäftssinn zurückzuführen.

Arthur sah den entschlossenen Gesichtsausdruck der beiden Frauen und dachte über seine Möglichkeiten nach. Bevor er hierher gekommen war, hatte er noch zwei andere Agenturen aufgesucht, die sich mit einer großen Auswahl an Damen brüsteten, die als bezahlte Gesellschafterinnen arbeiten wollten. Beide Agenturen hatten jedoch nur eine Hand voll langweiliger Bewerberinnen vorzuweisen gehabt, für die er lediglich eine entfernte Anwandlung von Mitleid empfunden hatte. Er war davon überzeugt, dass nur große Armut diese Frauen dazu treiben konnte, sich auf die Suche nach einer solchen Stelle zu begeben. Aber er war nicht an einer Frau interessiert, die in anderen ein Gefühl von Mitleid erweckte.

Er faltete die Hände hinter seinem Rücken, vergrößerte den Abstand zwischen ihnen und blickte Mrs Goodhew und Mrs Willis von der anderen Seite des Zimmers aus an.

»Wenn die Liste mit geeigneten Kandidatinnen

erschöpft ist, gibt es nur eine Lösung. Suchen Sie mir eine Dame, die *ungeeignet* ist.«

Die beiden Frauen starrten ihn an, als sei er völlig von Sinnen.

Mrs Willis fand als Erste die Sprache wieder. »Dies ist eine respektable Agentur, Sir. Wir führen keine *ungeeigneten* Frauen in unserer Kartei«, sagte sie mit messerscharfer Stimme. »Unsere Damen besitzen samt und sonders einen tadellosen Ruf und verfügen über ausgezeichnete Referenzen.«

»Vielleicht täten Sie gut daran, es bei einer anderen Agentur zu versuchen«, schlug Mrs Goodhew beschwichtigend vor.

»Ich habe aber keine Zeit, zu einer anderen Agentur zu gehen.« Arthur konnte einfach nicht glauben, dass sein sorgfältig ausgeklügelter Plan scheitern sollte, weil er nicht die richtige Frau fand. Er hatte gedacht, dass dieser Teil seines Vorhabens der einfachste sein würde. Stattdessen hatte er sich als äußerst kompliziert herausgestellt.

»Ich habe Ihnen doch gesagt, ich muss sofort jemanden für die Position finden …«

Er hatte keine Zeit mehr, den Satz zu beenden, denn plötzlich wurde hinter ihm die Tür aufgerissen.

Zusammen mit Mrs Goodhews und Mrs Willis

drehte er sich um und sah eine Frau, die wie ein Wirbelwind in das Büro stürmte.

Es fiel ihm sofort auf, dass sie – vielleicht zufällig, aber wahrscheinlich eher absichtlich – versucht hatte, ihr attraktives Äußeres zu kaschieren. Eine goldgerahmte Brille verdeckte teilweise ihre lebhaften braungoldenen Augen. Ihr glänzendes schwarzes Haar war auf eine bemerkenswert strenge Art und Weise zurückgekämmt, die eher zu einer Hausangestellten oder einem Dienstmädchen gepasst hätte.

Sie trug ein strapazierfähiges Kostüm aus schwerem Stoff in einem besonders hässlichen Grauton. Es sah ganz so aus, als wäre das Kostüm nur aus dem Grund geschneidert worden, um seine Trägerin darin absichtlich kleiner und fülliger aussehen zu lassen als sie in Wirklichkeit war.

Die Kenner der Szene und widerwärtigen Angeber, die in der Bond Street unablässig irgendwelchen Damen auflauerten, hätten diese Frau keines Blickes gewürdigt. Aber sie waren zu dumm, um die inneren Werte einer Frau zu erkennen, dachte Arthur bei sich.

Er bemerkte die zielstrebige, jedoch anmutige Art, wie sie sich bewegte. Sie war weder schüchtern noch unentschlossen. In ihren exotischen Augen schimmerte eine lebendige Intelligenz. Sie strahlte Temperament und Entschlussfreudigkeit aus.

In einem Versuch, seine Objektivität beizubehalten, stellte Arthur fest, dass die Dame nichts von der glatten, oberflächlichen Perfektion hatte, die die Männer der Szene dazu veranlasst hätten, sie als erstklassiges Juwel zu betrachten. Trotzdem, sie hatte etwas an sich, das sofort ins Auge sprang, eine Energie und Vitalität, die eine unsichtbare Aura um sie herum schufen. In angemessener Kleidung würden sich im Ballsaal alle nach ihr umdrehen.

»Miss Lodge, bitte, Sie können dort nicht hineingehen.« Die mitgenommen aussehende Frau, die an einem Schreibtisch im Vorzimmer arbeitete, stand unsicher in der Türöffnung. »Ich habe Ihnen doch gerade erklärt, dass Mrs Goodhew und Mrs Willis im Augenblick eine wichtige Besprechung mit einem Kunden haben.«

»Es ist mir egal, ob sie ihr Testament oder ihre Beisetzung besprechen, Mrs McNab. Ich verlange, sofort mit ihnen zu reden. Ich habe von diesem ganzen Quatsch die Nase voll.«

Miss Lodge baute sich unmittelbar vor den beiden Schreibtischen auf. Arthur wusste, dass sie ihn nicht bemerkt hatte, denn er stand direkt hinter ihr. Der Grund dafür, dass sie ihn nicht sehen konnte, war der dichte Nebel draußen, der nur ein spärliches graues Licht in das Büro hereinließ, das zu schwach war, um weit genug vorzudringen.

Mrs Willis stieß einen gequälten Seufzer aus. Ihr Gesicht nahm einen Ausdruck an, der zu verstehen gab, dass sie sich mit dem Unausweichlichen abgefunden hatte.

Mrs Goodhew jedoch, die anscheinend aus härterem Holz geschnitzt war, sprang plötzlich auf. »Was, um Himmels willen, denken Sie sich dabei, uns auf diese ungehörige Art und Weise zu stören, Miss Lodge?«

»Ich möchte nur den offenbar entstandenen Eindruck korrigieren, dass ich eine Stelle bei einem Trinker oder einem lüsternen Wüstling suche.« Miss Lodge kniff die Augen zusammen. »Dass wir uns deutlich verstehen: Ich brauche eine Stelle, und zwar sofort. Ich kann keine Zeit mehr darauf verschwenden, Arbeitgeber zu befragen, die offensichtlich ungeeignet sind.«

»Wir werden dies später besprechen, Miss Lodge«, fuhr Mrs Goodhew sie an.

»Wir werden es jetzt sofort besprechen. Ich komme gerade von dem Vorstellungsgespräch, das Sie heute Nachmittag für mich vereinbart hatten, und ich kann Ihnen versichern, dass ich diese

Stelle selbst dann nicht annehmen würde, wenn es die letzte wäre, die Sie anzubieten haben.«

Mrs Goodhew lächelte sie mit einer Art kaltem Triumph an. »Zufälligerweise, Miss Lodge, ist dies wirklich die letzte Stelle, die Ihnen diese Agentur anbieten kann.«

Miss Lodge zog die Stirn in Falten. »Seien Sie nicht albern. So ärgerlich das Ganze für alle Betroffenen ist, und ganz besonders für mich, so befürchte ich doch, dass wir weitersuchen müssen.«

Mrs Goodhew und Mrs Willis sahen einander an. Mrs Goodhew wandte sich wieder an Miss Lodge.

»Im Gegenteil«, sagte sie kalt. »Es ist absolut zwecklos, Ihnen noch ein weiteres Vorstellungsgespräch zu vermitteln.«

»Haben Sie nicht aufgepasst, Mrs Goodhew?«, fauchte Miss Lodge sie an. »Ich sagte Ihnen, dass ich unverzüglich eine neue Stelle brauche. Übermorgen verlässt meine jetzige Arbeitgeberin die Stadt und zieht zu ihrer Freundin aufs Land. Sie hat mir freundlicherweise erlaubt, bis zu ihrer Abreise bei ihr zu bleiben, aber danach muss ich unbedingt eine neue Unterkunft finden. Momentan kann ich mir jedoch keine Unterkunft leisten, weil ich in den letzten Monaten sehr schlecht bezahlt worden bin.«

Mit scheinbar aufrichtigem Bedauern schüttelte Mrs Willis den Kopf. »Wir haben unser Bestes getan, um eine neue Stellung für Sie zu finden, Miss Lodge. Sie hatten in den letzten drei Tagen fünf Vorstellungsgespräche bei fünf verschiedenen Kunden, aber jedes Mal sind Sie gescheitert.«

»Das lag mit Sicherheit nicht an mir, sondern an den künftigen Arbeitgebern.« Miss Lodge hob ihre behandschuhte Hand und begann an ihren Fingern abzuzählen, während sie fortfuhr. »Mrs Tibbett war schon ziemlich betrunken, als ich zu ihr kam, und sie trank so lange von ihrer Flasche Gin, bis sie umfiel und auf dem Sofa einschlief. Warum sie eine bezahlte Gefährtin sucht, ist mir unverständlich. Sie war ja noch nicht einmal in der Lage, eine vernünftige Unterhaltung zu führen.«

»Jetzt ist es aber genug, Miss Lodge«, stieß Mrs Goodhew zwischen zusammengepressten Zähnen hervor.

»Mrs Oxby hat während des ganzen Vorstellungsgesprächs überhaupt nichts gesagt. Stattdessen hat sie ihrem Sohn erlaubt, mich zu befragen.« Miss Lodge schüttelte sich. »Offenbar ist er einer von diesen schrecklichen Kerlen, der die schwachen, hilflosen Frauen in seinem eigenen Haushalt drangsaliert. Es war eine schier unmögliche Situation. Ich habe nicht die Absicht, mit einem solch abscheulichen Menschen unter einem Dach zu wohnen.«

»Miss Lodge, bitte.« Mrs Goodhew griff nach dem Briefbeschwerer und schlug damit auf ihren Schreibtisch.

Miss Lodge ignorierte sie. »Und diese Mrs Stanbridge, bei der ich mich danach vorgestellt habe, war so krank, dass sie gezwungen war, mich von ihrem Bett aus zu befragen. Es war mir sofort klar, dass sie keine zwei Wochen mehr leben wird. Ihre Verwandten kümmern sich bereits um ihren Nachlass. Sie können es kaum erwarten, dass sie endlich die Augen zumacht, damit sie an ihr Geld kommen. Ich habe sofort begriffen, dass ich von ihnen bestimmt keinen Lohn erhalten würde.«

Mrs Goodhew richtete sich zu ihrer vollen Größe auf. Sie bebte vor Zorn. »Sie können Ihre künftigen Arbeitgeber nicht für Ihre Notlage verantwortlich machen, Miss Lodge. Sie allein sind dafür verantwortlich, dass Sie es nicht geschafft haben, eine neue Stelle zu finden.«

»Unsinn. Vor sechs Monaten, als ich mich zum ersten Mal bei dieser Agentur beworben habe, hatte ich absolut keine Schwierigkeiten, eine angemessene Stelle zu finden.«

»Mrs Willis und ich sind der Meinung, dass Sie

damals nur deshalb Glück hatten, weil Ihre erste Arbeitgeberin eine Exzentrikerin war, die Sie aus für uns unverständlichen Gründen ganz amüsant fand«, erklärte Mrs Goodhew.

»Leider, Miss Lodge«, fügte Mrs Willis ironisch hinzu, »haben wir momentan keine Exzentriker in unserer Kartei. Und im Allgemeinen ist dieser Personenkreis für uns auch nicht von Interesse.«

Arthur bemerkte plötzlich, dass die Spannung im Raum dermaßen angestiegen war, dass die drei Frauen vollkommen vergessen hatten, dass er da war.

Miss Lodge wurde vor Zorn puterrot. »Mrs Egan ist ganz und gar nicht exzentrisch. Sie ist intelligent, weit gereist und verfügt über eine ausgezeichnete Allgemeinbildung. Sie weiß zu jedem Thema etwas Nützliches zu sagen.«

»Vor zwanzig Jahren hatte sie eine ganze Reihe von Liebhabern, die halbe Modewelt, sowohl Männer als auch Frauen«, schoss Mrs Goodhew zurück. »Man sagt, sie ist eine begeisterte Anhängerin von Wollstonecrafts merkwürdigen Ideen über weibliches Verhalten. Sie weigert sich, Fleisch zu essen, studiert Metaphysik, und alle wissen, dass sie einmal bis nach Ägypten und wieder zurückgereist ist und nur zwei Diener mitgenommen hat, die ihr Gesellschaft leisten mussten.«

»Außerdem ist sie dafür bekannt, dass sie nur violette Kleider trägt«, ergänzte Mrs Willis. »Seien Sie versichert, Miss Lodge, exzentrisch ist noch ein höfliches Wort für das, was Ihre Chefin ist.«

»Das ist äußerst unfair.« Miss Lodges Augen funkelten vor Zorn. »Mrs Egan ist eine respektable Person, und ich gestatte nicht, dass Sie ihre Ehre verletzen.«

Arthur war amüsiert, aber auch merkwürdig berührt, dass sie gegenüber ihrer ehemaligen Arbeitgeberin dermaßen loyal war.

Mrs Goodhew schnaubte verächtlich. »Wir sind nicht dazu da, Mrs Egans Eigenschaften zu diskutieren, obwohl Sie diese wohl sehr schätzen. Tatsache ist, dass wir absolut nichts mehr für Sie tun können, Miss Lodge.«

»Das glaube ich keinen Augenblick«, sagte Elenora Lodge.

Mrs Willis zog ihre buschigen Brauen hoch. »Wie sollen wir eine Arbeit für Sie finden, wenn Sie sich ständig weigern, das für eine gut bezahlte Gesellschafterin angemessene Benehmen anzunehmen? Wir haben Ihnen schon Dutzende von Malen erklärt, dass Unterwürfigkeit, Bescheidenheit und leises, verhaltenes Sprechen von außerordentlich großer Bedeutung sind.«

»Oh, unterwürfig und bescheiden bin ich bis

jetzt immer gewesen.« Miss Lodge war über die Kritik sichtlich verletzt. »Und was leises Sprechen angeht, möchte ich gerne von Ihnen beiden den Beweis, dass meine Art zu reden bisher laut und zügellos war.«

Mrs Willis warf einen flehentlichen Blick zur Decke.

Mrs Goodhew schnaubte. »Ihr Verständnis von angemessenem Benehmen unterscheidet sich beträchtlich von dem unserer Agentur. Wir können leider nichts mehr für Sie tun, Miss Lodge.«

Arthur bemerkte, dass Miss Lodge jetzt äußerst bekümmert aussah. Ihr energisches Gesicht war sichtbar angespannt. Er konnte erkennen, dass sie drauf und dran war, ihre Strategie zu ändern.

»Lassen Sie uns nicht voreilig handeln«, sagte sie sanft. »Ich bin sicher, dass Sie noch mehr Arbeitgeber in Ihrer Kartei haben, die in Frage kommen könnten.« Sie schenkte den beiden Frauen ein strahlendes Lächeln. »Wenn Sie mir erlauben, sie durchzusehen, könnte ich uns allen zweifellos viel Zeit ersparen.«

»Ihnen erlauben, unsere Kundenkartei durchzusehen?« Mrs Willis zuckte zurück, als hätte sie einen elektrisch geladenen Zaun berührt. »Das steht völlig außer Frage. Es handelt sich um vertrauliche Angaben.«

»Beruhigen Sie sich«, sagte Miss Lodge. »Ich habe nicht die Absicht, irgendwelche Klatschgeschichten über Ihre Kunden zu verbreiten. Ich möchte die Kartei nur durchsehen, um mir eine fundierte Meinung von meiner künftigen Stelle bilden zu können.«

Mrs Willis blinzelte sie über ihre lange, spitze Nase hinweg an. »Offenbar verstehen Sie immer noch nicht, was der springende Punkt hierbei ist, Miss Lodge. Der *Kunde* trifft die Entscheidung, wenn es um die Besetzung der Stelle geht, und nicht der Bewerber.«

»Ganz im Gegenteil.« Miss Lodge trat näher an Mrs Willis' Schreibtisch, lehnte sich etwas vor und legte ihre behandschuhten Hände auf die polierte Oberfläche. »*Sie* sind es, die offensichtlich nichts begreift. Ich kann es mir wirklich nicht leisten, meine wertvolle Zeit noch weiter zu vergeuden. Wenn Sie mir erlauben würden, Ihre Kartei durchzusehen, wäre dies ein vernünftiger Ansatz zur Lösung des Problems, das wir haben.«

»*Wir* haben kein Problem, sondern Sie, Miss Lodge.« Mrs Goodhew zog die Augenbrauen hoch. »Und ich befürchte, dass Sie ab sofort jemand anderen mit Ihrem Problem belästigen müssen.«

»Das ist ganz unmöglich.« Miss Lodge sah sie an. »Ich habe Ihnen bereits erklärt, dass ich nicht genügend Zeit habe, mich bei einer anderen Agentur vorzustellen. Ich muss eine Stelle finden, bevor Mrs Egan aufs Land fährt.«

Jetzt war Arthur an der Reihe. »Vielleicht würden Sie ein letztes Angebot von dieser Agentur in Betracht ziehen, Miss Lodge.«

3

Der Klang seiner beherrschten, kühlen Stimme, die aus dem Dunkel hinter ihr an ihr Ohr drang, erschreckte Elenora so sehr, dass sie beinahe ihre Brille fallen lassen hätte.

Mit einem unterdrückten Schrei wirbelte sie herum.

Ein paar beunruhigende Sekunden lang konnte sie nicht klar erkennen, wer hinter ihr stand, aber, wer auch immer es sein mochte, dieser Mann konnte sich als gefährlich erweisen. Ein merkwürdig berauschendes Gefühl der Erwartung durchfuhr sie.

Hastig versuchte sie, dieses Gefühl loszuwerden. Nie zuvor hatte sie in dieser Weise auf einen Mann reagiert. Zweifellos lag es an dem schwachen Licht. Der dichte Nebel hatte sich vor die Fenster geschoben und die beiden kleinen Lampen, die auf den Schreibtischen von Mrs Goodhew und Mrs Willis standen, erzeugten mehr Schatten als sie vertrieben.

Dann bemerkte sie, dass sie immer noch die Brille trug, die Mrs Egan ihr geliehen hatte, um bei den heutigen Vorstellungsgesprächen ihr Erscheinungsbild als bezahlte Gefährtin zu vervollkommnen. Mit einer raschen Bewegung nahm sie sie von ihrer Nase und blinzelte einige Male, um wieder klar sehen zu können.

Jetzt sah sie den Mann, der dort in den Schatten stand, recht deutlich, was jedoch nichts an ihrem ersten Eindruck von ihm änderte. Im Gegenteil, es verstärkte ihre Angst und Aufregung nur noch.

»Du lieber Himmel«, sagte Mrs Willis rasch. »Ich hatte ja ganz vergessen, dass Sie die ganze Zeit dort standen, Sir. Ich bitte vielmals um Entschuldigung. Erlauben Sie mir, Ihnen Miss Elenora Lodge vorzustellen. Miss Lodge, Graf von St. Merryn.«

St. Merryn neigte leicht den Kopf. »Es ist mir ein Vergnügen, Miss Lodge.«

Niemand würde ihn als attraktiv bezeichnen, dachte Elenora bei sich. Macht, Kontrolle und eine scharfe Intelligenz, die sich in seine Gesichtszüge geprägt hatten, ließen keinen Platz für Eleganz, kultiviertes Benehmen oder herkömmliche maskuline Schönheit.

Sein Haar war von einem tiefen Dunkelbraun. Unergründliche rauchig grüne Augen sahen sie aus einem verborgenen Winkel tief in seinem Innern an. Seine kühne Nase, die hohen Wangenknochen und das energische Kinn erinnerten Elenora an Lebewesen, die aufgrund ihrer Jagdkünste überlebten.

Sie war sich plötzlich dessen bewusst, dass ihre Fantasie langsam die Überhand gewann. Es war ein sehr langer Tag gewesen.

Sie riss sich zusammen und machte einen Knicks. »Mylord.«

»Es scheint so, als könnten wir einander von Nutzen sein, Miss Lodge«, sagte er. Sein Blick war unverwandt auf ihr Gesicht gerichtet. »Sie brauchen dringend eine Stelle. Ich habe eine entfernte Verwandte, die Witwe eines Cousins meines Vaters, die während der Ballsaison bei mir wohnt. Ich benötige eine Gesellschafterin für sie. Ich wäre bereit, Ihnen das Dreifache Ihres bisherigen Lohns zu zahlen.«

Das Dreifache ihres bisherigen Lohns. Elenora stockte der Atem. Beruhig dich, ermahnte sie sich. Was sie auch tat, sie musste unbedingt den Anschein von Ruhe aufrechterhalten. Wenn St. Merryn feststellte, dass sie ein schwaches Nervenkostüm hatte und leicht erregbar war, würde er sein Angebot sicherlich zurückziehen.

Sie hob ihr Kinn und schenkte ihm ein, wie sie hoffte, kühles, höfliches Lächeln. »Ich bin bereit, mit Ihnen über die Stelle zu reden, Sir.«

Sie hörte, wie Mrs Goodhew und Mrs Willis miteinander tuschelten, schenkte ihnen jedoch keine Beachtung. Sie war zu sehr damit beschäftigt, die Genugtuung, die kurz in den geheimnisvollen Augen des Grafen aufblitzte, zu beobachten.

»Mit der Stelle sind ein paar mehr Aufgaben verbunden, als man sie normalerweise von einer bezahlten Gesellschafterin verlangt«, sagte St. Merryn bedächtig.

Elenora dachte an die alte Redensart *Zu schön, um wahr zu sein* und nahm ihren ganzen Mut zusammen.

»Irgendwie bin ich nicht überrascht, dies zu hören«, sagte sie trocken. »Würden Sie es mir vielleicht bitte erklären?«

»Natürlich.« St. Merryn richtete seine Aufmerksamkeit auf Mrs Goodhew und Mrs Willis. »Ich würde es vorziehen, diese Unterhaltung mit Miss Lodge unter vier Augen zu führen, wenn Sie nichts dagegen haben.« Er hielt einen Moment inne und lächelte. »Es handelt sich um eine Familienangelegenheit. Ich bin sicher, Sie werden das verstehen.«

»Sicherlich«, sagte Mrs Goodhew. Sie schien erleichtert, endlich einen Vorwand gefunden zu haben, um den Raum verlassen zu können. »Mrs Willis?«

Mrs Willis war bereits auf den Beinen. »Nach Ihnen, Mrs Goodhew.«

Die beiden Frauen gingen rasch um die Schreibtische herum, durchquerten den Raum und ließen dann die Tür energisch ins Schloss fallen.

Schweigen breitete sich im Zimmer aus und Elenora spürte die Angst, die langsam in ihr hochkroch. Die Aufregung war verschwunden und an ihre Stelle war Wachsamkeit getreten. Ihre Handflächen kribbelten vor Kälte. Sie ahnte das Gewicht des dichten Nebels, der gegen die Fenster drückte. Er war so dicht geworden, dass sie die Häuser auf der anderen Seite der schmalen Straße nicht mehr erkennen konnte. Bildete sie sich nur ein, dass das Zimmer plötzlich so klein und schrecklich intim war?

Bedächtigen Schrittes ging St. Merryn im Büro umher und blieb vor einem der Fenster stehen. Er betrachtete eine Zeit lang die Nebelschwaden, die

die enge Straße einhüllten. Elenora ahnte, dass er überlegte, wie viel er ihr erzählen konnte.

»Also, eigentlich könnte ich sofort zur Sache kommen, Miss Lodge«, sagte er nach einer Weile. »Ich habe Mrs Goodhew und Mrs Willis nicht die ganze Wahrheit erzählt. Ich suche keine Gefährtin für meine Verwandte, die, in der Tat, in meinem Haus wohnt.«

»Ich verstehe. Was suchen Sie dann, Sir?«

»Eine Verlobte.«

Verzweifelt schloss Elenora die Augen. Gerade als sie anfing zu glauben, dass die Eigenarten potenzieller Arbeitgeber in der Kartei von Goodhew & Willis nicht schlimmer werden konnten, stand dieser Verrückte vor ihr.

»Miss Lodge?« St. Merryns Stimme knallte durch den Raum wie eine Peitsche. »Geht es Ihnen gut?«

Erschrocken öffnete sie die Augen und setzte, wie sie hoffte, ein beruhigendes Lächeln auf. »Natürlich, Mylord. Es geht mir sehr gut. Nun denn, es gibt vielleicht jemanden, den man herbeirufen sollte.«

»Wie bitte?«

»Ein Familienmitglied oder einen privaten Diener, vielleicht?« Sie zögerte einen Moment. »Oder einen Wärter?«

Die Armen lieferten ihre geistig umnachteten Angehörigen den Schrecken einer Anstalt wie Bedlam aus. Bei den Reichen hingegen war es üblich, ein betroffenes Familienmitglied in einer privaten Anstalt unterzubringen. Sie fragte sich, wann St. Merryn getürmt war und ob irgendjemand bereits bemerkt hatte, dass er nicht mehr in seiner verriegelten Zelle war.

»Einen Wärter?« St. Merryns Miene verhärtete sich. »Was, zum Teufel, reden Sie da?«

»Es ist ziemlich dunkel und scheußlich dort draußen, nicht wahr?«, sagte sie sanft. »In einem solchen Nebel kann man leicht die Orientierung verlieren.« Besonders, wenn der Kopf voll ist von merkwürdigen Dämpfen und Visionen, fügte sie im Geist hinzu. »Aber ich bin sicher, jemand wird kommen und Sie nach Hause zurückbringen. Wenn Sie bitte so freundlich wären, Mrs Goodhew und Mrs Willis wissen zu lassen, an wen sie eine Nachricht schicken sollen …«

Plötzlich begriff St. Merryn, und eine eiskalte Belustigung trat in seine Augen. »Sie denken, ich bin verrückt, nicht wahr?«

»Auf keinen Fall, Mylord. Ich wollte Ihnen nur helfen.« Vorsichtig ging sie einen Schritt zurück in Richtung Tür. »Aber wenn es hier zufällig irgendein Problem geben sollte, bin ich davon überzeugt, dass Mrs Goodhew und Mrs Willis bestimmt eine Lösung finden werden.«

Sie hielt es für sinnvoll, einem Verrückten nicht den Rücken zuzukehren, und tastete mit einer unbeholfenen Bewegung nach hinten, um den Türgriff zu suchen.

»Zweifellos.« Er brachte ein kurzes, bitteres Lächeln zustande. »Ich wette, die beiden werden mit fast allem fertig, auch mit einem geistesgestörten Kunden. Aber zufällig bin ich nicht verrückt, Miss Lodge.« Er zuckte die Schultern. »Zumindest glaube ich das. Wenn Sie Ihre Hand vom Türgriff nehmen, werde ich versuchen, Ihnen alles zu erklären.«

Elenora rührte sich nicht.

Er zog die Augenbrauen in die Höhe. »Ich verspreche Ihnen, dass Sie es nicht bereuen werden.«

»Vom *finanziellen* Standpunkt aus gesehen?«

Er verzog leicht den Mund. »Gibt es noch einen anderen Standpunkt?«

Nicht, was sie betraf, dachte sie. In ihrer gegenwärtigen Notlage konnte sie es sich nicht leisten, vernünftige Arbeitsangebote auszuschlagen. Der schillernde Traum von einer neuen Zukunft, den sie vor sechs Monaten in jener langen, einsamen Nacht gehabt hatte, war weit schwieriger zu verwirklichen, als sie es sich jemals vorgestellt hätte.

Das Problem war Geld. Sie brauchte diese Stelle dringend.

St. Merryn war vielleicht verrückt, aber er schien kein verkommener Weiberheld oder Trunkenbold zu sein, wie es bei zwei potenziellen Arbeitgebern an jenem Nachmittag der Fall gewesen war.

In der Tat klang er nach und nach wie ein Mann, der etwas davon verstand, wie man eine Geschäftsverhandlung führte. Sie bewunderte diese Eigenschaft bei einem Gentleman.

Und er lag auch noch nicht auf dem Sterbebett wie die dritte Kundin an diesem Tag. Ganz im Gegenteil, er hatte etwas an sich, eine beunruhigende, äußerst faszinierende, maskuline Vitalität, die sie auf eine Art und Weise erregte, die sie nicht beschreiben konnte. Er war nicht attraktiv, jedenfalls nicht so wie Jeremy Clyde es gewesen war. Dieser Gedanke, bei dem sich die kleinen Härchen in ihrem Nacken aufstellten, war auf merkwürdige Weise stimulierend.

Zögernd ließ sie den Türgriff los, bewegte sich jedoch nicht von der Stelle. Der Fluchtweg war jederzeit offen. Eine gut bezahlte Gesellschafterin musste sich immer auf unerwartete Dinge einstellen.

»In Ordnung, Sir, ich höre Ihnen zu.«

St. Merryn ging auf Mrs Goodhews Schreibtisch zu, lehnte sich mit dem Rücken dagegen und streckte die Arme zur Seite aus. Sein ausgezeichnet geschnittener Mantel passte sich seinen starken Schultern an. Sie bemerkte seinen breiten Brustkorb, den flachen Bauch und seine schlanken Hüften. Er war ganz und gar nicht dünn, verweichlicht oder schwach.

»Ich bin in dieser Ballsaison für ein paar Wochen nach London gekommen, um einige ziemlich komplizierte Geschäftsverhandlungen zu führen. Ich werde Sie nicht mit Einzelheiten langweilen, aber kurz gesagt habe ich die Absicht, ein Konsortium von Investoren zu gründen. Das Projekt verlangt Verschwiegenheit und Geheimhaltung. Wenn Sie die gehobene Gesellschaft kennen, werden Sie wissen, dass beide Voraussetzungen außerordentlich schwer zu erreichen sind. Die feine Gesellschaft nährt sich von Klatsch und Gerüchten.«

Langsam entspannte sich Elenora etwas. Vielleicht war er letzten Endes doch nicht verrückt.

»Bitte fahren Sie fort, Sir.«

»Angesichts meiner gegenwärtigen Situation und im Hinblick auf einen Vorfall, der sich vor einem Jahr ereignete, wird es etwas schwierig für mich sein, meinen Geschäften ohne störende Einmischung von außen nachzugehen, außer man vermutet, dass ich mich auf dem Heiratsmarkt umsehe.«

Elenora räusperte sich. »Ihre Situation?«, fragte sie so vorsichtig, wie sie konnte.

Er zog eine Augenbraue hoch. »Ich habe einen Titel, einige schöne Besitztümer und ein nicht unbeträchtliches Vermögen. Und ich bin unverheiratet.«

»Wie schön für Sie«, murmelte sie.

Für einen kurzen Augenblick sah er amüsiert aus. »Sarkasmus wird allgemein nicht als wünschenswerte Eigenschaft bei einer bezahlten Gesellschafterin angesehen, aber unter Berücksichtigung der Tatsache, dass ich genauso verzweifelt bin wie Sie, bin ich bereit, ausnahmsweise einmal darüber hinwegzusehen.«

Sie errötete. »Ich bitte um Entschuldigung, Sir. Es war ein ausgesprochen anstrengender Tag.«

»Ich kann Ihnen versichern, dass mein Tag genauso unangenehm war.«

Es war Zeit, zum Thema zurückzukehren, beschloss sie.

»Ich verstehe, dass Ihre *Position* Sie in gewissen Kreisen zu einem außerordentlich begehrten Objekt macht.«

»Und zu einem ziemlich langweiligen in anderen Kreisen.«

Sie bemühte sich, ein Lächeln zu unterdrücken. Seine trockene Selbstironie überraschte sie.

St. Merryn schien ihre Belustigung nicht wahrzunehmen. Rhythmisch trommelte er mit seinen Fingerspitzen auf den Schreibtisch. »Aber das ist weder hier noch dort der Fall. Wie ich bereits sagte, wird meine Situation noch dadurch erschwert, dass ich während der letzten Ballsaison eine Zeit lang mit einer jungen Dame verlobt war, die dann mit einem anderen Mann davongelaufen ist.«

Diese Worte machten Elenora mehr betroffen, als sie jemals vermutet hätte. »Sagen Sie das nicht.«

Er sah sie ungeduldig an. »Es gibt eine Reihe von Leuten, die Ihnen gerne erzählen würden, dass die betreffende junge Dame gerade noch einmal davongekommen ist.«

»Hm.«

»Was, zum Teufel, soll das heißen?«

»Eigentlich nichts. Es fiel mir gerade ein, dass Sie vielleicht derjenige sind, der noch einmal davongekommen ist, Sir. Ich habe vor sechs Monaten eine ebensolche Erfahrung gemacht.«

In seinen Augen blitzte Neugier auf. »Wirklich? Ist das der Grund dafür, dass Sie sich jetzt um die Stelle einer bezahlten Gefährtin bewerben?«

»Das ist teilweise ein Grund dafür. Aber angesichts dessen, was ich jetzt über meinen früheren Verlobten weiß, kann ich Ihnen mit bestem Gewissen sagen, dass ich mir lieber heute Nachmittag eine neue Stelle suche, als mit einem Lügner und Betrüger verheiratet zu sein.«

»Ich verstehe.«

»Aber ich habe jetzt genug von meinem Leben erzählt, Sir. Tatsache ist, dass ich Ihr Dilemma vollkommen verstehe. Wenn die vornehme Gesellschaft erfährt, dass Sie in der Stadt sind, wird man annehmen, dass Sie zurückgekommen sind, um auf dem Heiratsmarkt erneut Ihr Glück zu versuchen. Die Kupplerinnen der Gesellschaft, die darauf aus sind, ihre Töchter zu vermählen, werden Sie als frische Beute willkommen heißen.«

»Das hätte ich nicht treffender ausdrücken können. Und daher, Miss Lodge, brauche ich eine Dame, die überzeugend die Rolle meiner Verlobten übernehmen kann. Es ist alles ziemlich einfach.«

»Wirklich?«, fragte sie misstrauisch.

»Ganz sicher. Obwohl ich hier bin, um mich um private Geschäfte zu kümmern, wird man annehmen, dass ich wieder auf Brautschau bin. Ich möchte nicht über irgendwelche jungen Küken stolpern, die man in die Stadt gebracht hat, um in dieser Ballsaison einen Mann zu finden. Wenn man weiß, dass ich verlobt bin und in Kürze heiraten werde, werden die Kupplerinnen ihre Aufmerksamkeit auf ein anderes Opfer lenken müssen.«

Sie bezweifelte ernsthaft, dass St. Merryns Vorhaben derart einfach war. Aber sie wollte sich nicht mit ihm streiten.

»Das sieht nach einem äußerst gerissenen Plan aus, Mylord«, sagte sie höflich. »Ich wünsche Ihnen viel Glück dabei.«

»Ich sehe schon, Sie glauben nicht einen Moment daran, dass er erfolgreich sein könnte.«

Sie seufzte. »Es liegt mir fern, Sie daran zu erinnern, dass manch ein Mann in Ihrer Situation die Schläue und Entschlusskraft einer Mutter unterschätzt, die darauf bedacht ist, einen guten Fang für ihre Tochter zu machen.«

»Ich versichere Ihnen, Madam, dass ich größten Respekt vor weiblichen Wesen habe. Daraus resultiert mein Plan, der gehobenen Gesellschaft in den nächsten Wochen eine falsche Verlobte zu präsentieren. Also, nehmen Sie die angebotene Stelle an?«

»Sir, bitte missverstehen Sie mich nicht, ich habe absolut nichts dagegen, die Stelle anzunehmen. Im Gegenteil, ich glaube, es würde mir großen Spaß machen.«

Ihre Worte machten ihn neugierig. »Warum sagen Sie das?«

»Meine Großmutter war eine ausgezeichnete Schauspielerin, die ihren Beruf aufgab, als sie meinen Großvater heiratete«, erklärte sie. »Man hat mir gesagt, dass ich ihr auffallend ähnlich bin. Ich habe mich oft gefragt, ob ich auch ihr Talent und ihr Aussehen geerbt habe. Ihre Verlobte zu spielen wäre eine äußerst interessante und verlockende Herausforderung.«

»Ich verstehe. Nun, dann …«

Sie hob eine Hand. »Aber wir müssen realistisch sein, Sir. So gerne ich mich in die Rolle hineinversetzen und den ausgezeichneten Lohn, den Sie mir zahlen, annehmen würde, es wäre doch ausgesprochen schwierig, mich für Ihre Verlobte auszugeben.«

Seine Lippen zuckten vor Ungeduld. »Warum?«

Wo soll ich anfangen?, dachte sie bei sich.

Sie ließ eine Hand an ihren Röcken hinuntergleiten und deutete auf ihr langweiliges graues Kleid. »Erstens habe ich keine angemessene Garderobe.«

Er betrachtete sie eine Zeit lang von Kopf bis Fuß und sie fühlte sich wie eine Stute kurz vor der Versteigerung.

»Machen Sie sich keine Sorgen um Ihre Garderobe«, sagte St. Merryn. »Von einer Frau, die sich um die Stelle einer bezahlten Gesellschafterin bewirbt, erwarte ich nicht, dass sie die für diese Farce notwendige Kleidung besitzt.«

»Neben der Kleiderfrage ist auch mein Alter ein Problem.« Dieses Gespräch wurde langsam außerordentlich peinlich, dachte sie. Die meisten der potenziellen Arbeitgeber hatten sie für die Stellen, die sie anzubieten hatten, für zu jung erachtet. In diesem Fall war sie jedoch definitiv zu alt.

»Was haben Sie gegen Ihr Alter?« Er zog die Stirn in Falten. »Ich nehme an, Sie sind Ende zwanzig. Ich hoffe, Sie werden mir jetzt nicht sagen, dass Sie wesentlich jünger sind, als Sie aussehen. Ich beabsichtige auf keinen Fall, mich mit einem Schulmädchen zu verloben.«

Sie dachte daran, dass sie heute Morgen, als sie sich für die Vorstellungsgespräche fertig gemacht hatte, die Kleidung gewählt hatte, die ihrer Vorstellung von einer bezahlten Gesellschafterin am ehesten entsprach. Trotzdem war sie etwas irritiert, dass er ihr Alter zu hoch eingeschätzt hatte.

»Ich bin sechsundzwanzig«, sagte sie und bemühte sich um einen möglichst neutralen Tonfall.

Er nickte kurz und war offensichtlich zufrieden. »Ausgezeichnet. Alt genug, um gesunden Menschenverstand zu besitzen und sich einen angemessenen Wissensstand angeeignet zu haben. Sie sind die geeignete Kandidatin.«

»Danke«, erwiderte sie bissig. »Aber wir wissen beide, dass von Gentlemen Ihres Standes und Vermögens erwartet wird, dass sie blutjunge, behütete Damen heiraten, die gerade von der Schule kommen.«

»Zum Teufel, Madam, wir reden von einer bezahlten Stelle, nicht von einer echten Verlobung.« Er blickte missmutig drein. »Sie wissen sehr gut, dass es unmöglich für mich wäre, ein siebzehnjähriges Mädchen zu beschäftigen. Es wäre höchst unwahrscheinlich, dass sie die Fähigkeiten und das Selbstvertrauen hätte, die für diese Position notwendig sind. Außerdem würde sie von mir verlangen, sie am Ende zu heiraten.«

Aus irgendeinem Grund durchfuhr Elenora bei dieser Bemerkung ein kalter Schauer, für den sie keine Erklärung hatte. Es lag auf der Hand, dass der Graf von St. Merryn die Frau, die eine Zeit lang die Rolle seiner Verlobten übernahm, auf keinen Fall heiraten würde, denn solch eine Frau war nicht mehr als eine Schauspielerin. Wohlhabende, mächtige Gentlemen der Gesellschaft hatten lediglich Affären mit Schauspielerinnen und wollten sie auf keinen Fall heiraten.

»Um beim Thema zu bleiben«, sagte Elenora rasch, »wie stellen Sie sich vor, diese Scheinverlobung zu beenden, wenn Sie Ihre Geschäfte in der Stadt erledigt haben?«

»Das ist überhaupt kein Problem«, sagte er und zuckte die Schultern. »Sie werden einfach aus dem Kreis der Gesellschaft verschwinden. Wir werden so tun, als hätten Sie einen Rückzieher gemacht und wären wieder auf den Landsitz Ihrer Eltern irgendwo im Norden zurückgekehrt.«

Sie werden einfach verschwinden.

Eine plötzliche Angst kroch über ihren Rücken. Das klang äußerst bedrohlich. Andererseits hatte er Recht. Aus den erlauchten Kreisen zu verschwinden wäre nicht so schwierig. Schließlich lebten die Reichen und Mächtigen in ihrer kleinen abgeschotteten Welt und verließen diese nur selten und nahmen keine Notiz von denen, die außerhalb davon lebten.

»Ja, ich nehme an, das wird möglich sein«, sagte sie und durchdachte alles sorgfältig. »Falls überhaupt, bewegen sich nur wenige meiner künftigen Arbeitgeber in den gleichen Gesellschaftsschichten wie Sie und Ihre Bekannten. Selbst wenn sie in der gehobenen Gesellschaft verkehrten und ich einige von ihren wichtigen Freunden dort treffen würde, bezweifle ich, dass sie etwas bemerken würden.

Wenn ich dann wieder in meine Rolle als bezahlte Gesellschafterin schlüpfe, wird mich sowieso niemand mehr beachten.«

»Die Leute sehen, was sie zu sehen erwarten«, stimmte er zu.

Dann kam ihr ein Gedanke. »Vielleicht sollte ich einen anderen Namen annehmen, während ich diese Rolle spiele, um sicherzugehen, dass mich niemand erkennt.«

Er kicherte. »Ich kann mir vorstellen, dass es Ihnen gefallen würde, einen Künstlernamen anzunehmen, aber ich glaube nicht, dass das notwendig ist. Es würde die Dinge nur noch verkomplizieren, falls jemand aus Ihrem früheren Leben Sie vielleicht erkennt.«

»Oh ja, ich verstehe, was Sie meinen.« Sie war etwas enttäuscht, musste jedoch zugeben, dass er Recht hatte. »Es ist zwar ziemlich unwahrscheinlich, aber wenn ich hier in London einen Bekannten treffen sollte, würde es schwierig sein, eine Erklärung für meinen neuen Namen zu finden.«

»Ehrlich gesagt macht mir der Gedanke, dass Sie jemand Bekannten treffen könnten, während Sie Ihre Rolle spielen, keine Sorgen. Es gibt keinen Grund, weshalb ein solches Ereignis Einfluss auf unser Vorhaben nehmen sollte.« Er zuckte die Schultern. »Solange ich Sie für meine Verlobte ausgebe, werden Sie auch als solche akzeptiert. Ich bin als Exzentriker bekannt, und niemand wird übermäßig schockiert sein, dass ich den Wunsch habe, eine Dame ohne irgendwelche Verbindungen zur Oberschicht zu heiraten.«

»Ich verstehe.«

Sein Lächeln war kalt. »Wer würde es wagen, mir zu widersprechen?«

»Ja, natürlich«, sagte sie, ein wenig ehrfürchtig angesichts seiner unerschütterlichen Arroganz. Aber er hatte Recht. Wer würde es wagen, seine Eroberung in Frage zu stellen? Und was die Zukunft betraf, so würde sie sich erst dann Gedanken darüber machen, wenn die Zeit dafür reif war. Sie konnte es sich wirklich nicht leisten, sich dieses außerordentlich lukrative Arbeitsverhältnis entgehen zu lassen, nur weil sie eine vage Angst davor hatte, in einem halben Jahr als die verstoßene Verlobte des Grafen entlarvt zu werden.

»In der Tat.« Sie nickte zufrieden. »Ich denke, man kann ziemlich sicher davon ausgehen, dass künftige Arbeitgeber in mir nicht die frühere Verlobte des Grafen von St. Merryn sehen werden. Folglich werde ich auch keine Probleme haben, eine angemessene Anstellung zu finden.« Sie zögerte. »Aber wo werde ich wohnen, während ich in Ihren Diensten bin? Ich habe keine eigene Unterkunft. Und hier in der Stadt ist es sehr teuer, wissen Sie.«

»Sie werden natürlich in meinem Haus wohnen. Wir werden den Leuten sagen, dass Sie vom Land kommen und auf Besuch sind, um einzukaufen und die Vergnügungen der Ballsaison zu genießen.«

»Ich soll bei Ihnen wohnen, Sir?« Sie zog die Augenbrauen hoch. »Das würde Anlass zu Klatsch und Tratsch geben, was Sie bestimmt nicht gutheißen würden.«

»Um Ihren Ruf brauchen Sie sich absolut keine Sorgen zu machen, Miss Lodge. Ich verspreche Ihnen, dass ich Ihnen eine Begleiterin zur Seite stellen werde. Die Geschichte, die ich Mrs Goodhew und Mrs Willis über meine verwitwete Verwandte erzählt habe, die einige Wochen bei mir wohnt, ist wirklich wahr.«

»Ich verstehe. Nun, dann wird Ihr Vorhaben wohl gelingen, Mylord.«

»Nur zu Ihrer Information, Miss Lodge: Meine Pläne gelingen *immer,* weil ich sehr gut darin bin, sie sorgfältig vorzubereiten und konsequent zu Ende zu führen.«

In seinen Worten lag keine Spur von Arroganz, dachte Elenora. Ihrer Meinung nach handelte es sich lediglich um eine Feststellung von Fakten.

»Trotzdem scheint dieses Vorhaben etwas kompliziert zu sein«, murmelte sie.

»Vertrauen Sie mir, Miss Lodge. Es wird gelingen. Und am Ende werden Sie nicht nur einen dreifachen Lohn bekommen, sondern auch noch einen Bonus.«

Sie verstummte und wagte kaum zu atmen. »Meinen Sie das wirklich, Sir?«

»Ich brauche Sie, Miss Lodge. Irgendetwas sagt mir, dass Sie für die Rolle wie geschaffen sind. Ich bin durchaus bereit, Ihnen für Ihr Schauspieltalent einen ausgezeichneten Lohn zu zahlen.«

Elenora räusperte sich. »Zufälligerweise habe ich so viel Geld, wie ich erübrigen konnte, für ein gewisses Geschäftsvorhaben beiseite gelegt.«

»Wirklich? Um was für eine Art von Geschäft handelt es sich dabei?«

Sie dachte kurz nach. Es gab eigentlich keinen Grund, ihm nicht die Wahrheit zu sagen. »Ich hoffe, Sie bekommen keinen allzu großen Schrecken, Sir, aber mein Ziel ist es, einen kleinen Laden zu eröffnen.«

»Sie wollen Ladenbesitzerin werden?«, fragte er in erstaunlich gleichgültigem Ton.

Da sie sich auf eine strikte Ablehnung gefasst gemacht hatte, war sie jetzt fast benommen vor Erleichterung, dass er ihren Plan nicht von vornherein verurteilt hatte. Für gebildete Leute waren Handelsgeschäfte etwas, das es auf alle Fälle zu vermeiden galt. In den Augen der vornehmen Gesellschaft war es besser, ein Leben in Armut zu führen, als Besitzer eines Geschäfts zu werden.

»Ich vermute, dass meine Pläne für Sie völlig indiskutabel sind«, sagte sie. »Aber sobald ich genug Geld zusammenhabe, beabsichtige ich, einen Buchladen und eine Leihbibliothek zu eröffnen.«

»Sie schockieren mich in keiner Weise, Miss Lodge. Zufällig habe auch ich mein Vermögen mit verschiedenen Investitionen gemacht. Ich habe eine gute Nase, was geschäftliche Dinge betrifft.«

»In der Tat, Sir.« Sie schenkte ihm ein weiteres höfliches Lächeln.

Er war wirklich sehr liebenswürdig, dachte Elenora. Aber sie beide wussten, dass die Kluft zwischen den geschäftlichen Investitionen eines Gentleman und den Vorstellungen, ein Geschäft zu eröffnen, in den Augen der gehobenen Gesellschaft außerordentlich tief war. Für eine Person von Welt war es angemessen, Anteile an Reedereien oder einem Hausbauprojekt zu erwerben. Es war jedoch etwas vollkommen anderes, wenn ein gebildeter Mensch Ladenbesitzer werden wollte.

Trotzdem, das Wichtigste war, dass St. Merryn durch ihre Pläne nicht im Mindesten abgeschreckt zu sein schien. Aber er hatte ihr ja auch deutlich zu verstehen gegeben, dass er nicht wählerisch sein konnte.

Er neigte ernst den Kopf, quasi als Bestätigung ihrer Absichten. »Also gut, Miss Lodge, sind wir jetzt im Geschäft?«

Seine großzügigen Bedingungen hatten sie völlig aus dem Konzept gebracht, was er zweifellos auch beabsichtigt hatte. Es quälte sie jedoch noch ein letzter Zweifel im Zusammenhang mit der Stelle, den sie aber nicht zur Sprache brachte und sofort wieder verwarf. Seit dem schrecklichen Tag, an dem die Gläubiger ihres Stiefvaters an ihrer Türschwelle aufgetaucht waren, war dies das erste Mal, dass ihr das Glück hold war. Sie würde es nicht riskieren, sich solch eine Gelegenheit wegen einer kleinen Unsicherheit entgehen zu lassen.

Kaum in der Lage, ihre Freude zu verbergen, lächelte sie ihn erneut an.

»Das sind wir, Mylord.«

St. Merryn starrte einige Sekunden wie gebannt auf ihren Mund. Dann schüttelte er leicht den Kopf und runzelte die Stirn. Sie hatte den Eindruck, dass er aus irgendeinem Grund verärgert war, nicht über sie, sondern über sich selbst.

»Wenn wir unser Ziel, eine so genannte intime Beziehung vorzutäuschen, erreichen wollen, müssen Sie lernen, mich Arthur zu nennen«, sagte er trocken.

Das würde nicht leicht sein, dachte sie. Er hatte etwas an sich, das eine solch unbeschwerte Vertrautheit schwierig gestalten würde.

Erst als sie draußen auf der Straße war und gerade zu Mrs Egans Stadthaus zurückeilen wollte, um ihr die gute Nachricht zu überbringen, kamen ihr erneut die Bedenken, die sie zuvor unterdrückt hatte.

Es war nicht das ungezügelte Temperament des Grafen oder sein seltsamer Plan, sie als seine Verlobte in die Gesellschaft einzuführen, was sie beunruhigte. Mit diesen Dingen würde sie zweifellos fertig werden.

Was ihr zu schaffen machte, war das Gefühl, dass St. Merryn ihr nicht die ganze Wahrheit gesagt hatte.

Er hatte zweifellos Geheimnisse, dachte sie bei sich. Ihre Intuition sagte ihr, dass St. Merryns Plan etwas noch viel Gefährlicheres beinhaltete als das Vorhaben, ein Investmentkonsortium zu gründen.

Aber seine privaten Angelegenheiten gingen sie nichts an, schloss sie mit zunehmender Aufregung. Es gab nur eines, das für sie von Bedeutung war: Wenn sie die Rolle, die St. Merryn ihr zugewiesen hatte, erfolgreich spielte, war sie bereits auf dem Weg, um ihren Traum zu verwirklichen, noch bevor er das kleine Theaterstück zu Ende brachte.

4

»Ich kann es kaum glauben, dass meine Pechsträhne bald ein Ende haben wird.« Dankbar sank Elenora tief in den Ohrensessel und lächelte die beiden Frauen an, die ihr gegenüber auf dem Sofa thronten.

Sie hatte Lucinda Colyer und Charlotte Atwater zum ersten Mal vor einem halben Jahr im Büro von Goodhew & Willis getroffen. Die drei waren am selben Tag in der Agentur gewesen und hatten sich um eine Stelle als bezahlte Gesellschafterin beworben. Nach einem besonders anstrengenden Nachmittag, der mit Vorstellungsgesprächen voll gepackt war, hatte Elenora vorgeschlagen, in den Teeladen um die Ecke zu gehen, um die gesammelten Erfahrungen auszutauschen.

Obwohl sich die drei Frauen im Charakter wesentlich voneinander unterschieden, hatten sie dennoch ziemlich viel gemeinsam: Sie waren alle Mitte zwanzig und hatten bereits das Alter überschritten, in dem eine gute Partie noch eine echte Alternative war. Alle entstammten respektablen Familien und waren wohlerzogen und gebildet. Und aufgrund einer Reihe von unglücklichen Umständen standen alle drei allein und mittellos da.

Kurz gesagt, sie teilten die Gemeinsamkeiten, die Frauen wie sie dazu trieb, sich auf die Suche nach einer Stelle als bezahlte Gefährtin zu begeben.

Aus dem ersten Treffen wurden regelmäßige Zusammenkünfte, immer an den Mittwochnachmittagen. Nachdem sie ihre Stellen angetreten hatten, war Mittwoch der einzige Wochentag, an dem alle drei freihatten.

In den letzten Monaten hatten sie sich im Salon von Lucindas Chefin, der alten Mrs Blancheflower, getroffen. In Elenoras Augen war dies nicht gerade die Umgebung, die zur Hebung ihrer Stimmung beitrug, und sie wusste, dass die anderen genauso empfanden.

Angesichts der Tatsache, dass Mrs Blancheflower irgendwo im oberen Stockwerk im Sterben lag, herrschte eine außerordentlich gedrückte Stimmung. Es war ein Glück für Lucinda, die dazu angestellt worden war, um sich in ihren letzten Tagen um die Dame zu kümmern, dass Mrs Blancheflower ziemlich lange brauchte, um ins Jenseits hinüberzuwechseln.

Da die Dame die meiste Zeit schlief, fühlte sich Lucinda ziemlich unterfordert. Der größte Nachteil war, dass Mrs Blancheflowers Verwandte, die sich nur äußerst selten hier blicken ließen, verfügt hatten, dass die Haushälterin das Haus mit einer angemessenen Trauerdekoration versehen sollte. Das bedeutete, dass überall lange Bahnen aus schwarzem Stoff angebracht waren. Außerdem waren die Vorhänge zugezogen, um sicherzustellen, dass die ersten Strahlen der herrlichen Frühlingssonne nicht in die dunklen Zimmer dringen konnten.

Obwohl alle durch diese Atmosphäre ziemlich niedergeschlagen waren, trafen sich Elenora und ihre Freundinnen jeden Mittwoch hier, denn es gab einen nicht zu übersehenden Vorteil: Dank Mrs Blancheflowers ahnungsloser Großzügigkeit waren Tee und Kuchen umsonst, was bedeutete, dass die drei Frauen ein paar Pennys sparen konnten.

Elenora hatte St. Merryn um Erlaubnis gebeten, ihren Freundinnen die Wahrheit über ihre neue Stellung zu erzählen, und ihm versichert, dass keine der Frauen in der gehobenen Gesellschaft verkehrte. Lucindas Arbeitgeberin lag im Sterben, und Charlotte war bei einer älteren Witwe angestellt, die aufgrund eines Herzleidens an das Haus gebunden war.

»Keine würde ein Sterbenswort über meine Rolle verlieren, selbst wenn sie jemanden treffen sollten, der mit Ihnen bekannt ist, Sir«, hatte sie ihm mit großer Gewissheit erklärt.

St. Merryn war zufrieden gewesen und hatte sich fast gleichgültig angesichts der Tatsache gezeigt, dass ihre Freundinnen die Fähigkeit besaßen, Stillschweigen über Elenoras neue Rolle als fiktive Verlobte zu bewahren. Er war nicht im Mindesten besorgt darüber, dass sie vielleicht Klatschgeschichten verbreiten könnten, denn er wusste nur zu gut, dass kein Mitglied der gehobenen Gesellschaft einem solch wilden Gerücht, das noch dazu von einigen verarmten Haushälterinnen in die Welt gesetzt wurde, irgendwelche Aufmerksamkeit schenken würde. Wer würde Lucinda und Charlotte schon mehr Glauben schenken als ihm, dem reichen, einflussreichen Grafen?

Lucinda und Charlotte hatte die Nachricht, dass Elenora die Rolle von St. Merryns Geliebter spielen und in seinem Haus wohnen sollte, zunächst überrascht. Nachdem sie jedoch erfahren hatten, dass eine Verwandte seiner Lordschaft ihr als Anstandsdame zur Seite gestellt werden würde, hatten sie zugegeben, dass dieses Angebot äußerst aufregend war.

»Stell dir vor, du hast die Möglichkeit, auf die exklusivsten Bälle und Abendgesellschaften zu gehen«, sagte Charlotte scheinbar überwältigt. »Und was du für elegante Kleider tragen wirst.«

Lucinda, die schon von jeher zum Pessimismus neigte, wurde von einer düsteren Vorahnung ergriffen. »An deiner Stelle würde ich St. Merryn mit äußerster Vorsicht begegnen, Elenora.«

Elenora und Charlotte sahen sie an.

»Warum sagst du das?«, wollte Elenora wissen.

»Einige Monate, bevor ich dich traf, war ich bei einer Witwe angestellt, die Beziehungen zur gehobenen Gesellschaft unterhielt. Sie war nicht in der Lage, ihr Bett zu verlassen, aber während der Monate, in denen ich bei ihr war, erfuhr ich, dass ihr Hauptvergnügen darin bestand, sich über die Affären der gehobenen Gesellschaft auf dem Laufenden zu halten. Ich erinnere mich, auch einige Klatschgeschichten über St. Merryn gehört zu haben.«

»Erzähl weiter«, drängte Charlotte.

»Seinerzeit war er verlobt und stand kurz davor, eine junge Dame namens Juliana Graham zu heiraten«, fuhr Lucinda fort. »Aber es ging das Gerücht, dass sie panische Angst vor ihm hatte.«

Elenora zog die Augenbrauen hoch. »Panische Angst? Das ist ein ziemlich starker Ausdruck.«

»Wie dem auch sei, sie hatte auf jeden Fall Angst vor ihm. Ihr Vater akzeptierte St. Merryns Angebot natürlich sofort, ohne sich die Mühe zu machen, Juliana vorher zu befragen. Schließlich ist seine Lordschaft außergewöhnlich wohlhabend.«

»Und er hat außerdem noch einen Titel«, murmelte Charlotte. »Alle Väter würden sich ein solches Bündnis in ihrer Familie wünschen.«

»Genau.« Lucinda schenkte sich noch eine Tasse Tee ein. »Nun, die junge Dame war jedenfalls so verängstigt bei der Vorstellung, St. Merryn heiraten zu müssen, dass sie eines Nachts aus ihrem Schlafzimmerfenster stieg, eine Leiter hinunterkletterte und sich mit einem Mann namens Roland Burnley auf und davon machte, mitten in ein schreckliches Unwetter hinein. Bei Tagesanbruch fand Julianas Vater die beiden in einem Gasthaus. Sie lagen zusammen im Schlafzimmer. Es versteht sich von selbst, dass die beiden auf der Stelle verheiratet wurden.«

Charlotte neigte leicht den Kopf. »Sagtest du, dass der Vater der jungen Dame die beiden verfolgt hat? Nicht St. Merryn?«

Lucinda nickte ernst. »Als er die Nachricht erhielt, dass seine künftige Braut entwischt war, befand sich St. Merryn in seinem Club. Er verkündete mit ruhiger Stimme, dass er das nächste Mal, wenn er wieder auf Brautschau gehen sollte, sich an eine Agentur wenden würde, die Gesellschafterinnen vermittelt, und sich dort eine aussuchen würde.« Dann ging er in das Kartenzimmer und spielte bis zum Morgengrauen.«

»Um Gottes willen«, seufzte Charlotte. »Er muss ja kalt wie Eis sein.«

»Das ist er auf jeden Fall«, bestätigte Lucinda.

Elenora starrte Lucinda sprachlos an. Dann wurde ihr das Komische an der Situation klar, und sie fing dermaßen an zu lachen, dass sie gezwungen war, ihre Teetasse abzustellen, bevor sich der Inhalt auf den Teppich ergießen konnte.

Lucinda und Charlotte starrten sie entgeistert an.

»Was ist daran so lustig?«, fragte Charlotte scharf.

Elenora hielt sich die Seiten. »Ihr müsst zugeben, St. Merryn hat sein Wort gehalten und seine nächste Verlobte wirklich von einer Agentur erhalten«, presste sie kichernd hervor. »Wer hätte gedacht, dass dieser Mann einen solchen Humor hat. Und wie er die gehobene Gesellschaft zum Narren halten wird!«

»Nimm es mir bitte nicht übel, Elenora«, murmelte Lucinda, »aber dein neuer Arbeitgeber scheint noch exzentrischer zu sein als Mrs Egan. Ich würde mich nicht wundern, wenn er sich als der Typ von Mann erweist, der schändliche Dinge mit dir anstellt.«

Charlotte durchlief ein kalter Schauer und ihre Augen waren sehr wachsam.

Elenora grinste. »Unsinn. Ich habe mich bei allen möglichen Arbeitgebern vorgestellt, die wirklich lüstern waren, und erkenne diese Kerle sofort, wenn ich sie sehe. St. Merryn ist jedoch nicht der Typ, der sich an einer Dame vergreifen würde. Er hat viel zu viel Selbstbeherrschung.«

»Er scheint auch nicht gerade sehr leidenschaftlich zu sein oder eine romantische Ader zu haben«, sagte Charlotte enttäuscht.

»Warum sagst du das?«, fragte Elenora, entsetzt über diese Bemerkung.

Sie dachte daran, was sie in den rauchig grünen Augen des Grafen gesehen hatte. Irgendetwas sagte ihr, dass St. Merryn deshalb so viel Selbstbeherrschung besaß, weil er ein leidenschaftliches Wesen hatte.

»Jeder andere Mann, der auch nur eine Spur von Romantik besitzt, wäre, nachdem er erfahren hätte, dass seine Verlobte mit einem anderen Mann durchgebrannt war, hinter ihr hergefahren«, erklärte Charlotte. »Er hätte sie ihrem Entführer aus den Armen gerissen und ihn anschließend zu einem Duell herausgefordert.«

Lucinda erschauderte. »Man sagt, dass in St. Merryns Adern kaltes Blut fließt.«

5

Vielleicht war es der ständige Regen, der das Herrenhaus in der Rain Street so aussehen ließ, als läge es auf einer dunklen, metaphysischen Ebene. Neben der düsteren Atmosphäre, die dort herrschte, war es außerdem noch ziemlich verwahrlost, dachte Elenora. Es erinnerte sie an das Haus, in dem Lucinda die sterbende Mrs Blancheflower betreute, nur war es noch viel größer. Es schien, als wäre vor langer Zeit jemand in diesem riesigen Haus, das St. Merryn gehörte, gestorben, und seitdem befand es sich in einem Zustand des Zerfalls.

Elenora prüfte die Karte, die St. Merryn ihr gegeben hatte, um sich zu vergewissern, dass die Kutsche sie an der richtigen Adresse abgesetzt hatte. Rain Street Nummer zwölf. Es bestand kein Zweifel.

Die Kutschentür öffnete sich und der Kutscher

half ihr heraus. Dann lud er den Koffer ab, der ihre persönlichen Dinge enthielt.

Kurz bevor er sie auf der Straße zurückließ, beäugte er die Eingangstür mit einem zweifelnden Gesichtsausdruck.

»Sind Sie sicher, dass Sie hier richtig sind, Madam?«, fragte er.

»Ja, vielen Dank.« Sie lächelte, dankbar für seine offensichtliche Besorgnis. »Irgendjemand wird gleich kommen und meinen Koffer abholen. Sie brauchen nicht länger zu warten.«

Er zuckte die Schultern. »Wenn Sie meinen.«

Er kletterte auf den Kutschbock und zog die Zügel an. Elenora unterdrückte ihre eigenen Bedenken, während sie beobachtete, wie die Kutsche die Straße hinunterfuhr und schließlich aus ihrem Blickfeld verschwand.

Sie war sich bewusst, dass sie mutterseelenallein auf der von Nebel eingehüllten Straße stand.

Nur Mut, sagte sie sich und ging rasch die Stufen hinauf. Gut, dass niemand gesehen hatte, dass St. Merryns neue Verlobte in einer Kutsche vorgefahren war. Auf diese Weise wäre ihr plötzliches Auftauchen in der gehobenen Gesellschaft in den Augen ihrer Mitglieder wesentlich aufregender und würde Anlass zu Neugier geben. Nach Beendigung der Beziehung würde sie unter denselben mysteriösen Umständen einfach wieder verschwinden.

Ein kleiner Schauer der Erregung durchfuhr sie. Sie stand kurz davor, eine geheimnisumwobene Frau, *eine Schauspielerin*, zu werden. Sie hatte das merkwürdige Gefühl, dass sie bereits ihr ganzes Leben lang in den Kulissen auf ihren Auftritt gewartet hatte, und nun war dieser Augenblick gekommen.

Sie hatte zu diesem Anlass ihr Lieblingskleid angezogen, ein weinrotes Ausgehkleid, das Mrs Egan bei ihrem persönlichen Schneider für sie bestellt hatte. Am Oberteil war die elegante kleine Uhr befestigt, die ihre frühere Arbeitgeberin ihr als Abschiedsgeschenk gegeben hatte.

»Das Glück wird Ihnen hold sein, meine Liebe«, hatte Mrs Egan mit mütterlicher Genugtuung gesagt, als sie Elenora die Uhr geschenkt hatte. *»Sie sind voller Mut, haben eiserne Nerven und ein gutes Herz. Nichts kann Sie so leicht erschüttern.«*

Als Elenora auf der obersten Stufe angekommen war, ergriff sie den schweren Messingklopfer und schlug damit gegen die Tür. Das Geräusch schien im Inneren des großen Hauses ein mehrfaches Echo zu verursachen.

Eine Weile hörte sie nichts. Als sie sich gerade zu fragen begann, ob sie sich wohl tatsächlich in der Adresse geirrt hatte, hörte sie das schwache Geräusch von trippelnden Schritten auf gefliestem Boden.

Die Eingangstür öffnete sich und ein junges, mitgenommen aussehendes Dienstmädchen starrte sie an.

»Ja bitte, Madam?«

Elenora überlegte, wie sie vorgehen sollte. St. Merryn hatte ihr gesagt, dass er das Spiel auf jeden Fall auch vor seinen Bediensteten aufrechterhalten wolle. Sie wusste jedoch zu gut, dass das Hauspersonal den Aktivitäten seiner Arbeitgeber normalerweise größere Aufmerksamkeit schenkte, als diese sich vorstellen konnten. Sie hatte den leisen Verdacht, dass, selbst wenn das Dienstmädchen und die anderen Hausangestellten nicht bereits schon ahnten, dass es keine echte Verlobte gab, sie doch zumindest folgerten, dass an der Situation auf jeden Fall etwas faul war.

Aber es hatte keinen Zweck, sich darüber Gedanken zu machen, entschied sie. Sie wurde dafür bezahlt, ihre Rolle zu spielen, und musste dies so überzeugend wie möglich tun. Genauso wie die gehobene Gesellschaft, in die sie bald eingeführt werden würde, war auch das Dienstmädchen ein Teil ihres Publikums.

»Richten Sie Ihrem Arbeitgeber bitte aus, dass

Miss Elenora Lodge da ist«, befahl sie in höflichem, jedoch bestimmtem Tonfall. »Ich werde erwartet. Oh, und einer der Lakaien möge doch bitte meinen Koffer von der Straße holen, bevor er noch gestohlen wird.«

Das Dienstmädchen machte rasch einen kleinen Knicks. »Sehr wohl, Madam.« Sie trat einen Schritt zurück, um Elenora in die Halle zu lassen.

Elenora wartete so lange, bis die junge Frau durch einen Türeingang verschwunden war, ehe sie einen Seufzer der Erleichterung von sich gab.

Sie drehte sich langsam auf dem Absatz um und inspizierte die Eingangshalle, die genauso trostlos und abschreckend aussah wie die Außenseite des Hauses. Durch die hohen Fenster über der Tür drang nur wenig Licht herein. Die von Schnitzereien bedeckte Holzverkleidung verdunkelte die Halle noch mehr. In den schattigen Nischen standen eine Reihe von klassischen Statuen und Vasen im etruskischen Stil.

Dieser Ort hatte die Atmosphäre eines verstaubten, muffigen Museums.

Neugierig ging sie zum nächstgelegenen Marmorsockel und fuhr mit der behandschuhten Fingerspitze leicht über die Oberfläche. Sie blickte missmutig auf die deutlich sichtbare Spur, die sich dort gebildet hatte, und rieb die Hände aneinander, um den Schmutz loszuwerden, der sich vorne auf ihrem Handschuh angesammelt hatte. Hier war seit langem nicht mehr gründlich sauber gemacht worden.

In der Halle waren Schritte zu vernehmen, die schwerer klangen als die des Hausmädchens. Elenora wandte sich um.

Und dann erblickte sie den attraktivsten Mann, den sie je in ihrem Leben gesehen hatte. Angefangen von seinen hohen Augenbrauen bis zu seinen fein gemeißelten Gesichtszügen, den glutvollen Augen und seinem schlichten gekräuselten Haar, war er ein Abbild männlicher Perfektion.

Ohne den steifen Mantel und die Hose, die Butler normalerweise trugen, hätte er einem Künstler Modell stehen können, der eine Vision eines romantischen Poeten im Stil Byrons malt.

»Ich bin Ibbitts, Madam«, sagte er mit tiefer Stimme. »Ich bitte um Entschuldigung, falls Sie irgendwelche Unannehmlichkeiten gehabt haben. Seine Lordschaft erwartet Sie in der Bibliothek. Wenn Sie mir bitte folgen wollen, ich werde Sie ankündigen.«

Irgendwo in ihrem Kopf erklang eine Alarmglocke. Es war nichts gegen seine Worte einzuwenden, dachte sie, aber sie war davon überzeugt, dass darin ein Hauch von Verachtung mitschwang. Aber vielleicht bildete sie sich das auch nur ein.

»Danke, Ibbitts.«

Sie reichte ihm ihre Haube. Er wandte sich brüsk ab, um diese auf einen staubigen Marmortisch zu legen.

»Macht nichts«, sagte sie schnell und riss ihm die Haube aus der Hand, bevor er sie auf den schmutzigen Tisch legen konnte. »Ich werde sie an mich nehmen. Jetzt zu meinem Koffer. Ich möchte ihn keinesfalls draußen auf der Straße lassen.«

»Ich bezweifle zutiefst, dass irgendjemand Ihren Koffer stehlen würde, Madam.« Selbst wenn er sich bemühen würde, hätte Ibbitts ihr nicht deutlicher zu verstehen geben können, dass er davon überzeugt war, dass ihr Koffer nur wertloses Zeug enthielt.

Sie hatte genug von seinem höflichen Sarkasmus. »Schicken Sie sofort einen Diener, um ihn zu holen, Ibbitts.«

Ibbitts blinzelte sie eulenhaft an, als sei er durch ihre grobe Zurechtweisung verunsichert. »Jeder Dieb mit etwas gesundem Menschenverstand würde es nicht wagen, aus diesem Haus etwas zu stehlen.«

»Das ist nur ein schwacher Trost, Ibbitts. Ich

fürchte, es gibt eine Menge Diebe, denen der gesunde Menschenverstand fehlt.«

Ibbitts Miene wurde ernst. Ohne ein Wort zu verlieren, streckte er die Hand aus und zog an einem violetten Glockenstrang.

Ein großer, schlaksiger junger Mann von ungefähr achtzehn oder neunzehn Jahren erschien. Er hatte rotes Haar und blaue Augen. Seine blasse Haut war von Sommersprossen übersät. Er war nervös und sah aus wie ein erschrecktes Kaninchen.

»Ned, hol Miss Lodges Koffer und bring ihn hinauf in das Schlafzimmer, das Sally heute Morgen vorbereitet hat.«

»Sehr wohl, Mr Ibbitts.« Ned eilte zur Eingangstür hinaus.

Ibbitts wandte sich wieder an Elenora. Er sagte nicht, *Nun, sind Sie jetzt zufrieden*?, sie war jedoch sicher, dass er diese Worte dachte.

»Wenn Sie mit mir kommen wollen«, sagte Ibbitts stattdessen. »Seine Lordschaft hat es nicht gerne, wenn man ihn warten lässt.«

Ohne eine Antwort abzuwarten, ging Ibbitts einen schwach beleuchteten Gang entlang, bis sie auf die Rückseite des großen Hauses gelangten.

Am Ende des Korridors führte er sie in einen langen Raum, der mit schwerem dunklem Holz getäfelt war. Sie war erleichtert, als sie sah, dass die Fenster in der Bibliothek nicht wie die an der Vorderseite des Hauses mit schweren Vorhängen bedeckt waren. Stattdessen waren die dicken braunen Samtvorhänge zurückgebunden und gaben den Blick auf einen Garten frei, der vom Regen durchnässt und völlig verwildert war.

Die Bibliothek war mit einem dunklen Teppich ausgestattet, der dringend gesäubert werden musste, sowie einigen wuchtigen Möbelstücken, deren Stil schon seit Jahren aus der Mode gekommen war. Die hohe, dunkle Decke war vor irgendeiner längst vergangenen Zeit mit einem düsteren Gemälde versehen worden, das einen Himmel in der Abenddämmerung zeigte. Die Wände wurden von Bücherregalen bedeckt. Die in Leder gebundenen Werke, die darauf standen, waren alt und staubig.

Eine schmale Wendeltreppe mit einem schmiedeeisernen Geländer führte auf eine Balustrade, auf der weitere Bücherregale standen.

»Miss Lodge, Mylord.« Ibbitts machte seine Ankündigung, als würde er Elenoras Namen in einer Todesanzeige lesen.

»Danke, Ibbitts.« Am hinteren Ende des Raums, in der Nähe des Fensters mit Blick auf den unordentlichen Garten, erhob sich Arthur hinter seinem Schreibtisch, der mit Schnitzereien übersät war.

Sein Gesichtsausdruck war in dem schwachen Licht nicht zu erkennen. Er kam um den Schreibtisch herum und ging durch den lang gestreckten Raum auf sie zu.

»Willkommen in Ihrem neuen Zuhause, meine Liebe«, sagte er.

Elenora fiel auf, dass er vor dem Diener seine Rolle spielte. Sie musste es ihm gleichtun.

»Vielen Dank. Es ist so schön, Sie wiederzusehen, Sir.« Sie machte einen höflichen Knicks.

Ibbitts ging rückwärts aus dem Raum und schloss die Tür.

Als der Diener verschwunden war, blieb Arthur plötzlich mitten im Zimmer stehen und sah auf die Uhr. »Warum, zum Teufel, haben Sie so lange gebraucht? Ich habe Sie schon vor einer Stunde erwartet.«

Das war's dann wohl mit seiner Rolle als galanter Verlobter, dachte Elenora. Anscheinend hatte ihr neuer Arbeitgeber nicht vor, das Spiel weiterzuspielen, wenn sie allein waren.

»Ich entschuldige mich für die Verspätung«, sagte sie ruhig. »Aufgrund des Regens kamen wir nur langsam voran.«

Bevor er antworten konnte, hörte sie die Stimme einer Frau, die auf der Balustrade über ihnen stand.

»Arthur, bitte stell mich doch vor«, rief eine Frau und ihre Stimme klang sanft und warmherzig.

Elenora blickte hinauf und sah eine kleine Frau, die ungefähr Mitte dreißig war. Sie hatte feine Züge und hellbraune Augen. Ihr honigfarbenes Haar war zu einem einfachen Knoten zusammengesteckt. Ihr Kleid schien ziemlich neu und aus teurem Stoff gefertigt zu sein, war jedoch nicht nach der neuesten Mode geschnitten.

»Erlauben Sie mir, Ihnen Margaret Lancaster vorzustellen«, sagte Arthur. »Sie ist meine Verwandte, von der ich Ihnen erzählt habe, und wird hier wohnen, während ich meinen Geschäften nachgehe. Sie wird Sie herumführen und Ihnen als Begleiterin zur Verfügung stehen, damit Ihr Ruf keinen Schaden nimmt, während Sie in diesem Haushalt leben.«

»Mrs Lancaster.« Elenora knickste erneut.

»Nennen Sie mich doch Margaret. Schließlich werden Sie in den Augen der gehobenen Gesellschaft bald ein Mitglied der Familie sein.« Margaret rauschte die Wendeltreppe hinunter. »Mein Gott, es wird ja so aufregend werden. Ich freue mich wirklich schon sehr auf dieses Abenteuer.«

Arthur ging zu seinem Schreibtisch zurück und

setzte sich. Er sah abwechselnd Elenora und dann Margaret an.

»Wie ich schon gesagt habe, möchte ich, dass ihr beide alles tun werdet, um die Aufmerksamkeit der Gesellschaft von mir abzulenken, damit ich meine Geschäfte ungestört und in aller Ruhe erledigen kann.«

»Ja, selbstverständlich«, murmelte Elenora.

»Ihr werdet umgehend die nötigen Vorkehrungen treffen und die wichtigsten Bälle und Abendgesellschaften besuchen, damit jedes Mitglied der feinen Gesellschaft sieht, dass ich eine Verlobte habe.«

»Ich verstehe«, sagte Elenora.

Er sah Margaret an. »In deiner Eigenschaft als Elenoras Begleiterin kümmerst du dich um die Einzelheiten und vergewisserst dich, dass sie sofort einen überzeugenden Eindruck auf die gehobenene Gesellschaft macht.«

»Ja, Arthur.« Margaret wirkte ein wenig überfordert.

»Sie benötigt die entsprechende Kleidung, Hüte, Handschuhe und die dazu passenden Accessoires«, fuhr Arthur fort. »Natürlich muss alles im neuesten Stil sein und sollte in den einschlägigen Läden gekauft werden. Du weißt, wie wichtig die Mode für die gehobene Gesellschaft ist.«

Es entstand eine kurze Pause, während der Margaret sich zu sammeln schien.

»Ja, Arthur«, sagte sie erneut. Diesmal war ihr Lächeln unsicher.

Elenora sah sie überrascht an und fragte sich, was los war.

Arthur schien jedoch nicht zu bemerken, dass etwas nicht stimmte.

»Gut, ich glaube, das ist momentan alles«, sagte er und griff nach einem in Leder gebundenen Kalender und einem Stift. »Ihr könnt gehen. Ich nehme an, ihr habt noch einige Vorbereitungen zu treffen. Lasst mich wissen, wenn ihr noch Fragen habt.«

Elenora fragte sich, ob ihm bewusst war, dass er sie wie seine Hausangestellte behandelte. Dann fiel ihr ein, dass es ja auch so sein musste.

Margaret hatte eine völlig andere Beziehung zu ihm. Aber zu Elenoras Verwunderung schien sie nicht im Mindesten beleidigt zu sein. In der Tat hatte sie es plötzlich sehr eilig, die Bibliothek zu verlassen.

Elenora dachte daran, wie Margaret noch vor einem Augenblick reagiert hatte, als Arthur ihr lässig erklärte, dass sie für sämtliche Fragen im Zusammenhang mit Mode und Stil verantwortlich war.

Sie war davon überzeugt, dass sie in Margarets Augen einen Ausdruck schieren Entsetzens entdeckt hatte.

Arthur wartete, bis sich die Tür hinter den beiden Frauen geschlossen hatte. Dann legte er die Zeitung beiseite und stand auf. Er stellte sich an das Fenster und sah auf den Garten hinaus.

Er wusste, dass Elenora den Verdacht hegte, dass er ihr nicht alles gesagt hatte. Und sie hatte Recht. Er hielt es jedoch für das Beste, dass sie nicht die ganze Wahrheit erfuhr. Margaret brauchte auch nicht alles zu wissen. Beide Frauen würden ihre Rollen besser spielen, wenn sie nicht wussten, was ihn dazu veranlasst hatte, das Stück, in dem sie spielten, zu inszenieren.

Er stand eine Zeit lang am Fenster, starrte in den dunstigen Garten hinaus und dachte daran, wie sehr er dieses Haus verabscheute.

Sein Großvater hatte ihn für eine kurze Zeit hierher gebracht, nachdem seine Eltern bei einem Brand in einem Gasthaus umgekommen waren. Damals war er erst sechs Jahre alt gewesen. Bis dahin hatte er seinen Großvater nicht gekannt. Der alte Graf war wütend gewesen, dass sein Sohn so plötzlich geheiratet hatte. Arthurs Mutter war noch sehr jung und hatte weder Vermögen noch irgendwelche gesellschaftlichen Verbindungen gehabt. Der alte Mann hatte sich geweigert, sie oder seinen Enkel zu empfangen.

Sein Großvater hatte wirklich gewusst, wie man einen Groll hegte, dachte Arthur.

Der Schock über den Verlust seines Sohnes hatte den alten Mann gezwungen, anzuerkennen, dass Arthur sein einziger Erbe war. Er brachte seinen Enkel in das alte, düstere Haus in der Rain Street und widmete sich der Aufgabe, sicherzustellen, dass Arthur nicht seinem romantisch veranlagten, verantwortungslosen Sohn nacheiferte.

Er hatte seine Lektion gut gelernt, dachte Arthur. Vom ersten Tag an hatte sein Großvater ihm eingebläut, was es heißt, Pflichten und Verantwortung zu übernehmen. Zehn Jahre später, als er auf dem Sterbebett lag, hatte er immer noch nicht nachgelassen, ihn zu ermahnen. Seine letzten Worte waren: »Denk daran, Arthur, du bist das Oberhaupt der Familie. Es ist deine Pflicht, dich um sie zu kümmern.«

In den zehn Jahren, die er bei seinem Großvater verbracht hatte, waren der einzige Lichtblick die häufigen ausgedehnten Besuche bei seinem exzentrischen Großonkel George Lancaster gewesen.

Es war Onkel George, der einen positiven, unterstützenden Einfluss auf ihn ausgeübt hatte, sodass er die üblen Launen und das strenge Wesen des alten Grafen besser ertragen konnte. Im Gegensatz zu den anderen Mitgliedern seiner riesigen, weit verzweigten Familie hatte George Lancaster nichts anderes von ihm erwartet als das, was er ohnehin war, ein heranwachsender Junge mit Hoffnungen und Träumen und jeder Menge Neugier.

Es war George gewesen und nicht sein Großvater, den Arthur so geliebt hatte wie einst seinen Vater.

Jetzt war George Lancaster tot. Er war vor knapp zwei Monaten ermordet worden.

»Ich werde dich rächen«, gelobte Arthur insgeheim. »Ich schwöre, dass der Mörder dafür bezahlen wird.«

6

Sally, das Dienstmädchen, hatte soeben Elenoras Koffer ausgepackt, als es leise an der Schlafzimmertür klopfte.

Sie öffnete die Tür und sah eine besorgt aussehende Frau im Flur stehen.

»Könnte ich Sie bitte sprechen, Elenora?« Margaret blickte nach rechts und links, wie um sich zu vergewissern, dass niemand im Korridor war. »Es ist ziemlich wichtig.«

»Ja, natürlich, kommen Sie herein.« Elenora lächelte Sally an. »Das ist im Moment alles. Danke.«

»Wie Sie wünschen, Madam.« Sally eilte aus dem Zimmer und schloss die Tür hinter sich.

Elenora blickte Margaret an. »Was ist geschehen? Mir ist aufgefallen, dass Sie unten in der Bibliothek äußerst beunruhigt wirkten.«

»Beunruhigt ist noch milde ausgedrückt.« Margaret ließ sich in einen Sessel fallen. »Panisch vor Angst wäre ein passenderer Ausdruck.«

»Und was ist der Grund dafür?«

Margaret verdrehte die Augen. »Weil ich unter Vortäuschung falscher Tatsachen hier bin.«

Elenora war belustigt. »Ich auch, wenn man es genau nimmt.«

»Ja, aber in Ihrem Fall ist es kein Problem. Arthur hat Sie durch die Vermittlung der Agentur bekommen.« Margaret hob die Hand. »Er hat vorher ein Gespräch mit Ihnen geführt. Er weiß genau, was er an Ihnen hat, und hat in diesem Wissen die für Sie bestimmte Rolle festgelegt. Meine Situation ist jedoch völlig anders. Wenn er herausfindet, dass ich nicht das bin, was ich seiner Meinung nach sein soll, wird er wütend werden.«

Neugierig geworden ließ sich Elenora langsam auf die Bettkante sinken und sah Margaret an. »Würden Sie mir das bitte näher erklären?«

»Vielleicht sollte ich von vorn anfangen. Vor zwei Wochen bekam ich Besuch von Arthur. Er erzählte mir von seinem Plan, der gehobenen Gesellschaft eine fiktive Verlobte vorzustellen, und fragte mich, ob ich einverstanden sei, die Anstandsdame zu spielen. Ich habe ihm daraufhin gesagt, dass ich ihm bei seinem Vorhaben gerne helfen würde.«

»Das war sehr nett von Ihnen.«

»Nett? Ich habe die Möglichkeit umgehend wahrgenommen. Seit meiner Ballsaison, die jetzt vierzehn Jahre zurückliegt, ist dies die erste Gelegenheit, wieder nach London zu kommen.«

»Ich verstehe.«

Margaret verzog das Gesicht. »Mein Mann war bereits in seinen besten Jahren, als ich ihn heiratete. Er hatte Gicht und verabscheute jede Art zu reisen. Als wir noch zusammen waren, habe ich gelegentlich meine Mutter und meine Tante besucht. Haben Sie eine Vorstellung davon, wie es ist, vierzehn Jahre lang in einem winzigen Dorf gefangen zu sein?«

»Ja, das habe ich in der Tat.«

»Oh.« Margaret zuckte zusammen. »Es tut mir

Leid, das habe ich nicht so gemeint. Die Sache ist nämlich die: Ich bin Schriftstellerin.«

»Wirklich? Wie aufregend.« Elenora war begeistert. »Sind Ihre Bücher veröffentlicht worden?«

Margaret lächelte. »Ja, ich schreibe für die Minerva Press unter dem Pseudonym Margaret Mallory, weil ich davon überzeugt bin, dass meine kratzbürstigen Verwandten in Lancaster keine Romanschriftstellerin in ihrer Familie dulden würden.«

»Das ist ja wunderbar. Ich habe zwei von Ihren Büchern gelesen, *Die heimliche Hochzeit* und *Der Heiratsantrag*. Beide haben mir sehr gut gefallen.«

»Danke sehr.« Margaret errötete. »Es ist sehr nett von Ihnen, das zu sagen.«

»Es ist die Wahrheit. Ich bin eine große Anhängerin Ihrer Bücher, Miss Mallory. Ich meine, Mrs Lancaster.«

»Bitte nennen Sie mich einfach Margaret.«

Elenora zögerte. »Sie sagten, dass Ihre Identität vor der Familie geheim gehalten werden muss. Auch vor dem Grafen?«

»Arthur sollte die Wahrheit auf keinen Fall herausfinden.«

Margaret zog eine Grimasse. »Er hat eine Menge außergewöhnlicher Talente, wenn es um Geldanlagen und dergleichen geht, aber ich fürchte, er nimmt seine Rolle als Familienoberhaupt viel zu ernst. Das liegt zweifellos am Einfluss seines Großvaters.«

Elenora dachte an die entschlossene Selbstbeherrschung, die sie in den geheimnisvollen Augen des Grafen wahrgenommen hatte. »Ja, mir ist schon aufgefallen, dass in seinem Wesen eine gewisse Strenge liegt.«

»Ehrlich gesagt, Arthur kann sehr stur, autokratisch und äußerst diktatorisch sein. Außerdem verabscheut er den gegenwärtigen Trend, Romane zu lesen. Mir läuft es kalt über den Rücken, wenn ich daran denke, wie er reagieren würde, wenn er herausfände, dass ich solche Bücher schreibe. Zumindest hätte er mich niemals darum gebeten, nach London zu kommen und Sie zu begleiten. Versprechen Sie mir, dass Sie mein Geheimnis nicht verraten werden.«

»Das verspreche ich.«

»Ich danke Ihnen. Also, wie ich Ihnen gerade erklären wollte, hatte ich einige Probleme mit einigen Teilen meines letzten Manuskripts. Es geht darin um extravagante Partys und Verabredungen mit erfolgreichen Leuten der gehobenen Gesellschaft. Ich kann die Charaktere jedoch nicht mit Überzeugung darstellen, weil ich nicht weiß, was sich in solchen Kreisen abspielt.«

»Ich dachte, Sie hätten an einer Ballsaison teilgenommen?«

»Sie dauerte keine zwei Wochen, denn Harold machte mir gleich nach unserem ersten Treffen einen Heiratsantrag. Das ist jetzt vierzehn Jahre her und ich habe seitdem keinen Kontakt mehr zu diesen Kreisen gehabt.«

»Ich glaube, langsam verstehe ich Ihr Dilemma.«

Margaret beugte sich ein wenig nach vorn. »Als Arthur mich bat, ihm bei seinem Plan behilflich zu sein, dachte ich, dies sei eine ausgezeichnete Gelegenheit, nach London zu kommen, um Beobachtungen anzustellen und Einzelheiten aufzuschreiben, wie sich das Leben in der Oberschicht abspielt. Selbstverständlich habe ich ihm gesagt, dass ich mich sehr auf diese Aufgabe freuen würde.« Verzweifelt hob sie die Hände. »Aber das war, bevor mir bekannt war, dass er auch von mir erwartet, mich um die Kleiderordnung und den ganzen Kram zu kümmern, der mit dem Einstieg in die gehobene Gesellschaft verbunden ist.«

»Ah.«

»Es tut mir sehr Leid, Elenora, aber ich habe keine Ahnung, wie ich den modischsten Kleider-, Hut- oder Handschuhmacher ausfindig machen soll. Vielleicht sollte ich Arthur das sagen, aber dann wird er mich sicher nach Hause schicken und eine andere Anstandsdame für Sie suchen.«

»Hm.«

Margaret sah Elenora erwartungsvoll an. »Was denken Sie?«

Elenora lächelte. »Ich denke gerade, dass es keinen Grund gibt, Arthur mit diesen Problemen zu belästigen. Ich bin sicher, dass wir sie ohne Weiteres selbst lösen können.« Sie dachte an den Stapel Karten, der auf dem stumpfen Tablett auf dem Tisch in der Eingangshalle lag. »Aufgrund von Arthurs Titel und Position werden wir eine Menge Einladungen erhalten. Wir brauchen nur Namen und Adresse einer talentierten Schneiderin herauszufinden, die uns dann an die exquisitesten Modeläden weiterreichen wird.«

»Aber wie sollen wir eine passende Schneiderin finden?«

Elenora kicherte. »Meine frühere Arbeitgeberin hatte einen etwas merkwürdigen Geschmack, was Kleider betraf. Sie zog es vor, nur Kleidung aus violettem Stoff zu tragen.«

»Wie seltsam.«

»Vielleicht. Aber Mrs Egan ist absolut modebewusst. Ich kann Ihnen versichern, dass jedes einzelne ihrer violetten Kleidungsstücke von einer exklusiven Schneiderin hergestellt wurde, die ich ebenfalls gut kenne, weil ich Mrs Egan einige Male zu ihrem Geschäft begleitet habe.«

»Aber sie wird Sie bestimmt wiedererkennen.«

»Das sollte uns nicht beunruhigen«, sagte Eleonora. »Als ich noch bei Mrs Egan arbeitete, habe ich gelernt, dass gute Schneiderinnen nicht nur aufgrund ihres Könnens so hohes Ansehen genießen. Sie haben auch ein Talent für Diskretion, wenn es um die Angelegenheiten ihrer wichtigsten Kunden geht.«

Margarets Augen funkelten. »Und als künftige Braut des Grafen von St. Merryn sind Sie zweifellos eine äußerst wichtige Kundin.«

7

Ibbitts stand in dem dunklen Wäscheschrank und dachte über das Gespräch nach, das er soeben mit angehört hatte.

Er hatte das kleine Loch in der Wand nur durch Zufall entdeckt. Durch dieses Loch konnte jemand, der im Schrank stand, die in der Bibliothek geführten Gespräche belauschen. Er vermutete, dass die verborgene Öffnung vor vielen Jahren von einem raffinierten Diener in die Wand gebohrt worden war, der so schlau war, die Geschäftsaktivitäten seines Arbeitgebers im Auge zu behalten.

Eines war sicher, dachte Ibbitts. Er hatte in Bezug auf Miss Lodge Recht gehabt. Vom ersten Augenblick an, als sie den staubigen Tisch in der Eingangshalle unter die Lupe nahm, hatte er gewusst, dass etwas mit ihr nicht stimmte. Sie hatte ihn zwar angelächelt, wie Frauen es für gewöhnlich taten, aber er hatte in ihren Augen keinen verräterischen Anflug von Verlangen entdecken können. Nicht einmal einen Schimmer sinnlicher Lust.

Sie hatte ihn bewundert, wie man ein schönes Gemälde oder ein Kunstwerk bewundert, anerkennend, aber keinesfalls mehr.

Dies war höchst ungewöhnlich und etwas beunruhigend. Sein Gesicht war sein Vermögen, wie seine Mutter immer gesagt hatte, und die Leute, besonders Frauen, reagierten auf sein gutes Aussehen.

Schon von klein auf war ihm bewusst, dass sein attraktives Gesicht sein Kapital war. Selbst als er noch ein junger Bursche war, hatte er bemerkt, dass die Leute ihn mit anderen Augen ansahen als seine Brüder und Schwestern oder die anderen Kinder im Dorf.

Sein gutes Aussehen hatte ihm zu seiner ersten,

verhängnisvollen Anstellung bei einem dicken, alternden Baron verholfen, der außerhalb des Dorfes wohnte. Der alte Mann hatte vor kurzem eine Dame geheiratet, die mehrere Jahrzehnte jünger war als er. Es sickerte durch, dass die neue Braut seiner Lordschaft sehr hübsch und entsetzlich gelangweilt war. Sie war von Ibbitts begeistert gewesen und hatte ihn in attraktive Livree gekleidet und darauf bestanden, bei jeder Mahlzeit von ihm bedient zu werden.

Als sie ihn in der ersten Nacht zu sich ins Bett geladen hatte, begriff er sehr schnell, dass er neben seinem Gesicht noch einen weiteren großen Vorzug aufzuweisen hatte. Während er hinter ihrem runden, weichen Hinterteil kniete und tief in die behagliche Wärme ihres Schoßes eintauchte, erhaschte er einen flüchtigen Blick auf die strahlende, erfolgreiche Zukunft, die vor ihm lag.

An jenem verhängnisvollen Abend war ihm bewusst geworden, dass die Welt voller reicher, attraktiver junger Frauen war, die aus finanziellen und gesellschaftlichen Gründen mit dicken alten Männern verheiratet worden waren. London würde ihm die besten Beschäftigungsmöglichkeiten bieten.

Und er hatte Recht gehabt. Als der alte Baron einige Monate später im Schlaf starb, war seine Witwe umgehend mit ihrem gesamten Haushalt in die Stadt gezogen. Sie hatte Ibbitts mitgenommen und ihn zum Butler befördert. Er war länger als ein Jahr in ihren Diensten geblieben, dann hatte er genug von ihren ständigen Forderungen. Er kündigte und sah sich nach einer neuen Arbeit um.

Es dauerte nicht lange, bis er eine besser bezahlte Stelle in einem wohlhabenden Haushalt gefunden hatte. Und erneut war er gefordert, eine junge Ehefrau zufrieden zu stellen, deren älterer, glatzköpfiger Ehemann die meisten Nächte mit seiner Mätresse verbrachte.

Wie seine erste Arbeitgeberin, so war auch diese junge Dame sehr großzügig gewesen, nicht nur in Bezug auf ihre Gunst oder seinen Lohn, den er alle drei Monate ausgezahlt bekam, sondern vor allem auch im Hinblick auf teure Geschenke.

Einige Jahre lang war er seiner Karriere mit großem Eifer nachgegangen. Neben einer Reihe von Anstellungen, bei denen er die Ansprüche einiger außergewöhnlich lustvoller Damen befriedigen musste, hatte er sich auch eine oder zwei Stellen bei wohlhabenden Gentlemen beschaffen können. Die Männer hatten seine beiden Vorzüge genauso zu schätzen gewusst wie die Frauen.

Vor einem Jahr jedoch hatte das Schicksal zugeschlagen.

Um ehrlich zu sein, war er der ermüdenden Forderungen seiner Arbeitgeber schon seit langem überdrüssig. Arbeit, die der Natur nach Spaß macht, war wirklich Arbeit geworden. Trotzdem, die Bezahlung und auch die Geschenke waren all die Mühe wert.

Dann tauchte eines Nachts zu seiner großen Schande ein Problem auf. Um genauer zu sein, sein zweitbester Vorzug versagte den Dienst. Sein Gesicht war zwar sein Vermögen, aber für sich allein genommen war es eigentlich zu nichts gut. Seine Karriere hing in gleichem Maße, wenn nicht noch darüber hinaus, von seiner Verlässlichkeit und Ausdauer in sexuellen Dingen ab.

Zu seiner Schande war er in entwürdigender Art und Weise seines Postens enthoben und auf die Straße gesetzt worden. Aber wieder einmal war das Glück auf seiner Seite. Vor sieben Monaten hatte er seine jetzige Stelle in dem Herrenhaus in der Rain Street gefunden. Der ältere Buchhalter, der ihn eingestellt hatte, hatte ihm nur eine kurze Einweisung gegeben. Ibbitts Aufgabe bestand darin, die Angestellten zu überwachen, die das Haus in Schuss hielten, und sicherzustellen, dass der Londoner Wohnsitz für seinen Besitzer vorbereitet war, wenn St. Merryn sich, was sehr selten vorkam, zu einem kurzen Besuch in der Stadt aufhielt.

Ibbitts fand seine neue Stelle in jeder Hinsicht ideal. Es gab keine Arbeitgeber, die im Schlafzimmer befriedigt werden mussten, und St. Merryn hatte sich noch nicht einmal die Mühe gemacht, in Erscheinung zu treten.

Bis jetzt konnte Ibbitts in dem großen Haus tun und lassen, was er wollte. Er hatte die Gelegenheit wahrgenommen und angefangen, Vorbereitungen im Zusammenhang mit seiner frühzeitigen Pensionierung zu treffen.

Die Dinge waren reibungslos verlaufen, bis St. Merryn vor ein paar Tagen unangemeldet aufgetaucht war und erwartet hatte, dass alles für ihn vorbereitet war. Ibbitts hatte in den ersten vierundzwanzig Stunden, nachdem der Graf eingezogen war, ziemlich große Angst gehabt. Ermutigt durch die lange Abwesenheit seines Arbeitgebers, hatte er sich erdreistet, einige Personaländerungen vorzunehmen. Das Ergebnis war, dass sich das Haus nicht in allerbestem Zustand befand.

Er hatte die Veränderungen aus wirtschaftlichen Gründen durchgeführt. Es war sinnlos, den Koch, die Haushälterin, das zweite Zimmermädchen oder die Gärtner weiter zu beschäftigen, wenn der Hausherr nicht da war, um ihre Dienste in Anspruch zu nehmen. Er konnte nur hoffen, dass

St. Merryn nicht lange blieb. In der Zwischenzeit würde er so viel wie möglich über die Privatangelegenheiten des Grafen herausfinden.

Im Laufe seiner Karriere hatte er entdeckt, dass es für die Geheimnisse seiner Arbeitgeber einen großen Markt gab.

8

Bennett ließ sich in den Arthur gegenüberstehenden Sessel sinken und blickte noch einmal auf den mageren, ärgerlichen jungen Mann, der soeben dabei war, den Club zu verlassen. »Wie ich sehe, ist Burnley heute Nachmittag hier.«

»Ja.« Arthur vermied es, von seiner Zeitung aufzublicken.

»Er hat Sie vor einigen Minuten beobachtet. Wenn Blicke töten könnten, wären Sie inzwischen bereits im Jenseits.«

Arthur blätterte die Seite um. »Zum Glück lassen mich solche Blicke unbeeindruckt, zumindest die von Burnley.«

»Ich bin der festen Überzeugung, dass er einen tiefen Hass Ihnen gegenüber empfindet«, warnte Bennett leise.

»Ich verstehe nicht, warum. Er ist derjenige, der die Dame bekommen hat, nicht ich.«

Bennett seufzte und kroch noch tiefer in seinen Sessel. Er war beunruhigt, dass Arthur sich weigerte, irgendwelche Anzeichen von Besorgnis über Roland Burnleys klare und absolute Abneigung ihm gegenüber zu zeigen. Im Augenblick richtete sein Freund seine ganze Aufmerksamkeit darauf, den Mörder seines Großonkels zu suchen. Und wenn Arthur sich auf etwas konzentrierte, war er vollauf damit beschäftigt.

Eine derartige Zielstrebigkeit war ein Charakterzug, der manchmal äußerst ärgerlich war, dachte Bennett. Aber er musste auch zugeben, dass sie wahrscheinlich auch der Grund dafür war, dass Arthur innerhalb von wenigen Jahren das verbrauchte St.-Merryn-Vermögen wieder auf den derzeitigen hohen Stand gebracht hatte.

Obwohl er wusste, dass Arthur Warnungen bezüglich Roland Burnley kalt ließen, fühlte sich Bennett verpflichtet, eine weitere auszusprechen.

»Es geht das Gerücht, dass Burnleys finanzielle Lage sich beträchtlich verschlechtert hat«, sagte er und versuchte, das Thema von einem anderen Standpunkt aus anzugehen. »Er versucht wohl, seine Verluste in den Spielhöllen wettzumachen.«

»Wenn er aus dem Grund spielt, um ein Einkommen zu erzielen, wird sich seine finanzielle Lage nur noch weiter verschlechtern.«

»Zweifellos.« Bennett lehnte sich in seinem Sessel zurück. »Mir gefällt sein Gesichtsausdruck nicht, wenn Sie beide in demselben Raum sind.«

»Dann sollten Sie ihn einfach nicht ansehen.«

Bennett seufzte. »In Ordnung, aber ich rate Ihnen, auf der Hut zu sein.«

»Danke für den Ratschlag.«

Bennett schüttelte den Kopf. »Ich weiß nicht, warum ich mir überhaupt die Mühe mache.«

»Es tut mir Leid, wenn ich nicht besonders dankbar erscheine. In der Tat habe ich im Augenblick andere Dinge im Kopf. Ich bin gerade dabei, zum nächsten Schritt meines Plans überzugehen.«

Wenn Arthur einmal einen von seinen verzwickten Plänen ins Rollen gebracht hatte, gab es nichts mehr, was ihn aufhalten konnte, dachte Bennett. Für gewöhnlich betrafen die gründlich ausgearbeiteten Vorhaben seines Freundes finanzielle Investitionen. Aber gelegentlich wandte er seine Fähigkeiten auch bei anderen Strategien an, und zwar mit ebenso großem Erfolg. Ein kluger Mann stellte sich niemals zwischen Arthur und sein Ziel, was immer es auch sein mochte.

»Es geht das Gerücht, dass Ihre mysteriöse neue

Verlobte in der Stadt ist, um einige Wochen die Vergnügungen der Ballsaison zu genießen«, sagte Bennett. »Es gibt natürlich jede Menge Spekulationen über sie. Gemäß Ihren Anweisungen habe ich in gewissen Kreisen durchsickern lassen, dass sie aus einer reichen Familie mit Landbesitz im Norden des Landes stammt.«

»Dann gibt es also keine Gerüchte, dass ich sie von einer Agentur habe?«

»Natürlich nicht«, schnaubte Bennett. »Jeder erinnert sich zwar an das Versprechen, das sie letztes Jahr gegeben haben, aber alle vermuten, dass es sich dabei um einen Scherz handelte. Niemand hat damals geglaubt und hält es auch jetzt noch nicht für möglich, dass ein Mann in Ihrer Position ein solch unsinniges Vorhaben in die Tat umsetzt.«

»Ausgezeichnet. Dann verläuft wenigstens alles so, wie ich es geplant habe.«

»Ich kann immer noch nicht glauben, dass Sie für Ihren sonderbaren Plan die Dienste einer bezahlten Gesellschafterin in Anspruch nehmen wollen.« Bennett runzelte die Stirn. »Wie ist sie?«

»Sie werden Miss Lodge schon noch früh genug kennen lernen.« Arthur ließ die Zeitung sinken und lächelte zufrieden. »Sie ist ziemlich intelligent, und sie ist schon lange genug auf der Welt, um nützliche Erfahrungen gemacht zu haben.«

»Ich verstehe«, murmelte Bennett. Mit anderen Worten, Miss Lodge war keine Jungfrau mehr, die leicht errötete.

»Sie sieht wirklich umwerfend aus«, fuhr Arthur fort und erwärmte sich langsam für das Thema. »Sie ist äußerst selbstbeherrscht und verfügt über eine gewisse Autorität, die einen dazu veranlasst, noch einmal nachzudenken, bevor man unverschämte Fragen stellt. Außerdem war ihre Großmutter Schauspielerin. Ich hoffe, dass sie ihr Talent geerbt hat. Alles in allem ist sie einfach perfekt.«

Zum Teufel, dachte Bennett, den die Aufzählung von Miss Lodges Vorzügen verblüffte, die Arthur leicht über die Lippen gekommen war. Was wurde hier gespielt? Sein Freund hatte jahrelang nicht so begeistert von einer Frau gesprochen. Nein, das stimmte nicht. Er war sicher, dass Arthur während der gesamten Zeit, in der er ihn kannte, *niemals* mit einer derartigen Begeisterung von einer Frau gesprochen hatte.

Natürlich war Arthur mit seiner ungewöhnlichen Ansicht der einzige Mann, den er kannte, der Dinge wie *weltgewandte Erfahrung* und *Schauspieltalent* für wünschenswerte Eigenschaften bei einer wohlerzogenen und gebildeten Dame hielt. Jeder andere Mann hätte diese Attribute eher mit einer Kurtisane oder Mätresse in Verbindung gebracht.«

»Genau die Frau, die Sie gesucht haben«, brummte Bennett.

»In der Tat.«

»Ich bin immer noch der Ansicht, Sie sollten ihr sagen, was hier gespielt wird«, fuhr Bennett fort.

»Natürlich nicht. Je weniger sie weiß, desto geringer ist die Wahrscheinlichkeit, dass ihr im falschen Moment aus Unachtsamkeit eine Bemerkung herausrutscht.«

»Ich verstehe Ihre Bedenken, aber ich glaube nicht, dass es fair ist, sie im Ungewissen zu lassen.« Bennett machte eine kleine Pause, bevor er sein letztes und überzeugendstes Argument abfeuerte. »Haben Sie außerdem daran gedacht, dass sie Ihnen, wenn Sie ihr die ganze Geschichte erzählen, bei Ihren Ermittlungen vielleicht helfen kann?«

Arthurs Augen verengten sich. »Das ist das Letzte, was ich möchte. Es geht sie absolut nichts an.«

»Ich sehe, es bringt überhaupt nichts, mit Ihnen darüber zu streiten.« Bennett atmete tief durch. »Ist die Begleiterin eingetroffen?«

»Ja.« Arthur streckte die Beine aus und legte seine Arme auf die Sessellehne. »Um ehrlich zu sein, hatte ich heute Nachmittag einige Zweifel wegen Margaret.«

»Obwohl Sie glauben, dass sie die Einzige von Ihren weiblichen Verwandten ist, die Sie für einen längeren Zeitraum in Ihrem Haus ertragen können.«

»Das ist sie. Als ich ihr jedoch sagte, ich erwarte von ihr, dass sie sich um all die Dinge kümmert, die damit verbunden sind, meine Verlobte in die Gesellschaft einzuführen, konnte ich sehen, dass sie keine Ahnung von solchen Aufgaben hat. Ich bin sogar ziemlich sicher, dass ich eine absolute Panik in ihren Augen gesehen habe.«

»Das ist kaum überraschend. Sie haben mir erzählt, dass Mrs Lancaster, abgesehen von einer kurzen Ballsaison vor einigen Jahren, nie in der Stadt gelebt hat.«

»Das stimmt.« Arthur verzog das Gesicht. »Ich habe einfach angenommen, dass eine Dame, die vierzehn Jahre lang verheiratet war, sich mit solchen Dingen auskennt. Aber heute habe ich sofort erkannt, dass Margaret die Unschuld vom Land ist und nicht Miss Lodge.«

Bennett zog die Augenbrauen hoch und dachte an die langwierigen Vorbereitungen, die seine verstorbene Frau damals vor jedem Ball und jeder Abendgesellschaft getroffen hatte. »Sie brauchen jemanden, der sich um die Einzelheiten kümmert«, riet er. »Eine elegante Dame trägt geeignete Kleider, Handschuhe, Schuhe und so weiter. Sie muss einen Coiffeur oder ein Dienstmädchen haben, das ihren Kopfschmuck anbringt. Außerdem darf sie nur in den modischsten Läden einkaufen.«

»Dessen bin ich mir bewusst.«

»Es ist doch selbstverständlich, Arthur, wenn Mrs Lancaster nicht in der Lage ist, dies alles zu organisieren, müssen Sie eine andere Verwandte finden. Andernfalls wird das Vorhaben in einer Katastrophe enden. Sie können mir ruhig glauben. Wie Sie wissen, habe ich in dieser Sache einige Erfahrung.«

»Ich brauche niemand anderen für mein Vorhaben.« Arthur sah zufrieden aus. »Margaret wird bleiben, denn ich brauche des Anstands wegen noch eine weitere Frau in meinem Haushalt. Aufgrund meiner Geschäftsbeziehungen weiß ich, wer in der gehobenen Gesellschaft wer ist, und ich kenne ihre Funktionen, daher werde ich eine Vorauswahl der Einladungen treffen, die Miss Lodge annehmen soll. Sie werden die beiden zu den ersten Veranstaltungen begleiten und meine Verlobte den richtigen Leuten vorstellen. Ich möchte nicht, dass sie ein Mauerblümchen wird.«

»Ich werde mein Bestes tun, um sie vorzustellen, aber was ist mit der *Kleiderfrage*? Dies ist ein äußerst wichtiger Aspekt in der gehobenen Gesellschaft.«

Arthur zuckte die Schultern. »Ich bin sicher, Miss Lodge wird sich darum kümmern.«

Bennett war fasziniert. Ein solch unerschütterliches Vertrauen in eine andere Person zu setzen, zumal in eine Frau, war für Arthur äußerst ungewöhnlich. Wenn es um die Durchführung seiner komplexen Transaktionen ging, vertraute er kaum jemandem, egal, ob Frau oder Mann.

Bennett war einer der wenigen Menschen, denen Arthur völliges Vertrauen entgegenbrachte, und jetzt zählte Miss Lodge offenbar auch dazu. Wie interessant.

»Nun, wie steht es mit dem gesellschaftlichen Aspekt?«, insistierte Bennett. »Sie wissen, wie schnell sich Klatschgeschichten in einem Ballsaal verbreiten. Wenn man Miss Lodge mit der falschen Person sprechen sieht, wird das den Eindruck, den Sie machen wollen, zunichte machen. Es wäre jedoch noch viel schlimmer, wenn sie mit dem Falschen tanzen oder mit ihm im Garten spazieren gehen würde. Junge Frauen werden von ihren Müttern oder einer erfahrenen Anstandsdame begleitet, aber aus dem, was Sie mir erzählt haben, entnehme ich, dass Miss Lodge niemanden hat, der an ihrer Seite ist.«

»Das stimmt nicht ganz, Bennett.« Arthur lächelte leicht. »Ich beabsichtige, dass Sie die Hand über sie halten.«

Bennett stieß einen tiefen Seufzer aus und schloss die Augen. »Ich hatte befürchtet, dass Sie so etwas von mir verlangen würden.«

9

Am darauf folgenden Morgen inspizierte Elenora ihr Schlafzimmer. Sie hatte die Hände in die Hüften gestützt, ihr rechter Fuß klopfte rhythmisch auf den Boden.

Das dunkle, trostlose Mobiliar bestand aus einem kunstvoll geschnitzten Kleiderschrank, einem riesigen Bett mit schweren Vorhängen und einem dunklen, schmutzigen Teppich. Die Tapete schien aus einer Zeit zu stammen, als exotische Muster hochmodern waren. Leider waren die Farben total verblasst, sodass man die weit verzweigten Ranken und Blumen nicht mehr erkennen konnte.

Die Sauberkeit in diesem Zimmer ließ genauso zu wünschen übrig wie in den anderen Räumen des Hauses. Es war fast nie Staub gewischt, gefegt oder geputzt worden. Auf dem Rahmen des achteckigen Spiegels und dem Kopfteil des Bettes lag eine dicke Staubschicht. Die trüben Fensterscheiben zeugten davon, dass seit Urzeiten niemand mehr die Fenster geputzt hatte.

Wenn sie in den nächsten Wochen hier wohnen wollte, müsste sie etwas tun, um den erbärmlichen Zustand dieses Hauses zu ändern, nahm sie sich vor.

Sie öffnete die Tür und trat in den dunklen Korridor. Sie freute sich ganz und gar nicht auf das Frühstück. Das Abendessen hatte aus geschmacklosem gekochtem Huhn bestanden, Klößen, die gut als Ballast für ein Schiff hätten dienen können, Gemüse, das so lange gekocht war, bis es eine ungesunde graue Farbe angenommen hatte, und einem gekochten Pudding aus Rindertalg.

Margaret und Elenora hatten allein in dem dunklen Speisesaal gegessen. Arthur hatte so viel Verstand gehabt, sich in seinen Club zu begeben, was sie ihm nicht verübeln konnte. Sie hätte auch lieber woanders gegessen.

Sie ging die Treppe hinunter und bemerkte den Staub, der sich zwischen dem Geländer angesammelt hatte. Auf der Suche nach dem Frühstücksraum betrat sie versehentlich zwei Zimmer, die mit abgedeckten Möbeln voll gestellt waren. Dann traf sie auf Ned.

»Guten Morgen«, sagte sie. Können Sie mir bitte zeigen, wo es zum Frühstücksraum geht?«

Ned wirkte total verblüfft. »Ich glaube, er ist irgendwo am Ende des Flurs, Ma'am.«

Sie hob die Augenbrauen. »Sie wissen nicht, wo sich der Frühstücksraum befindet?«

Ned wurde rot und begann zu stottern. »'tschuldigung, Ma'am, aber seitdem ich hier arbeite, ist er noch nie benutzt worden.«

»Ich verstehe.« Sie übte sich in Geduld. »Wenn das so ist, wo kann ich dann heute Morgen frühstücken?«

»Im Esszimmer, Ma'am.«

»Sehr gut. Danke, Ned.«

Sie ging einen anderen Gang entlang, der zum Esszimmer führte, und war ein wenig überrascht, als sie Arthur am Ende eines langen Tisches sitzen sah.

Er schaute von seiner Zeitung auf, die ausgebreitet vor ihm lag, und zog die Augenbrauen hoch, als hätte er sie zu so früher Stunde nicht hier erwartet.

»Elenora.« Er erhob sich von seinem Stuhl. »Ich wünsche Ihnen einen guten Tag.«

»Auch Ihnen einen guten Tag, Sir.«

Die Tür, die zur Küche führte, schwang auf, und Sally erschien. Sie sah noch ängstlicher und erschöpfter aus als am Tag zuvor. Schweißperlen glitzerten auf ihrer Stirn. Aus ihrer gelben Haube hatten sich lange Haarsträhnen gelöst. Sie starrte Elenora an und wischte sich die Hände an der fleckigen Schürze ab.

»Ma'am«, sagte sie und machte einen linkischen Knicks. »Ich wusste nicht, dass Sie zum Frühstück herunterkommen.«

»Das habe ich gemerkt«, erwiderte Elenora. Sie nickte bedeutungsvoll in Richtung des langen Tisches.

Das Dienstmädchen eilte zu einer Anrichte und zog eine Schublade auf. Während sie ein zweites Gedeck auflegte, ging Elenora durch den Raum und inspizierte die aufgetragenen Speisen.

Die Situation in der Küche hatte sich seit dem gestrigen Abend nicht verbessert. Die Eier waren hart wie Beton, die Würstchen hatten eine unappetitliche Farbe angenommen und die Kartoffeln rochen nach altem Fett.

Verzweifelt nahm Elenora sich einige Scheiben schlaffen Toast und goss sich eine Tasse lauwarmen Kaffee ein.

Als sie sich zum Tisch umwandte, bemerkte sie, dass Sally das zweite Gedeck auf die gegenüberliegende Seite des Tisches, wo Arthur saß, gelegt hatte.

Elenora wartete, bis das Mädchen den Raum verlassen hatte. Dann nahm sie die Serviette und das Besteck und ging zur anderen Seite des Tisches, wo sie das Gedeck rechts neben Arthur legte. Dann setzte sie sich mit ihrem Kaffee und dem schlaffen Toast neben ihn.

Es entstand ein Moment verlegenen Schweigens.

»Ich hoffe, Sie haben letzte Nacht gut geschlafen«, sagte Arthur schließlich.

»Ja, sehr gut, Mylord.« Elenora probierte den Kaffee. Er war nicht nur sehr kalt, er war einfach scheußlich. Sie stellte ihre Tasse ab. »Haben Sie etwas dagegen, wenn ich Sie frage, ob Ihr Personal schon lange bei Ihnen ist?«

Er war von der Frage überrascht. »Ich habe die Diener noch nie gesehen, als ich vor einigen Tagen hier ankam.«

»Sie kennen überhaupt keinen?«

Er blätterte eine Seite in seiner Zeitung um. »Ich verbringe hier so wenig Zeit wie möglich. In der Tat habe ich das Haus im letzten Jahr überhaupt nicht betreten. Wenn ich in London bin, was äußerst selten vorkommt, ziehe ich es vor, in meinem Club zu wohnen.«

»Ich verstehe.« Sein mangelndes Interesse an dem Haus erklärte einiges, dachte sie. »Wer beaufsichtigt das Personal?«

»Der alte Buchhalter, der bereits für meinen Großvater gearbeitet hat, kümmert sich um die Dinge, die mit dem Haushalt zu tun haben. Ich habe ihn zusammen mit dem Haus geerbt, und die einzige Aufgabe, die ihm geblieben ist, besteht darin, nach dem Haus zu sehen. Für andere Sachen kann ich ihn nicht gebrauchen.« Er hob seine Tasse.

»Warum fragen Sie?«

»Es gibt einige Dinge im Haushalt, die der Aufmerksamkeit bedürfen.«

Er probierte seinen Kaffee und zuckte zusammen. »Ja, das ist mir auch schon aufgefallen. Aber ich habe keine Zeit, mich darum zu kümmern.«

»Natürlich nicht«, sagte sie. »Aber ich habe Zeit. Haben Sie etwas dagegen, wenn ich ein paar Dinge in Ihrem Zuhause verändere?«

»Aber ich betrachte es nicht als mein Zuhause.« Er zuckte die Schultern und stellte seine Tasse ab. »Ich trage mich mit dem Gedanken, das Haus zu verkaufen. Aber wenn Sie wollen, können Sie gerne etwas verändern, solange Sie hier sind.«

Sie nagte an dem schlaffen Toast. »Ich kann gut verstehen, warum Sie das Haus verkaufen wollen. Es ist sehr groß und teuer.«

»Die Kosten sind nicht der Grund dafür.« Sein Blick verhärtete sich. »Ich hasse das Haus. Wenn ich heirate, brauche ich ein Haus in der Stadt, das ich ab und zu benutzen kann. Ich werde jedoch einen anderen Wohnsitz kaufen.«

Aus irgendeinem Grund veranlassten seine Worte sie, das bisschen Interesse, das sie an dem Toast hatte, vollends zu verlieren. Selbstverständlich zog er eine echte Heirat in Erwägung, dachte sie. Aber warum hatten seine Worte sie nur so deprimiert? Er hatte eine Verpflichtung gegenüber seinem Titel und seiner Familie. Außerdem würde er, wenn er endlich die Zeit fand, seine Gräfin auszuwählen, das tun, was andere Männer in seiner Situation taten: Er würde sich eine behütete junge Dame suchen, die gerade aus der Schule kam, die Art von Frau, die seiner Meinung nach zu feinfühlig und unschuldig war, um als seine fiktive Verlobte bei ihm zu arbeiten.

St. Merryns Braut – seine echte Braut – war eine Dame von tadellosem Ruf, deren Familie nicht in Skandale verwickelt war oder Verbindungen zum Handel unterhielt. Sie würde Ländereien und ein Vermögen mit in die Ehe bringen, obwohl er diese Dinge eigentlich gar nicht brauchte. Aber so wurde es in seinen Kreisen nun einmal gehandhabt.

Es war an der Zeit, das Thema zu wechseln, beschloss Elenora. »Gibt es irgendetwas Interessantes in der Zeitung zu lesen?«

»Nur den üblichen Klatsch und jede Menge Skandale.« In seiner Stimme schwang Verachtung mit. »Nichts Wichtiges. Was haben Sie für heute geplant?«

»Margaret und ich wollen einkaufen gehen.«

Er nickte. »Ausgezeichnet. Ich möchte, dass Sie so schnell wie möglich in die gehobene Gesellschaft eingeführt werden.«

»Wir werden wahrscheinlich morgen Abend bereits auf unsere erste Party gehen«, versicherte sie ihm.

Ibbitts betrat das Esszimmer; in der Hand hielt er das stumpfe Tablett aus der Eingangshalle, auf dem ein Stapel Karten und Mitteilungen lag.

Arthur sah zu ihm auf. »Was haben Sie da?«

»Noch mehr Visitenkarten und Einladungen, Mylord«, sagte Ibbitts. »Was soll ich damit tun?«

»Ich werde mich in der Bibliothek damit beschäftigen.«

»Sehr wohl, Mylord.«

Arthur zerknüllte seine Serviette und stand auf.

»Entschuldigen Sie mich bitte, meine Liebe«, sagte er. »Ich muss gehen. Später werde ich Ihnen eine Liste mit gesellschaftlichen Anlässen zukommen lassen, bei denen Sie diese Woche anwesend sein werden.«

»Wie Sie möchten, Arthur«, murmelte sie pflichtschuldigst. Sie würde dieses *meine Liebe* nicht ernstnehmen, sagte sie sich. Dieses Kosewort war lediglich für Ibbitts Ohren gedacht.

Zu ihrer Verwunderung beugte er sich zu ihr herab und küsste sie; nicht auf die Wange, sondern direkt auf den Mund. Es war ein sehr kurzer und Besitz ergreifender Kuss, die Art von Kuss, die ein Mann eigentlich nur seiner echten Verlobten schenkte.

Wer hätte gedacht, dass Arthur ein solch ausgezeichneter Schauspieler war?, sinnierte sie ein wenig verwirrt.

Sie war durch diese unerwartete geheuchelte Zuneigung so aufgewühlt, dass es ihr einen Augenblick lang die Sprache verschlug. Als sie sich wieder erholt hatte, hatte Arthur das Esszimmer bereits verlassen. Sie hörte das dumpfe Klacken seiner eleganten polierten Stiefel in der Eingangshalle.

»Kann ich sonst noch etwas für Sie tun, Madam?«, fragte Ibbitts in einem Ton, der nahe legte, dass er in Ruhe gelassen werden wollte.

»Es gibt in der Tat noch etwas für Sie zu tun.« Elenora ließ ihre Serviette auf den Tisch fallen. »Bringen Sie mir bitte die Haushaltsbücher und Abrechnungen der letzten beiden Quartale.«

Ibbitts starrte sie einige Sekunden lang verständnislos an. Dann färbten sich seine Wangen dunkelrot. Sein Mund ging ein paar Mal auf und zu, bevor er endlich anfing zu sprechen.

»Ich bitte um Entschuldigung, Madam?«

»Ich denke, ich habe mich ziemlich klar ausgedrückt, Ibbitts.«

»Der Buchhalter des alten Grafen kümmert sich um die Haushaltsbücher, Ma'am. Ich habe sie nicht. Ich kontrolliere nur die Ausgaben und gebe die Information dann an Mr Ormesby weiter.«

»Ich verstehe. Dann können Sie mir vielleicht einige Fragen beantworten.«

»Welche Fragen, Ma'am?«, fragte Ibbitts vorsichtig.

»Wo ist die Köchin?«

»Sie hat ihre Stelle vor einigen Monaten aufgegeben, Ma'am. Es ist mir noch nicht gelungen, einen Ersatz für sie zu finden. Aber Sally scheint sich in der Küche gut zu machen.«

»Sally arbeitet wirklich sehr schwer, sie ist jedoch als Köchin nicht geeignet.«

»Ich hoffe, dass ich bald einen neuen Koch von der Agentur bekomme«, murmelte Ibbitts.

»Wirklich?« Elenora stand auf und ging zur Tür.

»Wohin gehen Sie, Ma'am?«, fragte Ibbitts.

»Um mich mit Sally über Belange der Küche zu unterhalten. Unterdessen schlage ich vor, dass Sie Ihre Bemühungen darauf konzentrieren, einen neuen Koch und ein weiteres Dienstmädchen zu suchen. Oh ja, und wir brauchen auch noch ein paar Gärtner.«

Ibbitts Augen verdunkelten sich vor Zorn, er sagte jedoch nichts. Elenora spürte, wie ein kalter Schauer ihren Rücken hinunterlief, als sie ihm den Rücken zuwandte und in die Küche ging.

10

Der Mörder nahm eine weitere Einstellung an der schweren Maschine aus Messing und Eisen vor und trat ein paar Schritte zurück, um sein Meisterwerk zu überprüfen.

Er war so nah dran. Er hatte das letzte große Geheimnis des alten Steins gelüftet, das sein Vorgänger nicht hatte aufdecken können. Noch ein oder zwei Justierungen und das Gerät war fertig. Bald würde er das Kommando über die ungeheure Kraft von Jove's Thunderbolt haben.

Eine fiebrige Begeisterung überfiel ihn, genauso heiß und reinigend wie das Feuer eines Alchimisten. Er war durch und durch von der Aussicht auf Erfolg erfüllt.

Er sah auf seine Uhr. Es war kurz vor Tagesanbruch. Er ging durch das Labor und drehte die Lampen herunter. Dann nahm er die Laterne und betrat die Krypta.

Er hatte herausbekommen, dass es zwei geheime Eingänge zum Labor gab. Der Eisenkäfig, der von der alten Abtei hinunterführte, war zwar ganz nützlich, er wollte ihn jedoch nicht zu oft benutzen, denn ebenso wie sein Vorgänger machte er sich Sorgen, dass der übermäßige Gebrauch die Neugier der Nachbarn wecken würde.

Die meisten Leute, die in der Nähe wohnten, fürchteten die Abtei zwar, weil sie glaubten, dass es dort spukte. Es war jedoch durchaus möglich, dass irgendeine kühne Person ihre Angst überwand, wenn sie zufällig einen modisch gekleideten Herrn erblickte, der jeden Abend in die Kapelle ging und nach einer Weile wieder herauskam. Daher wollte der Mörder den Eisenkäfig nur dann benutzen, wenn er es besonders eilig hatte.

Der vergessene Fluss war eine sichere, wenn auch anstrengendere Route für seine nächtlichen Fahrten zum Labor.

Im hinteren Teil der Krypta schwappte das Wasser an die verborgenen unterirdischen Docks.

Er stieg in eines der kleinen, niedrigen Boote, die er dort festgemacht hatte. Vorsichtig balancierend stellte er die Lampe in den Bug und griff nach der Ruderstange. Nach einem festen Stoß glitt das Boot in den Strom des lang vergessenen Flusses und trieb sanft in dem dunklen, faulig riechenden Wasser dahin. Immer wieder musste sich der Mörder ducken, um den alten steinernen Brücken auszuweichen, die sich über ihm wölbten.

Die Fahrt war unheimlich, beunruhigend. Obwohl er diese Strecke bereits mehrere Male hinter sich gebracht hatte, bezweifelte er, dass er sich jemals an die beklemmende Dunkelheit und den ekelhaften Geruch würde gewöhnen können. Aber er tröstete sich mit der Vorstellung, dass sein Vorgänger diese unheimliche Strecke unzählige Male hin- und hergefahren war. Es war alles Teil seines wunderbaren Schicksals, dachte er.

Eine der alten Reliquien, die überall am Ufer herumlagen, kam in Sicht. Das Licht der Laterne tanzte über ein Marmorrelief, von dem ein Teil im Schlamm vergraben war. Darin eingemeißelt war das Abbild eines Gottes, der eine sonderbare Kopfbedeckung trug. Die Figur tötete einen großen Stier. Es handelte sich um *Mithras*. Nach den Tagebuchaufzeichnungen seines Vorgängers war er der mysteriöse Gott eines römischen Kults, der in diesem Landesteil einst seine Blütezeit erlebt hatte.

Der Mörder wandte seinen Blick ab, wie er es immer tat, wenn er eine der alten Statuen sah. Der anklagende Blick in den leblosen Augen erweckte in ihm großes Unbehagen. Es war, als könnten die alten Götter in sein Inneres blicken, wo die seltsame Energie, die das Geniale in ihm antrieb, brodelte und kochte, und als würden sie begreifen, dass er sie nicht vollständig unter seiner Kontrolle hatte.

11

Am folgenden Abend kurz nach zehn Uhr stand Elenora mit Margaret und Bennett Fleming inmitten einer Ansammlung von Topfpalmen.

»Der erste Tanz ist entscheidend«, erklärte Bennett und musterte diejenigen in der Menge, die eine angenehme Ausstrahlung hatten. »Wir müssen sichergehen, dass es der richtige Gentleman ist.«

Elenora spähte zwischen den Palmwedeln hindurch. Der Saal wurde durch zahlreiche Kronleuchter in gleißendes Licht getaucht und die Spiegel, die eine ganze Wand säumten, reflektierten den Glanz des atemberaubenden Geschehens.

Damen in schillernden Kleidern und nach der neuesten Mode gekleidete Herren lachten miteinander und tauschten die neuesten Klatschgeschichten aus. Elegante Paare schwebten über die Tanzfläche. Vom Balkon, wo sich die Kapelle niedergelassen hatte, ertönte Musik. Diener in blauer Livree bahnten sich ihren Weg durch das Gewühl und balancierten Tabletts mit Champagner und Limonade.

»Ich verstehe nicht, warum ich nicht zuerst mit Ihnen tanzen kann«, sagte Elenora zu Bennett.

Sie hatte sofort, nachdem sie Bennett Fleming kennen gelernt hatte, erkannt, dass sie ihn sehr mochte. Ein Blick auf seine kräftige Gestalt und in die ernsten Augen genügte, um zu begreifen, warum Arthur ihm vertraute. Bennett Fleming machte den Eindruck, als gehöre er zu den selten gewordenen, gutherzigen, zuverlässigen Menschen, auf die man sich in kritischen Situationen verlassen konnte.

»Nein, nein, das ist unmöglich«, versicherte Bennett ihr. »Derjenige, der mit dem Tanz beginnt, legt einen gewissen Standard fest, wissen Sie. Wer immer es auch sein wird, dieser Mann hat die Macht, Sie umgehend gesellschaftsfähig zu machen.«

Margaret sah ihn mit offener Bewunderung an.

»Woher wissen Sie solche Dinge, Sir?« Bennetts Gesichtsfarbe nahm ein dunkles Rot an. »Meine verstorbene Frau war eine Dame, der die Vergnügungen der vornehmen Welt sehr gefielen. Man lernt derartige Dinge, wenn man mit einer Expertin verheiratet ist.«

»Ja, selbstverständlich«, murmelte Margaret. Sie wühlte in ihrer Handtasche und zog einen kleinen Schreibblock und einen winzigen Stift daraus hervor.

Bennett zog die Stirn in Falten. »Was machen Sie da?«

»Ich mache mir Notizen«, sagte Margaret.

»Wozu?«

»Mein Tagebuch.«

Elenora verkniff sich ein Lachen. Sie stellte sich vor, wie Bennett reagieren würde, wenn er erfuhr, dass Margaret Recherchen für ihren neuen Roman anstellte.

»Ah ja.« Bennetts Augenbrauen zogen sich zusammen und seine Augen verengten sich zu schmalen Schlitzen. Er trank einen Schluck von seinem Champagner und sah aus wie jemand, der kurz davor ist, in den Kampf zu ziehen. »Wie ich bereits sagte: Die Frage, welchem Gentleman das Privileg zusteht, der Erste zu sein, ist von äußerster Wichtigkeit.«

»Hm«, brummte Elenora. »Das Auswahlverfahren gleicht der Prozedur, die man bei der Wahl des ersten Liebhabers anwendet.«

Bennett verschluckte sich an seinem Champagner.

»Wie die Prozedur, die man bei der Wahl eines Liebhabers anwendet«, wiederholte Margaret leise für sich und kritzelte eifrig in ihren Notizblock. »Das ist wirklich ein guter Vergleich. Klingt ja alles äußerst interessant, nicht wahr?«

Bennett starrte sie ungläubig an. »Das haben Sie doch nicht etwa in Ihr Tagebuch geschrieben?«

»Das wird später interessanten Lesestoff abgeben, meinen Sie nicht auch?« Margaret schenkte Bennett ein freundliches Lächeln und steckte den Notizblock in ihre Handtasche zurück.

Bennett hielt es offenbar für schlauer, nicht auf ihre Frage zu antworten. Stattdessen richtete er seine Aufmerksamkeit wieder auf die Tanzfläche. Plötzlich hellte sich seine Miene auf und er sah erleichtert aus.

»Da ist er«, flüsterte er.

»Wer?«, fragte Elenora gespannt.

»Der Mann, der Sie als Erster auf die Tanzfläche führen wird.« Bennett schob das Kinn vor.

Elenora folgte seinem Blick und entdeckte einen großen, vornehm aussehenden Gentleman in einem blauen Rock, der in der Nähe der Verandatüren stand, die sich zum Garten hin öffneten. Er war ungefähr Ende fünfzig und unterhielt sich gerade mit einem anderen Mann. Etwas an seiner Haltung und seinem Gesichtsausdruck ließ erkennen, dass ihn das farbenfrohe Treiben um ihn herum unsäglich langweilte.

»Wer ist das?«, fragte Margaret. »Und warum meinen Sie, dass er der geeignete Tanzpartner für Elenora ist?«

»Das ist Lord Hathersage«, erklärte Bennett. »Er ist außerordentlich wohlhabend und hat in der gehobenen Gesellschaft einen großen Einfluss. Er hat seine Finger überall im Spiel. Seine Frau ist vor zwei Jahren gestorben, ohne einen Nachkommen zu hinterlassen. Er soll angeblich auf der Suche nach einer neuen Frau sein.«

»Wenn das so ist, warum sollte er ausgerechnet mit mir tanzen wollen?«, fragte Elenora neugierig. »Ich bin doch verlobt.«

»Hathersage soll, was Frauen angeht, sehr wählerisch sein«, sagte Bennett geduldig. »In der Tat bezeichnet er sich als Kenner. Eine Runde mit ihm auf dem Parkett wird ziemlich viel Aufmerksamkeit erregen, und jeder zweite Mann im Saal wird sich verwundert fragen, was er an Ihnen findet.

Kurz gesagt, Hathersage kann Sie in die Gesellschaft einführen.«

»Was passiert, wenn er nicht mit mir tanzen will?«

Zum ersten Mal leuchteten Bennetts freundliche Augen vor Belustigung auf. »Darin seh ich überhaupt kein Problem.«

Margaret warf ihm einen raschen, forschenden Blick zu. »Warum, glauben Sie, sollte er sich freuen, mit Elenora zu tanzen? Selbst aus der Entfernung kann ich erkennen, dass er zu den Gentlemen gehört, die an übermäßiger Langeweile leiden.«

»Hathersage und Arthur haben im Laufe der Jahre Geschäfte zusammen getätigt«, sagte Bennett. »Außerdem ist Hathersage Arthur noch einen großen Gefallen schuldig.«

Neugierig geworden klappte Elenora langsam ihren Fächer auf. »Ich frage nur ungern, aber ich kann nicht widerstehen. Welche Art von Gefallen?«

»Arthur ist ein Genie, was Geldanlagen betrifft. Vor sechs Monaten gab es ein lebhaftes Interesse an einem Bergbauvorhaben in Yorkshire. Arthur wusste, dass es sich bei dem Projekt um Betrug handelte und dass es in einer Katastrophe enden würde. Er erfuhr, dass Hathersage Anteile an dem Projekt kaufen wollte, und schickte ihm einen Brief, in dem er ihn warnte, dass das Vorhaben keine solide Geldanlage war. Kurze Zeit später scheiterte das Projekt und alle Anteilseigner verloren ihr Vermögen. Dank Arthurs Rat blieb Hathersage von der Katastrophe verschont.«

Zweifellos war das Bergbauprojekt, wovon Bennett sprach, dasselbe gewesen, das auch ihren Stiefvater ruiniert und sie um ihr Erbe gebracht hatte, dachte Elenora. Wie schade, dass Samuel Jones nicht mit Arthur befreundet gewesen war. Aber Jones war auch niemand, der auf gute Ratschläge hörte.

Bennett sah Elenora an. »Ich kann diesen ersten Tanz für Sie organisieren, aber was danach geschieht, liegt ganz bei Ihnen. Wenn Sie erst einmal mit Hathersage auf der Tanzfläche sind, müssen Sie ihm etwas Lustiges erzählen. Wenn Sie in der Lage sind, ihn zu erheitern, und sei es auch nur für wenige Augenblicke, wird er höchst erfreut sein.«

Elenora rümpfte die Nase. »Ich fühle mich wie eine bezahlte Kurtisane und nicht wie eine bezahlte Verlobte, Mr Fleming.«

Bennett zuckte zusammen. »Ich bitte um Verzeihung?«

»Bezahlte Kurtisane anstelle von bezahlter Verlobten«, wiederholte Margaret leise. »Ausgezeichnet.« Sie klappte ihr Notizbuch auf.

»Egal.« Elenora kicherte. »Ich werde mich bemühen und mir etwas Unterhaltsames ausdenken, das ich Lord Hathersage erzählen kann.«

Bennett rief einen Diener herbei und schickte ihn mit einer kurzen Nachricht zu Hathersage.

Fünf Minuten später war Elenora auf der Tanzfläche und lächelte zu ihrem großen, grauhaarigen Partner auf. Hathersage war die Höflichkeit in Person, aber es war eindeutig, dass er lediglich einen Gefallen erwiderte. Aus unmittelbarer Nähe war sein gelangweilter Gesichtsausdruck klar zu erkennen. Elenora fragte sich, warum er nicht schon vor langer Zeit an unerträglicher Langeweile gestorben war.

»Es ist sehr nett von Ihnen, dass Sie Mr Fleming gestattet haben, Sie auf diese Art und Weise in die Pflicht zu nehmen, Sir«, sagte sie.

»Unsinn. Ich bin entzückt, dass ich behilflich sein kann«, erwiderte Hathersage ohne irgendwelche Anzeichen, dass er diese Worte ehrlich meinte. »Es wird mir sicherlich keine großen Unannehmlichkeiten bereiten, mit einer attraktiven Frau zu tanzen.«

»Danke«, antwortete sie. Wie, um alles in der Welt, konnte sie eine Unterhaltung mit einem

Mann führen, der sich offenbar wünschte, woanders zu sein?

»Ich muss Ihnen sagen, dass ich St. Merryn außerordentlich beneide«, fuhr Hathersage teilnahmslos fort. »Es ist ihm gelungen, eine Verlobte zu finden, ohne sich an die strengen Regeln, die in der gehobenen Gesellschaft herrschen, zu halten. Ich jedoch habe das Pech, zahllose alberne junge Damen ertragen zu müssen, die gerade dem Schulalter entwachsen sind.«

Seine Haltung ging ihr langsam auf die Nerven. »Ich vermute, dass der Prozess, den richtigen Partner zu finden, für die jungen Damen genauso schwierig sein dürfte wie für Gentlemen wie Sie, Sir.«

»Unmöglich.« Er sah tief gekränkt aus. »Sie können sich ja gar nicht vorstellen, wie schwierig es für einen Mann in meinem Alter und mit meiner Lebenserfahrung ist, sich mit einem jungen Küken von siebzehn Jahren zu unterhalten. Diese jungen Dinger können nur über den letzten Unsinn reden, den Byron geschrieben hat, oder die neueste Mode aus Paris.«

»Aber Sie müssen die Situation einmal aus der Perspektive der jungen Damen betrachten, Sir. Ich versichere Ihnen, es kann außerordentlich schwierig sein, sich mit einem Mann zu unterhalten, der alt genug ist, ihr Vater zu sein, und man viel lieber mit einem attraktiven jungen Poeten tanzen würde.«

Hathersage schien einen Moment lang aus der Fassung gebracht zu sein. Dann legte er die Stirn in Falten. »Wie bitte?«

»Einem Mann also, der nicht nur an Aussehen, Ruf oder Erbschaft interessiert ist.« Sie gab ein verächtliches Geräusch von sich. »Wenn dieser außerordentlich langweilige Gentleman von den Dingen, die eine junge Dame interessieren, absolut nichts weiß, ist es dann nicht ein Wunder, dass sie überhaupt noch in der Lage ist, eine Unterhaltung mit ihm zu führen? Man kann sich einfach nicht vorstellen, dass diese junge Dame dann nach Hause läuft und ihrem Tagebuch romantische Erinnerungen an einen solchen Tanzpartner anvertraut, oder?«

Es entstand ein betretenes Schweigen, während Hathersage ihre Worte verdaute.

Dann blitzte ein kleiner Funke echten Interesses in seinen Augen auf. »Wo, zum Teufel, hat St. Merryn Sie gefunden, Miss Lodge?«

Sie warf ihm ihr schönstes Lächeln zu. »Da Sie meinen Verlobten kennen, müsste Ihnen zweifellos auch bekannt sein, dass er einen ziemlich logischen Verstand hat. Bei der Suche nach einer geeigneten Braut hat er sowohl seinen analytischen Verstand als auch sein gesundes Urteilsvermögen walten lassen.«

»Logik und Verstand, eh?« Hathersage war fasziniert. »Und wo haben ihn seine Talente auf der Suche nach einer solchen Musterfrau hingeführt?«

»Natürlich in eine Agentur, die sich darauf spezialisiert hat, einer exklusiven Klientel bezahlte Gesellschafterinnen zu vermitteln.«

Hathersage kicherte, offensichtlich entschlossen, auf den Witz einzugehen. »Ah ja, er hatte sich ja auch geschworen, genau das zu tun.«

»Es ist eine vernünftige Vorgehensweise. Im Grunde genommen sind Männer und Frauen doch Verbündete, meinen Sie nicht auch?«

»Unter diesem Aspekt hatte ich die Institution Ehe noch gar nicht betrachtet, aber ich gebe zu, dass Sie Recht haben.«

»Denken Sie nur an St. Merryns geniale Taktik, Sir. Die Agentur hat ihm eine umfangreiche Liste mit gebildeten Damen vorgelegt, die alle ausgezeichnete Referenzen und einen tadellosen Leumund besaßen. Anstelle von lästigen Verpflichtungen, die beinhalten, mit ihnen zu tanzen und langweilige, geistlose Unterhaltungen über sich ergehen lassen zu müssen, konnte er die Damen in einem Vorstellungsgespräch ausführlich befragen.«

»Befragen.« Hathersage grinste. »Wie clever.«

»Das Schöne daran ist, dass es umgekehrt auch funktioniert. Die Damen, die sich um eine Stelle bewarben, konnten ihn ebenfalls befragen. Somit blieb ihnen die Notwendigkeit erspart, irgendwelche älteren Gentlemen zu unterhalten, die Byrons letzte Werke nicht kennen und lediglich auf der Suche nach einer attraktiven Erbin sind, die ihnen einen Nachkommen schenkt.«

Plötzlich blieb Hathersage mitten auf der Tanzfläche stehen. Einen schrecklichen Augenblick lang dachte Elenora, dass sie die Situation falsch eingeschätzt und somit eine Katastrophe heraufbeschworen hatte.

Dann jedoch warf Hathersage den Kopf zurück und lachte aus voller Kehle.

Der ganze Saal drehte sich nach ihnen um und alle starrten sie gebannt an.

Als Hathersage Elenora zu Bennett und Margaret zurückbrachte, war die Reihe der Gentlemen, die auf einen Tanz mit ihr warteten, so lang, dass sie sich von den Topfpalmen in der Nähe des Eingangs bis hin zum Kartenzimmer erstreckte.

»Betrachten Sie den Gefallen als erledigt«, sagte Bennett zu Hathersage.

»Im Gegenteil«, antwortete dieser und kicherte immer noch. »Dies war der amüsanteste Abend, den ich seit langem gehabt habe.«

12

Arthur stützte sich mit beiden Händen auf die Balkonbrüstung und suchte den überfüllten Sall nach Elenora ab. Es war kurz nach Mitternacht und er war nicht in bester Stimmung. Er hatte den Abend mit Nachforschungen verbracht, die jedoch nicht sehr erfolgreich gewesen waren. Zugegeben, er hatte noch weitere Details über eine der mysteriösen Schnupftabakdosen, die er suchte, herausgefunden, aber viele andere Fragen blieben unbeantwortet. Er hatte das unerklärliche Gefühl, dass ihm die Zeit davonlief.

Nach einigen Minuten sah er Elenora am gegenüberliegenden Ende des Ballsaals. Als er ihr glänzendes, dunkles Haar erblickte, wurde ihm bewusst, warum es so schwierig war, sie zu finden: Sie wurde von zahlreichen Männern umringt, die alle um ihre Aufmerksamkeit zu wetteifern schienen.

Dort stand sie und plauderte auf äußerst vertraute Art und Weise mit einigen Gentlemen, die sie vermutlich erst heute Abend kennen gelernt hatte. Ihr an der Taille geschnürtes smaragdgrünes Kleid war viel zu tief ausgeschnitten und enthüllte in großzügiger Weise einen Teil ihrer weichen Brüste und der sanft gewölbten Schultern. Sie strahlte wie ein exotischer Diamant, den, davon war Arthur überzeugt, jeder Mann im Saal begehrte.

Er fragte sich, wo Bennett und Margaret waren, die eigentlich ein Auge auf Elenora werfen sollten.

Während er das Geschehen beobachtete, neigte sich einer der Gentlemen über Elenoras behandschuhte Hand und geleitete sie auf die Tanzfläche. Was auch immer sie ihrem Begleiter erzählt haben mochte, es war offenbar recht amüsant gewesen, dachte Arthur grimmig. Der Mann grinste wie ein Idiot.

Seit einigen Stunden hatte sich die Situation für ihn verschlechtert, dachte Arthur. Der Anblick seiner unechten Verlobten, die sich mit einem Fremden auf der Tanzfläche amüsierte, gab ihm den Rest. Der Abend war völlig außer Kontrolle geraten.

Er stieß sich von der Balustrade ab und ging zur Treppe hinüber.

»Erlauben Sie mir, dass ich Ihnen zu Ihrer charmanten Verlobten gratuliere, St. Merryn«, ertönte eine Stimme hinter ihm, die ihm bekannt vorkam.

Er hielt inne und sah einen großen Mann, der auf ihn zukam. »Hathersage.«

»Ich hatte das große Vergnügen, heute Abend mit Miss Lodge zu tanzen. Sie ist eine höchst ungewöhnliche Dame.« Hathersage blieb stehen und schaute auf die tanzenden Paare hinunter. Er kicherte. »Ich ziehe ernsthaft in Erwägung, bei meiner Suche nach einer Ehefrau Ihre Strategie anzuwenden.«

»Was meinen Sie damit?«

»Nun, ich meine natürlich Ihre geniale Idee, Bewerberinnen, die eine Stelle suchen, in einer Agentur zu befragen, die sich auf die Vermittlung von bezahlten Gefährtinnen spezialisiert.«

Arthur gefror das Blut in den Adern. Hatte Elenora Hathersage etwa die Wahrheit erzählt? Sicherlich nicht.

»Sie hat die Agentur erwähnt?«, fragte er vorsichtig.

»Ich schwöre Ihnen, es war die amüsanteste Geschichte, die ich seit langem gehört habe«, antwortete Hathersage. »Morgen wird sie in aller Munde sein. Ein solch lebhafter Geist ist ein unschätzbarer

Vorzug bei einer Ehefrau, ebenso wie bei jeder anderen Art von *Gefährtin.*«

Elenora hatte Hathersage die Wahrheit gesagt, aber weil sie so ungeheuerlich war, hatte er ihr nicht geglaubt, dachte Arthur und beruhigte sich wieder.

Die übrige gehobene Gesellschaft würde es Hathersage gleichtun, dachte er. Alles war in Ordnung.

»Ja, sie ist wirklich einzigartig«, sagte Arthur.

»In der Tat.« Hathersages Augen verengten sich. »Behalten Sie sie im Auge, St. Merryn. Es würde mich nicht überraschen, wenn einige der Männer, die dort unten um sie herumschwirren, bereits daran denken, sie Ihnen auszuspannen.«

Verdammt. Trug sich Hathersage etwa selbst mit dem Gedanken, Derartiges zu tun? Er war angeblich auf der Suche nach einer neuen Frau und zweifellos wohlhabend genug, sodass auch andere Dinge für ihn zählten, nicht nur der Reichtum einer Frau.

Ärger machte sich in Arthur breit, und er versuchte, mit eisernem Willen und einer Portion Logik dagegen anzugehen. Hathersage wollte doch nur seinen Spaß haben.

»Wenn Sie mich bitte entschuldigen wollen, ich

glaube, ich werde Ihren Rat befolgen und hinuntergehen, um meine Interessen wahrzunehmen«, sagte Arthur ruhig.

»Machen Sie sich darauf gefasst, in der Schlange zu stehen.«

Arthur wartete so lange, bis Elenoras Tanzpartner sie vom Parkett geführt hatte, bevor er in den Ballsaal ging. Er hatte nicht die Absicht, Schlange zu stehen. Er war jedoch verunsichert, als er feststellte, dass er ein wenig Gewalt anwenden musste, um zu Elenora, die im Innenkreis stand, durchzukommen.

Als er es endlich geschafft hatte, war Elenora nicht allzu erfreut darüber, ihn zu sehen. Nachdem sie sich überrascht gezeigt hatte, lächelte sie ihn mit einem höflichen und etwas spöttischen Ausdruck an.

»Was machen Sie hier, Sir?«, fragte sie leise und nur für seine Ohren bestimmt. »Ich dachte, Sie hätten andere Pläne für heute Abend gehabt.«

Sie tat so, als sei er die letzte Person, die sie heute Abend sehen wollte, dachte er. Er war sich der verärgert aussehenden Gentlemen, die in der Nähe herumlungerten, bewusst und lächelte Elenora in einer Art und Weise an, wie nur ein Mann eine Frau anlächeln konnte, die ihm gehörte.

»Was könnte von größerer Bedeutung sein,

als mit meiner liebreizenden Verlobten zu tanzen?«, fragte er und beugte sich über ihre Hand. Er nahm ihren Arm und steuerte entschlossen auf die Tanzfläche zu. »Wo sind Bennett und Margaret?«, knurrte er.

»Sie haben sich vor ungefähr einer Stunde ins Kartenzimmer zurückgezogen.« Sie sah ihn leicht besorgt an. »Was ist los mit Ihnen, Sir? Sie wirken etwas beunruhigt.«

»Ich bin nicht beunruhigt, ich bin verärgert.«

»Ich verstehe. Nun, Sie können mir jedoch nicht die Schuld dafür geben, dass ich nicht in der Lage bin, zwischen den beiden Wörtern zu unterscheiden. In Ihrem Fall scheinen sie ziemlich identisch zu sein.«

Es gelang ihr nicht, seine schlechte Laune zu vertreiben. »Bennett und Margaret hatten die Aufgabe, auf Sie aufzupassen.«

»Ah, da liegt also das Problem. Sie haben sich Sorgen um mich gemacht. Es gibt jedoch absolut keinen Grund dafür, Sir. Ich versichere Ihnen, dass ich durchaus in der Lage bin, auf mich aufzupassen.«

Er dachte an die Gentlemen, die sie vor einer Weile umringt hatten. »Ich hasse die Vorstellung, dass sie allein inmitten eines Ballsaals stehen und von lauter Fremden umzingelt werden.«

»Ich war kaum allein, Sir, denn ich schließe sehr schnell Freundschaften.«

»Darum geht es nicht. Sie sind eine äußerst kompetente Frau, Elenora, aber man kann die Tatsache, dass Sie noch keine große Erfahrung auf dem gesellschaftlichen Parkett haben, nicht außer Acht lassen.« Er erinnerte sich wieder an Bennetts Warnung. »Diese Wasser können sehr trügerisch sein.«

»Ich sagte Ihnen doch, Sie brauchen sich um mich keinerlei Sorgen zu machen. Wenn Sie sich erinnern, haben Sie sich aus diesem Grund an eine Agentur gewandt. Sie wollten eine Person, die unter anderem auch den Vorzug hat, dass sie weltgewandt ist und eine gute Portion Menschenverstand mitbringt.«

»Das ist etwas völlig anderes.« Er verstärkte seinen Griff um ihren Arm. »Was haben Sie sich dabei gedacht, als Sie Hathersage erzählten, dass ich Sie durch eine Agentur gefunden habe?«

»Bennett hat mich darauf aufmerksam gemacht, dass ich Hathersage etwas erzählen müsste, etwas, das seine Aufmerksamkeit erregt. Ich hatte erfahren, dass Sie sich vor einem Jahr geschworen haben, Ihre nächste Frau über eine Agentur zu suchen. Ich dachte, wenn ich ihm von Ihrem kleinen Scherz erzählte, würde Hathersage sich köstlich amüsieren. Und genau das ist auch geschehen.«

»Ha.« Es gefiel Arthur ganz und gar nicht, aber er musste zugeben, dass sie Recht hatte. Hathersage hatte Elenora äußerst amüsant gefunden. »Wer hat Ihnen erzählt, was ich vor einem Jahr gesagt habe?«

»Anscheinend haben es alle gehört. In der Tat ist Ihr Schwur ein Teil Ihrer persönlichen Geschichte geworden.«

Er zuckte zusammen. »Zu jener Zeit habe ich mir nicht viel dabei gedacht. Ich habe meine Bemerkungen vielmehr als Witz verstanden. Man sagt derartige Dinge, um irgendwelchen eventuellen Sympathien oder unerwünschten Anfragen aus dem Weg zu gehen.«

»Ich verstehe. Aber als Sie später einsahen, dass Sie eine Dame brauchten, die die Rolle Ihrer Verlobten übernehmen sollte, fiel Ihnen ein, dass diese Idee gar nicht so schlecht war, oder?«

»Ja, ich hatte die Wahl: Entweder diese Idee, oder ich hätte eine professionelle Schauspielerin anstellen müssen«, stimmte er zu. »Dies wollte ich jedoch nicht, weil ich befürchtete, dass sie, äh …« Er zögerte und suchte nach einer diplomatischen Antwort. … »Dass sie von jemandem erkannt würde, der sie auf der Bühne gesehen hatte.«

Sie zog die Augenbrauen hoch und nutzte die kleine Pause, die entstanden war. »Oder vielleicht von einem der Gentlemen, denen sie neben ihrem Beruf ihre Gunst schenkte?«

»Ich möchte Ihre Großmutter nicht beleidigen«, sagte er trocken.

»Das tun Sie keinesfalls. Sie hätte als Erste zugegeben, dass Schauspielerinnen und Tänzerinnen in der Oper bei den Gentlemen schon von jeher einen gewissen Ruf haben.«

Arthur war erleichtert, dass sie bei dem Thema ganz und gar nicht empfindlich reagierte oder wütend war. Es war eine große Erleichterung, dass er mit einer Frau so offen reden konnte. Zum ersten Mal an diesem Abend besserte sich seine Laune. Bei Elenora brauchte er sich keine Sorgen zu machen, dass er ihre weiblichen Gefühle verletzte. Sie war wirklich eine Frau von Welt.

»Trotzdem«, fuhr er fort und erinnerte sich an das, worauf er hinauswollte, »es wäre besser gewesen, Sie hätten nichts darüber verlauten lassen, dass ich eine bezahlte Gesellschafterin zur Frau nehmen will. Die Leute werden jetzt umso neugieriger auf Sie sein.«

»Ich bitte um Entschuldigung, Sir, aber war das nicht Sinn und Zweck der Täuschungsaktion? Sie wollten doch die Aufmerksamkeit der gehobenen

Gesellschaft von sich ablenken, um in Ruhe Ihren privaten Geschäften nachgehen zu können, nicht wahr?«

Er verzog das Gesicht. »Das stimmt.«

»Es ist doch klar, dass, wenn sich die Leute mehr für mich interessieren, sie sich weniger Gedanken um Sie und Ihre Angelegenheiten machen.«

»Jetzt reicht es«, knurrte er. »Sie haben Recht und ich gebe mich geschlagen. In der Tat begreife ich nicht, warum ich diese Diskussion überhaupt angefangen habe. Ich muss eine vorübergehende Gedächtnislücke gehabt haben.«

Das war jedoch eine Lüge, gestand er sich insgeheim ein. Er hatte den kleinen Streit angezettelt, weil er Angst davor gehabt hatte, dass Hathersage möglicherweise ein Auge auf Elenora geworfen hatte. Die Tatsache, dass andere Männer ihr so viel Aufmerksamkeit schenkten, machte ihm aus Gründen, die er nicht näher analysieren wollte, ziemlich zu schaffen.

Sie lachte. »Um Himmels willen, Sir, kein Mensch, der noch ganz richtig im Kopf ist, würde es für möglich halten, dass Sie in eine Agentur gegangen sind, um sich dort eine Frau zu suchen.«

»Nein, wahrscheinlich nicht.«

Sie warf ihm einen vorwurfsvollen Blick zu. »Wirklich, Sir, Sie müssen sich beruhigen. Kümmern Sie sich einfach nur um Ihre geschäftlichen Dinge. Ich werde mich den Aufgaben widmen, für die Sie mich bezahlen. Ich nehme an, Ihre Pläne verlaufen zu Ihrer Zufriedenheit?«

Es fiel ihm auf, dass sie der einzige Teil seines sorgfältig ausgeklügelten Plans war, der funktionierte. Er würde auch die anderen Aspekte seines Vorhabens zu gerne mit ihr besprechen, dachte er plötzlich. Elenora war eine intelligente, welterfahrene Frau, die so leicht nichts aus dem Gleichgewicht bringen konnte, und er war mittlerweile davon überzeugt, dass sie seine Geheimnisse für sich behalten konnte.

Er brauchte unbedingt einige neue Ideen, denn er war in den letzten Tagen nicht weitergekommen. Und das beunruhigte ihn.

Bennett hatte ihm geraten, Elenora die Wahrheit zu sagen, was letzten Endes keine schlechte Idee war.

Er blieb am Rand der Tanzfläche stehen. Elenoras fragenden Blick ignorierend, führte er sie auf die Glastür zu, die sich zur Terrasse hin öffnete.

»Ich brauche dringend frische Luft«, sagte er. »Kommen Sie, es gibt etwas, über das ich mit Ihnen reden möchte.«

Sie folgte ihm, ohne zu widersprechen.

Nach der Hitze des überfüllten Ballsaals war die

Nacht erfrischend kühl. Arthur nahm Elenoras Arm und führte sie über die Terrasse in die Dunkelheit hinaus. Sie gingen die Steintreppen hinunter, die in den von Laternen beleuchteten Garten führten.

Eine Weile spazierten sie nebeneinander her, bis er an einem großen Springbrunnen stehen blieb. Bevor er mit seiner Geschichte anfing, überlegte er sich genau, was er sagen wollte.

»Ich bin nicht in die Stadt gekommen, um ein weiteres Investorenkonsortium zu gründen«, sagte er langsam. »Das ist nur ein Vorwand, um meine tatsächlichen Absichten zu verschleiern.«

Sie nickte ohne ein Anzeichen von Überraschung. »Ich hatte so eine Ahnung, dass es bei diesem Geschäft auch noch um etwas anderes geht. Ein Mann mit Ihrer Intelligenz und Entschlossenheit würde niemals eine Dame einstellen, die die Rolle seiner Verlobten spielt, nur um zu vermeiden, dass ihm irgendwelche jungen Damen in heiratsfähigem Alter vorgestellt werden.«

Er musste wider Willen grinsen. »Diese Bemerkung zeigt, wie wenig Sie über die Unannehmlichkeiten wissen, die damit verbunden sind. Aber Sie haben Recht. Ich habe Sie sozusagen als Alibi eingestellt, damit ich meinen geschäftlichen Angelegenheiten nachgehen kann.«

Sie tippte an ihr Kinn und sah ihn erwartungsvoll an. »Und worum handelt es sich dabei?«

Er zögerte einige Sekunden und blickte unverwandt in ihre klaren Augen. Dann waren auch seine letzten Zweifel zerstreut. Sein Instinkt sagte ihm, dass er ihr vertrauen konnte.

»Ich versuche, den Mann ausfindig zu machen, der meinen Großonkel, George Lancaster, ermordet hat«, sagte er.

Bei dieser Nachricht wurde sie sehr still und sah ihn gespannt an. Trotz seiner Worte blieb sie erstaunlich gefasst.

»Ich verstehe«, sagte sie. Er erinnerte sich daran, dass sie ihn vor nicht allzu langer Zeit für einen entflohenen Irren gehalten hatte. »Sie denken wohl, ich seit jetzt total übergeschnappt.«

»Keinesfalls.« Sie wirkte nachdenklich. »Nein, ein solch merkwürdiges Vorhaben ist sicherlich der Grund für Ihre ungewöhnliche Entscheidung, mich einzustellen. Ich war mir ziemlich sicher, dass Sie Ihre Geschäfte nicht auf die übliche Weise abgewickelt haben.«

»Um was es sich dabei auch handelt«, sagte er müde, »es hat mit gewöhnlichen Geschäften nichts zu tun.«

»Erzählen Sie mir, wie Ihr Großonkel gestorben ist.«

Er stellte einen Fuß auf den Rand des Springbrunnens und stützte sich auf seinem Schenkel ab. Einen Moment lang betrachtete er das dunkle Wasser im Brunnen und versuchte, seine Gedanken zu ordnen.

»Es ist eine lange und komplizierte Geschichte. Sie beginnt vor vielen Jahren, als mein Großonkel achtzehn Jahre alt war. Damals reiste er viel und interessierte sich sehr für die Wissenschaft, ja, er war geradezu von ihr besessen. Im Ausland verbrachte er die meiste Zeit in alten Bibliotheken.«

»Fahren Sie fort.«

»Während er in Rom weilte, stieß er auf Bücher und Tagebücher eines mysteriösen Alchimisten, der vor über zweihundert Jahren gelebt hatte. Mein Großonkel war fasziniert von dem, was er dort entdeckte.«

»Man sagt, dass die Grenze zwischen Alchimie und der Wissenschaft fließend ist. Beides ist nur schwer voneinander zu trennen«, sagte Elenora leise.

»Das stimmt. Auf jeden Fall entdeckte mein Großonkel in der Sammlung des Alchimisten ein Buch über alte Steine, das den Titel *Buch der Steine* trug.«

Elenora hob die Augenbrauen hoch. »Bücher über alte Steine handeln von den magischen und geheimnisvollen Eigenschaften von Edelsteinen, nicht wahr?«

»Richtig. Dieses Buch war von dem Alchimisten selbst verfasst und mit einem schweren Ledereinband versehen und auf dem Umschlag waren drei dunkelrote Edelsteine eingearbeitet. In dem Buch standen Formeln und Anleitungen für den Bau einer Maschine, die sich ›Jove's Thunderbolt‹ nannte, und der Text war in einer alchimistischen Geheimschrift geschrieben worden.«

»Wie merkwürdig. Wozu diente diese Maschine?«

»Angeblich war sie in der Lage, einen starken Lichtstrahl zu erzeugen, ähnlich wie ein Blitzschlag, der wie eine Waffe benutzt werden konnte.« Arthur schüttelte den Kopf. »Okkulter Blödsinn, natürlich, aber das ist nun mal das Kernstück der Alchimie.«

»In der Tat.«

»Wie ich bereits sagte, war mein Onkel damals noch sehr jung und hatte keine Erfahrung. Er hat mir erzählt, dass er das, was in dem Buch stand, äußerst aufregend fand. Nach den Aufzeichnungen des Alchimisten waren die drei roten Steine, die in den Einband des Buches genäht worden waren, der Schlüssel zu der starken Energie, die von der Maschine ausging.«

»Was hat er mit dem Buch gemacht?«

»Er hat es mit nach England genommen und zwei Männern gezeigt, die damals seine engsten Freunde waren. Alle drei waren von der Möglichkeit fasziniert, die Maschine zu bauen.«

»Ich nehme an, sie waren nicht sehr erfolgreich.«

»Nach Aussagen meines Onkels gelang es ihnen zwar, ein Gerät zu bauen, das der Zeichnung in dem Buch entsprach, jedoch wussten sie nicht, wie sie die Energie, die angeblich in den roten Steinen steckte, gewinnen konnten.«

Sie lächelte ein wenig. »Das ist nicht weiter verwunderlich. Ich bin sicher, dass die Anleitungen des Alchimisten nichts anderes als verrückte Hirngespinste waren.«

Arthur schaute in ihr von Schatten umspieltes Gesicht. Ihre Augen waren wie dunkle, unwiderstehliche Seen und bei weitem mysteriöser als jede alchimistische Formel. Die Röcke ihres juwelenbesetzten Kleides funkelten im Mondlicht. Er widerstand seinem plötzlichen Drang, ihre weiche, zarte Nackenhaut zu berühren, und zwang sich, sich auf seine Geschichte zu konzentrieren.

»Mein Großonkel hat mir erzählt, dass er und seine beiden Freunde schließlich zu derselben Überzeugung gelangten. ›Jove's Thunderbolt‹ war in der Tat ein Hirngespinst. Nachdem sie herausgefunden hatten, wie nutzlos ihre alchimistische Forschungsarbeit war, stoppten sie die Experimente mit der Maschine und widmeten sich dem Studium der Naturwissenschaft und der Chemie, etwas Seriösem also.«

»Was haben sie mit den Steinen und der Maschine, die sie konstruiert hatten, gemacht?«

»Einer der drei Männer behielt sie, vermutlich als Andenken an seinen Ausflug in die Alchimie. Was die Steine anbetrifft, so beschlossen die drei, sie auf Schnupftabakdosen einarbeiten zu lassen, als Symbol für ihre Freundschaft und Verpflichtung, den geradlinigen Weg der modernen Wissenschaft zu gehen.«

»Hat jeder eine Schnupftabakdose bekommen?«

»Ja. Auf den Dosen waren Motive emailliert, die einen Alchimisten bei der Arbeit zeigten. Onkel George und seine Freunde gründeten einen kleinen Verein, den sie ›Gesellschaft der Steine‹ nannten. Sie waren die einzigen Mitglieder. Jeder wählte einen Namen aus der Astrologie aus und ließ ihn in seine Schnupftabakdose eingravieren.«

»Das macht Sinn«, sagte sie. »Die Alchimie war immer stark mit der Astrologie verbunden. Welche Namen haben sie gewählt?«

»Mein Großonkel nannte sich Mars. Seine Freunde hießen Saturn und Merkur. Er hat mir jedoch nie ihre richtigen Namen verraten und es gab auch keinen Grund dafür. Denn ich war erst ein kleiner Junge, als er mir die Geschichte erzählte.«

»Das ist wirklich eine faszinierende Geschichte«, flüsterte Elenora. »Was wurde aus der Gesellschaft der Steine?«

»Die drei Männer blieben noch eine Zeit lang zusammen und tauschten sich über ihre Experimente und Forschungsergebnisse aus. Dann verloren sie sich jedoch aus den Augen. Onkel George erwähnte, dass einer seiner Freunde sehr früh gestorben sei. Er wurde bei einer Explosion in seinem Labor getötet. Der zweite Mann ist, soviel ich weiß, noch am Leben.«

»Aber Ihr Großonkel ist tot«, sagte sie.

»Ja. Er wurde vor einigen Wochen in seinem Labor ermordet.«

Elenoras Augenbrauen zogen sich zusammen. »Sind Sie sicher, dass er getötet wurde, dass es kein Unfall war?«

Arthur sah sie an. »Irgendjemand feuerte zwei Schüsse auf seine Brust ab.«

»Um Himmels willen.« Elenora zog die Luft ein. »Ich verstehe.«

Arthur beobachtete das Wasser, das im Brunnen plätscherte. »Ich habe meinen Großonkel sehr gern gehabt.«

»Mein tief empfundenes Beileid, Sir.«

Das Mitgefühl in ihrer Stimme war echt und berührte ihn auf seltsame Weise. Er riss sich aus seiner schwermütigen Stimmung und konzentrierte sich wieder auf seine Geschichte.

»Der Detektiv, den ich mit der Untersuchung des Mordfalls beauftragt habe, war absolut unfähig. Er kam zu dem Schluss, dass mein Großonkel entweder von einem Einbrecher, den er in der Werkstatt überrascht hatte, oder, was er für wahrscheinlicher hielt, von dem jungen Mann, der ihm bei seinen Experimenten half, umgebracht worden war.«

»Haben Sie mit seinem Assistenten gesprochen?«

Er biss die Zähne aufeinander. »Leider flüchtete John Watt in der Mordnacht, und es ist mir bisher nicht gelungen, ihn zu finden.«

»Entschuldigen Sie, aber Sie müssen zugeben, dass sein Verschwinden der Theorie des Detektivs Glaubwürdigkeit verleiht.«

»Ich kenne Watt sehr gut, und ich bin davon überzeugt, dass er niemals einen Mord begangen hätte.«

»Und was ist mit der anderen Theorie?«, fragte sie. »Die mit dem Einbrecher?«

»Es gab wirklich einen Einbrecher, aber er war kein gewöhnlicher Räuber. Ich habe das Haus meines Großonkels nach seinem Tod sorgfältig durchsucht. Das *Buch der Steine* war unauffindbar.« Er ballte die Hände zu einer Faust. »Und die Schnupftabakdose mit dem roten Stein war ebenfalls verschwunden. Sonst fehlte nichts Wertvolles.«

Elenora dachte einen Augenblick nach. »Sind Sie sich sicher?«

»Absolut sicher. Ich glaube, mein Großonkel wurde von jemandem umgebracht, der hinter dem Buch und der Schnupftabakdose her war. Ich bin davon überzeugt, dass die drei Dosen wichtige Anhaltspunkte sind. Wenn ich die beiden Dosen finde, die den Freunden meines Großonkels gehörten, werde ich vermutlich etwas Nützliches in Erfahrung bringen. Darauf habe ich in der letzten Zeit all meine Bemühungen konzentriert.«

»Haben Sie Erfolg gehabt?«

»Ein wenig«, antwortete er. »Heute Abend ist es mir endlich gelungen, die Adresse eines älteren Herrn ausfindig zu machen, der mir vielleicht etwas über eine der Tabakdosen sagen kann. Ich habe bisher noch nicht mit ihm gesprochen, werde es aber bald tun.«

Es entstand ein kurzes Schweigen. Arthur lauschte der Musik und dem Gelächter, das aus dem Ballsaal zu ihnen herüberdrang. Beides schien jedoch von weither zu kommen. Hier am Brunnen war eine Atmosphäre entstanden, die schon fast als intim zu bezeichnen war. Der blumige Duft von Elenoras Parfüm berauschte seine Sinne und die Muskeln in seinem Unterleib zogen sich zusammen. Er spürte, wie Erregung in ihm aufstieg.

Beherrsch dich, Mann. Das Letzte, was du jetzt brauchen kannst, sind derartige Komplikationen.

»Sie sagten, dass Sie die Schlussfolgerung des Detektivs verworfen haben«, fuhr Elenora nach einem Augenblick fort. »Haben Sie selbst irgendeine Vermutung, wer der Mörder Ihres Großonkels sein könnte?«

»Keine genaue.« Er zögerte. »Zumindest keine, die irgendeinen Sinn ergibt.«

»Sie sind doch ein Mann, der über Logik und Vernunft verfügt, Sir. Wenn Sie einen Verdacht haben, und sei er auch noch so absonderlich, gibt es bestimmt einen Grund dafür.«

»Nicht in diesem Fall. Aber ich gebe zu, dass mir immer wieder eine Bemerkung im Kopf herumgeht, die mein Großonkel gemacht hat, als er mir von seinen drei Freunden und der Gesellschaft, die sie gegründet haben, erzählt hat.«

»Was sagte er?«, fragte sie.

»Er erwähnte, dass eines der drei Mitglieder der Gesellschaft namens Merkur von seiner Faszination von der Alchimie nie losgekommen ist, obwohl er sich nach seinen Worten von ihr losgesagt hatte. Meinem Onkel zufolge war Merkur der intelligenteste der drei Männer. Einmal haben sie sogar geglaubt, dass er eines Tages als Englands zweiter Newton in die Geschichte eingehen würde.«

»Was ist aus ihm geworden?«

Er sah sie an. »Merkur war derjenige, der bei der Explosion in seinem Labor getötet wurde.«

»Ah ja. Nun, das macht es dann ziemlich schwierig, herauszufinden, ob er der Mörder ist, nicht wahr?«

»Es macht es, verdammt noch mal, unmöglich.« Er seufzte. »Ich komme aber immer wieder auf diese Möglichkeit zurück.«

»Selbst wenn er noch am Leben wäre, warum hätte er dann all die Jahre gewartet, um Ihren Großonkel zu töten und das Buch und den Stein zu stehlen?«

»Das weiß ich nicht«, sagte Arthur schlicht. »Vielleicht hat er so lange dafür gebraucht, hinter das Geheimnis zu kommen, wie man Energie aus den roten Steinen gewinnt.«

»Aber es gibt kein Geheimnis.« Sie spreizte die Hände.

»Ihr Großonkel hat Ihnen doch gesagt, dass die Geschichte des Alchimisten nur ein Hirngespinst war.«

»Ja, aber Onkel George hat mir auch noch etwas anderes erzählt«, sagte Arthur langsam. »Etwas, das mir die ganze Zeit im Kopf herumschwirrt und mich nicht loslässt. Er behauptete, dass Merkur trotz seiner hohen Intelligenz am Ende seines Lebens Anzeichen von geistiger Umnachtung, wahrscheinlich sogar absoluten Wahnsinns, aufwies.«

»Oh.« Gedankenverloren schlug Elenora mit dem Fächer auf ihre Hand. »Dann hat Merkur also an die Kraft der roten Steine geglaubt.«

»Ja. Aber wenn es wirklich so gewesen wäre, ist dies alles bereits vor sehr langer Zeit geschehen. Merkur, wer immer er auch war, liegt schon lange in seinem Grab.«

»Vielleicht hat jemand seine Aufzeichnungen oder Tagebücher gefunden und beabsichtigt jetzt, seine Forschungen weiterzuführen.«

Erneut empfand Arthur großen Respekt vor Elenora. »Das ist eine höchst interessante Theorie, Miss Lodge.«

Das unbekümmerte, neckische Lachen einer Frau unterbrach ihn mitten in seinem Satz. Das Geräusch kam von jenseits der hohen Hecke. Eine Männerstimme antwortete brummend.

»Ja, ich habe sie mit Hathersage zusammen gesehen«, sagte die Dame. »Miss Lodge ist wirklich ein Original, finden Sie nicht? Aber wenn Sie mich fragen, sie ist äußerst merkwürdig. Jedenfalls ist an der ganzen Situation etwas faul.«

»Warum sagen Sie das, Constance?«, fragte der Mann. Seine Stimme klang amüsiert und neugierig. »Es erscheint mir, dass St. Merryn sich eine äußerst interessante Frau als Verlobte ausgesucht hat.«

Arthur erkannte die Stimme. Sie gehörte einem Mann namens Dunmere, der Mitglied in einem von Arthurs Clubs war.

»Bah.« Constance gab ein verächtliches Schnauben von sich. »St. Merryn kann nicht ernsthaft in Erwägung ziehen, sie zu heiraten. So viel ist klar. Wenn ein Mann seines Standes heiraten will, nimmt er sich eine junge Erbin aus einer reichen Familie. Das ist allgemein bekannt. Diese Miss Lodge gehört offenbar schon seit längerer Zeit zum alten Eisen. Niemand weiß etwas über ihren familiären Hintergrund. Und nach ihrem Benehmen zu urteilen und was ich aus ihrer Unterhaltung herausgehört habe, wage ich zu behaupten, dass sie keinesfalls die naive Unschuldige ist.«

Arthur blickte auf Elenora hinab und bemerkte, dass sie der Unterhaltung auf der anderen Seite der Hecke interessiert lauschte. Als sich ihre Augen trafen, legte er einen Finger auf seine Lippen, um sie zum Schweigen anzuhalten. Sie nickte zustimmend, aber dann fiel ihm auf, dass ihr Blick sich verdüstert hatte.

Wenn sie Glück hatten, dachte er, würde sich das tratschende Pärchen woandershin verziehen.

»Ich muss leider widersprechen«, sagte Dunmere. »St. Merryn hat den Ruf eines Exzentrikers. Es würde durchaus seiner Natur entsprechen, eine Frau auszuwählen, die nicht wie alle anderen ist.«

»Sie werden sich noch an meine Worte erinnern«, erwiderte Constance, »an seiner Verlobung mit Miss Lodge ist ganz bestimmt etwas faul.«

Arthur hörte ihre Schritte auf dem Kies und das leise Rascheln von Röcken. Sie konnten Constance und Dunmere jetzt nicht mehr ausweichen, denn sie kamen geradewegs auf den Springbrunnen zu.

»Vielleicht hat er sich mit ihr verlobt, weil er sie liebt«, meinte Dunmere. »St. Merryn ist reich genug, um sich einen solchen Luxus leisten zu können.«

»Weil er sie liebt?« Diesmal war Constances Lachen dünn und spröde. »Sind Sie verrückt? Wir reden hier von St. Merryn. Er ist äußerst kaltblütig. Jeder weiß doch, dass die einzigen Dinge, die seine Leidenschaft erregen, seine Vermögensanlagen sind.«

»Ich gebe ja zu, dass er keine besonders starken romantischen Gefühle zu haben scheint«, räumte Dunmere ein. »An dem Abend, als er die Nachricht erhielt, dass seine Verlobte mit einem anderen Mann durchgebrannt war, befand ich mich im Club. Ich werde niemals seine Reaktion vergessen: Es schien ihm absolut nichts auszumachen.«

»Genau. Jeder Mann, der auch nur eine Spur von romantischem Empfinden hat, hätte die Verfolgung aufgenommen.«

»Nichts für ungut, meine Beste, aber eine Verlobte, die ihren künftigen Ehemann mit einem anderen betrügt, ist es nicht wert, dass man in einem Duell Kopf und Kragen für sie riskiert.«

»Und was ist mit St. Merryns Ehre?«, fragte Constance.

»Es war nicht seine Ehre, die auf dem Spiel stand«, erwiderte Dunmere trocken. »Es war vielmehr die der jungen Dame. Seien Sie versichert, es gibt in der ganzen gehobenen Gesellschaft niemanden, der auch nur im Traum daran denken würde, St. Merryns Ehre in Frage zu stellen.«

»Aber nach dem, was sich die Leute erzählen, verhielt sich St. Merryn so, als sei die ganze Angelegenheit nicht mehr als ein außerordentlich langweiliges Theaterstück, das sich besser dafür eignet, in der Drury Lane aufgeführt zu werden.«

»Vielleicht hat er es ja auch genauso betrachtet«, sagte Dunmere nachdenklich.

»Unsinn. Ich sage Ihnen, St. Merryn ist kalt wie Eis. Das ist auch der Grund dafür, warum er an jenem Abend nicht die Verfolgung aufgenommen hat. Und deswegen bin ich auch sicher, dass diese Verlobung auf keinen Fall aus Liebe eingegangen wurde.«

Arthur bemerkte, dass Elenora dem Gespräch der beiden noch immer gespannt lauschte. Er konnte ihrem Gesichtsausdruck jedoch nicht entnehmen, was in ihr vorging. Aus irgendeinem Grund beunruhigte ihn dies.

»Meine liebe Constance«, sagte Dunmere schalkhaft, »es klingt gerade so, als hätten Sie Ihre Lektion in Bezug auf St. Merryns Kaltblütigkeit auf harte Art gelernt. Was ist passiert? Haben Sie etwa versucht, ihn zur Zielscheibe Ihrer Verführungskünste zu machen, und dann erfahren müssen, dass er Ihr Angebot, in Ihr einladendes Bett zu kommen, abgelehnt hat?«

»Machen Sie sich nicht lächerlich«, fuhr Constance ihn an. »Ich habe kein persönliches Interesse an St. Merryn. Ich sage bloß das, was alle für die Wahrheit erachten. Ein Mann, der in seinem Club Karten spielt, während seine zukünftige Braut von ihrem Liebhaber entführt wird, hat absolut keine Gefühle. Er ist daher auch nicht in der Lage, sich zu verlieben.«

Constance und Dunmere waren fast am Ende der Hecke angelangt. In wenigen Sekunden würden sie um die Ecke biegen. Arthur fragte sich, ob noch genug Zeit blieb, um Elenora auf der anderen Seite der Hecke zu verstecken.

Ehe er ihr noch ein Zeichen geben konnte, war sie schon aufgesprungen. Sein erster Gedanke war, dass sie vor dem unmittelbar bevorstehenden Zusammenstoß mit dem tratschenden Paar davonlaufen wollte.

Er war wie betäubt, als sie plötzlich die Arme um seinen Hals schlang und sich an ihn drängte.

Sie legte eine Hand an seinen Kopf und zog ihn näher zu sich heran.

»Küss mich«, befahl sie atemlos flüsternd.

Natürlich, dachte er. Wie clever von ihr, zu erkennen, dass der Klatsch am besten durch eine leidenschaftliche Umarmung entschärft werden konnte. Sie hatte wirklich eine außerordentlich rasche Auffassungsgabe.

Er zog sie näher zu sich heran und legte seine Lippen auf ihren Mund.

Einen Augenblick später vergaß er das kleine Spiel, das sie eigentlich inszenieren sollten. Eine heiße, glühende Leidenschaft durchflutete ihn.

Er nahm kaum wahr, dass Constance erschreckt nach Luft rang und Dunmere belustigt kicherte, und er ignorierte die beiden, um seinen Kuss zu vertiefen.

Elenoras Finger klammerten sich abrupt an seine Schultern. Er wusste, dass seine plötzliche, heftige Reaktion sie erschreckt hatte. Seine Hand glitt ihren Rücken hinunter bis zu der Stelle, wo die Kurve ihrer Hüfte anfing. Äußerst vorsichtig zog er sie zwischen seine Beine, von denen er das eine noch auf den Brunnenrand gestellt hatte.

In dieser Position konnte er ihren weichen Bauch spüren, der sich gegen seine Erektion drückte. Ein süßer, heißer Schmerz durchfuhr seinen Unterleib.

»Sieh mal einer an«, brummte Dunmere. »Anscheinend ist St. Merryn doch nicht ganz so kaltblütig, wie Sie vermuten, meine liebe Constance. Und Miss Lodge scheint auch nicht allzu große Angst davor zu haben, ein schlimmeres Schicksal zu erleiden, als durch seine Hände zu sterben.«

13

Margaret ließ sich auf dem gepolsterten Sitz der Kutsche nieder und lächelte Arthur hoffnungsfroh an. »Ich glaube, das ist sehr gut gelaufen, finden Sie nicht auch, Sir?«

Arthur machte es sich auf der gegenüberliegenden Seite bequem. Der gelbe Schein der Lampen warf einen mysteriösen Schatten auf sein Gesicht.

»Ja«, sagte er mit leiser, dunkler Stimme. Er blickte jedoch Elenora an und nicht Margaret. »Ich glaube, wir alle haben heute Abend eine ausgezeichnete Vorstellung gegeben.«

Ein kleiner Angstschauer durchfuhr Elenora. Oder war es Unsicherheit? Sie richtete ihre Aufmerksamkeit auf die belebten Straßen, und es gelang ihr, Arthurs nachdenklichem Blick auszuweichen.

Sie hatte beabsichtigt, dass der Kuss im Garten nichts anderes sein sollte als ein überzeugend inszeniertes Theaterstück, das lediglich dazu gedacht war, die Gerüchte zu zerstreuen. Aber sie hatte die Kontrolle über die Situation verloren.

Sie konnte noch immer nicht begreifen, was geschehen war. In einem Augenblick hatte sie Arthur geradezu bedrängt, sie im Beisein der beiden Zuschauer zu küssen, im nächsten Moment war sie schockiert und bis in die Zehenspitzen erregt gewesen.

Der Kuss hatte sie erröten lassen und sie auf merkwürdige Art verwirrt. Wenn Arthur sie nicht so eng an sich gedrückt hätte, als Constance und Dunmere um die Hecke herumgekommen waren, hätte sie bestimmt das Gleichgewicht verloren. Sie fühlte immer noch ein nervöses Prickeln in ihrem Nacken, wenn sie daran dachte.

»Alle hatten heute Abend die Ablenkung, die Sie sich gewünscht haben«, fuhr Margaret fröhlich fort und war sich der angespannten Stimmung in der Kutsche nicht bewusst. »Alle Leute auf dem Ball heute Abend wären vor Neugier fast gestorben. Ich kann Ihnen sagen, das Getratsche nahm sogar noch zu, nachdem ihr beiden draußen auf der Terrasse frische Luft geschnappt habt.«

»Wirklich?«, sagte Elenora abwesend.

»Ja, ganz gewiss«, bekräftigte Margaret. »Ich weiß nicht, wie ihr es angestellt habt, aber Mr Fleming und ich sind der Meinung, dass ihr beide es fertig gebracht habt, wie zwei Verliebte auszusehen, die soeben draußen im Garten ein heißes Liebesspiel beendet haben. Ich muss schon sagen, das war eine unglaubliche Aufführung.«

Elenora wagte nicht, den Blick von den nachtdunklen Straßen abzuwenden. »Hm.«

»Auch ich war vom Ergebnis der Gartenszene sehr angetan«, sagte Arthur und klang wie ein nur schwer zufrieden zu stellender Theaterkritiker.

In dem verzweifelten Versuch, das Thema zu wechseln, brachte Elenora ein aufmunterndes kleines Lächeln für Margaret zustande. »Haben Sie den Abend ebenfalls genossen?«

»Oh ja, sehr«, antwortete Margaret verträumt. »Mr Fleming und ich haben einen großen Teil der Zeit damit verbracht, über die neuesten Romane zu diskutieren. Zufälligerweise ist er ein großer Bewunderer von Mrs Mallorys Werken.«

Elenora gelang es gerade noch, ihr Taschentuch vor das Gesicht zu halten, um ihr spöttisches Lächeln zu verbergen. »Mr Fleming verfügt offensichtlich über einen ausgezeichneten Geschmack.«

»Das ist auch ganz meine Meinung«, pflichtete Margaret ihr bei.

Arthur zog die Stirn in Falten. »Ich habe Bennett immer wieder darauf aufmerksam gemacht, dass seine Gewohnheit, Romane zu lesen, wahrscheinlich der Grund dafür ist, weshalb er eine derart unrealistische und lächerlich romantische Weltanschauung hat.«

Kurze Zeit später kam die Kutsche an der vorderen Treppe des Herrenhauses von St. Merryn rumpelnd zum Stehen. Ein verschlafener Ned öffnete die Tür.

Margaret unterdrückte ein Gähnen. »Mein Gott, bin ich nach diesem langen Abend müde. Wenn ihr beide mich bitte entschuldigen wollt, ich glaube, ich hole eine Kerze und gehe umgehend zu Bett.«

Beschwingt eilte sie die Treppe hinauf. Sie sieht kein bisschen müde aus, dachte Elenora. Im Gegenteil, nicht nur ihre Bewegungen waren heute Abend außerordentlich leicht, auch in ihren Augen lag ein gewisses Strahlen.

Elenora überlegte gerade, was wohl der Grund für Margarets strahlendes Aussehen sein könnte, als sie bemerkte, dass Arthur eine Kerze hochhielt und mit einem nachdenklichen Stirnrunzeln in den Raum leuchtete.

»Finden Sie, dass die Eingangshalle irgendwie anders aussieht?«, fragte er.

Sie blickte auf das Mobiliar. »Nein, das finde ich nicht.«

»Aber ich. Die Farben wirken heller. Der Spiegel ist nicht mehr so dunkel und die Statuen und Vasen scheinen neu zu sein.«

Erschrocken inspizierte sie die am nächsten stehende Marmorfigur. Dann begann sie zu kichern.

»Beruhigen Sie sich, Sir, das frische Aussehen ist ganz und gar nicht außergewöhnlich. Heute Morgen habe ich die Anweisung erteilt, dass die Eingangshalle während unserer Abwesenheit ordentlich geputzt wird. Nach der Staubschicht auf den Möbeln zu urteilen, ist dies schon lange nicht mehr geschehen.«

Er sah sie prüfend an. »Ich verstehe.«

Aus irgendeinem unerfindlichen Grund fühlte sie sich durch seinen Blick verunsichert. »Also dann, es ist ziemlich spät, nicht wahr?«, sagte sie und bemühte sich um ein formvollendetes, professionelles Benehmen. »Ich gehe ebenfalls besser zu Bett. Genauso wie Margaret bin ich diese späten Zeiten nicht gewöhnt.«

»Bevor Sie nach oben gehen, würde ich gerne noch mit Ihnen sprechen«, sagte Arthur.

Es klang wie ein Befehl und nicht wie eine Bitte. Eine düstere Vorahnung beschlich sie. Würde er sie wegen der Ereignisse im Garten rauswerfen?

»Sehr gerne, Sir.«

Arthur warf Ned einen Blick zu. »Ab ins Bett mit Ihnen. Danke, dass Sie so lange wach geblieben sind, bis wir zurückkamen, aber das war wirklich nicht nötig. Wir sind sehr wohl in der Lage, ins Haus zu gelangen, wenn wir zu so später Stunde zurückkehren. In Zukunft müssen sie nicht mehr aufbleiben. Sie brauchen Ihre Nachtruhe.«

Ned wirkte verblüfft. Das plötzliche Verständnis seines Arbeitgebers war ziemlich ungewöhnlich.

»Jawohl, Sir. Danke, Sir.« Schnellen Schrittes verschwand er.

Einen Augenblick später hörte Elenora, wie die Tür zum hinteren Teil des Hauses mit einem dumpfen Schlag ins Schloss fiel. Ned war im Dienstbotenquartier verschwunden.

Die Eingangshalle erschien plötzlich sehr eng und – es gab keinen passenderen Ausdruck dafür – intim.

»Kommen Sie, Miss Lodge. Wir gehen in die Bibliothek, um uns zu unterhalten.«

Arthur nahm eine Kerze und ging voraus durch die Halle.

Vorsichtig folgte Elenora ihm. Ärgerte er sich über die übermäßige Begeisterung, die sie bei dem Kuss an den Tag gelegt hatte? Vielleicht sollte sie ihm erklären, dass sie von ihrem bisher ungeahnten Schauspieltalent genauso überrascht war.

Arthur schob sie in die Bibliothek und schloss mit einer unmissverständlichen Endgültigkeit die Tür hinter sich.

Elenora spürte, dass die Katastrophe über sie hereinbrach.

Wortlos stellte Arthur die Kerze ab und schritt über den Teppich zum Kamin. Er kniete sich hin und entfachte die Glut, bis das Feuer lichterloh brannte. Dann stand er auf, löste den Knoten seines Halstuchs und warf es über einen in der Nähe stehenden Sessel. Dann knöpfte er sein weißes Leinenhemd so weit auf, dass einige seiner dunklen lockigen Brusthaare zum Vorschein kamen.

Elenora zwang sich, ihren Blick von seiner entblößten Brust abzuwenden. Sie musste sich konzentrieren, dachte sie. Ihre Stelle stand auf dem Spiel. Er konnte sie doch nicht einfach so entlassen, nur weil sie ihn etwas zu überschwänglich geküsst hatte. Nun gut, mit ziemlich viel Überschwang, verbesserte sie sich im Stillen. So oder so, auf jeden Fall war es nicht ihr Fehler gewesen.

Sie räusperte sich. »Sir, wenn Sie meinen Vorschlag von heute Abend, uns zu küssen, missbilligen, so bitte ich um Entschuldigung. Ich muss Sie jedoch darauf hinweisen, dass Sie mich hauptsächlich wegen meines Schauspieltalents angestellt haben.«

Er nahm die Karaffe mit dem Weinbrand. »Miss Lodge ...«

»Ich möchte Sie auch daran erinnern, dass meine Großmutter Schauspielerin von Beruf war.«

Er schenkte sich zwei Maßeinheiten von dem Weinbrand ein und nickte ernst. »Ja, Sie haben Ihre Großmutter schon mehrmals erwähnt.«

»Die Sache ist … es kann sein, dass ich viel mehr schauspielerisches Talent von ihr geerbt habe, als ich vermutet hatte, wenn Sie verstehen, was ich meine.« Sie machte eine weit ausholende Geste mit ihrem Fächer. »Das wäre auch die Erklärung für das Dramatische in meiner, äh, Vorstellung. Ich kann Ihnen versichern, ich war davon genauso überrascht, wie Sie es waren.«

»Wirklich?« Er reichte ihr ein Glas Weinbrand und stützte sich dann auf eine Ecke seines Schreibtisches. Er schwenkte den Inhalt seines Glases und sah sie grübelnd an.

»Ja.« Sie schenkte ihm ein, wie sie hoffte, aufmunterndes Lächeln. »In Zukunft werde ich versuchen, meine Talente auf diesem Gebiet unter Kontrolle zu halten.«

»Wir werden sofort auf Ihr Schauspieltalent zurückkommen. Zuerst möchte ich die Diskussion beenden, die wir gerade geführt hatten, als wir von den beiden Klatschmäulern im Garten unterbrochen wurden.«

»Oh.« Sie betrachtete das Glas, das er ihr gegeben hatte, und beschloss, dass sie etwas brauchte, um sich zu stärken.

Sie nahm einen herzhaften Schluck von dem Schnaps und hörte fast auf zu atmen, als das Zeug ihre Kehle hinunterlief. Es fühlte sich an, als hätte sie die Sonne verschluckt.

Arthur war offenbar aufgefallen, dass etwas nicht stimmte, denn er zog die Augenbrauen hoch.

»Vielleicht sollten Sie sich hinsetzen, Miss Lodge.«

Sie fiel wie ein Stein auf das Sofa und atmete einige Male tief durch.

»Das ist ein äußerst starker Weinbrand«, keuchte sie.

»Ja, das stimmt«, bestätigte er und hob sein Glas an den Mund. »Er ist außerdem recht teuer. Ich bin der Meinung, dass man ihn am besten in kleinen Schlucken zu sich nimmt und nicht einfach hinunterkippt.«

»Das werde ich mir für die Zukunft merken.«

Er nickte. »Also, ich hatte erwähnt, dass ich den Namen eines Mannes herausgefunden habe, der vielleicht etwas über den Verbleib der Schnupftabakdosen weiß. Ich habe vor, mit ihm zu reden, und würde mich freuen, wenn Sie irgendwelche Vorschläge hätten, wie wir den Assistenten meines Großonkels, John Watt, finden können.«

»Der Mann, der in der Nacht, in der der Mord geschah, verschwand?«

»Ja. Ich habe die letzten drei Tage damit verbracht, seine alten Stammlokale und die Kaffeehäuser, in denen er sich aufhielt, aufzusuchen und ebenfalls die Gegend, wo er aufgewachsen ist. Bisher habe ich jedoch keine Spur von ihm gefunden. Es ist gerade so, als wäre er vom Erdboden verschwunden.«

Elenora dachte nach. »Haben Sie mit seiner Familie gesprochen?«

»Watt war eine Waise. Er hatte keine Familie.«

»Und Sie sind ganz sicher, dass er nicht der Mörder ist?«

Arthur schüttelte den Kopf, hielt jedoch sofort wieder inne und öffnete seine Hand, die Innenfläche nach oben gekehrt. »Wenn es um die menschliche Natur geht, ist alles möglich, aber ich glaube nicht, dass Watt etwas mit diesem Mord zu tun hat. Ich kenne ihn schon sehr lange. Er ist ehrlich und arbeitet schwer. Außerdem war er meinem Großonkel treu ergeben, welcher ihm ebenfalls vertraute und ihn für seine Dienste gut bezahlte. Ich kann mir nicht vorstellen, dass Watt ihn einfach umgebracht hat.«

»Er hat an jenem Abend nichts gestohlen? Fehlte denn nichts von dem Tafelsilber?«

»Nein.«

»Dann haben Sie wahrscheinlich die falschen Orte aufgesucht, als Sie in die Kaffeehäuser und Tavernen gegangen sind, wo Watt seine Freunde zu treffen pflegte«, sagte Elenora langsam.

»Wo würden Sie denn nach ihm suchen?«, fragte er.

»Es geht mich wirklich nichts an«, erwiderte Elenora vorsichtig. »Und ich habe absolut keine Erfahrung darin, Verbrechen aufzudecken. Aber ich denke, dass ein ehrlicher, arbeitsamer Mann, der aus Angst flüchtet und keine Wertgegenstände mitgehen lässt, die ihm seinen Lebensunterhalt und die Miete sichern, nur einen Gedanken hat.«

»Und der wäre?«

»So schnell wie möglich eine Arbeit zu finden.«

Arthur rührte sich nicht. In seinen Augen leuchtete Verständnis auf. »Natürlich«, sagte er mit sanfter Stimme. »Das Naheliegendste habe ich völlig übersehen. Aber das lässt trotzdem noch eine Menge Fragen offen. Wie stellt man es an, in dieser Stadt einen allein stehenden Mann ausfindig zu machen?«

»Sind Sie sicher, dass er allein stehend war?«

»Was meinen Sie damit?«

»Sie sagten, dass er ein junger Mann ist und

keine Familie hat. Hat er vielleicht irgendwo eine Freundin?«

Arthur hob das halb leere Weinbrandglas und prostete ihr zu. »Das ist eine ausgezeichnete Idee, Miss Lodge. Jetzt, wo Sie es erwähnen, erinnere ich mich an ein junges Dienstmädchen, das im Haushalt meines Großonkels gearbeitet hat. Sie schien Watt sehr zu mögen. Ich werde sie morgen als Erstes befragen.«

Elenora entspannte sich ein wenig. Offensichtlich war er jetzt zufrieden. Vielleicht würde er sie doch nicht entlassen.

Arthur kam hinter seinem Schreibtisch hervor und stellte sich vor den Kamin. Das flackernde Licht der Flammen ließ den Weinbrand in seinem geschliffenen Glas funkeln wie einen flüssigen Edelstein.

»Ich hatte so eine Ahnung, dass ein Gespräch mit Ihnen hilfreich sein könnte, um Ordnung in meine Gedanken zu bringen«, sagte er nach einer Weile. »Ich danke Ihnen für Ihre Überlegungen und Kommentare.«

Sein Lob erwärmte sie stärker als das Feuer, das im Kamin prasselte. Sie merkte, dass sie leicht errötete. »Ich hoffe, dass sie Ihnen helfen werden. Ich wünsche Ihnen viel Glück, Sir.«

»Danke. Das werde ich bestimmt gut gebrauchen können.« Er fuhr fort, die Flammen zu betrachten, als ob er darin nach Antworten oder vielleicht nach einer Einsicht suchen würde. »Jetzt kommen wir zum zweiten Thema, das ich heute Abend gerne mit Ihnen besprechen möchte.«

Sie war vorbereitet. »Ja, Mylord?«

»Dieser Kuss im Garten.«

Sie griff nach dem Weinbrandglas. »Aufgrund der Kommentare, die die Dame über unsere Beziehung gemacht hat, habe ich vermutet, dass sie nicht geglaubt hat, dass wir wirklich verlobt sind, Sir. Mir kam der Gedanke, dass, wenn die Nachricht die Runde macht, dass wir uns aus Liebe verlobt haben, die gehobene Gesellschaft vielleicht eher bereit ist, unsere fingierte Geschichte zu akzeptieren.«

»Das ist eine äußerst clevere Schlussfolgerung«, sagte er. »Ich gratuliere Ihnen zu Ihrem Denkvermögen.«

Über alle Maßen erleichtert, trank sie schnell einen winzigen Schluck von dem Weinbrand.

»Vielen Dank, Sir«, sagte sie und versuchte, ihrer Stimme einen professionellen, kompetenten Ausdruck zu verleihen. »Ich habe mein Bestes gegeben, um meine Vorstellung realistisch erscheinen zu lassen.«

Er drehte sich zu ihr um und sah sie an. In seinen Augen spiegelte sich die Hitze des Feuers. Tief in ihrem Inneren zog sich etwas zusammen. Es war dasselbe Gefühl, das sie bereits im Garten gespürt hatte, als er ihren Kuss erwidert hatte.

Eine gefährliche, verlockende Spannung lag in der Luft. Sie spürte, dass er von der starken Erregung, die zwischen ihnen herrschte, genauso erfasst wurde wie sie selbst. Das Weinbrandglas in ihrer Hand zitterte.

»Sie haben Ihr Ziel zweifellos erreicht.« Er stellte sein Glas auf dem Kaminsims ab und ging mit langsamen, bedächtigen Schritten auf sie zu. Seine Augen sahen sie dabei unverwandt an. »Tatsächlich war ich von dem Augenblick so gefangen genommen, dass ich mich gefragt habe, ob Sie das alles vielleicht nicht bloß vorgetäuscht haben.«

Vergeblich versuchte sie, eine intelligente Antwort auf diese Bemerkung zu finden. Sie saß wie festgefroren in einer Ecke des Sofas und bemerkte, wie sich der Abstand zwischen ihnen verringerte.

Unmittelbar vor ihr blieb er stehen. Mit einer sanften Bewegung nahm er ihr das Weinbrandglas aus der Hand und stellte es auf den Tisch, ohne seinen Blick von ihrem Gesicht abzuwenden.

Seine Hände legten sich auf ihre Schultern und er half ihr beim Aufstehen.

»Haben Sie das alles nur vorgetäuscht?« Er ließ

seinen Daumen über ihre geöffneten Lippen gleiten. »Sind Sie wirklich eine so gute Schauspielerin, Miss Lodge?«

Das samtige Gefühl seiner Fingerspitze auf ihren Lippen raubte ihr den Atem. Diese winzig kleine Berührung war ausgesprochen intim. Sie sehnte sich schmerzvoll danach, weiter von ihm berührt zu werden.

Es verschlug ihr die Sprache. Eine gute Schauspielerin konnte lügen wie gedruckt, wenn man es von ihr verlangte, dachte sie. Aber aus irgendeinem merkwürdigen Grund brachte sie es einfach nicht fertig, obwohl sie es eigentlich hätte tun sollen.

Stattdessen berührte sie mit ihrer Zungenspitze den Rand seines Daumens. Als sie seine Haut spürte, durchfuhr sie ein köstlicher kleiner Schauer.

Arthur verzog das Gesicht zu einem Lächeln. Elenora wurde rot. Sie konnte nicht glauben, was sie da soeben mit ihrer Zunge angestellt hatte. Warum hatte sie plötzlich das starke Bedürfnis verspürt, ihn zu kosten?, fragte sie sich mit einem Anflug von Panik.

»Ich glaube, das beantwortet meine Frage.« Arthur legte die Finger um ihren Nacken und beugte sich so weit vor, bis seine Lippen über den ihren schwebten. »Ich muss zugeben, dass ich Ihnen heute Abend da draußen im Garten auch nichts vorgespielt habe.«

»Arthur.«

Er küsste sie, als würde er von einem verbotenen Zaubertrank kosten. Sie war jedoch diejenige, die sich heute Abend auf das Unbekannte einließ, dachte sie. Eine fieberhafte Erregung rauschte durch ihren Körper. Ihr wurde abwechselnd heiß und kalt und sie war von einer seltsamen Euphorie erfüllt. Sie klammerte ihre Finger an seine Schultern und hielt sich verzweifelt an ihm fest.

Ihre Reaktion spornte ihn an, seinen Kuss noch zu vertiefen. Als sie spürte, dass seine Zunge über ihre Unterlippe fuhr, erschrak sie, zuckte jedoch nicht zurück.

Dies war die Erregung, die sie, wie ihre Großmutter ihr erzählt hatte, in den Armen des richtigen Mannes finden konnte. Was sie empfunden hatte, als Jeremy Clyde sie geküsst hatte, war lediglich ein plätscherndes Gewässer gewesen verglichen mit diesem tobenden Wasserfall der Gefühle.

Sie wollte sich über die Klippen stürzen und bis zum Grund in diesen mysteriösen See eintauchen.

Arthur entfernte die Nadeln aus ihrem Haar.

Seine Bewegungen waren so intim, dass sie erzitterte. Kein Mann hatte je zuvor ihr Haar gelöst.

Und dann war sein Mund an ihrem Hals und sie spürte seine Zähne.

Plötzlich dachte sie an die Bemerkung, die Lucinda über Arthurs entflohene Geliebte gemacht hatte. *Sie hatte eine panische Angst vor ihm.*

Arthur umfasste ihre Brust. Sie spürte, wie die Hitze seiner Hand durch den feinen grünen Seidenstoff ihrer Korsage drang.

Sie stöhnte leise und legte ihre Arme um seinen Hals.

Anstatt sie jedoch noch stärker an sich zu ziehen, brummte Arthur leise vor sich hin. Es hörte sich wie ein unterdrückter Fluch an. Zögernd hob er den Kopf und schob sie ein wenig von sich.

Er nahm ihr Gesicht in seine Hände und lächelte trocken.

»Dies ist weder der richtige Zeitpunkt noch der richtige Ort«, sagte er. Seine Stimme war rau vor Leidenschaft und Bedauern. »Sie haben in diesem Haushalt eine ausgezeichnete Stellung inne, aber das ändert nichts an der Tatsache, dass Sie ein Mitglied meines Personals sind. Ich habe bisher keine Frau, die in meinen Diensten steht, ausgenutzt, und ich beabsichtige auch nicht, in Ihrem Fall eine Ausnahme zu machen.«

Eine Sekunde lang bezweifelte sie, dass sie ihn richtig verstanden hatte. Behandelte er sie immer noch wie eine Hausangestellte, selbst nachdem er sie so leidenschaftlich geküsst hatte? Nachdem er ihr sein Vertrauen geschenkt und sie um Rat gefragt hatte, wie er bei seinen Nachforschungen vorgehen sollte?

Die harte Realität brachte sie zurück auf den Boden der Tatsachen und zerstörte den zarten Schleier der sinnlichen Lust und Begierde, der sich um sie gelegt hatte. Sie hatte keine Ahnung, ob sie wütend oder beschämt sein sollte. Das Durcheinander von Ärger, Enttäuschung und Peinlichkeit verwirrte sie und machte sie sprachlos.

Aber nicht völlig.

»Ich bitte um Verzeihung, Sir«, sagte sie in eisigem Ton. »Ich hatte keine Ahnung, dass Sie mich als ein normales Mitglied in Ihrem Haushalt betrachten …«

»Elenora.«

Sie trat einen Schritt zurück, wodurch er gezwungen war, seine Hände von ihrem Gesicht zu nehmen. »Und ich würde auch nicht im Traum daran denken, Ihnen zu gestatten, dass Sie Ihre strengen Regeln im Zusammenhang mit Ihrem Verhalten gegenüber den weiblichen Mitgliedern Ihres Personals verletzen.«

»Verdammt, Elenora …«

Sie schenkte ihm ihr strahlendstes Lächeln. »Seien Sie versichert, ich werde mich bemühen, niemals zu vergessen, wo mein Platz ist. Ich möchte nicht dafür verantwortlich gemacht werden, Sir, einen der Moral verpflichteten Vorgesetzten, wie Sie es sind, noch einmal in eine solch peinliche und nicht zu vertretende Situation zu bringen.«

Sein Gesicht erstarrte. »Sie missverstehen meine Worte.«

»Für mich sind sie absolut klar verständlich.« Sie tat so, als würde sie einen Blick auf die große Wanduhr werfen. »Mein Gott, ist es schon spät geworden!« Sie machte einen eleganten Knicks. »Wenn Sie meine *Dienste* heute Abend nicht mehr benötigen, wünsche ich Ihnen eine gute Nacht, Sir.«

Warnend kniff er die Augen zusammen. »Verflucht, Elenora.«

Sie drehte sich auf dem Absatz um, kehrte ihm formvollendet den Rücken zu und ging rasch in Richtung der Tür.

Seine Schritte waren jedoch länger als ihre und er erreichte vor ihr die Tür. Einen panikerfüllten Augenblick lang versuchte sie zu entscheiden, was sie tun würde, wenn er ihr den Weg versperrte.

Aber er unternahm keinen Versuch, sie an ihrem dramatischen Abgang zu hindern. Stattdessen öffnete er ihr mit einer überschwänglichen Geste die Tür und neigte mit einer spöttischen Verbeugung den Kopf.

Als sie hoch erhobenen Kopfes durch die geöffnete Tür rauschte, bemerkte sie aus den Augenwinkeln sein boshaftes Grinsen.

»Wenn diese Beziehung vorüber ist, Miss Lodge, werde ich selbstverständlich gezwungen sein, Ihre Beschäftigung in diesem Haushalt zu beenden«, sagte er kühl. »Wenn dieser Tag kommt, so versichere ich Ihnen, werden wir auf unsere Unterhaltung zurückkommen und sorgfältig überlegen, welchen Verlauf unsere Verbindung in Zukunft nehmen soll.«

»Verlassen Sie sich nicht auf derart rücksichtsvolle Diskussionen, Mylord. Ich sehe keinen Grund dafür, nochmals anzubieten, was bereits einmal abgelehnt wurde.«

Sie wagte nicht, sich umzudrehen, um seine Reaktion auf ihre Bemerkung zu beobachten. Vielmehr zwang sie sich dazu, gemessenen Schrittes zur Treppe zu schreiten und nicht loszulaufen.

Nach einer Stunde hörte sie den gleichmäßigen gedämpften Klang seiner Schritte im Flur vor ihrem Schlafzimmer. Das Geräusch vermischte sich mit dem Klopfen ihres Herzens.

Vor ihrer Tür blieb er stehen. Die Spannung war kaum zu ertragen. Würde er vielleicht leise an die Tür klopfen?

Natürlich würde er nicht anklopfen. Er hatte ihr soeben klar gemacht, dass er derartige Dinge nicht tat.

Elenora ahnte jedoch, dass er auf der anderen Seite der Tür stand, und sie wusste plötzlich ganz genau, als könnte sie seine Gedanken lesen, dass er darüber nachdachte, ob er an ihre Tür klopfen sollte oder nicht, ja, dass er sich sogar den Kopf darüber zerbrach.

Nach einer Weile hörte sie, wie er weiter den Flur entlang zu seinem Schlafzimmer ging.

14

Vorsichtig öffnete Elenora die Augen. Sie war außerordentlich erleichtert, als sie einen Lichtschimmer erblickte, der durch die geschlossenen Vorhänge ins Zimmer fiel. Endlich war es Morgen. Auf der Uhr auf dem Nachttisch war es Viertel nach neun. Sie war überrascht, dass es ihr doch noch gelungen war, einzuschlafen.

Es kam ihr vor, als hätte sie einen großen Teil

der Nacht damit zugebracht, sich abwechselnd zwischen Albträumen und langen, ruhelosen Phasen der Schlaflosigkeit hin- und herzuwälzen, während derer sie den Kuss in der Bibliothek erneut durchlebte.

Sie warf die Bettdecke zurück und zog ihre Hausschuhe und den Morgenmantel an. Sie wusch sich schnell am Waschtisch und zuckte zusammen, als das eiskalte Wasser mit ihrer Haut in Berührung kam. Als sie fertig war, steckte sie ihr Haar zu einem Knoten auf und stülpte eine makellos weiße Haube darüber. Dann ging sie zum Kleiderschrank und inspizierte die stattliche Anzahl von Kleidern, die im Schrank hingen.

Die hübschen neuen Kleider, die sie bei Mrs Egans langjähriger Schneiderin bestellt hatte, waren ein positiver Aspekt ihrer neuen Stelle, dachte sie. Es war schade, dass sie sie nicht mehr gebrauchen konnte, wenn sie ihre nächste Stelle antrat, denn es war höchst unwahrscheinlich, dass ihr zukünftiger Arbeitgeber eine professionelle Gesellschafterin einstellen würde, die sich auf derart modische Art kleidete.

Wie bereits vermutet, hatte die Schneiderin äußerste Diskretion walten lassen, was ihre Kenntnis über Elenoras kürzlich angetretene Stelle in Mrs Egans Haushalt anbetraf. Aber schließlich hätte jede ambitionierte Schneiderin, die etwas auf sich hielt, so viel Verstand und würde in solch einer Situation keine Klatschgeschichten verbreiten, dachte Elenora.

Was ihre eigene Situation betraf, so weigerte sie sich beharrlich, sich irgendwelche Sorgen über zukünftige Kleiderprobleme zu machen. Mit ein bisschen Glück würden es nicht allzu viele neue Arbeitgeber oder neue Stellen sein, über die sie sich Gedanken machen müsste, dachte sie und griff nach einem leuchtend gelb-orangefarbenen Morgenkleid, das mit hellgrünen Bändern geschmückt war. Dank des dreifachen Lohnes und des Bonus, den St. Merryn ihr zahlte, hätte sie fast genug Geld, um einen kleinen Buchladen anzumieten, wenn sie diesen Haushalt verließ. Wenn sie mit ihrer nächsten Stellung Glück hätte und genug verdiente, würde sie lediglich ein halbes Jahr arbeiten müssen, um sicherzugehen, dass sie genug Geld sparen konnte, um ihren Laden mit den neuesten Büchern auszustatten.

Und dann wäre sie endlich frei und unabhängig.

Während sie sich anzog, zwang sie sich, ihre Gedanken auf ihre schöne neue Zukunft zu lenken anstatt auf Arthurs leidenschaftliche Küsse.

Als sie nach einigen Minuten die Tür ihres

Schlafzimmers öffnete, stellte sie fest, dass niemand im Flur war. Sie fragte sich, ob Arthur bereits zum Frühstück hinuntergegangen war. Trotz der Ereignisse der letzten Nacht freute sie sich darauf, ihn heute Morgen wiederzusehen. Sie ging leise zur Treppe und bemühte sich, kein Geräusch zu verursachen, das Margaret wecken würde.

Am Treppenabsatz drehte sie sich um und ging den Korridor entlang, der zum hinteren Teil des Hauses führte.

Sie holte tief Luft, reckte stolz das Kinn in die Höhe und lief durch das Esszimmer, als wäre in der letzten Nacht nichts geschehen.

Ihr Auftritt war jedoch umsonst, denn das Zimmer war leer.

Da hatte sie also vergebens gehofft, Arthur zu zeigen, dass seine Küsse nicht unvergesslich waren. Sie seufzte und ging durch den Eingang, der zur Vorratskammer führte. Dann stieg sie die engen Stufen zum Untergeschoss hinab, wo sich die Küche befand. Sie trat leise und vorsichtig auf und ihre Hausschuhe verursachten kein Geräusch auf der Treppe.

Eine Tasse Tee und eine Scheibe warmer Toast war alles, was sie heute Morgen brauchte, entschied sie.

Als sie den Treppenabsatz erreichte, hörte sie gedämpfte Stimmen. Sie kamen aus dem Zimmer, dessen Tür geschlossen war, und Elenora erkannte sie sofort, es waren Ibbitts und Sally, das Hausmädchen.

»Hör mit deinem verdammten Geplärre auf, du dummes Wesen«, fauchte Ibbitts sie an. »Du machst das, was ich dir sage, oder du stehst bald wieder auf der Straße.«

»Bitte verlangen Sie nicht von mir, dass ich das tue, Mr Ibbitts«, seufzte Sally. »Miss Lodges persönliche Sachen zu durchsuchen, als ich ihren Koffer ausgepackt habe, war etwas anderes. Ich habe es nicht gerne getan, aber wenigstens habe ich ihr nicht geschadet. Dieses hier ist jedoch eine völlig andere Sache. Wenn Sie mich zwingen, ihre hübsche kleine Uhr zu stehlen, werde ich verhaftet und dafür gehängt.«

»Bah. Selbst wenn er dich auf frischer Tat erwischen sollte, würde St. Merryn dich nicht dem Detektiv übergeben. Ich habe in genug Haushalten gearbeitet, um zu wissen, welche Art von Arbeitgeber das tun würde, und er ist keiner von dieser Sorte. Er hat ein viel zu weiches Herz.«

Elenora fiel auf, dass Ibbitts Arthurs gutmütiges Wesen nicht sehr schätzte.

»Jedenfalls wird er mich rauswerfen und mir

kein Zeugnis geben.« Sally schluchzte noch heftiger. »Sie wissen genau, wie dringend ich auf diese Stelle angewiesen bin. Zwingen Sie mich nicht, sie aufs Spiel zu setzen.«

»Du wirst deine kostbare Stelle ganz sicher verlieren, wenn du nicht tust, was ich dir sage, Mädchen. Dafür werde ich schon sorgen. Denk daran, was dem jungen Paul widerfahren ist, als er sich weigerte, mir meinen Anteil zu geben. Er wurde sofort auf die Straße gesetzt, und zwar ohne Zeugnis. Es würde mich nicht wundern, wenn er seinen Lebensunterhalt inzwischen als Straßendieb verdient und eventuell sogar noch vor Weihnachten aufgehängt wird.«

Elenora hörte Sallys verzweifeltes Schluchzen durch die geschlossene Tür.

»Ich kann es einfach nicht, Sir. Ich bin ein anständiges Mädchen und habe noch nie etwas derart Schlechtes getan. Ich kann nicht.«

»Ein anständiges Mädchen, versteh ich recht?« Ibbitts lachte rau. »Das empfand deine letzte Chefin aber nicht so. Sie hat dich rausgeschmissen, weil du ihren Sohn verführt hast, oder nicht? Sie hat dich in der Vorratskammer entdeckt, als du auf dem Rücken lagst, die Füße in die Luft gestreckt, und ihr heiß geliebter Sohn zwischen deinen Schenkeln, stimmt das nicht?«

»So war das nicht«, krähte Sally. »*Er* ist über mich hergefallen. Er war es.«

»Weil du ihn in Versuchung geführt hast. Ich wette, du hast gedacht, dass er dir für deine Bemühungen Geld gibt.«

»Das ist nicht wahr.«

»Es spielt auch keine Rolle«, schoss Ibbitts zurück. »Du solltest daran denken, dass du kein Zeugnis gekriegt hast. Wir beide wissen ganz genau, dass du jetzt auf der Straße stehen und irgendwelchen Gentlemen zu Diensten sein würdest, wenn ich dich nicht eingestellt hätte. Du solltest froh sein, dass du überhaupt eine Arbeit hast.«

»Bitte, Sir. Ich habe alles getan, worum Sie mich bisher gebeten haben, und ich bezahle Ihnen Ihre Gebühr von meinem Lohn. Aber ich kann das, was Sie von mir verlangen, einfach nicht tun. Ich kann es nicht. Es ist nicht richtig.«

Elenora hatte genug gehört. Sie betätigte den Türgriff, der sich in ihrer Hand leicht drehen ließ, und riss die Tür mit einer solchen Heftigkeit auf, dass sie gegen die Wand knallte und ein paar Mal hin- und herschwang.

Geschockt und mit offenem Mund starrten Ibbitts und Sally sie an.

Ibbitts' statuenhafte, perfekt gemeißelten Gesichtszüge verwandelten sich in eine zornige Maske.

In Sallys Blick war eine wachsende Panik zu erkennen. Sie legte eine Hand an ihren Hals und gab ein winziges piepsendes Geräusch von sich, das an einen Vogel erinnerte, der gerade aus dem Nest gefallen ist.

Elenora fuhr Ibbitts an. »Ihr abscheuliches Benehmen ist ganz und gar unannehmbar. Sie werden sofort Ihre Sachen packen und dieses Haus verlassen.«

Ibbitts erholte sich rasch und sein Mund verzog sich zu einem spöttischen Grinsen. »Was, in Teufels Namen, glauben Sie, wer Sie sind, sich auf diese Art und Weise in meine Privatangelegenheiten einzumischen?«

Jetzt wäre vermutlich eine ausgezeichnete Zeit, um die Autorität walten zu lassen, die mit der Rolle von Arthurs Verlobter einherging, dachte Elenora.

»Ich bin die künftige Frau des Hauses«, verkündete sie kalt. »Und ich werde Ihre verabscheuungswürdigen Taten nicht dulden.«

»Künftige Frau des Hauses, eh?« In Ibbitts Augen blitzte Schadenfreude auf.

Anstatt jedoch eine verbale Attacke zu starten, riss er seinen Daumen hoch und deutete auf die unglückliche Sally. »Hau ab, Mädchen. Hau ab und geh in dein Schlafzimmer. Ich mach später mit dir weiter.«

Sally wurde bleich. »Jawohl, Mr Ibbitts, Sir.«

Sie eilte auf die Tür zu, wo Elenora stand und den Ausgang versperrte.

»'tschuldigung, Miss Lodge«, bettelte sie mit bebenden Lippen. »Bitte lassen Sie mich gehen.«

Elenora reichte ihr ein Taschentuch und trat einen Schritt zur Seite. »Komm jetzt, Sally, trockne deine Tränen ab. Alles wird gut werden.«

Sally machte nicht den Eindruck, als ob sie eine Sekunde lang daran glaubte. Sie nahm das kleine bestickte Stück Leinen und bedeckte damit ihr Gesicht, während sie aus dem Zimmer eilte.

Elenora war jetzt mit Ibbitts allein im Zimmer.

Er musterte sie von Kopf bis Fuß mit einer Verachtung, die eigentlich einem arroganten Gentleman aus der Modewelt eher gerecht geworden wäre. »Also, Miss Lodge, ich glaube, es ist an der Zeit, dass wir uns über etwas klar werden. Wir beide wissen nur zu gut, dass Sie niemals die künftige Dame dieses Haushalts werden, oder?«

Elenora drehte sich der Magen um, ihr Gesicht blieb jedoch ausdruckslos. »Ich weiß ganz und gar nicht, wovon Sie sprechen, Ibbitts.«

»Nur weil es Seiner Lordschaft gelungen ist, Sie der gehobenen Gesellschaft gegenüber als feine Dame auszugeben, brauchen Sie nicht zu denken, dass Sie mich zum Narren halten können. Sie sind nicht mehr als eine bezahlte Gesellschafterin und nur vorübergehend in diesem Haus angestellt. Wenn St. Merryn Sie nicht mehr braucht, werden Sie genauso wie jedes andere Mitglied des Personals, dessen Dienste nicht länger benötigt werden, auf die Straße gesetzt.«

Elenoras Handflächen kribbelten vor Nervosität. Sie hatte Recht gehabt, als Sie Arthur darauf hingewiesen hatte, dass es äußerst schwierig sein würde, das Dienstpersonal zu täuschen. Sie hoffte jetzt nur, dass sie sich aus dieser Situation herausmogeln konnte.

»Sie haben Ihren Arbeitgeber offensichtlich heimlich belauscht, Ibbitts«, sagte sie gelassen. »Das ist wirklich eine sehr schlechte Angewohnheit. Und wie es so oft der Fall ist, wenn man Gespräche belauscht, die eigentlich nicht für die Ohren anderer bestimmt sind, haben Sie die Tatsachen verdreht.«

»Bah. Ich kenne die Tatsachen sehr gut, und das wissen Sie genau. St. Merryn hat Sie durch die Agentur Goodhew & Willis bekommen, oder nicht? Ich habe gehört, wie er Mrs Lancaster von seinem Plan erzählt hat. Er bezahlt Ihnen eine Gebühr, damit Sie die Rolle seiner Verlobten spielen. Wissen Sie, was Sie sind, Miss Lodge? Eine Schauspielerin.«

»Jetzt aber genug, Ibbitts«, fuhr Elenora ihn an.

»Und alle wissen über Schauspielerinnen Bescheid, nicht wahr, Miss Lodge?« Er gab ein verächtliches Schnauben von sich. »Höchstwahrscheinlich werden Sie auch noch das Bett Seiner Lordschaft wärmen, bevor Sie diese Stelle verlassen.«

Ibbitts hat die ganze Zeit über die Wahrheit gewusst, dachte sie. Das war auch die Erklärung für die offensichtliche Verachtung, die sie seit ihrer Ankunft in seinem Verhalten ihr gegenüber bemerkt hatte. Aber nach der Art und Weise zu urteilen, wie er Sally soeben aus dem Zimmer verwiesen hatte, war es klar, dass er das Geheimnis für sich behalten hatte und zweifellos warten wollte, bis er einen Vorteil daraus schlagen konnte.

Elenora war sich darüber im Klaren, dass eine Katastrophe unmittelbar bevorstand. Arthur würde vor Wut kochen, wenn er erfuhr, dass sein Butler von seinem Plan wusste. Er würde vermutlich sogar beschließen, seine Strategie, wonach sie als seine Verlobte fungierte, aufzugeben. Wenn er keine weitere Verwendung für sie hätte, würde sie vermutlich bald wieder im Büro von Goodhew & Willis auftauchen.

Nun gut, sie konnte nichts anderes tun, als weiterzumachen. Ibbitts war ein scheußlicher Kerl. So oder so, er musste aus diesem Haus verbannt werden.

»Sie haben eine halbe Stunde Zeit, um Ihre Sachen zu packen, Ibbitts«, sagte sie mit fester Stimme.

»Ich gehe nirgendwohin«, schnarrte Ibbitts. »Und Sie werden ab jetzt hier keine Befehle mehr geben, wenn Sie wissen, was gut für Sie ist. Von jetzt an tanzen Sie nach meiner Pfeife, Miss Lodge.«

Sie starrte ihn ungläubig an. »Sind Sie verrückt geworden?«

»Nicht verrückt, Miss Lodge, sondern nur wesentlich schlauer, als Sie denken. Wenn Sie versuchen, mich aus diesem Haus zu werfen, werde ich dafür sorgen, dass Seine Lordschaft erfährt, dass ich über seinen Plan Bescheid weiß.« Ibbitts kicherte. »Außerdem werde ich ihm sagen, dass Sie mir das alles erzählt haben, weil Sie gerne im Bett quatschen.«

»Das wäre ziemlich gefährlich für Sie, Ibbitts«, sagte sie leise. »St. Merryn würde Ihnen sowieso nicht glauben. Auf keinen Fall.«

Ibbitts Lächeln hätte bei einer Schlange vermutlich besser ausgesehen. »Wenn ich ihm von den edlen blauen Schleifen auf Ihrem hübschen weißen Leinennachthemd erzähle, wird er mir jedes Wort glauben, da bin ich ganz sicher.«

»Sie wissen, wie mein Nachthemd aussieht, weil Sie Sally gezwungen haben, es Ihnen zu beschreiben.«

»Jawohl, aber Seine Lordschaft wird annehmen, dass ich das Nachthemd deshalb so genau beschreiben kann, weil ich Sie darin gesehen habe, habe ich Recht? Und selbst wenn er nicht darauf reinfällt, ist der Schaden bereits angerichtet, jedenfalls was Sie anbelangt. Wenn er sieht, dass sein Plan kein Geheimnis mehr ist, wird er ihn schnell wieder aufgeben. Und das bedeutet, dass er keine weitere Verwendung mehr für Sie hat, Miss Lodge. Zehn Minuten nach mir werden auch Sie auf der Straße stehen.«

»Sie sind ein Dummkopf, Ibbitts.«

»Sie sind dumm, Miss Lodge, wenn Sie meinen, dass Sie mich so leicht loswerden.« Ibbitts lachte heiser. »Aber Sie haben Glück, denn ich mache Ihnen folgendes Angebot: Bewahren Sie darüber, was Sie vor einigen Minuten in diesem Raum gehört haben, Stillschweigen, und ich werde Seiner Lordschaft nichts über Ihr Nachthemd oder seine Geheimnisse verraten.«

»Glauben Sie wirklich, dass ich Ihnen erlaube, mich zu erpressen, Ibbitts?«

»Jawohl, Miss Lodge, Sie tun das, was von Ihnen verlangt wird, genauso wie Sally und Ned, und Sie werden mir noch mal dankbar dafür sein.« Er lachte hämisch. »So dankbar, dass Sie mir meine normalerweise übliche Provision zahlen, genau wie die anderen auch.«

Sie verschränkte die Arme. »Wie viel beträgt Ihre übliche Provision?«

»Sally und Ned geben mir jeweils die Hälfte ihres vierteljährlichen Lohnes.«

»Und was bekommen sie dafür?«

»Na, sie behalten ihre Stelle, das bekommen sie dafür. Sie werden ebenfalls auf mein Angebot eingehen, denn wir beide wissen, dass Sie weit mehr zu verlieren haben als ich.«

»Wirklich?«

»Jawohl, Sie dumme Kuh.« Um seine Mundwinkel zuckte es. »Mit meinem Gesicht finde ich jederzeit eine neue Stelle. Wenn Sie jedoch erst einmal auf der Straße stehen, werden Sie höchstwahrscheinlich keinen anständigen Arbeitsplatz mehr finden. Rechnen Sie damit, dass Sie noch vor Ende des Jahres Ihre Röcke für betrunkene Gentlemen heben müssen, die in den Türeingängen in der Gegend um Covent Garden lauern.«

Elenora ersparte sich eine Antwort. Sie wandte

sich um und ging in die kleine Eingangshalle hinaus.

Ibbitts' leises, grausiges Lachen verfolgte sie.

Sie stieß auf Ned, der besorgt am oberen Ende der Küchentreppe stand.

»Was ist passiert, Miss Lodge? Sally sagt, dass wir entlassen werden.«

»Sie und Sally werden Ihre Stellung nicht verlieren, Ned. Ibbitts wird bald auf der Straße sitzen.«

»Er doch nicht.« Ned schüttelte traurig und resigniert den Kopf. »Leute wie er setzen sich letzten Endes immer durch. Er wird dafür sorgen, dass wir beide ohne Zeugnis auf die Straße gesetzt werden, weil wir ihm so viel Ärger bereitet haben.«

»Beruhigen Sie sich, Ned. Seine Lordschaft ist ein unvoreingenommener Mensch. Wenn ich ihm die Situation erkläre, wird er verstehen. Ihnen und Sally wird nichts geschehen.«

Ich bin diejenige, die sich bald um eine neue Stelle kümmern muss, dachte sie. Egal, wie das Problem mit Ibbitts gelöst wurde, man musste der Tatsache ins Auge sehen, dass er, wenn St. Merryn erst einmal wusste, dass sein Geheimnis von einer solch verachtenswerten Kreatur wie Ibbitts gelüftet werden konnte, er dazu gezwungen sein würde, die Farce zu beenden.

Nun, sie hatte von Anfang an gewusst, dass die Stelle zu schön war, um wahr zu sein, oder nicht?

Arthur stand in der Stalltür und beobachtete, wie John Watt mit einer Mistgabel Heu in den Stall schaufelte. Der junge Mann sah ganz anders aus als das letzte Mal, als Arthur ihn gesehen hatte.

Als er noch für George Lancaster gearbeitet hatte, war er immer sauber angezogen und ordentlich gewesen. Das Hemd und die Hose, die er heute trug, hatte er wahrscheinlich auch schon in der Nacht angehabt, als er weggelaufen war. Sie standen nicht gerade im Einklang mit den Anforderungen, die an Watts neue Karriere gestellt wurden. Sechs Wochen Arbeit in einem Mietstall hatten seine einstmals gute Kleidung in zerrissene, fleckige Lumpen verwandelt.

Watts Haar war mit einem Stück Stoff zurückgebunden. Schweiß strömte von seiner Stirn. Aber wie es seiner Natur entsprach, arbeitete er hart, obwohl es höchst unwahrscheinlich war, dass sein neuer Arbeitgeber ihm auch nur annähernd so viel zahlen würde wie George Lancaster.

»Hallo, Watt«, sagte Arthur ruhig.

Watt zuckte zusammen und fuhr mit gezückter Mistgabel herum. Auf seinem Gesicht stand die

Angst geschrieben. Als er Arthur sah, stöhnte er auf.

»Sie sind es, Sir.« Er schluckte heftig und ließ die Mistgabel sinken, als würde er sich geschlagen geben. »Ich wusste, dass Sie mich früher oder später finden würden.«

Arthur ging auf ihn zu. »Warum sind Sie weggelaufen, Watt?«

»Sie wissen die Antwort darauf, Sir.« Watt lehnte die Mistgabel an die Stallwand, wischte sich mit seiner schmutzigen Hand über die Stirn und stieß einen tiefen Seufzer aus. »Ich hatte Angst, Sie würden denken, dass ich Mr Lancaster ermordet habe.«

»Warum sollte ich das glauben?«

Watts Gesicht nahm einen mürrischen Ausdruck an. Er war verwirrt. »Weil ich an jenem Abend mit Mr Lancaster allein im Haus war.«

»Mein Großonkel hat Ihnen vertraut, genau wie ich und Ihre Bess.«

Watt zuckte zusammen. »Sie haben mit Bess gesprochen?«

»Sie ist diejenige, die mir erzählt hat, dass Sie Ihren Namen geändert haben und jetzt hier im Mietstall eine Stelle haben.«

Watt kniff die Augen zusammen, bis sie schmerzten. »Ich hätte ihr nicht sagen sollen, wo ich bin. Aber sie hat sich so große Sorgen um mich gemacht, dass ich ihr gesagt habe, ich sei in Sicherheit. Ich habe sie gebeten, es niemandem zu erzählen. Sie ist sonst ein ehrliches Mädchen. Ich nehme an, es war zu viel von ihr verlangt, meinetwegen zu lügen, und insbesondere Sie anzulügen, Sir.«

»Sie müssen Bess nicht die Schuld geben. Ich habe ein sehr langes Gespräch mit ihr geführt. Sie liebt Sie aus ganzem Herzen und hätte Ihr Geheimnis auch für sich behalten, wenn sie davon überzeugt gewesen wäre, dass ich Ihnen schaden würde. Sie hat es bestimmt niemand anderem verraten, selbst dem Detektiv nicht, der sie befragt hat.«

»Ein Detektiv hat sie befragt?« Watt war geschockt. »Oh, meine arme Bess. Sie war bestimmt zu Tode verängstigt.«

»Das war sie vermutlich. Aber sie hat ihm nicht gesagt, dass sie Ihren Aufenthaltsort kennt. Sie hat sich mir auch nur anvertraut, weil ich sie davon überzeugt habe, dass ich an Ihre Unschuld glaube.«

Watt kaute nervös auf seiner Unterlippe. »Bess hat mir erzählt, dass der Detektiv davon überzeugt ist, ich sei der Mörder des armen Mr Lancaster.«

»Ich habe den Detektiv weggeschickt, nachdem

er zu dieser Auffassung gekommen war. Ich wusste, dass er Unrecht hatte.«

Watts Augenbrauen zogen sich vor Erstaunen zusammen. »Warum sind Sie so sicher, dass ich Mr Lancaster nicht umgebracht habe?«

»Sie vergessen, dass ich Sie schon sehr lange kenne, Watt. Ich weiß sehr wohl, dass Sie einfach nicht der Typ von Mann sind, der plötzlich gewalttätig wird. Sie sind geduldig, ärgern sich nicht leicht und sind in ihrer Art sehr ausgeglichen.«

Watt blinzelte ein paar Mal. »Ich weiß nicht, wie ich Ihnen danken soll, Sir.«

»Sie können mir danken«, sagte Arthur vorsichtig, »indem Sie mir alles erzählen, was in den Tagen passiert ist, bevor mein Großonkel ermordet wurde, und sich an die Fakten erinnern, die mit den Ereignissen in der Nacht seines Todes in Zusammenhang stehen.«

Äußerst zufrieden mit dem, was Watt ihm erzählt hatte, schickte Arthur den jungen Mann eine Stunde später zu seiner Geliebten zurück und versprach ihm, dass er und Bess in einem der Lancaster-Anwesen eine neue Stellung bekommen würden.

Bevor er zur Rain Street zurückfuhr, wollte er

noch den alten Buchhalter aufsuchen, den er von seinem Großvater geerbt hatte.

Im Haus war es dunkel und still. Die Bediensteten verrichteten ihr Tagewerk mit düsterem Gesichtsausdruck.

»Der Arzt sagt, dass Mr Ormesby die Woche nicht überstehen wird«, erklärte ihm die Haushälterin und wischte ihre Hände an der Schürze ab, als sie zum Schlafzimmer vorausging, wo ihr Arbeitgeber auf dem Totenbett lag. »Es ist sehr nett von Ihnen, vorbeizukommen, um Abschied zu nehmen.«

»Das ist das Mindeste, was ich tun kann«, sagte Arthur. Er betrachtete die Frau näher und sah, dass sie alt geworden war. Dies war vermutlich ihre letzte Stelle. »Hat Ormesby dafür gesorgt, dass Sie eine Pension bekommen?«

Ihre Augen weiteten sich vor Überraschung angesichts dieser Frage. »Es ist nett von Ihnen, nachzufragen, Sir, aber ich bin sicher, dass er so gut war und mich in seinem Testament berücksichtigt hat. Ich habe fast siebenundzwanzig Jahre für Mr Ormesby gearbeitet.«

Arthur machte sich in Gedanken eine Notiz, dass er überprüfen wollte, ob Ormesby seiner Haushälterin genug Geld für die Rente hinterlassen hatte.

Ormesby und der alte Graf hatten viel gemeinsam gehabt. Keiner von ihnen war für seine Großzügigkeit bekannt.

Elenora war gerade damit beschäftigt, die letzten persönlichen Dinge in ihren Koffer zu legen, als Margaret geschäftig in das Schlafzimmer eilte.

»Was, um Himmels willen, geht hier vor?« Margaret blieb mitten im Zimmer stehen und starrte den Koffer an, als hätte sie es mit einem Feind zu tun. »Sally unterbrach mich mitten in einer Szene, an der ich bereits zwei Tage lang arbeite, und sagte mir, dass Sie Ihren Weggang vorbereiten.«

»Es tut mir Leid, sagen zu müssen, dass St. Merryns großer Plan wie eine Seifenblase geplatzt ist.«

»Ich verstehe nicht.«

»Ibbitts weiß, warum ich hier bin, und er hat klar gemacht, dass er nicht zögern wird, die Information für seine eigenen Zwecke zu benutzen. Wenn Seine Lordschaft erfährt, dass seine Pläne gescheitert sind, wird er meine Dienste nicht länger benötigen. Ich dachte, es wäre besser, meine Sachen zu packen und meinen Abschied vorzubereiten.«

»Das ist doch absurd.«

»Leider nein«, seufzte Elenora. »Ich gebe zu,

dass ich die ganze Zeit über das Gefühl hatte, dass St. Merryns raffinierter Plan zum Scheitern verurteilt ist.«

Sie stand auf und sah sich im Zimmer um. Sie hatte das merkwürdige Gefühl, etwas verloren zu haben, etwas, das mit finanziellen Dingen nichts zu tun hatte. Ihr wurde klar, dass sie nicht gehen wollte, und nicht nur allein deswegen, weil das bedeutete, dass sie den mühsamen Prozess der Stellensuche erneut durchlaufen musste.

Es war nicht das Haus, das sie vermissen würde, sondern die freudige Erregung, die sie jedes Mal empfand, wenn sie eines der Zimmer betrat und Arthur sah.

Hör sofort mit dem Selbstmitleid auf. Du hast keine Zeit, dich solch deprimierenden Gedanken hinzugeben. Du musst dich auf die Zukunft konzentrieren.

»Meine liebe Elenora, dies ist einfach schrecklich«, erklärte Margaret. »Ich bin ganz sicher, dass es sich um einen Irrtum handelt. Sie können nicht einfach gehen. Bitte treffen Sie keine voreiligen Entscheidungen, bevor Sie mit Arthur gesprochen haben. Er wird sicher eine Lösung finden.«

Elenora schüttelte den Kopf. »Ich sehe nicht, wie er mich weiterhin bei seinem Plan einsetzen kann, so wie er es ursprünglich vorgehabt hatte.

Das gesamte Vorhaben ist von Ibbitts in Frage gestellt worden.«

»Arthur ist sehr erfinderisch. Ich bin sicher, dass er eine Möglichkeit findet, mit seinem Plan weiterzumachen.«

Das Geräusch von Kutschenrädern auf der Straße ließ Elenora zum Fenster eilen. Sie schaute hinaus und sah, wie Arthur aus der Kutsche stieg. Unter seinem Arm trug er ein großes Paket. Sein Gesichtsausdruck war ernst.

»Der Graf ist gerade zurückgekommen«, sagte sie zu Margaret. »Ich gehe besser hinunter, um die Angelegenheit abzuschließen.«

»Ich werde mit Ihnen kommen.« Margaret eilte hinter ihr her. »Ich bin sicher, dass alles gut werden wird.«

»Ich sehe nicht, wie«, sagte Elenora und bemühte sich, ihre Traurigkeit nicht zu zeigen. »Seine Lordschaft braucht meine Dienste nicht mehr.«

»Gestatten Sie mir, Ihnen zu sagen, meine Liebe«, fuhr Margaret fort, als sie die Treppe hinuntergingen, »dass man am besten gar nicht erst versucht, eine Vorhersage im Zusammenhang mit Arthurs Strategie zu machen. Das Einzige, was man mit großer Gewissheit sagen kann, ist Folgendes: Wenn er sich erst einmal für etwas entschieden hat, ist es nahezu unmöglich, ihn wieder davon abzubringen. Sie können jeden in seiner Familie fragen.«

Sally und Ned standen mit besorgten Mienen auf dem Flur und unterhielten sich leise. Als sie Elenora und Margaret erblickten, brachen sie ihre Unterhaltung ab. Ihre Gesichter waren von Panik erfüllt.

»Was ist los?«, fragte Elenora. »Ist sonst noch etwas passiert?«

»Es ist Ibbitts, Ma'am«, sagte Ned. »Er ist in diesem Augenblick mit Seiner Lordschaft in der Bibliothek. Wir wissen nicht, welche Lügen er dem Hausherrn auftischt.«

Margaret sah ärgerlich aus. »Wie kann er nur vermuten, dass St. Merryn ihm Glauben schenkt und nicht Elenora?«

»Das weiß ich nicht, Ma'am«, flüsterte Sally. »Aber Ibbitts grinste, als er in die Bibliothek ging.« Sie erschauderte. »Ich habe dieses Grinsen schon einmal gesehen.«

15

Arthur lehnte sich in seinen Sessel zurück und blickte Ibbitts an, während der Butler ihm seine Geschichte erzählte.

»Ich versichere Ihnen, es ist kein großer Schaden angerichtet worden, Sir«, schloss Ibbitts mit ernster Aufrichtigkeit. »Ich werde über Ihre geheimen Pläne kein Wort verlieren.«

»Wirklich nicht?«

»Natürlich nicht, Sir.« Ibbitts hob sein edles Kinn und straffte seine breiten Schultern. »Wenn ich eines bin, dann Ihnen gegenüber absolut loyal.«

»Sie sagten, Miss Lodge hätte das Geheimnis ausgeplaudert, als sie versuchte, Sie in ihr Schlafzimmer zu locken?«

»Selbstverständlich habe ich die Einladung nicht angenommen, Sir, obwohl sie nicht mehr trug als ein weißes Leinennachthemd, das mit kleinen blauen Bändern verziert war. Ich nehme die mit meiner Stellung verbundenen Verpflichtungen sehr ernst.«

»Ich verstehe.«

Ibbitts seufzte. »Ehrlich gesagt, Sie sollten nicht allzu viel Tadel auf Miss Lodges zerbrechliche Schultern legen.«

»Warum sagen Sie das?«

Ibbitts gab ein missbilligendes Geräusch von sich. »Eine Dame ihres Alters und in ihrer sozialen Position hat nur wenig Hoffnung, einen respektablen Ehemann zu finden, nicht wahr? Frauen wie sie haben keine andere Wahl, als sich anderswo umzusehen, wenn sie das Verlangen überkommt, wenn Sie verstehen, was ich meine.«

Plötzlich wurde die Tür aufgerissen und Elenora stürmte in die Bibliothek, Margaret im Schlepptau.

»Glauben Sie Ibbitts kein Wort.« Elenora durchquerte mit energischen Schritten das Zimmer. Sie war rot vor Zorn. »Er ist ein Lügner und Erpresser, der die anderen Bediensteten schamlos ausnutzt. Ich habe ihm gesagt, dass er sofort das Haus verlassen soll.«

Arthur stand auf und begrüßte sie höflich. »Guten Morgen, Miss Lodge.« Er neigte seinen Kopf in Margarets Richtung. »Bitte nehmen Sie doch beide Platz.«

Margaret setzte sich umgehend. In ihrem Gesicht war gespannte Erwartung zu erkennen. »Nun denn, das wird ja interessant«, sagte sie in den Raum hinein.

Elenora hatte Arthurs Aufforderung, sich in einen der Sessel zu setzen, offensichtlich nicht gehört. Stattdessen stellte sie sich vor seinen Schreibtisch. Ihre Augen funkelten vor Zorn.

»Ibbitts zwingt die anderen Hausangestellten, ihm die Hälfte von ihrem Lohn zu geben«, verkündete sie. »Das verlangt er von ihnen, damit sie ihre Stellung behalten können. Das ist einfach abscheulich. Sally und Ned haben mir erzählt, dass das auch der Grund dafür ist, warum die Haushälterin, der Koch und der Gärtner vor einigen Monaten weggegangen sind und der Haushalt seitdem unterbesetzt ist.«

Ibbitts sah sie mitleidig an und schüttelte den Kopf. »Ich fürchte, Miss Lodge leidet an einer Nervenkrankheit, Sir. Zweifellos weibliche Hysterie. Ich habe dieses Leiden bereits bei unverheirateten Frauen in einem gewissen Alter erlebt. Manchmal leistet eine Vinaigrette Abhilfe.«

Elenora sah ihn mit einem Ausdruck völliger Verachtung an. »Streiten Sie das etwa ab?«

»Selbstverständlich.« Stolz richtete Ibbitts sich auf. »Wenn Seine Lordschaft meine Unschuld in dieser Sache nachprüfen möchte, braucht er nur die Bediensteten zu fragen. Ich bin ganz sicher, dass sowohl Sally als auch Ned ihm bestätigen werden, dass ich etwas Derartiges nie von ihnen verlangt habe.«

»Sally und Ned haben beide große Angst vor Ihnen, Ibbitts«, sagte sie. »Sie würden alles sagen, was Sie von ihnen verlangen.«

Es war interessant, zu beobachten, wie Elenora vor berechtigtem Zorn in die Luft ging, dachte Arthur, aber leider hatte er heute keine Zeit, diesen Anblick zu genießen.

»Würden Sie sich bitte hinsetzen, Elenora?«, sagte er ruhig.

»Neben seinem gemeinen Benehmen Sally und Ned gegenüber hat Ibbitts Sie auch belauscht«, sagte sie.

»Das ist eine Lüge.« Ibbitts fuhr herum, um Arthur anzusehen. »Ich würde im Traum nicht daran denken, die privaten Gespräche meines Arbeitgebers zu belauschen. Es war die junge Sally, die Sie belauscht hat, Sir. Sie kam danach direkt zu mir mit der Nachricht, dass Miss Lodge lediglich eine bezahlte Angestellte sei. Selbstverständlich habe ich ihr und Ned befohlen, über Ihre privaten Angelegenheiten Stillschweigen zu bewahren. Und das werden sie auch befolgen. Ich bin jederzeit bereit, Ihnen bei der Durchführung Ihrer Pläne behilflich zu sein, soweit ich dazu in der Lage bin.«

»Unsinn«, zischte Elenora durch die Zähne. »Er versucht, die Schuld auf Sally zu schieben …«

»Setzen Sie sich bitte, Elenora«, wiederholte Arthur. Diesmal schlug er einen scharfen Ton an und seine Worte klangen wie ein Befehl.

Zögernd gehorchte sie.

Ibbitts warf ihr einen vernichtenden Blick zu. »Entschulden Sie, Mylord, aber haben Sie sich Miss Lodges Referenzen angesehen, bevor Sie sie für diesen Posten ausgewählt haben?«

»Es waren Ihre Referenzen, die ich nicht geprüft habe«, sagte Arthur. »Und Ormesby hat dies wegen seiner schlechten Gesundheit offensichtlich auch nicht getan.«

»Ich versichere Ihnen, meine Referenzen sind ausgezeichnet«, sagte Ibbitts schnell.

»Weil Sie sie selbst geschrieben haben, wette ich«, murmelte Elenora.

»Das ist eine Lüge«, zischte Ibbitts. Er wandte sich wieder an Arthur. »Ich zeige Ihnen gerne die Zeugnisse von meinen früheren Arbeitgebern, Sir. Ich glaube, sie werden Ihre volle Zufriedenheit finden.«

»Das ist nicht nötig.« Arthur griff nach einem der Bücher, die er mitgenommen hatte, als er dem sterbenden Ormesby seine letzte Ehre erwiesen hatte. »Auf dem Weg hierher habe ich diese hier heute Morgen durchgesehen. Die Einträge für das vergangene Jahr sagen mir alles, was ich über Sie wissen muss, Ibbitts.«

Ibbitts starrte die Haushaltsbücher verständnislos an. »Was haben Sie da, Sir?«

»Die Haushaltsbücher.« Arthur öffnete das letzte Buch und fuhr mit dem Finger die Seite entlang, bis er zu dem Eintrag kam, den er bereits markiert hatte. »Bis letzten Monat haben Sie regelmäßig Anträge für die Zahlung von Löhnen an verschiedene Bedienstete vorgelegt, die hier nicht mehr beschäftigt sind.« Er sah Ibbitts an. »Darunter sind die Haushälterin, der Koch und die Gärtner, die alle im letzten Herbst gegangen sind.«

Ibbitts trat einen Schritt zurück, offensichtlich aus dem Gleichgewicht geraten. »Da muss ein Fehler vorliegen, Sir.«

Arthur schloss das Buch mit dem Ledereinband. »Der Fehler liegt darin, dass ich Sie nicht schon vor einigen Monaten entlassen habe, Ibbitts. Jedoch habe ich vor, diesen Irrtum sofort zu berichtigen. Sie werden umgehend Ihre Taschen packen und dieses Haus verlassen.«

»Sir, Sie haben selbst gesagt, dass Ihr Buchhalter krank ist.« Ibbitts war sowohl wütend als auch verzweifelt. »Er muss die falschen Beträge aufgeschrieben haben.«

»Er war zu krank, um das Haus zu verlassen und der Sache selbst nachzugehen, aber er ist völlig klar im Kopf, das versichere ich Ihnen. Diese Beträge wurden Ihnen ausbezahlt, sodass Sie wiederum das Personal bezahlen konnten. Sie haben Ormesby offensichtlich nicht darüber informiert, wenn Angestellte kündigten. Stattdessen haben Sie weiterhin ihren Lohn kassiert. Ich vermute, dass Sie das Geld eingesteckt haben. Ich möchte, dass Sie in einer Stunde verschwunden sind.«

Elenora sprang auf. »Ich wusste, dass Sie das Richtige tun würden, Sir.«

Arthur stieß einen Seufzer aus. »Bitte setzen Sie sich, Elenora.«

Sie presste ihre Lippen zusammen, nahm jedoch wieder Platz.

Ibbitts war schockiert. »Sie entlassen mich?«

»Natürlich entlasse ich Sie.« Arthur griff hinter seinen Sessel und zog an einer Samtkordel. »Sie sind ein Lügner und Erpresser. Schätzen Sie sich glücklich, dass ich Sie nicht verhaften lasse.«

Die Tür zur Bibliothek öffnete sich. Ned stand da, er sah ängstlich, aber entschlossen aus.

»Ja, Mylord?«, sagte er.

»Ibbitts ist nicht mehr in diesem Haushalt beschäftigt. Sie werden ihn in sein Zimmer begleiten und ihn beaufsichtigen, während er seine Sachen zusammenpackt. Versichern Sie sich, dass er das Tafelsilber nicht mitnimmt, wenn er das Haus verlässt. Haben Sie verstanden?«

Neds Blick wanderte zwischen Arthur und dem missmutig dreinblickenden Ibbitts hin und her. Die Angst verschwand aus seinen Augen.

»Jawohl, Sir«, sagte er bestimmt. »Ich werde ihn aus der Hintertür hinauslassen.«

Ibbitts Gesicht zuckte vor Zorn und Verachtung. »Ich schlage vor, dass Sie Sally und Ned nach

Referenzen über ihren Charakter fragen, Mylord. Sie werden sehen, dass sie keine vorlegen können. Sally hat ihre Stelle verloren, weil sie die Röcke für den Sohn ihres Arbeitgebers gehoben hat. Ned hat seinen Posten verloren, weil er sich auf ihre Seite stellte, als sie versuchte abzustreiten, was sie getan hatte.«

Ned ballte seine Hände zu Fäusten.

Elenora stand von ihrem Sessel auf. »Ich zweifle keinen Moment daran, dass Sally und Ned die Wahrheit sagen. Es ist Ibbitts, der sich als nicht vertrauenswürdig erwiesen hat.«

Arthur rieb sich über den Nasenrücken. »Ich würde es zu schätzen wissen, wenn Sie sitzen blieben, Miss Lodge. Dieses ganze Auf und Ab ist ziemlich ermüdend.«

»Entschuldigung.«

Widerwillig sank sie in ihren Sessel zurück. Arthur bemerkte, wie sie mit einem Fuß ungeduldig auf den Teppich klopfte. Es kam ihm in den Sinn, dass ihre kurze Karriere als bezahlte Gesellschafterin nur wenig dazu beigetragen hatte, ihre offensichtlich natürliche Begabung, die Führung zu übernehmen, zu verändern.

Trotz all der Probleme, die er zur Zeit hatte, war er amüsiert. Elenora fand es äußerst ärgerlich, sich seinen Anordnungen zu beugen.

Er konzentrierte seine Aufmerksamkeit auf Ned. »Sie und Sally werden Ihre Stellung behalten. Außerdem werde ich mich darum kümmern, dass Ihnen der Lohn, den Ibbitts Ihnen zwangsweise entzogen hat, umgehend zurückerstattet wird.«

»Vielen Dank, Sir«, stotterte Ned erstaunt.

Arthur deutete zur Tür. »Hinaus, Ibbitts. Ich habe mit dieser Angelegenheit genug Zeit verschwendet.«

Ibbitts biss vor Wut die Zähne zusammen. Er sah Elenora rachsüchtig an, als er an ihr vorbeimarschierte.

Arthur wartete so lange, bis Ibbitts an der Tür war, bevor er anfing zu sprechen.

»Noch eines, Ibbitts«, sagte er. »Was den Status von Miss Lodge in diesem Haushalt betrifft, scheint es einige Verwirrung zu geben.«

»Ich kenne ihren Status ganz genau«, murmelte Ibbitts. »Sie ist nichts weiter als eine bezahlte Gesellschafterin.«

»Mit dieser Vermutung liegen Sie falsch«, sagte Arthur und bemühte sich um einen ausgeglichenen Tonfall. »Ich beabsichtige, Miss Lodge zu heiraten. Sie wird mit Sicherheit die künftige Herrin dieses Haushalts sein. Sollten Sie den Fehler begehen und etwas Gegenteiliges verbreiten, werden

Sie Grund haben, es zu bereuen. Habe ich mich klar ausgedrückt?«

Mit einem raschen Seitenblick auf Elenora sah Arthur, wie sich ihre Augen weiteten.

Ibbitts fletschte die Zähne. »Wie auch immer Sie sie nennen wollen, das ist Ihre Angelegenheit, Mylord.«

»Ja«, stimmte Arthur zu. »Das ist richtig. Sie können jetzt gehen.«

Ibbitts stürmte hinaus. Ned schloss die Tür und folgte ihm, während Arthur allein mit Margaret und Elenora zurückblieb.

»Nun, das war wirklich aufregend«, sagte Margaret. Sie lächelte Elenora mit großer Genugtuung an. »Ich habe Ihnen doch gesagt, dass Arthur die Dinge regeln wird. Jetzt können Sie Sally die Anweisung geben, Ihren Koffer wieder auszupacken.«

Arthur erstarrte innerlich. Er sah Elenora an und versuchte, sich seine Reaktion nicht anmerken zu lassen.

»Sie haben gepackt?«, fragte er.

»Ja, natürlich.« Sie räusperte sich. »Ich habe nicht geglaubt, dass Sie meine Dienste noch benötigen würden, nachdem Sie herausgefunden haben, dass Ibbitts wusste, dass ich nur eine Angestellte bin und nicht Ihre echte Verlobte.«

Margaret sah ihn an. »Als Elenora ihn zur Rede stellte, gab er zu, dass er Ihren gesamten Plan kannte. Er hat tatsächlich versucht, sie zu erpressen, ob Sie es glauben oder nicht.«

Arthur lehnte sich in seinem Sessel zurück und dachte darüber nach, was soeben geschehen war. »Ibbitts hat versucht, Geld von Ihnen zu erpressen, im Gegenzug dafür, dass er über Ihre Stellung hier Stillschweigen bewahrt?«

»Ja.« Sie machte eine abfällige Handbewegung. »Aber das war nichts im Vergleich zu der gemeinen Art, in der er Sally und Ned behandelt hat. Ich kann mich sehr gut um mich selbst kümmern. Diese beiden sind jedoch wesentlich verwundbarer.«

Arthur fragte sich, ob sie wohl wusste, wie selten es war, dass jemand, der in der gehobenen Gesellschaft verkehrte, Sinn für Verantwortung hatte. In diesen Kreisen wurden Zimmermädchen routinemäßig entlassen, wenn ein männliches Mitglied des Haushalts sie geschwängert hatte. Außerdem wurden ältere Haushälterinnen, die ihren Pflichten nicht mehr nachkommen konnten, entlassen, ohne eine Pension zu erhalten.

Elenora schüttelte den Kopf. »Ich habe Sie darauf hingewiesen, Sir, dass es außerordentlich schwierig, wenn nicht gar unmöglich sein würde, vor Ihren Bediensteten Geheimnisse zu haben.«

»Ich würde es als Gefälligkeit Ihrerseits ansehen, wenn Sie Abstand davon nehmen würden, auf irgendwelche Fehler in meiner Handlungsweise hinzuweisen«, sagte er mit sanfter Stimme.

Sie wurde rot. »Ich bitte um Verzeihung, Sir.«

Er seufzte. »Machen Sie sich nichts draus, Sie hatten Recht.«

Sie zog die Augenbrauen zusammen und sah besorgt aus. »Ich sehe keine Möglichkeit, wie ich meine Stellung weiterhin behalten kann, wenn jemand, der so verlogen ist wie Ibbitts, die Wahrheit kennt.«

»Und ich sehe keinen Grund dafür, den Kurs zu ändern«, sagte Arthur. »Der Plan scheint genauso zu funktionieren, wie ich beabsichtigt hatte. Die gehobene Gesellschaft ist von Ihnen gefesselt und ich bin frei, um …« Er hielt inne, da ihm einfiel, dass Margaret noch im Raum war, »meinen Geschäften nachzugehen.«

»Aber wenn es Ibbitts gelingt, über meine wahre Stellung in diesem Haushalt zu klatschen, wird Ihr Plan nicht länger durchführbar sein.«

Ihr hartnäckiger Versuch, sich von der Rolle, für die er sie vorgesehen hatte, zu distanzieren, ließ ihn um ein Haar die Selbstbeherrschung verlieren.

»Wie ich es sehe«, sagte er und betonte dabei jedes einzelne Wort, »sind Sie die einzige Hoffnung, die ich habe, diesen Plan auszuführen. Außerdem erhalten Sie von mir einen ausgezeichneten Lohn, und ich kann daher von Ihnen erwarten, dass Sie Ihre Rolle mit äußerster Überzeugung spielen. Stimmen Sie mir zu?«

Bei Arthurs scharfen Worten kniff Margaret vor Erstaunen die Augen zusammen.

Mit einer förmlichen Geste neigte Elenora lediglich den Kopf und gab ihm zu verstehen, dass sie zwar verärgert, aber nicht eingeschüchtert war.

»Selbstverständlich, Mylord«, sagte sie nüchtern. »Ich werde mich bemühen, Sie zufrieden zu stellen.«

»Danke.« Was, zum Teufel, war bloß in ihn gefahren, dass er sie derart anfuhr? Normalerweise verlor er niemals die Geduld.

Margaret beeilte sich, die Wogen zu glätten. »Wirklich, Elenora, Sie müssen sich darüber, was Ibbitts vielleicht sagen könnte, keine Sorgen machen. Wer in der gehobenen Gesellschaft würde schon den Worten eines Butlers, der gerade ohne jegliche Referenzen entlassen wurde, mehr Glauben schenken als denen des Grafen von St. Merryn?«

»Ja, aber er weiß, dass die Geschichte, die wir scherzhaft in Umlauf gebracht haben, in Wirklichkeit wahr ist.«

»Selbst wenn Ibbitts über Sie klatschen sollte, kann er damit keinen Schaden anrichten. Man wird glauben, dass er die Geschichte lediglich wiederholt«, versicherte Margaret ihr.

»Sie hat Recht«, sagte Arthur. »Beruhigen Sie sich, Elenora. Ibbitts wird uns nicht nervös machen.«

»Ich vermute, Sie haben Recht«, antwortete Elenora. Aber sie sah nicht gerade zufrieden aus.

Margaret stieß einen tiefen Seufzer aus. »Nun, das ist dann also erledigt. Sie bleiben hier, Elenora.«

Elenora runzelte die Stirn. »Da fällt mir gerade etwas ein: Wir verfügen nicht über genug Personal.«

Ein weiteres Problem, das gelöst werden musste, bevor er seine Ermittlungen fortführen konnte, dachte Arthur müde. Er nahm eine Feder und griff nach einem Blatt Papier. »Ich werde der Agentur eine Nachricht schicken.«

»Es ist nicht notwendig, Ihre Zeit damit zu verschwenden, sich mit Bewerberinnen zu befassen, die von einer Agentur vermittelt werden«, sagte Elenora knapp. »Sally hat zwei Schwestern, die dringend eine Stelle suchen. Eine von ihnen ist offenbar eine ausgezeichnete Köchin. Die andere würde sich bestimmt darüber freuen, die Aufgaben eines Zimmermädchens zu übernehmen. Ich bin davon überzeugt, dass Sally eine gute Haushälterin abgeben wird. Und Ned hat einen Onkel und einen Cousin, die ausgebildete Gärtner sind. Tatsächlich hat ihr letzter Arbeitgeber gerade sein Haus in der Stadt verkauft und sein gesamtes Personal entlassen; die beiden sind gerade auf der Suche nach einer Stelle. Ich schlage vor, dass wir die beiden anstellen.«

Margaret klatschte in die Hände. »Meine Güte, Elenora, Sie sind unglaublich. Es klingt gerade so, als hätten Sie das Personalproblem vollkommen unter Kontrolle.«

Arthur war so erleichtert darüber, dass er sich nicht um neues Personal kümmern musste, dass er Elenora am liebsten in seine Arme genommen und sie geküsst hätte.

»Ich überlasse die Angelegenheit Ihnen«, sagte er stattdessen in förmlichem Ton.

Sie nahm es mit einem gleichgültigen Nicken zur Kenntnis, aber Arthur war davon überzeugt, dass sie darüber ziemlich erfreut war.

Wenigstens ist ein dringendes Problem aus dem Weg geschafft, dachte er und seine Laune besserte sich sogleich wieder.

»Wenn Sie beide mich bitte entschuldigen wollen, aber ich muss nach oben gehen, um meine

Kleidung zu wechseln.« Margaret stand auf und ging zur Tür. »Mr Fleming wird bald hier sein. Wir wollen heute Nachmittag einige Buchläden aufsuchen.«

Arthur stand ebenfalls auf und schritt durch den Raum, um die Tür für sie zu öffnen. Sie eilte in den Korridor hinaus und verschwand. Als er sich umwandte und bemerkte, dass Elenora ihr folgen wollte, hielt er sie auf.

»Wenn Sie nichts dagegen haben«, sagte er ruhig, »hätte ich gerne mit Ihnen besprochen, was ich von John Watt erfahren habe.«

Sie blieb mitten im Raum stehen und ihr Gesicht hellte sich vor freudiger Überraschung auf. »Haben Sie ihn ausfindig gemacht?«

»Ja, ich habe Ihren Vorschlag, mit seiner Freundin zu sprechen, befolgt.«

Er schaute auf seine Uhr. »Es ist nach vier. Ich bestelle eine Kutsche und wir fahren ein bisschen im Park umher. Wenn man uns zusammen sieht, wird dies den Eindruck verstärken, dass wir wirklich verlobt sind, und niemand wird uns bei unserer Unterhaltung stören.«

16

Es war kurz vor fünf, als Arthur die schnittige Kutsche durch die Tore des großen Parks lenkte. Neben ihm thronte Elenora. Sie trug ihr neues blaues Ausgehkleid und einen dazu passenden Hut. Zum tausendsten Mal machte sie sich klar, dass sie nur eine bezahlte Gesellschafterin und lediglich dazu angestellt worden war, eine Rolle zu spielen. Tief in ihrem Innern jedoch konnte sie der Versuchung nicht widerstehen, wenn auch nur für kurze Zeit so zu tun, als sei aus diesem Spiel Wirklichkeit geworden und Arthur hätte sie zu dieser Fahrt eingeladen, weil er mit ihr zusammen sein wollte.

Im Park herrschte ein lebhaftes und farbenfrohes Treiben. Der Frühlingsnachmittag war sonnig und warm und, wie in der Stadt üblich, etliche Mitglieder der vornehmen Gesellschaft waren in den Park gekommen, um zu sehen und gesehen zu werden.

Viele Kutschen hatten das Verdeck zurückgeklappt, damit die elegant gekleideten Personen, die darin saßen, besser zur Geltung kamen. Einige Gentlemen ritten auf Rassepferden die Pfade entlang. Sie hielten öfter an, um die Insassen der Kutschen zu begrüßen, die neuesten Klatschgeschichten auszutauschen und die Damen zu betrachten. Paare, die zusammen im Park flanierten, gaben der gehobenen Gesellschaft zu verstehen, dass bereits Heiratspläne in die Wege geleitet waren oder ernsthaft in Erwägung gezogen wurden.

Elenora war nicht überrascht, festzustellen, dass Arthur die Zügel in derselben Art und Weise handhabte wie sämtliche Dinge in seinem Leben: mit sanftem, aber tatkräftigem Geschick und gelassener Autorität. Die beiden ausgezeichnet zueinander passenden Grauschimmel aus gutem Stall reagierten umgehend auf seine Kommandos.

»Ich habe Watt in einem Mietstall ausfindig gemacht«, sagte Arthur.

»Konnte er Ihnen irgendwelche Einzelheiten im Zusammenhang mit dem Tod Ihres Großonkels mitteilen?«

»Watt sagte mir, dass er und Onkel George an jenem schicksalshaften Tag den größten Teil des Nachmittags im Labor verbracht hatten und mit verschiedenen Experimenten beschäftigt waren. Nach dem Abendessen zog sich George in sein Schlafzimmer im oberen Stockwerk des Hauses zurück und Watt ging ebenfalls zu Bett. Sein Schlafzimmer liegt unten in der Nähe des Labors.«

»Hat er in jener Nacht irgendetwas gehört?«

Arthur nickte grimmig. »Watt sagte, dass er fest schlief, dann jedoch von merkwürdigen Geräuschen und einem erstickten Schrei, der aus dem Labor kam, geweckt wurde.«

»Hat er nachgesehen, was es war?«

»Ja. Für Onkel George war es normal, spät nachts noch in sein Labor zu gehen, um die Ergebnisse seiner Experimente zu überprüfen oder Notizen in sein Tagebuch einzutragen. Watt befürchtete, dass ihm vielleicht etwas zugestoßen sein könnte. Aber die Tür zum Labor war abgeschlossen und Watt musste den Schlüssel aus seinem Nachttisch holen. Währenddessen hörte er zwei Pistolenschüsse.«

»Um Gottes willen. Hat er den Mörder gesehen?«

»Nein. Als er schließlich ins Labor kam, war der Mörder bereits durchs Fenster entwischt.«

»Und was ist mit Ihrem Großonkel passiert?«

»Er lag sterbend in einer Blutlache auf dem Fußboden.«

Bei dieser Vorstellung erschauderte Elenora. »Wie schrecklich.«

»Onkel George war noch bei Bewusstsein. Bevor er starb, hat er noch einige Worte gemurmelt, deren Sinn Watt jedoch nicht verstand. Er vermutete, dass George aufgrund seiner schweren Verletzung halluzinierte.«

»Erinnert sich Watt daran, was er gesagt hat?«

»Ja. Anscheinend waren die letzten Worte meines Großonkels an mich gerichtet. George sagte, *Sag Arthur, dass Merkur noch lebt.*«

Elenora schnappte nach Luft. »Dann haben Sie Recht, Sir, es geht wirklich um die alten Freunde Ihres Großonkels und die merkwürdigen roten Steine.«

»Ja. Aber ich war der Ansicht, dass Merkur tot ist.« Er verzog den Mund. »Ich hätte es eigentlich besser wissen müssen und hätte nicht sofort irgendwelche Schlussfolgerungen ziehen sollen, ohne Beweise zu haben.«

Sie beobachtete seine heruntergezogenen Mundwinkel. Die Verärgerung, die sie noch vor einigen Minuten gespürt hatte, löste sich langsam in Luft auf. »Sagen Sie mir, Mylord, sind Sie immer so schnell, die Verantwortung auf Ihre Schultern zu laden, wenn etwas schief geht?«

Er warf ihr einen raschen, grübelnden Blick zu. »Was für eine Frage ist das denn? Ich übernehme meinen Teil der Verantwortung.«

»Und trotzdem ganz schön viel davon, glaube ich.« Plötzlich bemerkte Elenora, wie zwei teuer gekleidete Damen, die in einer Kutsche an ihnen vorbeifuhren, Arthur und sie neugierig beobachteten. Wie Katzen, die ihre Beute beäugen, dachte sie. Absichtlich griff sie nach ihrem hübschen

Sonnenschirm, um ihnen die Sicht zu verbauen. »In der kurzen Zeit, in der ich Sie jetzt kenne, ist mir klar geworden, dass Sie schon viel zu sehr daran gewöhnt sind, sich dem Gebot der Pflichterfüllung zu unterwerfen. Sie akzeptieren alle möglichen Verpflichtungen, die auf Ihren Schultern abgeladen werden, als seien sie Ihr Schicksal.«

»Vielleicht deswegen, weil Verantwortung wirklich mein Schicksal ist«, sagte er trocken. »Ich habe ein beträchtliches Vermögen zu verwalten und ich bin für eine große Familie zuständig. Neben einer Reihe von Verwandten sind auch andere Menschen von mir abhängig, so die Mieter, Bauern, Diener und Arbeiter. Angesichts dieser Situation wüsste ich nicht, wie ich mich meiner Verantwortung entziehen könnte.«

»Ich wollte damit nicht sagen, dass Sie versuchen sollen, sich Ihrer Verantwortung zu entziehen«, sagte sie schnell.

Er war belustigt. »Ich freue mich, dass Sie nicht die Absicht haben, mich zu kritisieren. Meine Intuition sagt mir, dass Sie und ich eine Menge gemeinsam haben, wenn es um den Stellenwert geht, den Verantwortung für uns hat.«

»Oh, ich denke kaum …«

»Denken Sie zum Beispiel daran, wie schnell Sie

heute herbeigeeilt sind, um Sally aus der Patsche zu helfen. Das hätten Sie nicht zu tun brauchen.«

»Unsinn. Sie wissen sehr wohl, dass man sich solche gemeinen Bedrohungen nicht einfach anhören kann, ohne etwas zu tun.«

»Es gibt Leute, die das sehr wohl können, ohne die geringsten Skrupel zu haben, denn sie sagen sich, dass sie für die Situation nicht verantwortlich sind.« Er zog die Zügel ein wenig an. »Ich glaube, dass wir uns auch in anderer Hinsicht ähnlich sind, Miss Lodge.«

»Was meinen Sie damit?«, fragte sie jetzt argwöhnisch.

Er zuckte die Schultern. »Nachdem Sie sich in den Streit zwischen Ibbitts und Sally eingemischt hatten, hätten Sie sich einfach auf Ibbitts' Erpressungen einlassen können, um Ihre Stellung in diesem Haushalt zu sichern.«

»Unsinn.«

»Immerhin stand eine Menge Geld auf dem Spiel: Ihr dreifacher Lohn und ein Bonus. Selbst wenn Sie sich die Summe mit dem Erpresser geteilt hätten, ist es immer noch viel mehr Geld, als Sie verdienen können, wenn Sie ein Jahr lang als Gesellschafterin irgendwo arbeiten.«

»Man kann sich nicht auf Erpressungen einlassen.« Elenora kippte den Sonnenschirm nach hinten. »Sie wissen sehr wohl, dass Sie es an meiner Stelle ganz bestimmt auch nicht getan hätten.«

Als Antwort lächelte er, so als hätte sie an seiner Stelle bewiesen, dass er Recht hatte.

Sie zog die Stirn in Falten. »Oh, ich verstehe, was Sie damit sagen wollen. Vielleicht sind wir uns im Charakter ähnlich. Aber das habe ich eigentlich nicht sagen wollen.«

»Was haben Sie dann gemeint, Miss Lodge?«

»Was ich versuche zu beschreiben, hat mehr mit Ihrer überaus großen Selbstbeherrschung zu tun sowie mit Ihrer Auffassung davon, was für Sie richtig und anständig ist. Ich glaube, dass Sie weitaus mehr von sich verlangen, als unbedingt erforderlich ist, wenn Sie verstehen, was ich damit sagen will.«

»Nein, ich verstehe nicht, was Sie damit sagen wollen, Miss Lodge.«

Verärgert fuchtelte sie mit dem Sonnenschirm herum. »Lassen Sie es mich so sagen, Mylord. Was unternehmen Sie, um glücklich zu sein?«

Es entstand ein kurzes, ernstes Schweigen.

Elenora hielt den Atem an und fragte sich, ob er dachte, dass sie wieder einmal ihre Grenzen überschritten hatte. Sie machte sich auf eine eiskalte Erwiderung gefasst.

Dann bemerkte sie, dass seine Mundwinkel zuckten.

»Ist dies die höfliche Art und Weise, mich wissen zu lassen, dass ich nicht besonders charmant, witzig, clever oder amüsant bin?«, fragte er. »Wenn dem so ist, hätten sie sich Ihre Worte auch sparen können. Das haben bereits andere festgestellt.«

»Ich habe einmal einen Mann geliebt, der charmant, witzig, clever und amüsant war«, sagte sie. »Er behauptete, mich zu lieben. Schließlich stellte sich heraus, dass er ein treuloser Lügner und kaltherziger Mitgiftjäger war. Folglich bin ich nicht besonders scharf auf Männer, die die soeben genannten Eigenschaften besitzen.«

Er warf ihr einen rätselhaften Seitenblick zu. »Ist das wirklich wahr?«

»Ja, das ist es«, versicherte sie ihm.

»Er war ein Mitgiftjäger, sagen Sie?«

»Oh ja. Verglichen mit Ihren Reichtümern hatte ich jedoch kein besonders großes Vermögen.« Es gelang ihr nicht, einen kleinen wehmütigen Seufzer zu unterdrücken. »Dennoch, ich hatte ein ziemlich schönes Haus und ein ausgezeichnetes Grundstück, das, wenn man es richtig bewirtschaftete, einen nicht zu verachtenden Gewinn abwarf.«

»Wer hat es bewirtschaftet? Ihr Vater?«

»Nein. Mein Vater starb, als ich noch klein war. Ich habe ihn nie kennen gelernt. Meine Mutter und meine Großmutter haben das Land bewirtschaftet und sich um den Haushalt gekümmert. Ich habe alles, was nötig war, von ihnen gelernt. Der Besitz war mein Erbe. Meine Mutter hat wieder geheiratet, aber meinen Stiefvater interessierte nur das Einkommen, das der Hof erzielte.«

»Was hat er mit dem Geld gemacht?«

»Er dachte, dass er ein geschickter Investor sei. Aber er machte mehr Verluste, als dass er Einnahmen erzielte. Zuletzt investierte er in ein Bergbauprojekt in Yorkshire.«

Arthur biss die Zähne aufeinander. »Ich erinnere mich an das Projekt. Wenn es dasjenige ist, das ich meine, so war es von Anfang an Betrug.«

»Ja. Leider verlor mein Stiefvater sein ganzes Vermögen und durch den Schock erlitt er einen Schlaganfall, der zu seinem Tod führte. Ich musste mich dann mit seinen Gläubigern herumschlagen. Sie haben mir alles weggenommen.« Sie verstummte. »Oder besser gesagt, fast alles.«

Arthur justierte die Zügel. »Und was wurde aus Ihrem Mitgiftjäger? Hat er sich einfach so in Luft aufgelöst?«

»Oh nein. Er tauchte sofort auf, nachdem er die Nachricht erhielt, dass ich mein Erbe verloren hatte, und hat unsere Verlobung beendet. Zwei Monate später habe ich erfahren, dass er mit einer jungen Dame aus Bath davongerannt war, deren Vater ihr eine beträchtliche Geldmenge und wunderschöne Diamanten vermacht hatte.«

»Ich verstehe.«

Es entstand ein kurzes Schweigen und sie hörte deutlich das gedämpfte Getrappel der Pferdehufe, das Klappern der Kutschenräder und das Stimmengewirr, das zu ihnen herüberdrang.

Sie wurde sich plötzlich bewusst, dass sie weitaus mehr von ihrem Leben erzählte, als sie eigentlich beabsichtigt hatte. Sie waren doch gerade dabei, über einen Mord zu reden. Wie, um Himmels willen, war sie bloß auf dieses Thema gekommen?

»Es tut mir Leid, Sir«, murmelte sie. »Ich hatte ganz bestimmt nicht vor, Sie mit meiner persönlichen Geschichte zu langweilen. Es ist ein außerordentlich düsteres Kapitel.«

»Sie sagten, dass die Gläubiger Ihres Stiefvaters fast alles bekommen haben?«, fragte Arthur neugierig.

»An dem Tag, als die Gläubiger vor meiner Tür standen, ging alles sehr schnell, wie Sie sich sicher vorstellen können. Ich musste im Beisein des Detektivs, der angeheuert worden war, um die Räumung zu beaufsichtigen, meine persönlichen Sachen packen. Ich habe alles in den Koffer meiner Großmutter gesteckt, den sie erworben hatte, als sie noch auf der Bühne stand. Der Koffer hat einen doppelten Boden.«

»Ah.« Ein kleines Lächeln umspielte Arthurs Mundwinkel. »Langsam begreife ich, worauf Sie hinauswollen. Was konnten Sie denn aus dem Haus schmuggeln, Miss Lodge?«

»Nur die Dinge, die ich in dem Koffer versteckt hatte: die Gold- und Perlenbroschen meiner Großmutter, ein Paar Ohrringe sowie zwanzig Pfund.«

»Das war sehr klug von Ihnen.«

Sie rümpfte die Nase. »Nicht annähernd so klug, wie ich gedacht hatte. Haben Sie eine Vorstellung davon, wie wenig Geld die Pfandleiher einem für eine wunderschöne Brosche und ein Paar Ohrringe geben wollen? Es sind wirklich nur ein paar Pfund. Ich konnte damit nach London reisen und habe mit Hilfe der Agentur Goodhew & Willis eine Stelle gefunden. Aber von dem Geld blieb nicht viel übrig, das kann ich Ihnen versichern.«

»Ich verstehe.«

Sie straffte die Schultern und richtete den Sonnenschirm aus. »Jetzt aber genug von diesem deprimierenden Thema. Kommen wir doch auf Ihre

Nachforschungen zurück. Wie wollen Sie weiterhin vorgehen?«

Er antwortete nicht sofort. Sie hatte den Eindruck, als wolle er eher über ihre erbärmliche finanzielle Situation reden.

Er ergriff mit seinen behandschuhten Händen fest die Zügel und lenkte die beiden Grauschimmel mit subtilen Signalen. Dann kam er wieder auf das Thema des Mordes an seinem Großonkel zu sprechen.

»Ich habe über das Problem nachgedacht«, sagte er. »Mein nächster Schritt wird wahrscheinlich dahin gehen, das dritte Mitglied der Gesellschaft der Steine ausfindig zu machen, und zwar Saturn. Außerdem ist es vermutlich eine gute Idee, Ibbitts im Auge zu behalten.«

»Ibbitts?« Der Gedanke an ihn versetzte sie in Schrecken. »Warum denn das? Sie haben mir doch versichert, dass er keinem von uns etwas anhaben kann.«

»Der Gedanke, dass er versuchen könnte, über Ihre Stellung irgendwelchen Tratsch und Klatsch zu verbreiten, beunruhigt mich ganz und gar nicht«, erklärte Arthur. »Es würde mich jedoch sehr interessieren, in Erfahrung zu bringen, ob jemand versucht, jetzt, da er nicht mehr in meinem Haushalt beschäftigt ist, mit ihm in Kontakt zu treten.«

»Warum sollte jemand das tun?«

Arthur sah sie an. »Wenn ich ein Mörder wäre und mich weiterhin versteckt halten müsste, wäre ich außerordentlich neugierig, zu erfahren, ob jemand aus der Familie meines Opfers Nachforschungen anstellt und, wenn dem so wäre, ob ich verdächtigt würde oder nicht. Wen könnte man besser ausfragen als einen verärgerten Diener?«

Sie war beeindruckt. »Das ist eine brillante Idee, Mylord.«

Er verzog das Gesicht. »Ich bin nicht sicher, ob sie so brillant ist, aber ich denke, dass man sie in Betracht ziehen sollte. Es könnte gut möglich sein, dass Ibbitts mehr gehört hat als diese eine Unterhaltung, die um Ihre Stellung als bezahlte Gesellschafterin ging.«

Plötzlich verstand sie. »Wir haben gestern Abend in der Bibliothek über John Watt und Ihre Nachforschungen gesprochen. Ja, natürlich. Ibbitts weiß wahrscheinlich, dass Sie einem Mörder auf der Spur sind.«

Er nickte. »Wenn jemand mit Ibbitts in Kontakt tritt, ist er vermutlich der Mörder und ist neugierig darauf, zu erfahren, was in der Rain Street passiert.«

»Vermutlich würde niemand sonst mit einem

entlassenen Butler sprechen«, stimmte sie zu. »Aber wie wollen Sie Ibbitts Tag und Nacht beobachten lassen?«

»Über diese Frage habe ich bereits nachgedacht. Ich könnte Straßenjungen einstellen, obwohl die nicht immer zuverlässig sind. Die Alternative wäre ein Detektiv. Aber viele von ihnen sind auch nicht zuverlässiger als die Straßenjungen. Außerdem ist allgemein bekannt, dass sie leicht zu bestechen sind.«

Sie zögerte und erinnerte sich an ihre einmalige und einzige Erfahrung mit einem Detektiv. »Wenn Sie einen Detektiv aus der Bow Street anheuern sollten, fragen Sie nach Hitchins. Er ist vertrauenswürdig.«

Bevor Arthur sie über Hitchins ausfragen konnte, näherte sich ein Mann, der auf einem hübschen, tänzelnden braunen Fuchs saß, ihrer Kutsche. Elenora betrachtete ihn und nahm die Schönheit des Pferdes und die polierten, glänzenden Stiefel des Reiters geistesabwesend zur Kenntnis.

Sie war gerade im Begriff, den Blick abzuwenden, als sie plötzlich ein Schock durchfuhr.

Unmöglich, dachte sie. Das konnte er einfach nicht sein. Mit einem Gefühl der Angst hob sie ihren Blick und bemerkte die attraktiven Züge des Gentleman.

Ebenso erstaunt starrte dieser Elenora an.

»*Elenora*«, rief Jeremy Clyde. In seinen Augen war die heiße Glut zu erkennen, die einst ihren Puls hatte höher schlagen lassen. »Du bist es also doch. Ich dachte, ich hätte mich geirrt, als ich eine bekannt aussehende Dame in dieser Kutsche erblickte. Was für ein Vergnügen, dich wiederzusehen, meine Liebe.«

»Guten Tag, Mr Clyde. Ich habe gehört, dass Sie vor einigen Monaten geheiratet haben.« Sie schenkte ihm ein eiskaltes Lächeln. »Meine Gratulation. Ist Ihre Frau zusammen mit Ihnen in die Stadt gekommen?«

Jeremy war leicht beunruhigt über die Richtung, die ihre Unterhaltung nahm. Er machte auf sie den Eindruck, als habe er vergessen, dass er eine Ehefrau hatte. Sie dankte ihrem Schicksal dafür, dass sie diesen Mann nicht geheiratet hatte. Andernfalls wäre sie jetzt in der Position der lästigen Ehefrau, an die sich Jeremy kaum noch erinnern konnte.

»Ja, natürlich, sie ist hier«, sagte Jeremy und erlangte offensichtlich sein Gedächtnis wieder. »Wir haben für die Ballsaison ein Haus angemietet. Elenora, ich hatte keine Ahnung, dass du in der Stadt bist. Wie lange bleibst du noch?«

Arthur warf ihm einen kurzen Blick zu und sah

dann zu Elenora. »Ein Bekannter von Ihnen, meine Liebe?«

»Ich bitte um Entschuldigung.« Nervös, weil sie ihre guten Manieren vergessen hatte, riss sich Elenora zusammen und stellte die beiden Männer einander rasch vor.

Jeremy neigte höflich den Kopf, und Elenora sah das Erstaunen in seinen Augen, als er erkannte, wer vor ihm stand. Er kannte Arthur nicht, was kaum erstaunlich war, denn die beiden Männer verkehrten nicht in denselben Kreisen. Aber Jeremy kannte ganz bestimmt seinen Namen und seinen Titel.

Eine große Belustigung ergriff von Elenora Besitz und trat an die Stelle der anfänglichen Bestürzung. Der Anblick seiner verworfenen Verlobten, die dicht neben einem der mysteriösesten und mächtigsten Männer der gehobenen Gesellschaft saß, hatte Jeremy offensichtlich aus der Fassung gebracht.

Als sie sein Gesicht beobachtete, konnte sie sehen, dass seine Verwirrung und Überraschung sich in raffinierte Spekulation verwandelten. Jeremy versuchte bereits, sich auszudenken, wie er ihre Beziehung zu Arthur zu seinem Vorteil nutzen konnte.

Warum hatte sie diese Seite an ihm nicht bemerkt, als er ihr den Hof gemacht hatte? Jetzt, wo es ihr wie Schuppen von den Augen fiel, fragte sie sich, was es gewesen war, das sie einst zu ihm hingezogen hatte.

»Woher kennen Sie meine Verlobte, Clyde?«, fragte Arthur in seiner gefährlich gleichgültigen Art, die Elenora langsam zu deuten lernte.

Jeremys Miene war leer wie ein unbeschriebenes Blatt Papier.

»Verlobte?«, wiederholte er. Es klang, als hätte er sich gerade an diesem Wort verschluckt. »Sie sind mit Elenora *verlobt*, Sir? Aber das ist unmöglich. Ich verstehe nicht. Es kann nicht sein …«

»Sie haben meine Frage nicht beantwortet«, unterbrach Arthur ihn und steuerte die beiden Grauschimmel um eine Kutsche herum. »Wie kommt es, dass Sie meine Verlobte kennen?«

»Wir sind, hm, alte Freunde.« Jeremy war gezwungen, sein Pferd zu einem schnelleren Trab anzutreiben, damit er mit der Kutsche Schritt halten konnte.

»Ich verstehe.« Arthur nickte, als hätte diese Antwort seine Neugier befriedigt. »Sie müssen der Mitgiftjäger sein, der seine Verlobung mit Elenora beendete, als er herausfand, dass sie ihr Erbe verloren hatte. Ich habe gehört, dass Sie mit einer jungen Erbin davongerannt sind. Das war wirklich ein äußerst geschickter Schachzug.«

Jeremy erstarrte. Sein Zorn übertrug sich vermutlich direkt durch die Zügel, denn sein nervöses Pferd reagierte, indem es unruhig den Kopf zurückwarf und anfing, ängstlich hin und her zu tänzeln.

»Offensichtlich hat Elenora Ihnen eine äußerst verzerrte Darstellung der Ereignisse gegeben«, sagte Jeremy und riss ungehalten an den Zügeln. »Ich versichere Ihnen, unsere Beziehung wurde nicht wegen ihrer bedauerlichen finanziellen Situation beendet.« Er hielt bedeutungsvoll inne. »Leider gab es noch andere Gründe, die mit Miss Lodges privaten *Angelegenheiten* zu tun hatten, die mich dazu veranlassten, unsere Beziehung zu beenden.«

Die vage Andeutung, dass sie sich mit einem anderen Mann eingelassen hatte, machte Elenora so wütend, dass sie kaum atmen konnte.

»Welche anderen Gründe?«, fragte Arthur gerade so, als hätte er die hintersinnigen Andeutungen in Jeremys Worten nicht gehört.

»Ich schlage vor, dass Sie Miss Lodge selber fragen.« Jeremy kämpfte mit den Zügeln seines Pferdes, das ständig zur Seite ausbrach und den Kopf zurückwarf. »Schließlich geziemt es sich nicht für einen Gentleman, über die *intimen* Affären einer Dame zu sprechen, nicht wahr?«

»Nicht, wenn er ein Duell vermeiden will«, stimmte Arthur zu.

Bei diesen Worten drehten sich sofort mehrere Köpfe in Richtung der Kutsche um. Elenora wurde bewusst, dass sie, Arthur und Jeremy plötzlich zum Mittelpunkt der gesellschaftlichen Aufmerksamkeit geworden waren. Sie fühlte sich, als wäre sie in der starken Hitze eines Brennglases gefangen.

Jeremy fiel der Unterkiefer herunter, was Elenora ihm nicht verübeln konnte. Sie war fast sicher, dass ihr eigener Mund ebenfalls offen stand.

Sie konnte kaum glauben, was sie soeben gehört hatte. Arthur hatte Jeremy ein Duell angedroht.

»Nun, sehen Sie, Sir, ich weiß nicht, was ...« Jeremy unterbrach sich und zerrte heftig an den Zügeln seines aufgebrachten Pferdes. Das war zu viel für das Tier und es schlug mit den Hufen wild nach hinten aus.

Jeremy verlor das Gleichgewicht und rutschte auf eine Seite. Verzweifelt kämpfte er darum, in den Sattel zurückzukommen, was ihm jedoch nicht gelang, denn das Pferd lief in vollem Galopp davon. Er landete hart auf seinem Hinterteil.

Aus den vorbeifahrenden Kutschen und von

den Reitern, die in der Nähe waren und das Unglück mit angesehen hatten, war weibliches Gekicher und raues männliches Lachen zu hören.

Arthur ignorierte das Geschehen. Er zog die Zügel an und die Grauschimmel verfielen in einen schnellen Trab.

Elenora blickte über ihre Schulter und sah, wie Jeremy sich langsam wieder aufrappelte, den Staub von seinem Hinterteil klopfte und über den Rasen davonstolzierte. Ein Blick auf seinen hochroten Kopf genügte, um sie erschaudern zu lassen. Jeremy war außer sich vor Wut.

Schnell drehte sie sich wieder um und blickte nach vorn, den Sonnenschirm fest umklammernd. »Ich entschuldige mich für dieses unglückliche Geschehen«, sagte sie angespannt. »Er hat mich überrascht. Ich hätte nie daran gedacht, hier in London auf Jeremy zu treffen.«

Arthur lenkte die Pferde in Richtung Ausgang. »Wir sollten jetzt nach Hause fahren. Dank Clyde haben wir unser Ziel erreicht. Man hat von unserer Präsenz im Park heute Nachmittag gebührend Notiz genommen und zweifellos wird man sich heute Abend in jedem Ballsaal der Stadt ausführlich darüber unterhalten.«

»Ja, daran besteht kein Zweifel.« Sie schluckte und sah ihn rasch an. Sie wusste nicht, in welcher

Stimmung er war. »Es ist sehr großmütig von Ihnen, die Situation so positiv zu beurteilen.«

»Meine Gutmütigkeit hat jedoch ihre Grenzen«, sagte er. »Ich erwarte von Ihnen, dass Sie sich von Clyde fern halten.«

»Selbstverständlich«, sagte sie. Sie war überrascht, dass er annahm, sie wollte irgendetwas mit Jeremy zu tun haben. »Ich kann Ihnen versichern, dass ich nicht den leisesten Wunsch habe, je wieder mit ihm zu sprechen.«

»Ich glaube Ihnen. Aber er könnte versuchen, Ihre ehemalige Beziehung zu ihm auszunutzen.«

Sie zog die Stirn in Falten. »Ich wüsste nicht, wie.«

»Wenn Clyde eines ist, dann ein Opportunist. Das haben Sie ja selbst bemerkt. Er könnte versuchen, einen Weg zu finden, um seine Bekanntschaft mit Ihnen zu seinem Vorteil zu nutzen.«

Elenora war getroffen, dass er auch nur einen Moment daran dachte, sie warnen zu müssen. »Ich verspreche Ihnen, ich werde vorsichtig sein.«

»Das würde ich wirklich begrüßen. Diese Situation ist ohnehin schon kompliziert genug.«

Sie verlor den Mut. Er war alles andere als erfreut, dachte sie. Und er hatte allen Grund dazu. Der Vorfall mit Jeremy war bereits die zweite Komplikation heute, an der sie beteiligt war.

Wenn sie noch in weitere Probleme verstrickt würde, könnte Arthur annehmen, dass sie mehr Schwierigkeiten machte als sonst etwas.

Aus seinem nachdenklichen Gesichtsausdruck folgerte sie, dass er etwas Ähnliches dachte.

Sie beschloss, dass es an der Zeit war, das Thema zu wechseln, und griff nach dem Ersten, das ihr in den Sinn kam.

»Ich muss Sie zu Ihrem ausgezeichneten Schauspieltalent beglückwünschen, Mylord«, sagte sie anerkennend. »Ihre indirekte Drohung, Jeremy zu einem Duell herauszufordern, sollte er unangenehmen Klatsch über mich verbreiten, war außerordentlich überzeugend.«

»Finden Sie?«

»Oh ja. Es war zwar nur ein einziger Satz, aber den haben Sie in einer äußerst fesselnden Art und Weise vorgetragen, Mylord. Es war genau das richtige Maß an kühler Untertreibung, wenn ich so sagen darf. Wirklich, bei Ihren Worten lief es mir kalt den Rücken herunter.«

»Man muss abwarten, ob Clyde auch so empfunden hat«, sagte Arthur nachdenklich.

»Ich bin sicher, das hat er.« Sie kicherte. »Einen Augenblick lang haben Sie auch mich überzeugt. Wenn ich nicht genau gewusst hätte, dass Sie in diesem Stück, das wir hier aufführen, eine Rolle spielen, hätte ich schwören können, dass Sie jedes Wort, das Sie gesagt haben, auch so gemeint haben.«

Er sah sie neugierig an. »Woraus schließen Sie, dass ich nicht genau das gemeint habe, was ich gesagt habe?«

»Wirklich, Sir, jetzt halten Sie mich aber zum Narren«, sagte sie.

Sie wussten beide, dass er die Drohung nicht ernst gemeint hatte, dachte sie. Wenn Arthur sich noch nicht einmal die Mühe gemacht hatte, seiner echten Verlobten nachzufahren, als sie mit einem anderen Mann davongelaufen war, würde er sich wohl kaum wegen der Ehre einer unechten Verlobten duellieren.

Erst als sie viel später in ihr Schlafzimmer hinaufging, erinnerte sie sich daran, dass Arthur ihre Frage nicht beantwortet hatte. Er hatte ihr nicht gesagt, was er unternahm, um glücklich zu sein.

17

Die dralle junge Bedienung machte einen letzten Versuch, seine Aufmerksamkeit auf sich zu ziehen, als sie sah, dass er auf die Tür der verrauchten Schenke zuging. Ibbitts warf ihr einen kurzen, verächtlichen Blick zu, der ihr zu verstehen gab, dass der Anblick ihrer Brüste, die aus dem fleckigen Oberteil ihres Kleides quollen, ihn nicht mit Lust, sondern mit Ekel erfüllte. Ihre Wangen röteten sich und Zorn und Erniedrigung zeigten sich auf ihrem Gesicht. Mit raschelnden Röcken wirbelte sie herum und eilte auf einen Tisch zu, an dem lauter ungehobelte, lärmende Gäste saßen.

Ibbitts stieß einen Fluch aus und öffnete die Tür. Er war in einer furchtbaren Stimmung, seit St. Merryn ihn vor zwei Tagen entlassen hatte. Er hatte mehrere Stunden damit zugebracht, schlechtes Bier zu trinken, und beim Würfelspiel verloren, was auch nicht gerade dazu beigetragen hatte, seine Laune zu heben.

Er ging die Treppe hinunter und gelangte auf die Straße, wo er sich umdrehte und in Richtung seiner neuen Unterkunft schlenderte. Es war kurz vor Mitternacht und am Himmel leuchtete ein voller Mond – ideale Bedingungen für Straßenräuber. Einige Kutschen rumpelten die Straßen entlang. Er wusste, dass sie voll von betrunkenen Gentlemen waren, die ihre Clubs und Ballsäle satt hatten und auf der Suche nach weltlicheren Vergnügungen in diese Nachbarschaft gekommen waren.

Er vergrub eine Hand in seiner Manteltasche und schloss die Finger um den Knauf des Messers, das er zu seinem Schutz mitgenommen hatte.

Die alberne Bedienung hatte sich getäuscht, wenn sie angenommen hatte, er würde auch nur einen Gedanken daran verschwenden, ihre Röcke zu heben. Warum sollte er die schmutzigen Bettlaken mit einer Bedienung teilen, die, wenn überhaupt, höchstens einmal pro Woche ein Bad nahm? Seit einigen Jahren war er es gewöhnt, die sauberen, parfümierten Damen der gehobenen Gesellschaft zu bedienen, Damen, die in Samt und Seide gekleidet waren und für die Aufmerksamkeiten eines kräftigen, gut gebauten Mannes, der sie im Bett befriedigen konnte, überaus dankbar waren.

Plötzlich sah er, wie sich etwas in den Schatten der Gasse vor ihm bewegte. Angespannt verstärkte er seinen Griff um den Knauf des Messers. Er hörte das Klappern von Absätzen auf dem Gehsteig und blickte zur Tür des Gasthauses. Einen Augenblick fragte er sich, ob er zurücklaufen sollte.

In diesem Augenblick stolperte eine betrunkene Prostituierte aus der Dunkelheit. Völlig falsch sang sie eine Ballade vor sich hin. Als sie ihn erblickte, blieb sie stolpernd stehen.

»Du bis' aber 'n gut aussehender Kerl«, rief sie. »Wat hältste von 'n bisschen Sport? Ich mach dir 'nen guten Preis. Die Hälfte von was Genlemen normalerweise zahlen. Bisse einverstand'n?«

»Verschwinde, du dummes Weib.«

»Kein Grund, frech zu werden.« Sie zog die Schultern hoch und ging auf die Lichter der Schänke zu. »Immer dasselbe mit die gut aussehende Kerls. Denken, dass sie sich für hart arbeitende Mädchen wie mich zu schade sind.«

Ibbitts entspannte sich ein wenig, beschleunigte jedoch seinen Schritt. Er war eifrig darauf bedacht, in seine neue Unterkunft zurückzukehren, wo er sich sicher fühlte. Es war Zeit, über seine Zukunft nachzudenken und Pläne zu schmieden.

Er sah immer noch gut aus, dachte er. Wenn er Glück hatte, würde ihm dieses Aussehen noch einige Jahre erhalten bleiben. Er würde bald eine neue Stellung finden. Aber die traurige Wirklichkeit war, dass er nie wieder eine so sichere und profitable Stellung finden würde, wie die, die er gerade verloren hatte.

Diese trostlose Aussicht schürte seinen Zorn und er sann auf Rache. Er würde alles darum geben, St. Merryn und Miss Lodge dafür bezahlen zu lassen, dass sie sein bequemes Leben im Haus in der Rain Street zerstört hatten.

Die einzige Art und Weise, dies zu tun, bestand darin, eine Methode zu finden, um die Informationen, die er gehört hatte, als er an der Tür gelauscht hatte, für sich zu nutzen. Doch bis jetzt war ihm noch nichts Geeignetes eingefallen.

Ein großes Hindernis bestand darin, dass er nicht wusste, an wen er sich in der vornehmen Gesellschaft wenden sollte. Wer würde ihm etwas für die Nachricht zahlen, dass St. Merryn versuchte, den Mörder seines Großonkels zu finden, oder dass der amüsante Scherz, dem zufolge Miss Lodge einer Agentur entstammte, der Wahrheit entsprach?

Und es gab noch ein weiteres Hindernis. Wer würde einem arbeitslosen Butler mehr Glauben schenken als dem einflussreichen Grafen, der ihn entlassen hatte?

Nein, er war vermutlich dazu verdammt, in seinen ehemaligen Beruf zurückzukehren, dachte er, als er seine neue Unterkunft erreicht hatte. Und an all dem waren St. Merryn und Miss Lodge schuld.

Er öffnete die Tür zu dem schmuddeligen Flur und ging die Treppe hinauf. Das einzig Positive war, dass er sich nicht sofort um eine neue Stelle zu bemühen brauchte. In den letzten Monaten hatte er heimlich einige wunderschöne Silbersachen und ein paar wertvolle Teppiche aus dem Haus in der Rain Street mitgehen lassen. Er hatte sie zu den Hehlern in der Shoe Lane gebracht, die mit Diebesgut handelten. Er hatte etwas Geld beiseite legen können, sodass er sich jetzt bei der Suche nach einer neuen Stelle Zeit lassen konnte.

Er blieb vor seinem Zimmer stehen, kramte seinen Schlüssel hervor und steckte ihn ins Schlüsselloch. Als er die Tür öffnete, sah er den schwachen Schein einer Kerze.

Sein erster Gedanke war, dass er die falsche Tür geöffnet hatte. Er war ganz bestimmt nicht aus dem Haus gegangen und hatte die Kerze brennen lassen.

Plötzlich drang eine Stimme aus der Dunkelheit, die ihn bis ins Mark erschütterte.

»Komm rein, Ibbitts.« Der Eindringling stand in einer Ecke des Zimmers und bewegte sich, sodass die Falten eines langen schwarzen Umhangs um ihn herumschwangen. Sein Gesicht war unter einer schweren Kapuze verborgen. »Ich glaube, dass wir beide ein Geschäft zu erledigen haben.«

Durch Ibbitts' Kopf schossen die Bilder von zahllosen Ehemännern, denen er in all den Jahren Hörner aufgesetzt hatte. Hatte vielleicht einer von ihnen die Wahrheit erfahren und sich die Mühe gemacht, ihn ausfindig zu machen?

»Ich … ich …« Er schluckte und unternahm einen zweiten Anlauf. »Ich verstehe nicht. Wer sind Sie?«

»Du brauchst meinen Namen nicht zu erfahren, ehe du mir die Informationen verkaufst, die du besitzt.« Der Mann lachte leise. »Es ist in der Tat viel sicherer für dich, wenn du nicht weißt, wer ich bin.«

Ein Hoffnungsschimmer keimte in Ibbitts auf. »Informationen?«

»Ich habe gehört, dass du kürzlich deinen Arbeitsplatz beim Grafen von St. Merryn verlassen hast«, sagte der Mann. »Ich werde dir eine Menge dafür bezahlen, wenn du mir interessante Informationen über den Haushalt geben kannst«, sagte der Mann.

Seine kultivierte, gebildete Stimme ließ darauf schließen, dass der Eindringling ein Gentleman war. Der letzte Rest von Ibbitts anfänglicher Furcht verschwand allmählich und Euphorie trat an ihre Stelle. In den vergangenen Jahren hatte er auf harte Art und Weise gelernt, dass man den Männern, die in den gehobenen Kreisen verkehrten, auch nicht mehr trauen konnte als denen, die aus der Unterschicht kamen. Aber es gab einen bedeutenden Unterschied, der beide Gruppen voneinander unterschied: Die Männer aus der Oberschicht hatten jede Menge Geld und konnten sich alles leisten, was sie wollten.

Wieder einmal hatte sich sein Schicksal gedreht, dachte Ibbitts. Er schlenderte ins Zimmer und lächelte das Lächeln, das immer wieder Aufmerksamkeit erregt hatte. Er vergewisserte sich, dass er im Lichtkreis der Kerze stand, damit der Mann in dem Umhang seine attraktiven Gesichtszüge sehen konnte.

»Sie haben Glück, Sir«, sagte er. »Ich habe in der Tat einige interessante Informationen, die ich Ihnen verkaufen kann. Sollen wir über die Geschäftsbedingungen reden?«

»Wenn die Informationen für mich brauchbar sind, können Sie Ihren Preis nennen.«

Die Worte klangen wie Musik in Ibbitts' Ohren.

»Nach meiner Erfahrung sagen Gentlemen solche Dinge nur, wenn sie hinter Frauen her sind oder auf Rache sinnen.« Er kicherte. »In diesem Fall vermute ich eher Letzteres, oder? Kein vernünftiger Mann würde so viel Zeit darauf verschwenden, um eine Frau, die so irritierend wie Elenora Lodge ist, für sich zu gewinnen. Nun, Sir, wenn Sie beabsichtigen, sich an St. Merryn zu rächen, würde ich mich außerordentlich freuen, Ihnen dabei behilflich zu sein.«

Der Eindringling gab keine Antwort und sein Schweigen ließ Ibbitts' Nervosität wieder aufflackern.

Es überraschte ihn nicht, dass St. Merryn einen solch entschlossenen und unerbittlichen Feind hatte. Männer, die so reich und einflussreich waren wie der Graf, brachten es leicht fertig, einige Leute zu verärgern. Aber was immer die Gründe des Eindringlings auch sein mochten, Ibbitts hatte nicht vor, sie herauszufinden. In all den Jahren hatte er in den Haushalten der vornehmen Gesellschaft nur deshalb überleben können, weil er die feine Kunst, Stillschweigen zu bewahren, gelernt hatte. Zum Beispiel war er äußerst vorsichtig gewesen, St. Merryn nicht wissen zu lassen, dass er von den Nachforschungen wusste, die der Graf über den Mord an seinem Onkel anstellte.

»Eintausend Pfund«, sagte er und hielt den Atem an. Es war in der Tat ein überzogener Preis. Er hätte sich auch mit hundert oder sogar fünfzig Pfund zufrieden gegeben. Aber er wusste genau, dass die gehobene Gesellschaft niemals irgendetwas respektieren würde, wenn es nicht einen hohen Preis kostete.

»Einverstanden«, sagte der Eindringling, ohne zu zögern.

Ibbitts erlaubte sich, wieder zu atmen.

Und er berichtete dem Mann in dem Umhang all das, was er gehört hatte, als er im Wäscheschrank gestanden hatte.

Nachdem er seine Geschichte zu Ende erzählt hatte, entstand eine kurze Pause.

»Es ist also, wie ich vermutet hatte«, sagte der Eindringling leise, als ob er Selbstgespräche führte. »Genau wie mein Vorgänger habe auch ich einen Widersacher in dieser Angelegenheit. Mein Schicksal wird von Tag zu Tag immer klarer.«

Die Worte des Mannes klangen seltsam und Ibbitts' Nervosität verstärkte sich. Er fragte sich, ob er ihm zu viele Informationen gegeben hatte, bevor er sein Geld bekam. Die gehobene Gesellschaft hielt nicht immer Wort, wenn sie mit Typen wie ihm verhandelte. Sie bezahlten jedoch immer schnell ihre Spielschulden, weil dies ihrer Meinung nach eine Ehrensache war. Aber die Gentlemen ließen Ladenbesitzer und Kaufleute eine Ewigkeit warten, bevor sie ihre Rechnungen bezahlten.

Mit einem tiefen Seufzer bereitete sich Ibbitts darauf vor, weniger Geld zu verlangen, falls es erforderlich war. Er konnte es sich nicht leisten, anspruchsvoll zu sein, dachte er.

»Danke«, sagte der Mann. »Sie haben mir wirklich sehr geholfen.« Im Schutz der Schatten machte er eine kleine Bewegung und ließ seine Hand in die Falten seines Umhangs gleiten.

Ibbitts begriff – leider zu spät –, dass der Fremde nicht nach Geld suchte. Als seine Hand wieder auftauchte, tanzte das Mondlicht auf der Pistole, die er in der Hand hielt.

»Nein.« Ibbitts stolperte nach hinten und griff nach dem Messer in seiner Tasche.

Ein Schuss ertönte und erfüllte den kleinen Raum mit Rauch. Die Kugel traf Ibbitts in die Brust und schleuderte ihn gegen die Wand. Unmittelbar darauf zog eisige Kälte durch seine inneren Organe. Er wusste, dass er sterben würde, es gelang ihm jedoch noch, sein Messer festzuhalten.

Die verdammte gehobene Gesellschaft behielt doch immer die Oberhand, dachte er, als er an der Wand hinunterglitt. Die eisige Kälte hatte sich jetzt in seinem ganzen Körper ausgebreitet und um ihn herum wurde es dunkel.

Der Eindringling kam näher. Er nahm eine zweite Pistole aus seiner Tasche. Durch den Schleier, der seine Sicht trübte, konnte Ibbitts den Umhang erkennen, der um die polierten Stiefel des Mannes schwang. Er sah aus wie einer der geflügelten Dämonen aus der Hölle, dachte Ibbitts.

Blinde Wut gab ihm einen letzten Schub Energie. Er drückte sich von der Wand ab, das Messer in seiner Hand, und warf sich auf den Mörder.

Erschreckt wich der Bösewicht zur Seite aus. Sein Stiefel verfing sich an einem Stuhlbein. Er stolperte und versuchte, das Gleichgewicht wiederzufinden. Der Umhang blähte sich wild um ihn und der Stuhl fiel polternd um.

Ibbitts stieß blind drauflos. Er spürte, dass die Klinge den Stoff durchdrang und ihn zerriss. Eine Sekunde lang betete er, das Messer im Fleisch des Dämons vergraben zu können. Doch es blieb in den robusten Falten seines Umhangs hängen.

Erschöpft brach Ibbitts zusammen. Wie von weit her vernahm er das Scheppern des Messers, als es neben ihn auf den Boden fiel.

»Es gibt noch einen dritten Grund, warum ein Mann Sie fragen könnte, Ihren Preis zu nennen«, flüsterte der Eindringling in die Dunkelheit. »Und der wäre, dass er nicht beabsichtigt, ihn zu zahlen.«

Ibbitts hörte den zweiten Schuss nicht mehr, der sein Gehirn durchdrang und einen großen Teil seines Gesichts zerstörte, ein Gesicht, das von jeher sein Vermögen gewesen war.

Der Mörder eilte aus dem Zimmer, nachdem er die Kerze gelöscht hatte, und zog die Tür hinter sich zu. Er stolperte die Treppe hinunter und rang bei jedem Atemzug schwer nach Luft. Am Treppenabsatz angekommen, dachte er plötzlich daran, die Maske aufzusetzen. Er zerrte sie aus der Tasche seines Umhangs und zog sie über den Kopf.

Die Dinge waren heute Abend nicht ganz so verlaufen, wie er sie geplant hatte.

Er hatte nicht erwartet, dass sein Opfer ihn in einem letzten verzweifelten Versuch angreifen würde. Die beiden alten Männer waren ziemlich schnell gestorben, und er hatte angenommen, dass der verdammte Butler genauso entgegenkommend sein würde.

Als Ibbitts sich auf ihn geworfen hatte, das Messer in der Hand, die Vorderseite seines Hemdes blutdurchtränkt, glich er einem Toten, der durch elektrischen Schock wieder zum Leben erweckt worden war.

Die panische Angst, die den Mörder erfasst hatte, war noch nicht verschwunden. Sie zerrte an seinen Nerven und benebelte seinen sonst so klaren Verstand.

In der dunklen Straße wartete die unbeleuchtete Kutsche. Der Kutscher hatte sich in seinen Mantel vergraben und hielt eine Flasche Gin in der Hand. Der Mörder fragte sich, ob er die Pistolenschüsse vielleicht gehört hatte.

Nein, entschied er, das war höchst unwahrscheinlich. Ibbitts Unterkunft lag auf der Rückseite des alten Gebäudes und die Wände waren sehr dick. Außerdem rumpelten eine ganze Reihe von Kutschen die Straße hinunter.

Wenn überhaupt irgendwelche Geräusche an die Ohren des Kutschers gedrungen wären, so wären sie gedämpft gewesen.

Er zögerte eine oder zwei Sekunden und beruhigte sich damit, dass es in diesem Viertel nichts gab, was ihn zu beunruhigen brauchte. Der Kutscher war ziemlich betrunken und interessierte sich kaum für die Angelegenheiten seiner Passagiere. Er war nur an seinem Fahrgeld interessiert.

Selbst wenn er neugierig geworden war oder beschließen sollte, mit seinen Freunden in der Gaststätte zu sprechen, bestand keine Gefahr, dachte der Mörder und stieg in die Kutsche. Der Mann hatte sein Gesicht nicht gesehen, denn es wurde durch die Maske ausreichend verhüllt.

Er ließ sich auf die abgewetzten Kissen fallen und dann setzte sich die Kutsche rumpelnd in Bewegung.

Allmählich atmete der Mörder wieder ruhig und gleichmäßig. Er dachte an das, was vor wenigen Augenblicken geschehen war, und analysierte jede Drehung und Wendung der Ereignisse mit seinem brillanten, logischen Verstand. Methodisch durchforschte er alles nach Fehlern oder Beweisen, die er vielleicht versehentlich zurückgelassen hatte.

Schließlich war er zufrieden, dass er die Angelegenheit vollständig unter Kontrolle hatte.

Doch ihm war nach wie vor etwas schwindlig. Aber er nahm befriedigt zur Kenntnis, dass sich seine Nerven wieder beruhigt hatten. Er hob die Hände vor das Gesicht. Im Inneren der Kutsche war es dunkel, sodass er seine Finger nicht deutlich sehen konnte. Er war jedoch ziemlich sicher, dass sie nicht mehr zitterten.

Anstelle der panischen Angst, die er nach dem unvorhergesehenen Angriff gespürt hatte, durchfuhr ihn nun eine Schwindel erregende Aufregung.

Er wollte, nein, er musste sich über seinen großartigen Erfolg freuen. Diesmal würde er jedoch nicht in das exklusive Bordell gehen, das er aufgesucht hatte, nachdem er George Lancaster und den alten Mann umgebracht hatte. Er benötigte eine persönlichere Feier, eine, die seinem unmittelbar bevorstehenden Schicksal angemessen war.

Er lächelte in die Dunkelheit. Er hatte sein Bedürfnis, diese aufregende Leistung in vollen Zügen zu genießen, bereits vorausgesehen und sich darauf vorbereitet, genau wie er sich auf all die anderen Eventualitäten des Geschäfts vorbereitet hatte.

Er wusste genau, wie er diesen kühnen Triumph über seinen Gegner feiern würde.

18

Der alte Mann starrte in das prasselnde Kaminfeuer. Er hatte seinen von der Gicht gekrümmten Fuß auf einem Hocker aufgestützt und in seinen knochigen Fingern hielt er ein Glas Portwein. Arthurs Arme ruhten auf den vergoldeten Armlehnen seines Sessels. Er wartete auf eine Antwort. Die Unterhaltung mit seinem Gesprächspartner war alles andere als reibungslos verlaufen. Offenbar war für Lord Dalling Zeit so etwas wie ein tiefes Gewässer, in dem die Vergangenheit und die Gegenwart zusammentrafen, und kein geradliniger Strom, der nur in eine Richtung floss.

»Wie haben Sie von meinem Interesse an alten Schnupftabakdosen erfahren, Sir?«, fragte Dalling und zog verwirrt die Stirn in Falten. »Sammeln Sie etwa selbst welche?«

»Nein, Sir«, antwortete Arthur, »ich habe einige Läden aufgesucht, die sich auf den Verkauf von edlen Tabakdosen spezialisiert haben, und die Eigentümer gebeten, mir die Namen der Kunden zu nennen, die sich damit auskennen. Ihr Name wurde mir von einigen der besten Läden genannt.«

Es war nicht notwendig, hinzuzufügen, dass es äußerst kompliziert gewesen war, die gegenwärtige Adresse des alten Mannes herauszufinden. Dalling hatte seine Tabakdosensammlung seit Jahren nicht mehr ergänzt, und die Ladenbesitzer hatten ihn aus den Augen verloren und wussten nicht, wo er sich gegenwärtig aufhielt.

Hinzu kam, dass der alte Mann vor zwei Jahren umgezogen war. Die meisten seiner Zeitgenossen waren entweder verstorben oder litten an Vergesslichkeit, sodass sie sich nicht mehr an die neue Adresse ihres alten Freundes erinnern konnten. Der alte Baron, der jeden Abend in Arthurs Club Karten spielte, erinnerte sich jedoch genau an den Straßennamen und die Hausnummer von Dallings neuer Wohnung.

Zusammen saßen sie nun in Dallings Bibliothek. Das Mobiliar und die Bücher in den Regalen stammten, genau wie ihr Besitzer, aus einer anderen Epoche. Es war so, als hätte es die letzten dreißig Jahre nie gegeben, als hätte Byron nie ein Wort geschrieben, als sei Napoleon nicht besiegt worden, als hätte die Wissenschaft nicht erstaunliche Fortschritte bei der Erforschung der Geheimnisse von Elektrizität und Chemie gemacht. Selbst die Reithosen seines Gastgebers stammten aus einer anderen Zeit und von einem anderen Ort.

In der Stille waren nur die regelmäßigen lauten Schläge der großen Wanduhr zu hören. Arthur fragte sich, ob seine letzte Frage den alten Herrn in die trüben Tiefen des Zeitstroms zurückgeführt hatte, aus denen er nicht wieder auftauchen würde.

Endlich rührte sich Dalling. »Eine Schnupftabakdose mit einem großen roten Stein, sagten Sie?«

»Ja. In die der Name Saturn eingraviert ist.«

»Jawohl, ich erinnere mich an eine Dose, die dieser Beschreibung entspricht. Ein Bekannter von mir besaß jahrelang eine solche Dose. Sie war klein und sehr schön. Ich habe ihn einmal gefragt, wo er sie gekauft hat.«

Arthur wagte nicht, sich zu bewegen, aus Angst, den alten Mann abzulenken. »Hat er es Ihnen gesagt?«

»Ich glaube, er sagte, er und einige Freunde hätten einen Juwelier damit beauftragt, drei ähnliche Dosen anzufertigen, für jeden eine.«

»Wer war dieser Mann? Erinnern Sie sich an seinen Namen?«

»Natürlich erinnere ich mich daran.« Dallings Gesicht spannte sich an. »Ich bin nicht senil, Sir.«

»Entschuldigen Sie, aber das hatte ich auch nicht vermutet.«

Dalling schien wieder etwas versöhnt. »Glentworth. So hieß der Besitzer der Saturn-Schnupftabakdose.«

»Glentworth.« Arthur stand auf. »Vielen Dank, Sir. Ich bin Ihnen außerordentlich dankbar, dass Sie mir geholfen haben.«

»Ich habe gehört, dass er vor kurzem verstorben ist. Letzte Woche, glaube ich.«

Verdammt noch mal. Glentworth war tot? Nach all der Mühe, ihn ausfindig zu machen?

»Ich war nicht auf seiner Beerdigung«, fuhr Dalling fort. »Normalerweise bin ich immer hingegangen, aber dann wurden es zu viele und ich habe nicht mehr daran teilgenommen.«

Arthur versuchte, über seine weitere Vorgehensweise nachzudenken. Überall schien er nur auf Barrieren zu stoßen und zu keinem Ergebnis zu kommen.

Allmählich erlosch die Glut im Kamin. Dalling zog eine edelsteinbesetzte Schnupftabakdose aus seiner Tasche, öffnete den Deckel und nahm eine Prise. Er inhalierte den pulverisierten Tabak mit einem schnellen, geübten Atemzug. Dann schloss er die Dose wieder und sank mit einem Seufzer der Befriedigung tiefer in seinen Sessel. Die schweren Augenlider fielen ihm zu.

Arthur bewegte sich auf die Tür zu. »Ich danke Ihnen für die Zeit, die Sie sich genommen haben, Sir.«

»Nicht der Rede wert.« Dalling öffnete nicht einmal mehr die Augen. Seine Finger spielten mit der edlen kleinen Schnupftabakdose und immer wieder drehte er sie hin und her.

Arthur hatte gerade die Tür geöffnet und wollte auf den Flur hinaustreten, als er die Stimme seines Gastgebers vernahm.

»Vielleicht sollten Sie mit seiner Witwe reden«, sagte der alte Mann.

19

Auf dem Kostümball herrschte dichtes Gedränge. Lady Fambridge hatte, wie Elenora schnell herausfand, bei der Dekoration des Saales, die sie für den heutigen Abend ausgewählt hatte, ihr allseits bekanntes Talent fürs Dramatische bewiesen. Der große, elegante Raum wurde von roten und goldenen Laternen erhellt und nicht von grellen Kronleuchtern. Die gedämpfte Beleuchtung tauchte den Saal in lange, mysteriöse Schatten. Aus dem Wintergarten waren einige Palmen hereingebracht worden. Man hatte sie an den Wänden entlang dicht nebeneinander aufgestellt, damit sich verliebte Paare in die Nischen zurückziehen konnten.

Elenora hatte schnell herausgefunden, dass es bei Kostümbällen um Schäkern und Tändeln ging, was den gelangweilten Mitgliedern der gehobenen Gesellschaft eine ausgezeichnete Gelegenheit bot, ihrer Lieblingsbeschäftigung, die aus Verführen und Intrigieren bestand, noch offener nachzugehen als normalerweise üblich.

Arthur hatte am Morgen beim Frühstück zugegeben, dass er, als er die Einladung angenommen hatte, nicht gewusst hatte, dass für den Anlass ein langer Umhang mit Kopfbedeckung und eine Maske erforderlich waren.

Das kam dabei heraus, wenn man Entscheidungen, die gesellschaftliche Anlässe betrafen, einem Mann überließ, dachte Elenora. Männer schenkten den Einzelheiten meistens nicht die notwendige Aufmerksamkeit.

Margaret und Bennett schienen sich jedoch köstlich zu amüsieren. Sie waren vor einer halben Stunde verschwunden, und Elenora hatte den leisen Verdacht, dass sie von einem der diskreten Plätze unter den Palmen, die überall im Raum verteilt waren, lebhaften Gebrauch machten.

Sie hingegen drängte sich durch die Menge und strebte dem Ausgang zu. Sie brauchte unbedingt Ruhe.

In der vergangenen Stunde hatte sie pflichtbewusst mit allen möglichen maskierten Gentlemen getanzt und sich kaum die Mühe gemacht, ihr Gesicht hinter der kleinen federbesetzten Maske, die sie in einer Hand hielt, zu verstecken. Für sie war es schließlich wichtig, dass man sie erkannte. Darauf hatte Margaret sie auch noch aufmerksam gemacht.

Sie hatte ihre Pflichten nach bestem Wissen und Gewissen erfüllt, aber jetzt war sie nicht nur gelangweilt, sondern ihre Füße begannen in den Tanzschuhen aus Leder zu schmerzen. Die vielen Bälle und Abendgesellschaften forderten langsam ihren Tribut, dachte sie.

Sie hatte fast die Tür erreicht, als sie den Mann in dem schwarzen Umhang bemerkte, der zielstrebig auf sie zukam. Er hatte die Kapuze seines mantelähnlichen Kleidungsstücks über den Kopf gezogen, die einen tiefen Schatten auf sein Gesicht warf. Als er näher kam, bemerkte sie, dass er eine schwarze Seidenmaske trug.

Er bewegte sich wie ein Wolf, der auf der Suche nach dem schwächsten Lamm um eine Herde Schafe herumstrich. Einen Augenblick lang hob sich ihre Laune und sie vergaß ihre wunden Füße. Als Arthur heute Abend aus dem Haus gegangen war, hatte er einen schwarzen Umhang und eine schwarze Seidenmaske mitgenommen. Er wollte sie auf dem Ball der Fambridges treffen und sie anschließend nach Hause begleiten.

Sie hatte jedoch nicht damit gerechnet, dass er schon so früh käme. Vielleicht waren seine Nachforschungen erfolgreich verlaufen und er wollte die neu gewonnenen Erkenntnisse mit ihr besprechen. Das Wissen, dass er sie mehr oder weniger zu seiner Beraterin in dieser Angelegenheit gemacht hatte, beruhigte sie ein wenig, obwohl er großen Wert darauf legte, die Anziehungskraft, die zwischen ihnen herrschte, zumindest vorübergehend zu ignorieren.

Plötzlich stand der Fremde in dem schwarzen Umhang vor ihr und Elenoras Aufregung löste sich umgehend in Luft auf. Es war nicht Arthur. Sie war sich nicht sicher, warum sie es wusste, noch bevor er sie berührt hatte, aber sie wusste es.

Es war nicht die Stimme des Mannes, die ihn verriet, denn er sprach nicht einmal. Doch daran war nichts Merkwürdiges. Er war nicht der erste

Gentleman an diesem Abend, der sie mit Gesten zum Tanz aufforderte. Es war leicht, Stimmen zu identifizieren, und einige Gäste zogen es vor, ihre Spielchen anonym zu treiben. Trotzdem hatte sie die meisten ihrer Tanzpartner erkannt, besonders diejenigen, mit denen sie schon bei früheren Anlässen Walzer getanzt hatte.

Der Walzer war ein überraschend intimer Tanz und die Männer tanzten ihn auf verschiedene Art und Weise. Einige gingen mit militärischer Präzision vor oder bugsierten sie mit einer solch ausgelassenen Begeisterung übers Parkett, dass sie sich wie auf einem Pferderennen vorkam. Wieder andere nutzten den engen Kontakt und versuchten, ihre Hände auf Stellen zu legen, wo sie anständigerweise nichts zu suchen hatten.

Sie zögerte einen Moment, als der Mann in dem schwarzen Umhang ihr in einer anmutigen Geste seinen Arm darbot. Es war nicht Arthur und ihre Füße schmerzten. Aber wer immer dieser Mann auch war, er hatte sich gewaltig angestrengt, durch die Menschenmenge zu ihr vorzudringen. Das Mindeste, was sie tun konnte, war, mit ihm zu tanzen, dachte sie. Schließlich wurde sie dafür bezahlt, eine Rolle zu spielen.

Der Mann mit der Maske ergriff ihren Arm. Im nächsten Augenblick bereute sie ihre Entscheidung. Die Berührung seiner langen, eleganten Finger jagte einen unerklärlichen Schauer durch sie hindurch.

Sie fing sich wieder und sagte sich, dass es nur Einbildung war, aber ihre Sinne verwarfen diese Idee sofort wieder. Den Fremden umgab eine Aura, die sie auf höchst unangenehme Art und Weise nervös machte.

Als er die ersten Walzerschritte mit ihr machte, musste sie sich beherrschen, nicht die Nase zu rümpfen, denn der Mann strömte einen unangenehmen Geruch aus. Sie ahnte, dass er erst vor kurzem sehr stark geschwitzt hatte, aber der Geruch war nicht wie üblich durch körperliche Anstrengung verursacht worden. Er war mit etwas vermischt, das sie nicht identifizieren konnte, eine Ausdünstung, die sie mit Ekel erfüllte.

Sie studierte den Teil seines Gesichts, der von der Maske nicht verdeckt war. Im Licht der Laterne glitzerten seine Augen durch die Schlitze der schwarzen Seidenmaske.

Ihr erster Gedanke war, dass er vielleicht betrunken war, aber sie verwarf diese Theorie schnell wieder, als sie feststellte, dass er nicht im Mindesten schwankte oder Koordinationsprobleme hatte. Vielleicht hatte er soeben beim Kartenspielen ein Vermögen gewonnen oder verloren. Das wäre auch eine Erklärung für seine unnatürliche Erregung.

Sie war so angespannt, dass sich sämtliche Muskeln in ihrem Körper verkrampften, und sie wünschte sich von ganzem Herzen, dass sie die Einladung des maskierten Mannes zum Tanz nicht angenommen hätte. Aber jetzt war es zu spät. Jetzt war sie, wenn sie keinen Aufstand machen wollte, bis zum Ende des Musikstücks gefangen.

Sie war sicher, dass sie vor dem heutigen Abend noch nie mit diesem Mann Walzer getanzt hatte, aber sie fragte sich, ob sie ihm nicht schon einmal bei einem anderen Anlass begegnet war.

»Genießen Sie den Abend, Sir?«, fragte sie und hoffte, dass sie ihn so zum Sprechen bringen konnte.

In einer zustimmenden Geste neigte er lediglich schweigend den Kopf.

Seine langen Finger umfassten die ihren so fest, dass sie seinen Ring spüren konnte.

Sie fühlte, dass sich seine behandschuhte Hand an ihre Hüfte klammerte, und wäre vor Schrecken fast gestolpert. Sollte er versuchen, seine Hand noch weiter hinabgleiten zu lassen, würde sie den Tanz sofort beenden. Sie würde es nicht länger ertragen, dass er sie so intim berührte.

Sie nahm ihre Fingerspitzen von seiner Schulter

und legte sie auf seinen Arm, um etwas mehr Abstand zwischen ihnen zu schaffen. Bei dieser Bewegung glitt ihre Hand über einen langen, gezackten Riss in dem Stoff seines schweren schwarzen Umhangs. Vielleicht war er an der Kutschentür hängen geblieben. Sollte sie ihn auf den Riss aufmerksam machen?

Sie entschied sich dagegen. Je weniger zwischen ihnen gesprochen wurde, desto besser war es. Sie legte keinen Wert darauf, höfliche Konversation zu machen, selbst wenn sich herausstellte, dass er reden wollte.

Und plötzlich, ohne ein Wort zu sagen, blieb der Mann am Rand der Tanzfläche stehen und machte eine tiefe Verbeugung. Dann drehte er sich um und strebte schnellen Schritts der nächstgelegenen Tür zu.

Sie beobachtete, wie er den Saal verließ. Sie war von dieser merkwürdigen Episode wie betäubt und außerordentlich erleichtert, dass sie vorüber war.

Ihr eigener mantelähnlicher Umhang war ihr plötzlich viel zu warm geworden. Noch dringender als vor einigen Minuten brauchte sie jetzt frische Luft.

Sie hob die Maske vor ihr Gesicht. Ohne weitere Aufmerksamkeit zu erregen, gelang es ihr, aus dem dämmrigen Ballsaal zu schlüpfen. Sie ging einen ruhigen Korridor entlang und suchte in dem vom Mondlicht erhellten Wintergarten der Fambridges Zuflucht.

Das große Gewächshaus verbreitete einen wohltuenden, beruhigenden Geruch nach fruchtbarer Erde und üppig gedeihenden Pflanzen. Sie blieb am Eingang stehen, damit sich ihre Augen an das dämmrige Licht gewöhnen konnten.

Nach einer Weile bemerkte sie, dass der blasse Schimmer des Vollmonds, der durch die Glasscheiben drang, hell genug war, um die Umrisse der Arbeitstische und der zahllosen Pflanzen erkennen zu lassen.

Sie ging einen schmalen Gang entlang, der von breitblättrigen Pflanzen gesäumt war, und genoss diesen Moment der Einsamkeit und Stille. An diesem Abend hatte sie mit einer ganzen Reihe von mysteriösen, maskierten Fremden getanzt, aber Arthur war nicht darunter gewesen. Selbst wenn er maskiert und in einem Umhang gekommen wäre und kein Wort gesprochen hätte, hätte sie ihn an seiner Berührung erkannt, dachte sie. Etwas in ihr reagierte auf seine Nähe, so als stünden sie beide in einer Art metaphysischer Verbindung. Sicherlich war auch er sich dessen bewusst, wenn er sich in ihrer Nähe befand. Oder bildete sie sich das nur ein?

Sie hatte das Ende des Gangs mit den Topfpflanzen erreicht und wollte gerade umkehren, als ein Geräusch, das sich wie das Streifen eines Schuhs über eine Fliese oder das leise Rascheln eines Umhangs anhörte, ihr zu verstehen gab, dass sie nicht allein in dem Gewächshaus war.

Ihr Puls beschleunigte sich. Instinktiv flüchtete sie sich tiefer in den Schatten einer hoch aufragenden Palme. Was wäre, wenn ihr Tanzpartner ihr gefolgt war?

Der Wintergarten war ihr wie ein sicherer Zufluchtsort erschienen, aber dann kam ihr der Gedanke, dass sie hier, am hinteren Ende des Gewächshauses, eventuell in der Falle saß. Der einzige Weg zurück zum Ballsaal führte an der Person vorbei, die ihr hierher gefolgt war.

»Miss Lodge?« Die Stimme der Frau war leise und bebte.

Große Erleichterung ergriff Elenora. Sie wusste nicht, mit wem sie es zu tun hatte, aber die Tatsache, dass es sich um eine weibliche Person handelte, nahm ihr ein wenig von ihrer Anspannung. Sie trat aus dem Schatten der hohen Palme.

»Ja, ich bin hier«, sagte sie.

»Ich dachte, ich hätte Sie in diese Richtung gehen sehen.« Die Dame kam den mit Pflanzen gesäumten Gang entlang auf sie zu. Ihr Umhang war aus einem hellen Stoff, der das Mondlicht widerspiegelte, hellblau oder grün vielleicht. Sie hatte die Kapuze über den Kopf gezogen, um ihr Gesicht abzuschirmen.

»Wie haben Sie mich erkannt?«, fragte Elenora neugierig und war überrascht, festzustellen, dass sie noch immer ein wenig vorsichtig war. Der Walzer mit dem maskierten Fremden hatte an ihren Nerven, die normalerweise stark wie Drahtseile waren, stärker gezerrt, als sie es für möglich gehalten hatte.

»Ich habe gesehen, wie Sie vor einer Weile in St. Merryns Kutsche vorgefahren sind.« Die Frau war klein und sah in ihrem hellen Kostüm wie ein Engel aus. Sie schien auf Elenora zuzuschweben, ohne dass ihre Füße den Boden berührten. »Ihre Maske und Ihr Umhang sind ziemlich auffällig.«

»Haben Sie sich bereits vorgestellt?«, fragte Elenora.

»Nein, ich bitte um Verzeihung.« Die Dame hob ihre zarte, behandschuhte Hand und zog die Kapuze herunter. Ihre elegante Frisur kam zum Vorschein. Ihr Haar hatte vermutlich einen goldblonden Ton, aber in dem unheimlichen Licht wirkte es wie von Zauberhand gesponnenes Silber. »Ich heiße Juliana Burnley.«

Arthurs ehemalige Verlobte! Elenora brachte es

gerade noch fertig, nicht laut aufzustöhnen. Der schlimme Abend entwickelte sich zu einem peinlichen Abend. Wo war Margaret bloß, jetzt, wo sie gebraucht wurde?

»Mrs Burnley«, murmelte sie.

»Bitte nennen Sie mich Juliana.« Sie nahm die Maske ab.

Elenora hatte aus den Klatschgeschichten, die über Juliana verbreitet wurden, bereits erfahren, dass sie sehr hübsch war. Die Realität war jedoch einschüchternd. Selbst hier in dem schwachen Licht des Mondes war es nicht schwer zu erkennen, dass Juliana überaus schön war. Sie war sehr zart und hatte fein gemeißelte Züge.

Alles an ihr war so zierlich und lieblich, dass es schon ein wenig unwirklich war. Hier, inmitten des vom Mondlicht beschienenen Blätterwerks, sah Juliana wie eine Märchenkönigin aus, die in einem mondhellen Garten Hof hält.

»Wie Sie wünschen.« Elenora ließ ihre Maske sinken. »Sie wissen offensichtlich, wer ich bin.«

»St. Merryns neue Verlobte.« Juliana schwebte dahin und blieb in einer kurzen Entfernung stehen. »Ich denke, ich sollte Ihnen meine Glückwünsche aussprechen.« Sie beendete den Satz mit erhobener Stimme, so als würde sie eine Frage stellen.

»Ich danke Ihnen«, sagte Elenora kühl. »Gibt es etwas, das Sie wünschen?«

Juliana wich zurück. »Es tut mir Leid, aber ich bin darin nicht besonders gut. Die Wahrheit ist, ich weiß nicht genau, wie ich anfangen soll.«

Nichts war irritierender als jemand, der um den heißen Brei herumredete und nicht mit der Sprache herauswollte, dachte Elenora.

»Um auf den Punkt zu kommen: Was genau möchten Sie erreichen?«, fragte sie.

»Es ist schwierig. Vielleicht wäre es einfacher, wenn Sie mir gestatten würden, von vorn zu beginnen.«

»Wenn Sie das Gefühl haben, dass es Ihnen hilft.«

Juliana wandte sich etwas ab und betrachtete eine in der Nähe stehende Pflanze, als hätte sie in ihrem ganzen Leben so etwas noch nie gesehen. »Sie haben die Klatschgeschichten sicherlich gehört.«

»Ich weiß, dass Sie mit St. Merryn verlobt waren und mit Roland Burnley davongelaufen sind, wenn Sie das meinen.« Sie versuchte nicht, ihre Ungeduld zu verbergen.

Juliana ballte ihre behandschuhte Hand. »Ich hatte keine Wahl. Meine Eltern wollten mich unter allen Umständen mit St. Merryn verheiraten.

Sie hätten mir niemals erlaubt, die Verlobung aufzulösen. Wenn ich Papa anvertraut hätte, dass es mir unmöglich war, ihn zu heiraten, hätte er mich in meinem Zimmer eingesperrt und mir nur Brot und Wasser gegeben, bis ich endlich eingewilligt hätte, ihm zu gehorchen.«

»Ich verstehe«, sagte Elenora unbeteiligt.

»Sie glauben mir nicht? Ich versichere Ihnen, Papa ist sehr streng. Er duldet keinen Widerspruch. Alles muss so gemacht werden, wie er es will. Mama hätte ihm ebenfalls nie zu widersprechen gewagt. Ich hätte fast alles getan, um der Heirat aus dem Weg zu gehen, die sie für mich geplant hatten. Mein lieber Roland ist mir, Gott sei Dank, zu Hilfe gekommen.«

»Ich verstehe.«

Juliana lächelte wehmütig. »Er ist großzügig, edel und sehr, sehr tapfer. Ich kenne keinen anderen Mann, der sich sowohl gegen meinen als auch gegen seinen Vater durchgesetzt hätte, um mich vor einer schrecklichen Ehe zu bewahren, ganz zu schweigen von St. Merryn.«

»Sie sind sicher, dass die Ehe mit St. Merryn schrecklich gewesen wäre?«

»Sie wäre unerträglich gewesen.« Juliana erschauderte. »Während der Zeit, in der ich mit ihm verlobt war, lag ich nachts im Bett und habe mir die Augen ausgeheult, bis es Tag wurde. Ich habe Papa angefleht, einen anderen Ehemann für mich zu suchen. Er hat sich jedoch strikt geweigert.«

»Woher wussten Sie so genau, dass Sie es nicht ertragen würden, mit St. Merryn verheiratet zu sein?«

Juliana zog die hübschen Brauen zusammen, was ihr einen leicht verwirrten Gesichtsausdruck verlieh. »Nun, weil er natürlich genau wie Papa ist. Wie, um alles in der Welt, könnte ich mir wünschen, einen Mann zu heiraten, der mich auf die gleiche Art und Weise behandelt, wie Papa es immer getan hat? Ein Mann, der nie den geringsten Wert auf meine Meinung gelegt hat? Ein Mann, der mir niemals erlaubt hat, meine eigenen Entscheidungen zu treffen? Ein Mann, der darauf bestand, in seinem eigenen Haus den Tyrannen zu spielen? Nein, ich wäre stattdessen lieber ins Kloster gegangen.«

Langsam begann Elenora zu begreifen. Es war plötzlich sonnenklar, warum Juliana mit Roland durchgebrannt war.

»Nun, das erklärt einiges, vermute ich«, antwortete Elenora.

Juliana sah sie fragend an. »Sie haben vor St. Merryn überhaupt keine Angst, stimmt das?«

Diese unerwartete Frage überraschte Elenora. Sie dachte kurz darüber nach. Natürlich brachte sie Arthur ein gewisses Maß an Respekt entgegen, und sie hatte ganz und gar nicht die Absicht, seinen Zorn unnötig zu erregen oder ihn zu verärgern. Aber Angst vor ihm haben?

»Nein«, sagte sie entschlossen.

Juliana zögerte und nickte dann. »Ich sehe, dass es für Sie anders ist. Ich muss zugeben, dass ich neidisch bin. Wie machen Sie das?«

»Wie mache ich was?«

»Wie bringen Sie es fertig, dass St. Merryn dem, was Sie zu sagen haben, Aufmerksamkeit schenkt? Wie hindern Sie ihn daran, die Kontrolle über Ihr Leben zu übernehmen? Wie halten Sie ihn davon ab, bei allem das letzte Wort zu haben?«

»Das ist eine sehr persönliche Frage, Juliana«, sagte sie. »Können Sie mir bitte jetzt den wahren Grund dafür verraten, warum Sie mich hier im Wintergarten aufgesucht haben?«

»Es tut mir Leid, ich wollte nicht aufdringlich sein. Aber ich bin einfach neugierig auf die Frau, die, ah …«

»Ihren Platz eingenommen hat«, beendete Elenora den Satz.

»Ja, ich denke, das kann man so sagen. Ich habe mich gefragt, wie Sie mit ihm zurechtkommen.«

»Sagen wir einfach, dass ich eine völlig andere Beziehung zu St. Merryn habe, als Sie sie hatten.«

»Ich verstehe.« Juliana nickte erneut und ihr Gesicht nahm einen weisen Ausdruck an. »Vielleicht fürchten Sie ihn deshalb nicht, weil sie so viel älter sind als ich und viel mehr über das Leben und die Männer wissen.«

Elenora bemerkte, dass sie mit den Zähnen knirschte. »Zweifellos. Aber lassen Sie uns jetzt zur Sache kommen. Was wollen Sie mir sagen?«

»Oh ja, natürlich.« Juliana straffte die Schultern und hob das Kinn. »Dies ist äußerst schwierig, Miss Lodge, aber ich komme als Bittstellerin zu Ihnen.«

»Wie bitte?«

In einer anmutigen, flehenden Geste streckte Juliana die Hand aus. »Ich muss Sie um einen großen Gefallen bitten. Sie sind meine einzige Hoffnung. Ich weiß nicht, an wen ich mich sonst wenden könnte.«

Einen Augenblick lang fragte sich Elenora, ob Juliana vielleicht ein groteskes Spiel mit ihr spielte. Aber ihre Verzweiflung war offensichtlich. Es war eindeutig, dass sie, was auch immer hier gespielt wurde, es vollkommen ernst meinte.

»Es tut mir Leid«, sagte Elenora und bemühte

sich, obwohl sie gereizt war, um einen sanften Tonfall. Juliana schien wirklich großen Kummer zu haben. »Ich weiß nicht recht, wie ich Ihnen möglicherweise helfen könnte.«

»Sie sind doch mit St. Merryn verlobt.«

»Was hat das damit zu tun?«, fragte Elenora misstrauisch.

Juliana räusperte sich. »Es geht das Gerücht, dass, obwohl Sie noch nicht mit ihm verheiratet sind, die Beziehung zwischen ihnen beiden sehr *intim* ist.«

Elenora erstarrte. »Intime Beziehung« war ein beschönigender Ausdruck und jeder wusste es. Sie sagte sich, dass es ganz natürlich war, dass die gehobene Gesellschaft darüber spekulieren würde, ob sie und Arthur in eine Beziehung verwickelt waren. Sie hätte eigentlich vorausahnen müssen, dass sich derartige Gerüchte verbreiten würden. Im Gegensatz zu Juliana war sie kein unschuldiges Mädchen von achtzehn Jahren, das unter der strengen Aufsicht der Eltern lebte.

In den Augen der vornehmen Gesellschaft war sie nicht nur eine reife Frau, sie war auch eine mysteriöse Dame, die unter einem Dach mit ihrem noch mysteriöseren Verlobten lebte. Die Tatsache, dass auch Margaret in dem Haus wohnte, gab der Situation eine gesellschaftlich vertretbare

Fassade, aber das hinderte die Klatschmäuler nicht daran, weiter zu tratschen.

Es wäre also nicht überraschend gewesen, zu erfahren, dass die Lästermäuler davon überzeugt waren, dass sie und Arthur eine *intime* Beziehung unterhielten.

»Man täte gut daran, zu bedenken, dass Klatschgeschichten nicht immer präzise sind«, sagte Elenora und versuchte, ihre Worte besänftigend klingen zu lassen.

»Ich hatte ganz und gar nicht die Absicht, Sie zu verletzen«, sagte Juliana. »Aber ich wollte Ihnen zu verstehen geben, dass ich gehört habe, dass Sie eine sehr enge Beziehung zu St. Merryn haben. Man hat beobachtet, wie er Sie an jenem Abend in dem Garten, der zu einem gewissen Ballsaal gehört, leidenschaftlich geküsst hat.« Sie hielt inne. »So hat er mich nie geküsst.«

»Ja, aber ...«

»Außerdem geht das Gerücht, dass er versprochen hat, einen Gentleman, der Sie im Park angesprochen hat, zum Duell herauszufordern.«

»Ich kann Ihnen versichern, dass um diesen Vorfall unnötig viel Aufhebens gemacht wurde«, sagte Elenora rasch.

»Tatsache ist, dass St. Merryn die Drohung tatsächlich ausgesprochen hat.« Juliana seufzte.

»Mehrere Leute haben ihn dabei belauscht. Darum geht es. Und er hat sich nicht einmal die Mühe gemacht, die Verfolgung aufzunehmen, als ich in jener Nacht mit Roland davongelaufen bin.«

»Wollten Sie denn, dass er Ihnen folgt?«, fragte Elenora sanft, plötzlich neugierig geworden, die Wahrheit zu erfahren.

»Nein, natürlich nicht.« Juliana klopfte mit ihrer Maske gegen einen hölzernen Arbeitstisch. »Ich war wirklich außerordentlich dankbar, dass er uns nicht nachgefahren ist. Ich hatte schreckliche Angst, dass er Roland bei einem Duell verletzen oder gar töten könnte. Man sagte mir, dass St. Merryn stattdessen an jenem Abend in seinen Club gegangen ist und Karten gespielt hat.« Sie machte ein trauriges Gesicht. »Was einfach nur bestätigt, was ich schon die ganze Zeit über gedacht habe.«

»Und was haben Sie gedacht?«

»Dass, obwohl St. Merryn mit mir verlobt war, er mit dem Herzen ganz und gar nicht bei der Sache war.«

»Ich bin froh, dass Sie den Mann heiraten konnten, den Sie lieben«, sagte Elenora sanft. »Aber ich weiß immer noch nicht, was Sie von mir wollen.«

»Verstehen Sie denn nicht? Mein lieber Roland

hat ein ungeheures Risiko auf sich genommen, als er mich in jener Nacht vor St. Merryn gerettet hat. Und er hat einen schrecklichen Preis dafür zahlen müssen.«

»Was ist das für ein Preis? Sie haben mir doch soeben erzählt, dass St. Merryn ihm keinen Schaden zugefügt hat.«

»Ich habe nicht geahnt, wie viel Roland in jener Nacht für mich aufs Spiel gesetzt hat.« Juliana klang, als würde sie gegen ihre aufkommenden Tränen ankämpfen. »Meine größte Befürchtung bestand darin, dass St. Merryn uns nachfolgen würde. Die wirkliche Gefahr lauerte jedoch woanders, und zwar im Schoß unserer beider Familien.«

»Was wollen Sie damit sagen?«

»Wir wussten, dass mein Vater wütend sein und wahrscheinlich den Kontakt zu mir abbrechen würde, ohne mir einen Penny zu hinterlassen. Genau das ist dann auch eingetroffen. Was wir jedoch nicht voraussehen konnten, war, dass Rolands Vater vor Zorn so außer sich war, dass er die Zahlung von Rolands Taschengeld, das er alle drei Monate bekam, einstellte.«

»Du lieber Himmel.«

»Wir befinden uns in einer verzweifelten finanziellen Notlage, Miss Lodge, und mein Roland ist zu stolz, um seinen Vater zu bitten, die Zahlung des Taschengelds wieder aufzunehmen.«

»Wovon leben Sie?«

»Meine Mutter, Gott segne sie, stellte sich dem Zorn meines Vaters entgegen und steckte uns heimlich einen Teil des Geldes zu, das Papa ihr für den Haushalt gibt. Ich habe einige Schmuckstücke verkauft, die ich an dem Abend, als ich mit Roland durchgebrannt bin, mitgenommen hatte.« Juliana biss sich auf die Lippe. »Leider habe ich nicht viel dafür bekommen. Es ist ziemlich erstaunlich, wie wenig teurer Schmuck wert ist, wenn man dazu gezwungen ist, ihn zu versetzen.«

In Elenora regte sich echtes Mitgefühl. »Ich weiß. Auch ich habe diese traurige Tatsache bereits erfahren müssen.«

Juliana schien jedoch nicht weiter daran interessiert zu sein, Erfahrungen über Pfandbüros auszutauschen. Sie war viel zu sehr mit ihrer eigenen Geschichte beschäftigt. »Was Roland anbelangt, so versucht er sein Glück an den Spieltischen. Kürzlich ist er auf einen Freund gestoßen, der sich in der Spielwelt auszukennen scheint.«

»Was wollen Sie damit sagen?«

»Der Mann hat Roland in einen Club mitgenommen und ihm versprochen, dass dort ehrlich gespielt würde. Zunächst hat Roland ziemlich oft gewonnen, und eine Zeit lang glaubten wir, dass sein Glück andauern würde. Doch seit geraumer Zeit hat er nur schlechte Karten. Gestern Abend hat er sehr hoch verloren, und weil er bereits meine letzte Kette verpfändet hat, haben wir jetzt fast nichts mehr.«

Elenora seufzte. »Ich kann mich sehr gut in Ihre Lage versetzen.«

»Wir können uns kaum noch etwas leisten.« Juliana schüttelte den Kopf. »Ich vermute, es war sehr blauäugig von mir, aber ich muss Ihnen gestehen, dass ich keine Ahnung hatte, wie viel ein einfaches Ballkleid und ein Paar dazu passender Schuhe kosten, bevor Roland und ich keine Unterstützung mehr bekommen haben. Ich konnte heute Abend nur deshalb kommen, weil eine Freundin mir ihr Kostüm geliehen hat. Roland weiß nicht, dass ich hier bin. Er ist wieder in der Spielhölle.«

»Es tut mir sehr Leid, dass Sie so viele Sorgen haben«, sagte Elenora.

»Ich befürchte, dass Roland langsam verzweifelt«, gestand Juliana leise. »Ich weiß nicht, was er anstellen wird, wenn sein Schicksal sich nicht bald zum Guten wendet. Aus diesem Grund bin ich gekommen, Sie um Hilfe zu bitten, Miss Lodge. Werden Sie uns helfen?«

20

Zwanzig Minuten später betrat Elenora wieder den von Laternen erhellten Ballsaal, wo jetzt ein so dichtes Gedränge von kostümierten und maskierten Tänzern herrschte wie nie zuvor. Sie fand eine leere Nische, die von zahlreichen Palmen verdeckt wurde, und setzte sich auf die kleine vergoldete Bank, die dort stand. Bereits abwesend betrachtete sie die vielen tanzenden Paare und versuchte, Margaret und Bennett ausfindig zu machen, während sie über ihre Unterhaltung mit Juliana nachgrübelte.

Ihre Überlegungen kamen zu einem abrupten Ende, als sie bemerkte, dass der schwarz maskierte Mann in dem Umhang auf sie zukam. Nicht schon wieder, dachte sie mit Schaudern. Sie würde ihm auf keinen Fall erlauben, sie ein zweites Mal anzufassen. Sie konnte das Gefühl seiner Hand auf ihrer Hüfte nicht noch mal ertragen und sein Geruch bereitete ihr Übelkeit.

Nach einigen Sekunden war sie jedoch außerordentlich erleichtert, als sie erkannte, dass es sich mit großer Wahrscheinlichkeit nicht um denselben Mann handelte. Zwar lief er mit den gleichen graziösen, sicheren Bewegungen eines Raubtiers durch die Menge, doch der Gang dieses Mannes strahlte Kraft und Beherrschung aus und nicht unnatürliche Energie. Die Kapuze seines Umhangs war zurückgeschoben. Obwohl seine Augen hinter einer dunkles Seidenmaske verborgen waren, waren seine stolze Nase sowie sein dichtes schwarzes Haar, das von der hohen Stirn aus streng nach hinten gekämmt war, unschwer zu erkennen.

Eine prickelnde Vorfreude, die sie nicht unterdrücken konnte, rann durch Elenoras Adern. Sie ließ ihre Maske sinken und lächelte.

»Guten Abend, Sir«, sagte sie. »Sie sind früh dran, nicht wahr?«

Arthur blieb vor ihr stehen und machte eine Verbeugung. »Das war es dann wohl mit meiner cleveren Verkleidung. Ich bin vor einigen Minuten gekommen. Ich habe Margaret und Bennett sofort gefunden, aber sie sagten, dass sie in der Menge jede Spur von Ihnen verloren hätten.«

»Ich bin in den Wintergarten gegangen, um etwas frische Luft zu schnappen.«

»Können wir gehen?«

»Ja, das können wir.« Sie erhob sich von der Bank. »Aber ich bin nicht sicher, ob Margaret so früh nach Hause möchte. Ich glaube, dass sie sich gut mit Mr Fleming amüsiert.«

»Das ist offensichtlich.« Er nahm ihren Arm und steuerte auf die Tür zu. »Sie hat mir gerade erzählt, dass sie und Bennett noch auf die Abendgesellschaft der Morgans gehen wollen. Bennett wird sie dann später nach Hause begleiten.«

Sie lächelte. »Ich glaube, dass sich die beiden ineinander verliebt haben.«

»Ich habe Margaret nicht nach London geholt, damit sie eine Liebesaffäre beginnt«, murrte Arthur. »Ihre Rolle besteht darin, als Begleiterin für Sie zu fungieren und eine angemessene weibliche Präsenz in meinem Haushalt darzustellen, damit Ihr Leumund keinen Schaden nimmt, während Sie hier beschäftigt sind.«

Elenora fragte sich, ob sie ihm von dem Tratsch erzählen sollte, der, wie Juliana ihr berichtet hatte, in der gehobenen Gesellschaft kursierte. Wenn Arthur jedoch erfuhr, dass die vornehme Gesellschaft vermutete, dass sie beide in eine intime Beziehung verwickelt waren, so würde dies die Sache letzten Endes noch verkomplizieren und ihn vermutlich dazu veranlassen, sich wegen seiner Verpflichtungen Elenora gegenüber große Sorgen zu machen. Und das war das Letzte, was sie wollte.

»Aber, aber, Sir. Es ist doch wunderbar, dass Margaret einen solch netten Gentleman gefunden hat, der sie glücklich macht. Geben Sie es doch zu.«

»Ha.«

Sie konnte es sich nicht verkneifen, hinzuzufügen: »Und der charmanteste Aspekt bei der ganzen Sache ist, dass Sie ein großes Lob verdient haben, weil Sie es gestattet haben, dass sich diese Liebesaffäre voll entfalten kann. Wenn Sie Margaret nicht eingeladen hätten, nach London zu kommen, hätte sie Bennett nie kennen gelernt.«

»Es war aber nicht Teil meines Plans«, brummte er vor sich hin. »Ich mag es ganz und gar nicht, wenn die Dinge nicht so verlaufen, wie ich sie geplant habe.«

Er schien nicht wirklich verärgert zu sein, schloss sie.

Sie lachte. »Manchmal ist es gut, wenn die Pläne, die man sorgfältig vorbereitet hat, auch mal geändert werden.«

»Wann, in Teufels Namen, haben Sie denn schon einmal erlebt, dass ein Resultat alles andere als katastrophal war?«

Als ich dich im Büro von Goodhew & Willis getroffen habe, dachte sie wehmütig. Sie war auf der Suche nach einer ruhigen Stelle als bezahlte Gefährtin gewesen und wollte für jemanden arbeiten, der wie Mrs Egan war. Stattdessen war sie auf Arthur gestoßen, und jetzt wusste sie, dass ihr Leben nicht mehr wie vorher sein würde, gleichgültig, was zwischen ihnen passierte.

Dies konnte sie ihm natürlich nicht sagen, und so lächelte sie nur und hoffte, dass sie eine geheimnisvolle Wirkung auf ihn hatte.

Als sie die Vordertreppe, die zum Haus der Fambridges führte, erreicht hatten, rief Arthur nach seiner Kutsche. Einige Minuten darauf sah Elenora, wie sie aus der langen Reihe der auf der Straße wartenden Fahrzeuge ausscherte. Als sie am unteren Ende der Treppe angekommen war, reichte Arthur ihr die Hand, um ihr beim Einsteigen zu helfen.

Dann kam auch er in die Kutsche und die Falten des schwarzen Umhangs schwangen um ihn herum wie die dunklen Flügel eines Raubvogels, der bei Nacht auf Beutefang ist.

Er schloss die Kutschentür und nahm Elenora gegenüber Platz. Dies war das erste Mal, dass sie mit ihm allein in der Kutsche war, dachte sie.

»Genug jetzt von all dem Verkleidungsunsinn.« Arthur band die Maske ab und warf sie beiseite. »Ich begreife nicht, was daran so reizvoll ist, seine Identität zu verbergen, wenn man nicht gerade die Absicht hat, ein Verbrechen zu begehen.«

»Ich zweifle nicht daran, dass heute Abend im Ballsaal der Fambridges einige Verbrechen begangen wurden«, erwiderte sie.

»Ah ja. In der Tat.« Er lümmelte sich in seinen

Sitz und verzog amüsiert die Mundwinkel. »Bei den meisten handelt es sich wohl um verbotene Liebschaften der einen oder anderen Art, vermute ich.«

»Hm.«

Er betrachtete sie mit seinen gefährlichen Augen. »Ich hoffe, Sie waren nicht Opfer irgendwelcher Beleidigungen? Es war Margarets Aufgabe, dafür zu sorgen, dass Sie von falschen Höflichkeitsbezeugungen fern gehalten werden. Es ist jedoch deutlich erkennbar, dass sie ihr Augenmerk nicht auf diese Rolle richtet. Wenn irgendein Mann ungehörige Annäherungsversuche gemacht …«

»Nein, Mylord«, sagte sie schnell. »Es gab keinerlei Ärgernisse dieser Art. Ich habe jedoch eine alte Bekannte von Ihnen getroffen.«

»Wen denn?«

»Juliana. Jetzt Mrs Burnley.«

Er verzog das Gesicht. »Sie war heute Abend hier?«

»Ja.«

»Sie hat Sie aufgesucht?«

»Ja.«

Er sah nicht gerade erfreut aus. »Ich hoffe, dass die Begegnung nicht unangenehm war. Sie hat hoffentlich keine Szene gemacht, oder?«

»Nein, sie hat keine Szene gemacht, aber die

Begegnung, wie Sie es nennen, war äußerst interessant.«

Er trommelte mit den Fingern auf den Rand der Kutschentür. »Warum habe ich nur das Gefühl, dass mir das, was Sie mir gleich erzählen werden, nicht gefallen wird?«

»Es ist wirklich nicht so schlimm«, versicherte sie ihm. »Trotzdem vermute ich, dass Ihre erste Reaktion darauf vielleicht etwas, äh, negativ ausfallen könnte.«

»Und ich nehme an, dass Sie damit verdammt Recht haben.«

Er lächelte in gespannter Erwartung. »Aber Sie werden bestimmt versuchen, meine Einschätzung zu ändern, oder nicht?«

»Meiner Meinung nach wäre es das Beste für alle Beteiligten, wenn es Ihnen gelingen würde, darauf positiv zu reagieren.«

»Heraus mit der Sprache«, knurrte er.

»Ich glaube, es wäre besser, wenn ich zunächst die Situation erklären würde.«

»Jetzt bin ich absolut sicher, dass meine Reaktion negativ sein wird.«

Elenora tat so, als hätte sie dies nicht gehört. »Wussten Sie, Sir, dass sowohl Julianas als auch Rolands Familie dem Paar den Geldhahn zugedreht haben?«

Er zog die Augenbrauen hoch. »Das habe ich gehört, ja. Ich bin davon überzeugt, dass das nur vorübergehend sein wird. Früher oder später wird der alte Burnley oder Graham seine Meinung ändern.«

»Das hat Juliana zuerst auch gedacht, aber sie scheint nicht mehr an diese Möglichkeit zu glauben und Roland anscheinend auch nicht. Beide sind fest davon überzeugt, dass ihre Familien sich für immer gegen sie gestellt haben. Juliana ist ziemlich verzweifelt.«

»Ach, wirklich?« Es klang, als würde er sich über Julianas Gefühle nicht die geringsten Sorgen machen.

»Ihre Mutter hat ihr etwas Geld gegeben, aber es reicht nicht, damit beide davon leben können. Die bevorstehende finanzielle Katastrophe hat Roland in die Spielhöllen getrieben.«

»Ja, das ist mir bekannt. Ich wage zu behaupten, dass die Spielhöllen eine gute Möglichkeit sind, auch noch das letzte bisschen Geld zu verlieren.«

»Wussten Sie, dass Roland versucht, sein Glück an den Spieltischen zu machen?«

»Das ist wohl kaum ein Geheimnis.«

Natürlich wusste Arthur über die Situation Bescheid, dachte sie bitter, genauso wie ihm bekannt war, dass Ibbitts Geld aus der Haushaltskasse gestohlen hatte. Es war Arthurs Art, sicherzustellen, dass er über alles, was in seiner Welt vor sich ging, genauestens informiert war.

Sie beschloss, anders an die Sache heranzugehen. »Juliana hat große Angst.«

Er drehte den Kopf zur Seite und wandte ihr sein scharfes Profil zu. Er blickte aus dem Fenster, als würde ihn die Unterhaltung langweilen und als hätte er auf der Straße etwas außergewöhnlich Interessantes entdeckt, das es zu beobachten galt. Im Licht der Lampen hoben sich seine Wangenknochen und seine Kinnlinie klar hervor. Sein Gesichtsausdruck blieb jedoch in den dunklen Schatten verborgen.

»Das überrascht mich nicht«, sagte er.

Sie erinnerte sich wieder an die Klatschgeschichte, die sie gehört hatte und in der es um Julianas Gefühle Arthur gegenüber ging. *Man sagt, dass sie schreckliche Angst vor ihm hatte.*

Sie beobachtete sein abgewandtes Gesicht und wusste plötzlich mit großer Sicherheit, dass er sich darüber im Klaren war, dass seine Verlobte Angst vor ihm hatte.

Elenora war nicht überrascht, dass er wusste, was Juliana von ihm hielt. Was sie jedoch erstaunte, war die Vorstellung, dass er die Fantasien einer albernen jungen Frau eventuell persönlich nahm oder es sogar zuließ, dass sie sich negativ auf seine Stimmung auswirkten.

»Nach meinem Verständnis ist Juliana äußerst behütet aufgewachsen«, sagte Elenora rasch. »Durch ihre Jugend und den Mangel an Lebenserfahrung ist sie das Opfer von Hirngespinsten geworden, die durch überhitzte Fantasievorstellungen hervorgerufen wurden.«

»Er wandte sich wieder zu ihr um. »Ähnlich wie Sie, Miss Lodge?«, fragte er in neckendem Tonfall.

Sie machte mit der Hand, in der sie die Maske hielt, eine abfällige Bewegung. »Eine Dame, die sich mit der Absicht trägt, sich geschäftlichen Dingen zu widmen, kann sich den Luxus, starke Gefühle zu haben, nicht leisten.«

In seinen Mundwinkeln zuckte ein Lächeln auf und verschwand wieder. Mit ernstem Gesicht neigte er seinen Kopf.

»Es ist zweifellos richtig, dass starke Gefühle sich nicht gut mit Profitdenken vertragen.« Er sah sie fest an. »Ich selbst habe das bereits vor einigen Jahren lernen müssen. Folglich lasse ich niemals zu, dass meine Gefühle Einfluss auf meine geschäftlichen Entscheidungen ausüben.«

Das ließ nichts Gutes ahnen, dachte sie. Mit seiner legendären, übermäßig ausgeprägten Intuition, was Finanzen und Investitionen anbelangte, hatte er bereits geahnt, dass sie ihn um einen Gefallen bitten würde, bei dem es um Geld ging. Fairerweise gab er ihr jetzt einen Hinweis, dass sie sich ihre Worte sparen sollte.

Trotzdem beschloss sie, fortzufahren, und setzte die Mittel ein, die ihn vielleicht umstimmen könnten: Logik und Verantwortung.

»Sir, ich komme jetzt umgehend zum Thema«, sagte sie. »Juliana hat sich heute Abend an mich gewandt, um einen Gefallen zu erbitten.«

Seine Augen verengten sich etwas. »Sagen Sie bloß nicht, sie hat die Frechheit besessen, Sie um Geld zu bitten?«

»Nein«, sagte sie rasch und war erfreut, dass sie das Thema jetzt zum Abschluss bringen konnte.

Seine Miene hellte sich auf. »Ich bin erleichtert, dies zu hören. Einen Moment lang habe ich gedacht, sie hätte versucht, Sie dazu zu überreden, ihr einen Kredit zu gewähren. Warum sie jedoch glaubt, dass Sie so etwas tun würden, liegt außerhalb meines Vorstellungsvermögens.«

»Sie hat mich nicht um ein Darlehen gebeten«, sagte Elenora äußerst vorsichtig. »Zumindest nicht direkt. Aber wie Sie sich vielleicht erinnern werden, haben Sie überall herumerzählt, dass Sie in der Stadt sind, um ein Investorenkonsortium zu gründen.«

»Ja und?«

Elenora straffte die Schultern. »Juliana hat mich angefleht, Sie darum zu bitten, Roland an dem neuen Konsortium zu beteiligen.«

Einen Augenblick lang sah Arthur sie an, als hätte sie eine andere Sprache gesprochen.

Dann lehnte er sich nach vorn und stützte seine Ellbogen auf die Knie.

»Ich muss daraus schließen, dass dies Ihre exzentrische Vorstellung von einem Witz ist, Miss Lodge«, sagte er.

Sie schaute ihm in die Augen und wusste, dass in seinem Blick nicht Wut, sondern Verwirrung geschrieben stand, was ein großer Unterschied war. Wenn es um Arthur ging, war sie absolut sicher, dass nur die erste Reaktion wirklich gefährlich wäre. Die zweite war leicht in den Griff zu bekommen, wenn man Vernunft walten ließ.

»Seien Sie bitte so nett und versuchen Sie nicht, mich einzuschüchtern, Sir«, sagte sie gelassen. »Alles, worum ich Sie bitte, ist, mir bis zum Schluss zuzuhören.«

»Ach, gibt es noch mehr von diesem Unsinn?«

»Ich verstehe, dass es unter diesen Umständen sehr viel ist, was von Ihnen verlangt wird, aber ich denke, dass Sie gut daran täten, Juliana diesen Gefallen zu erweisen.«

Sein Lächeln war eiskalt. »Aber momentan habe ich nicht vor, ein Konsortium zu gründen, wie Sie sich erinnern.«

»Nein, aber das tun Sie sehr häufig, und wir beide wissen, dass Sie früher oder später wieder ein Unternehmen gründen werden. Sie könnten Roland doch an Ihrem nächsten Projekt beteiligen.«

»Ich kann mir keinen einzigen Grund vorstellen, warum ich Roland Burnley an einem Konsortium beteiligen sollte, selbst wenn er die finanziellen Mittel zum Erwerb eines Anteils daran besitzen sollte, was, wie Sie soeben sagten, nicht der Fall ist.«

»Die Sache mit den Mitteln, die er benötigen würde, um einen Anteil zu erwerben, steht auf einem anderen Blatt. Darauf kommen wir später noch zu sprechen.«

»Ach ja?«

»Haben Sie vor, mich einzuschüchtern, Sir? Wenn dem so ist, so wird es Ihnen nicht gelingen.«

»Vielleicht sollte ich mir mehr Mühe geben.«

Mit einiger Anstrengung fasste sie sich in Geduld. »Ich versuche gerade, Ihnen zu erklären, warum Sie darüber nachdenken sollten, Roland an Ihrem künftigen Unternehmen zu beteiligen.«

»Schießen Sie los, ich kann kaum erwarten, es zu erfahren.«

»Die Sache ist die«, fuhr sie fort, entschlossen, ihr Argument zu Ende zu führen, »wenn man die Situation aus einer bestimmten Perspektive betrachtet, könnte man zu dem Schluss kommen, dass Sie der Grund dafür sind, dass Juliana und Roland sich gegenwärtig in dieser außergewöhnlich schwierigen finanziellen Notlage befinden.«

»Verdammt noch mal, wollen Sie damit sagen, dass ich die Schuld daran trage, dass die beiden durchgebrannt sind?«

Sie straffte die Schultern. »Wenn ich ehrlich sein soll, ja.«

Wieder stieß er einen leisen Fluch aus und lehnte sich zurück. »Sagen Sie, Miss Lodge, haben Sie das Gefühl, es war mein Fehler, dass Juliana so entsetzt war bei der Aussicht, das schlimme Schicksal zu erleiden, in meinem Bett zu sterben, sodass sie das Gefühl hatte, keine andere Wahl zu haben, als mit einem anderen Mann in die Nacht zu entfliehen?«

»Natürlich nicht.« Sie war durch seine Schlussfolgerung bis ins Mark erschüttert. »Ich sage nur, dass Sie teilweise für das Ergebnis verantwortlich

sind, weil Sie Juliana und Roland in jener Nacht nicht gefolgt sind und sie aufgehalten haben. Wenn Sie die Verfolgung aufgenommen hätten, hätten Sie sie vermutlich noch rechtzeitig eingeholt, bevor Julianas Ansehen Schaden genommen hätte.«

»Nur für den Fall, dass Sie die ganze Geschichte noch nicht kennen – in jener Nacht tobte ein starkes Unwetter«, erinnerte er sie, »und nur ein Verrückter hätte ihm getrotzt.«

»Oder ein Mann, der bis über beide Ohren verliebt ist«, ergänzte sie und lächelte. »Ich habe die Geschichte in verschiedenen Variationen gehört, Mylord, und ich muss daraus den Schluss ziehen, dass diese Aussage nicht auf Sie zutrifft. Wenn Sie leidenschaftlich in Juliana verliebt gewesen wären, hätten Sie bestimmt die Verfolgung aufgenommen.«

Er streckte die Arme zu beiden Seiten aus und legte sie hinter die Kissen. Sein Lächeln war so dünn und scharf wie die Schneide einer Klinge. »Sicher hat Ihnen inzwischen jemand erklärt, dass ich ein Mann bin, der einzig und allein durch Geld motiviert wird. Die Leute schreiben mir viele Eigenschaften zu, Miss Lodge, aber ich kann Ihnen versichern, dass starke leidenschaftliche Gefühle nicht dazugehören.«

»Ja, nun, ich meine, dass nur wenige Menschen

Sie gut genug kennen, um sich ein solches Urteil erlauben zu können, und das ist zweifellos Ihr Fehler.«

»Wie, zum Teufel, können Sie mir die Verantwortung dafür in die Schuhe schieben?«

»Ich möchte Sie nicht beleidigen, Sir, aber Sie fördern nicht gerade …«

Abrupt unterbrach sie sich, weil sie erkannte, dass das Wort, das sie gerade benutzen wollte, nämlich *Intimität*, nicht gerade das *bon mot* war, das sie suchte, um seine distanzierte, beherrschte Art zu beschreiben. »Sagen wir, dass Sie engen persönlichen Beziehungen gegenüber nicht gerade aufgeschlossen sind.«

»Und das aus gutem Grund. Solche Beziehungen stehen rationalen geschäftlichen Entscheidungen häufig im Wege.«

»Ich glaube nicht eine Minute lang, dass dies der Grund dafür ist, dass Sie die meisten Menschen auf Abstand halten. Ich nehme an, die Wahrheit ist, dass Ihr überaus großes Verantwortungsbewusstsein es Ihnen schwer macht, Ihre Maske herunterzulassen. Sie können es sich nicht erlauben, das Risiko einzugehen und jemand anderem eine Zeit lang die Führung zu überlassen.«

»Sie haben eine ungewöhnliche Auffassung von meinem Charakter«, murmelte er.

»Und aufgrund dieser *ungewöhnlichen Auffassung* bin ich ziemlich sicher, dass Sie zu den Männern gehören, die ihre Gefühle streng unter Kontrolle haben.«

Er warf ihr einen merkwürdigen Blick zu, als hätte sie ihm gerade einen Grund dafür gegeben, an ihrer geistigen Zurechnungsfähigkeit zu zweifeln. »Sagen Sie mir, Miss Lodge, glauben Sie im Ernst, dass ich unter *allen* Umständen einer entlaufenen Verlobten nachjagen würde?«

»Oh ja, Mylord. Wenn Ihre Gefühle für sie stark genug wären, würden Sie ihr sogar bis an die Tore der Hölle folgen.«

Er verzog das Gesicht. »Eine sehr poetische Vorstellung.«

»Tatsache ist, dass Sie Juliana an jenem Abend im letzten Jahr nicht nachgefahren sind, Sir. Daher müssen wir jetzt mit den Folgen Ihrer Entscheidung fertig werden.«

»Erklären Sie mir doch noch einmal, warum ich die finanziellen Probleme der Burnleys lösen soll«, sagte er grimmig. »Anscheinend bin ich nicht in der Lage, den Kern Ihrer Argumentation zu begreifen.«

»Es ist wirklich ganz einfach, Sir. Wenn sie den beiden Liebenden in jener Nacht hinterhergefahren wären, hätten ausgezeichnete Aussichten bestanden, dass Juliana heute Ihre Gräfin ist und deshalb keinerlei finanzielle Sorgen hätte. Roland wiederum hätte niemals die Gunst seines Vaters verloren. Er würde sein dickes Taschengeld, das er alle drei Monate erhält, weiterhin für Schneider und Stiefelmacher ausgeben.«

Arthur schüttelte voller Verwunderung den Kopf. »Die Logik Ihrer Ausführungen macht mich ziemlich sprachlos, Miss Lodge.«

»Aber Sie haben daran auch nichts auszusetzen, oder doch?«

»Wissen Sie, was ich denke, Miss Lodge? Ich glaube nicht, dass Sie durch eine Methode, die logisches Denken oder gesunden Menschenverstand voraussetzt, zu diesem Ergebnis gekommen sind.«

»Nein?«

»Ich glaube, dass Sie sich aufgrund dieser verdammten Gefühle, die Sie Ihrer Meinung nach ja angeblich nicht haben, für Juliana einsetzen.«

»Unsinn.«

»Geben Sie es doch zu. Julianas Tränen haben Ihr weiches Herz berührt.« Er war belustigt. »Wenn ich mich recht erinnere, hat sie ein Talent dafür, auf Kommando zu heulen.«

»Sie hat nicht geweint.«

Er zog die Brauen hoch.

»Na gut, vielleicht hat sie ein paar Tränen vergossen«, räumte Elenora ein. »Aber ich versichere Ihnen, dass sie es ernst gemeint hat. Meiner Meinung nach hätte sie sich nicht an mich um Hilfe gewandt, wenn sie nicht so verzweifelt wäre.« Sie atmete tief ein. »Mylord, mir ist bewusst, dass mich Ihre privaten Angelegenheiten nichts angehen.«

»Das ist eine äußerst einsichtige Bemerkung, Miss Lodge, und auch ganz meine Meinung.«

»Trotzdem ...«

»Trotzdem, Sie mischen sich in meine Angelegenheiten ein«, beendete er den Satz für sie. »Weil Sie zweifellos nicht anders können. Ich glaube sogar, dass es in Ihrer Natur liegt, sich in meine privaten Belange einzumischen, genauso wie es in der Natur einer Katze liegt, eine unglückliche Maus, die von ihr in die Enge getrieben wird, zu quälen.«

Purpurne Röte stieg in Elenoras Gesicht. Sie war erschüttert über die schlechte Meinung, die er von ihr hatte.

»Sie sind aber keine Maus«, gab sie mit schwacher Stimme von sich und verkniff sich, hinzuzufügen, dass, wenn es in dieser Kutsche eine Raubkatze gab, diese ihr direkt gegenübersaß.

Arthur schien jedoch von ihrer Behauptung nicht sehr überzeugt zu sein. »Sind Sie sicher, dass ich nicht die Maus für Ihre Katze bin?«

»Mylord.« Sie schluckte, schlang die Finger in ihrem Schoß fest ineinander und blickte finster vor sich hin. »Sie halten mich wohl zum Narren.«

»Hm.«

Er hielt sie wirklich zum Narren, dachte sie. Sie konnte nichts weiter tun, als diese bewusste Provokation zu ignorieren und mit ihrer Bitte im Namen von Juliana fortzufahren. Sie hatte der jungen Frau schließlich versprochen, diese Sache zu Ende zu führen.

»Was ich versuche, Ihnen hiermit klar zu machen«, fuhr sie fort, »ist, dass Sie in dieses unglückliche Durcheinander verstrickt sind, ob Sie es nun wollen oder nicht. Außerdem liegt es in Ihrer Macht, die Dinge wieder gerade zu rücken.«

»Hm.« Die Aussicht, die Dinge ins rechte Lot zu bringen, schien nicht gerade großen Anklang bei ihm zu finden. Er durchbohrte sie mit seinem stählernen Blick. »In Anbetracht der Tatsache, dass Sie sich für das Thema Finanzen interessieren, bin ich sicher, dass Sie Folgendes verstehen werden: Wenn ich den jungen Roland an einem Konsortium beteiligen würde, wäre ich auch verpflichtet, ihm das Geld für den Erwerb der Anteile zu leihen.«

»Ja, das verstehe ich, aber er könnte das Darlehen mit der Rendite aus den Investitionen zurückzahlen.«

»Und wenn sich herausstellt, dass das Unternehmen scheitert? Was dann, mein schlaues kleines Kätzchen? Dann muss ich sowohl für Rolands Verlust als auch für meinen eigenen aufkommen.«

»Nach allem, was man so hört, scheitern Ihre Investitionsvorhaben äußerst selten oder so gut wie nie. Margaret und Mr Fleming haben mir versichert, dass Sie ein Genie sind, was Finanzen anbelangt, Sir. Obwohl Sie mit der Entwicklung der Dinge nicht gerade zufrieden sind, bin ich trotzdem zuversichtlich, dass Sie Julianas Bitte wohlwollend prüfen und sich dazu entschließen werden, ihr zu helfen.«

»Davon sind Sie überzeugt, nicht wahr?«, fragte er höflich.

»Ja.«

Einen unangenehm langen Augenblick richtete er seine Aufmerksamkeit wieder auf das, was draußen auf der Straße vor sich ging.

Sie begann, unruhig zu werden, und fragte sich, ob sie vielleicht zu weit gegangen war.

»Ich denke, ich sollte etwas unternehmen, um Roland und Juliana aus dem Chaos zu helfen, in dem sie sich befinden«, sagte er nach einer Weile.

Sie stieß einen leisen Seufzer der Erleichterung aus und schenkte ihm ein anerkennendes Lächeln. »Ich wusste doch, dass Sie zu gutherzig sind, um Juliana und Roland im Stich zu lassen, Sir.«

»Es ist keine Frage des Mitgefühls«, sagte er resigniert, »sondern eine Schuldfrage.«

»Schuld?« Sie dachte darüber mit gespitzten Lippen nach und schüttelte dann den Kopf. »Das ist wirklich übertrieben, Sir. Die ganze Angelegenheit war einfach ein äußerst unglücklicher Irrtum, den Sie jedoch korrigieren können. Ich denke nicht, dass Sie deswegen von Gewissensbissen geplagt sein sollten.«

»Dass ich um Julianas Hand angehalten habe, war in der Tat ein verhängnisvoller Irrtum meinerseits, und es stimmt, dass ich in der Nacht, in der sie davongelaufen ist, nicht die Verfolgung aufgenommen habe. Aber diese beiden Dinge sind nicht der Grund für meine Gewissensbisse.«

Sie war durch die Wendung, die ihre Unterhaltung genommen hatte, nicht gerade beruhigt. Besorgt darüber, dass er noch mehr Schuld auf sich laden würde als unbedingt notwendig, streckte sie, ohne nachzudenken, ihre Hand aus und berührte sein Knie.

»Sie dürfen nicht so hart zu sich selbst sein, Sir«, sagte sie ernst. »Juliana war noch sehr jung, sehr behütet und, wie ich vermute, fehlte ihr der gesunde Menschenverstand. Ihr war nicht bewusst, dass Sie einen ausgezeichneten Ehemann abgeben würden.«

Es entstand ein kurzes Schweigen.

Er schaute auf ihre behandschuhten Fingerspitzen hinunter, die locker auf seinem Bein ruhten. Sie folgte seinem Blick und erstarrte, als sie bemerkte, wie intim ihre Berührung war. Sie spürte, wie die Wärme seines Körpers durch das weiche Ziegenleder ihres Handschuhs drang.

Scheinbar eine Ewigkeit lang betrachteten beide ihre Hand auf seinem Bein. Elenora war unfähig, sich zu bewegen. Es schien, als wäre sie in einen Zustand hypnotischer Ekstase versetzt worden. Eine merkwürdige Panik ergriff sie, von der sie sich nach einigen Sekunden wieder erholte. Beschämt zog sie die Hand von seinem Bein zurück und legte sie züchtig in ihren Schoß. Es fühlte sich an, als würden ihre Fingerspitzen brennen.

Dann räusperte sie sich. »Wie ich bereits sagte, es ist nicht notwendig, dass Sie sich in dieser Sache schuldig fühlen. Schließlich haben Sie nichts Unrechtes getan.«

Er sah sie an. Überrascht stellte sie fest, dass seine Augen ironisch funkelten.

»Das ist Ansichtssache«, sagte er. »Wer hat Ihrer

Meinung nach jedes einzelne Detail des Entführungsplans ausgeheckt?«

»Wie bitte?« Und plötzlich begriff sie. »Haben Sie dafür gesorgt, dass die beiden in jener Nacht durchgebrannt sind?«

»Ja, ich habe alles veranlasst.« Er schüttelte den Kopf. »Ich habe das Datum festgesetzt, eine Leiter gekauft, die die richtige Länge hatte, um an Julianas Schlafzimmerfenster heranzureichen, und dann die Kutsche samt Kutscher beim Mietstall bestellt.«

21

Voller Erstaunen starrte sie ihn an. Er erlaubte sich, ihren Gesichtsausdruck in vollen Zügen zu genießen. Es kam nicht sehr oft vor, dass er sie dermaßen aus der Fassung bringen konnte. Aber so amüsant es auch war, sie so verwirrt und aufgeregt zu erleben, das Gefühl war keineswegs so befriedigend wie ihre Berührung seines Beins. Noch immer schien er durch den Stoff seiner Hose die Wärme ihrer Hand zu spüren.

Elenoras anfänglicher Schock hatte sich in Staunen verwandelt. »Natürlich.« Ihre Lippen zuckten und verzogen sich dann zu einem Grinsen. »Sie waren also derjenige, der diesen berüchtigten Fluchtplan ausgeheckt hat, und nicht Roland.«

»Jemand musste es doch für ihn tun. Es war offensichtlich, dass der junge Burnley seine Dame unbedingt vor dem schlimmen Schicksal, das sie erwartete, retten wollte. Und nur durch ihre Flucht konnte ich dem ganzen Durcheinander entkommen, ohne Juliana und ihre Familie zu demütigen.«

»Wie, um Himmels willen, haben Sie Roland dazu gebracht, einen Plan zu akzeptieren, den Sie sich ausgedacht hatten? Er muss Sie doch als seinen Erzfeind betrachtet haben.«

»Ganz genau. Ich glaube, dass ich für ihn der Leibhaftige war und das immer noch bin. Bennett Fleming war mein Assistent in dieser Sache.«

»Natürlich.« Ihre Augen funkelten vor Vergnügen.

»Er war derjenige, der Roland beiseite genommen und davon überzeugt hat, dass der einzige Weg, Juliana zu retten, darin bestand, mit ihr davonzulaufen. Roland schien von dem Plan zwar begeistert zu sein, wusste aber nicht genau, wie er vorgehen sollte. Bennett erläuterte ihm dann die Strategie, die ich mir ausgedacht hatte.« Er hatte den ganzen Tag darüber nachgedacht und einen halben Tag der Ausarbeitung des Plans gewidmet. »Ich habe sämtliche Anweisungen aufgeschrieben. Wissen Sie eigentlich, wie schwierig es ist, eine erfolgreiche Flucht zu inszenieren?«

Sie lachte und der helle Klang ihrer Stimme zerrte an seinem Innern. Er hatte den unwiderstehlichen Drang, über die kurze Entfernung, die zwischen ihnen lag, die Hände nach ihr auszustrecken, sie in seine Arme zu ziehen und sie zu küssen, bis ihre Belustigung sich in Verlangen verwandelt hätte.

Die Worte, die sie vor einer Weile gesagt hatte, klangen immer wieder in seinem Kopf nach. *Juliana war noch sehr jung, sehr behütet und, wie ich vermute, fehlte ihr der gesunde Menschenverstand. Ihr war nicht bewusst, dass Sie einen ausgezeichneten Ehemann abgeben würden.*

»Ich muss zugeben, ich hatte zuvor nie einen Anlass, darüber nachzudenken, was notwendig ist, um eine Flucht vorzubereiten«, antwortete sie fröhlich. »Aber wenn ich es jetzt recht bedenke, kann ich mir vorstellen, dass es äußerst kompliziert war.«

»Sie können mir glauben, es ist keine leichte Aufgabe. Roland hatte überhaupt keine Ahnung, wie er vorgehen sollte. Ich hatte das ungute Gefühl, dass, wenn ich ihm die Sache überließ, er sie total verpfuschen und Julianas Vater Wind davon bekommen und das Paar aufhalten würde, noch bevor der, ähm, Schaden angerichtet war, wie es tatsächlich auch passiert ist.«

»Sie meinen, Julianas Ansehen war vorher schon bis zu einem gewissen Grad geschädigt worden, sodass sie keine andere Wahl hatte, als zu heiraten.«

»Ja. Zuletzt war das so gut wie sicher, trotz all meiner sorgfältigen Planungen.«

»Das Unwetter.« Sie kicherte. »Trotz aller Vorsichtsmaßnahmen, die Sie getroffen haben, konnten Sie den plötzlichen Wetterumschwung nicht voraussehen.«

»Ich nahm an, Roland wäre so vernünftig und würde die Flucht verschieben, bis die Straßen wieder passierbar waren.« Er seufzte. »Aber nein, der junge Hitzkopf bestand stattdessen darauf, sich an jede Einzelheit des Plans zu halten, einschließlich Zeit und Datum. Sie können sich nicht vorstellen, welche Angst ich ausgestanden habe, als ich erfuhr, dass das Paar mitten auf das Unwetter zusteuerte. Ich war davon überzeugt, Julianas Vater würde die beiden finden und seine Tochter nach Hause zerren, noch bevor ihr und Rolands Ansehen endgültig ruiniert war.«

»Diese Befürchtung erklärt die Berichte, denen

zufolge Sie bis zum Morgengrauen Karten gespielt haben.«

»Es war eine der längsten Nächte in meinem ganzen Leben«, versicherte er ihr. »Ich musste etwas tun, um mich abzulenken und nicht darüber nachzudenken, dass mein Plan möglicherweise schief gehen könnte.«

Er merkte, wie die Kutsche rumpelnd zum Stehen kam. Sie konnten doch noch nicht zu Hause angekommen sein. Dafür war es noch viel zu früh. Er hätte gerne noch etwas mehr Zeit in der engen Kutsche verbracht, ein wenig mehr Zeit, um mit Elenora allein zu sein.

Er blickte aus dem Fenster und spürte ein leichtes Unbehagen, als er bemerkte, dass sie nicht in der Rain Street waren. Stattdessen hatte die Kutsche in der Nähe eines Parks angehalten. Eine andere Kutsche hatte sich neben sie gestellt.

Arthur hob das Kissen, das neben seinem Bein lag, und griff in das Geheimfach, um die Pistole hervorzuholen, die er dort versteckt hatte. Elenora, die ihm gegenübersaß, runzelte die Stirn, was ihr einen besorgten Gesichtsausdruck verlieh. Er konnte ihre Angespanntheit spüren, aber wenigstens stellte sie keine lästigen Fragen.

Die Falltür im Dach öffnete sich und Jenks sah von seinem Kutschsitz auf sie hinab. »Ein Kutscher hat mich soeben angesprochen, Sir. Er sagt, dass sein Gast Ihre Kutsche erblickt hat und mit Ihnen zu sprechen wünscht. Was soll ich ihm sagen?«

Arthur beobachtete, wie die Kutschentür aufflog. Hitchins sprang heraus und schritt auf die Kutsche zu.

»Alles in Ordnung, Jenks.« Arthur legte die Pistole wieder in das Fach zurück und schlug den gepolsterten Deckel zu. »Der Mann arbeitet für mich.«

»Jawohl, Sir.« Die Falltür schloss sich wieder.

Hitchins öffnete die Kutschentür.

»M'lord«, sagte er. Dann bemerkte er Elenora und ein breites Grinsen zog sich über sein wettergegerbtes Gesicht.

»Ein Vergnügen, Sie wiederzusehen, Ma'am. Sie sehen wirklich gut aus.«

Sie lächelte. »Guten Abend, Mr Hitchins.«

»Gestern, als er zur Bow Street kam, um mich einzustellen, habe ich Seiner Lordschaft gesagt, dass ich mich noch gut an Sie erinnere. An dem Tag, als ich Sie aus Ihrem Haus begleitete, wusste ich, dass Sie sich recht bald wieder von all den Sorgen erholen würden. Sie haben nämlich Mut und sind voller Enthusiasmus. Und schauen Sie sich nun an, Sie fahren in einer edlen Kutsche und sind sogar mit einem Grafen verlobt.«

Elenora lachte. »Ich kann es selbst kaum glauben, Mr Hitchins.«

Arthur dachte daran, was Hitchins ihm am Tag zuvor erzählt hatte. Sie hatten über die Zeit gesprochen, als er beauftragt worden war, bei der Räumung des Hauses zu helfen.

»Es war wirklich erstaunlich, Sir. Erstaunlich. Da war sie, Sir, und stand kurz davor, alles, was sie besaß, zu verlieren, aber Miss Lodges Hauptsorge galt den Bediensteten und dem restlichen Personal, das auf der Farm arbeitete. Nicht viele Menschen in ihrer Situation hätten sich zu solch einem Zeitpunkt auch noch um andere gekümmert …«

Arthur sah Hitchins an. »Weshalb sind Sie gekommen?«

Der Detektiv drehte seinen Kopf in Arthurs Richtung und seine Miene war jetzt sehr ernst. »Ich bin zu Ihrem Club gefahren, wie Sie mir aufgetragen hatten, Sir, aber der Portier sagte mir, dass Sie schon gegangen seien. Er sagte, sie wären auf einem Kostümball und gab mir dann die Adresse. Ich war auf dem Weg dorthin, als wir Ihre Kutsche überholten.«

»Geht es um Ibbitts?«

»Jawohl, Sir. Ich sollte Ihnen doch Bescheid sagen, wenn irgendjemand ihn ausfindig machen würde. Und man hat ihn gesehen. Vor knapp zwei Stunden ist ein Mann zu seiner Unterkunft gegangen. Er wartete dort, bis Ibbitts aus dem Gasthaus zurückkehrte. Eine Zeit lang waren die beiden allein. Nach einer Weile verließ der Besucher das Haus und stieg in eine Kutsche, die auf der Straße auf ihn wartete.«

Ein kalter Schauer erfasste Arthur. »Konnten Sie den Besucher erkennen?«, fragte er in einem Tonfall, der Hitchins' Augenbrauen hochschnellen ließ.

»Nein, Sir. Ich war nicht nah genug, um sein Gesicht sehen zu können. Und er hat mich auch nicht bemerkt. Sie hatten mir doch gesagt, ich solle niemandem davon erzählen, dass Ibbitts von mir observiert wird.«

»Was können Sie mir über den Besucher sagen?«

»Hitchins verzog das Gesicht in tiefer Konzentration. »Wie ich bereits sagte, er fuhr in einer Kutsche vor. Das Licht war ziemlich schlecht, aber ich konnte erkennen, dass er einen Umhang mit einer Kapuze trug, die er über den Kopf gezogen hatte. Als er das Haus wieder verließ, war er in großer Eile.«

Arthur bemerkte, dass Elenora der Unterhaltung äußerst gespannt lauschte.

»Und Sie sind sicher, dass es sich bei dem Besucher um einen Mann handelte, Mr Hitchins?«, fragte er.

»Jawohl, eindeutig«, antwortete Hitchins. »Das habe ich an der Art erkannt, wie er sich bewegte.«

»Und Ibbitts?«, fragte Arthur. »Hat er seine Unterkunft danach nochmals verlassen?«

»Nein, Sir. Soweit ich weiß, ist er noch da. Ich bin um das Haus herumgegangen und habe zum Fenster hochgesehen. Es brannte kein Licht. Wahrscheinlich ist er zu Bett gegangen.«

Arthur warf Elenora einen Blick zu. »Ich werde Sie nach Hause bringen und Ibbitts dann einen Besuch abstatten. Ich habe vor, so viel wie möglich über diesen Mann, der ihn heute Abend aufgesucht hat, in Erfahrung zu bringen.«

»Und wenn er Ihnen nicht die Wahrheit sagen will?«, fragte sie.

»Ich glaube nicht, dass es schwierig sein wird, Ibbitts zum Reden zu bringen«, sagte er gelassen. »Ich kenne diese Typen. Ich brauche ihm nur Geld anzubieten.«

»Es ist absolut nicht notwendig, dass Sie mich vor dem Gespräch mit Ibbitts in die Rain Street zurückbringen«, sagte Elenora rasch. »Es wäre wirklich eine große Zeitverschwendung. Auf den Straßen herrscht eine Menge Verkehr und die Fahrt wird Sie wertvolle Zeit kosten.«

»Ich glaube nicht …«, begann er.

Sie erlaubte ihm nicht, seinen Satz zu beenden. »Unter diesen Umständen ist dies die vernünftigste Vorgehensweise. Ich weiß, dass Sie es kaum erwarten können, Ibbitts zu befragen. Es gibt absolut keinen Grund dafür, warum ich Sie nicht begleiten sollte.«

»Da hat sie Recht, Sir«, eilte Hitchins ihr zu Hilfe.

Natürlich hatten die beiden Recht, das wusste Arthur auch. Trotzdem, wäre Elenora irgendeine Dame aus seinem Bekanntenkreis, so hätte er nicht einen Gedanken daran verschwendet, sie in diesen Teil der Stadt mitzunehmen. Aber sie war nicht irgendein weibliches Wesen. Elenora würde nicht in Ohnmacht fallen, wenn sie auf der Straße einen Betrunkenen sah, der schwankend aus dem Gasthaus kam, oder eine Dirne, die in einer Gasse ihrem Gewerbe nachging. Außerdem würde ihr in Begleitung von Jenks, Hitchins und ihm selber nichts geschehen.

»Also gut«, stimmte er schließlich zu, »aber nur unter der Bedingung, dass Sie mir Ihr Wort geben und in der Kutsche warten, während ich mit Ibbitts rede.«

»Aber ich könnte bei dem Gespräch vielleicht von Nutzen sein.«

»Sie werden keinen Schritt in Ibbitts Unterkunft tun, das ist mein letztes Wort.«

Sie sah nicht gerade erfreut aus, widersprach jedoch nicht. »Wir verschwenden Zeit, Sir.«

»Ja, das stimmt.« Er veränderte seine Sitzposition. »Kommen Sie mit uns, Hitchins.«

»Jawohl, Sir.« Hitchins hievte sich in die Kutsche und nahm Platz.

Arthur gab Jenks die Adresse. Dann drehte er das Licht der Lampen in der Kutsche herunter und zog die Vorhänge zu, damit Elenora von einer vorüberfahrenden Kutsche aus nicht gesehen werden konnte.

»Es war eine ausgezeichnete Idee, Mr Hitchins auf Ibbitts anzusetzen, Sir«, sagte sie.

Arthur lächelte beinahe. Die glühende Bewunderung, die in ihrer Stimme lag, befriedigte ihn auf absurde Weise.

22

Nach etwa einer halben Stunde kam die Kutsche in der dunklen Straße vor Ibbitts Unterkunft klappernd zum Stehen. Elenora hatte Recht gehabt, was den Verkehr anging, dachte Arthur und stieg nach Hitchins aus der Kutsche. Wenn er sie in die Rain Street zurückgebracht hätte, hätte er über eine Stunde verloren.

Bevor er die Kutschentür zuschlug, drehte er sich noch einmal zu Elenora um, mit der Absicht, sie an ihr Versprechen zu erinnern, in der Kutsche auf ihn zu warten.

»Seien Sie vorsichtig, Arthur«, mahnte sie, noch bevor er etwas sagen konnte. In dem Schatten, den die Kapuze des Umhangs warf, wirkte ihr Gesicht ziemlich blass. »Ich habe kein allzu gutes Gefühl bei dem Ganzen.«

Die Inbrunst, die in ihrer Stimme lag, überraschte ihn. Er betrachtete sie, wie sie so im Dunkeln saß. Bis zu diesem Augenblick war sie ihm ziemlich ruhig und selbstbewusst vorgekommen. Daher erstaunte ihn ihre plötzliche Nervosität.

»Haben Sie keine Angst«, sagte er ruhig. »Jenks und Hitchins werden auf Sie aufpassen.«

»Es geht hier nicht um meine Sicherheit, die bereitet mir keine Sorgen.« Sie lehnte sich zu ihm vor und senkte die Stimme. »Aus irgendeinem Grund habe ich ein ungutes Gefühl bei der ganzen Sache. Bitte gehen Sie nicht allein dorthin. Es ist nicht notwendig, dass zwei Männer mich beschützen.

Ich bitte Sie darum, einen der beiden mit sich zu nehmen.«

»Aber ich habe doch meine Pistole.«

»Pistolen sind dafür bekannt, dass sie im ungünstigsten Moment versagen.«

Diese Besorgnis war völlig untypisch für sie, dachte er. Er hatte jedoch keine Zeit mehr, ihr die Angst zu nehmen und sie zu beruhigen. Es war leichter, sie versöhnlich zu stimmen und ihrem Wunsch nachzukommen.

»Also gut, wenn es Sie beruhigt, werde ich Hitchins mitnehmen. Jenks bleibt hier, damit er Sie und die Kutsche bewachen kann.«

»Ich danke Ihnen«, sagte sie.

Ihre Erleichterung und Dankbarkeit beunruhigten ihn mehr als alles, was sie zuvor gesagt hatte.

Er schloss die Kutschentür und sah Jenks an. »Geben Sie uns bitte eine Laterne. Ich werde mit Hitchins in das Haus gehen. Sie bleiben hier und passen auf Miss Lodge auf.«

»Sehr wohl, M'lord.« Jenks reichte ihm die Laterne.

Hitchins zündete die Lampe an und zog dann ein gefährlich aussehendes Messer aus den Tiefen seiner Tasche.

Arthur starrte die glänzende Klinge an. »Verstecken Sie das Messer bitte so lange, bis es wirklich notwendig ist, es einzusetzen.«

»Wie Sie wünschen, Sir.« Gehorsam steckte Hitchins das Messer zurück in seine Scheide. »Ibbitts Unterkunft befindet sich im oberen Stockwerk im rückwärtigen Teil des Hauses.«

Arthur ging voraus, bis sie zu einem schmutzigen Eingang kamen. Aus dem Türspalt des im Parterre gelegenen Einzelzimmers drang kein einziger Lichtstrahl.

»Hier wohnen einige Mädchen, die im Gasthaus arbeiten«, erklärte Hitchins. »Ich habe gesehen, wie sie vor einigen Stunden aus dem Haus gegangen sind. Sie werden sehr wahrscheinlich nicht vor dem Morgengrauen zurück sein.«

Arthur nickte und stieg eilig die Stufen hinauf. Hitchins folgte ihm dicht auf den Fersen, die Laterne in der Hand.

Der kleine Flur im oberen Stockwerk lag völlig im Dunkeln. Hitchins hob die Laterne. Ihr schwacher gelblicher Schein fiel auf eine verschlossene Tür.

Arthur durchquerte den Flur und klopfte laut an die Tür.

Aus dem Zimmer drang kein Laut.

Dann drehte er an dem Türknauf. Er ließ sich leicht bewegen. Zu leicht.

Plötzlich wurde ihm bewusst, dass Elenoras Angst durchaus berechtigt gewesen war. Hier war definitiv etwas faul.

Er öffnete die Tür.

Aus der Dunkelheit des Zimmers drang der Gestank von vergossenem Blut, Schießpulver, Tod.

»Du lieber Himmel«, flüsterte Hitchins.

Arthur nahm ihm die Laterne aus der Hand und hielt sie hoch. Das flackernde Licht fiel auf eine am Boden liegende Gestalt. Ein Teil von Ibbitts' Gesicht war zerfetzt, aber es war noch genug übrig geblieben, um seine Identität eindeutig festzustellen. Das Blut auf der Vorderseite seines Hemds ließ erkennen, dass zwei Kugeln seine Brust durchlöchert hatten.

»Wer immer der Täter sein mag, er hat wirklich ganze Arbeit geleistet«, sagte Arthur mit ruhiger Stimme.

»Ja, das kann man wohl sagen.« Hitchins sah sich in dem kleinen Raum um. »Es sieht danach aus, als hätte es einen kurzen Kampf gegeben.«

Arthur prüfte den umgekippten Stuhl. »Das stimmt.« Er ging näher an die Leiche heran. Das Licht der Laterne tanzte über die Klinge eines Messers, das in der Nähe von Ibbitts' ausgestrecktem Arm lag. »Er hat versucht, sich zu wehren.«

»Auf seinem Messer befinden sich keine Blutspuren.« Hitchins schnalzte missbilligend. »Er hat sein Ziel verfehlt, der arme Trottel. Hat seinen Mörder noch nicht einmal gestreift.«

Arthur bückte sich, um das Messer aus der Nähe zu betrachten. Wie Hitchins richtig erkannt hatte, war darauf kein Blut zu sehen. Einige lange, schwarze Fäden hatten sich dort, wo die Klinge am Griff befestigt war, verfangen.

»Es scheint, als hätte er den Mantel des Mörders erwischt.«

Er richtete sich wieder auf und eine nervöse Unruhe machte sich in seinem Innern breit. Er dachte daran, dass Elenora unten in der Kutsche auf ihn wartete, und wandte sich umgehend zur Tür.

»Kommen Sie, Hitchins, wir müssen gehen. Wir werden veranlassen, dass die Behörden anonym von seinem Tod unterrichtet werden. Was immer auch geschieht, ich möchte nicht, dass Miss Lodges Name erwähnt wird. Ist das klar?«

»Sehr wohl, M'lord.« Hitchins folgte Arthur aus der Tür. »Beruhigen Sie sich, Sir. Ich habe einfach zu viel Respekt vor Miss Lodge und könnte es nicht ertragen, wenn man ihr irgendwelchen Kummer bereitet. Sie hat schon genug durchgemacht.«

Die Bewunderung, die in Hitchins' Stimme

lag, klang echt. Arthur war davon überzeugt, dass er dem Detektiv in dieser Angelegenheit vertrauen konnte.

Rasch ging er die Treppe hinunter und verfluchte sich mit jedem Schritt. Er war ein Narr gewesen, sich von Elenora überreden zu lassen, sie hierher mitzunehmen. Sie riskierte, dass man sie mit ihm in einem alles andere als ehrenwerten Stadtteil sah. Das Schlimmste jedoch, das passieren konnte, war nicht ein wenig Klatsch, der keinen großen Schaden anrichten würde.

Etwas völlig anderes wäre es jedoch, wenn jemand sie in der Kutsche sitzen sah, und noch dazu in unmittelbarer Nähe des Schauplatzes, an dem ein Mord geschehen war.

Als Arthur und Hitchins die Eingangshalle erreicht hatten, drehte Arthur das Licht der Laterne herunter, bevor sie auf die Straße traten.

»Laufen Sie nicht so schnell«, sagte er zu Hitchins. »Aber trödeln Sie, um Himmels willen, auch nicht.«

»Ich hatte auch nicht vor, langsam zu gehen, Sir.«

Sie traten auf die Straße hinaus und gingen schnurstracks auf die wartende Kutsche zu. Hitchins schwang sich auf den Kutschbock, um Jenks Gesellschaft zu leisten. Arthur hörte, wie er ihm mit gedämpfter Stimme erklärte, was passiert war.

Jenks trieb die Pferde an, noch bevor Arthur die Tür schließen konnte.

»Was ist geschehen?«, fragte Elenora.

»Ibbitts ist tot.« Arthur ließ sich ermattet auf den Sitz ihr gegenüber fallen. »Er ist ermordet worden.«

»Du lieber Himmel.« Sie zögerte eine Sekunde. »Von dem Mann, den Hitchins zuvor gesehen hat? Der auf Ibbitts wartete und dann in großer Eile das Haus verließ?«

»Höchstwahrscheinlich.«

»Aber wer würde Ibbitts umbringen und aus welchem Grund?«

»Ich vermute, der Täter hat die Informationen, die er haben wollte, bekommen und dann entschieden, dass Mord die einzige Lösung war, um Ibbitts zum Schweigen zu bringen.«

Er behielt die Pistole in der Hand und beobachtete aufmerksam die Straße. Er suchte jeden dunklen Hauseingang ab und versuchte, die Umrisse der Schatten zu erkennen. War der Mörder vielleicht noch hier und hielt sich in einer der Gassen versteckt? Hatte er Elenora entdeckt?

»Nun, dies ist sicherlich ein Beweis dafür, dass jemand tatsächlich Kenntnis davon hat, dass Sie den Mord an Ihrem Großonkel untersuchen«, sagte sie ruhig.

»Ja.« Arthur verstärkte den Griff um seine Pistole. »Aus dieser Angelegenheit ist ein Versteckspiel geworden. Hätte Hitchins den Mörder beim Betreten und Verlassen von Ibbitts' Unterkunft doch nur aus der Nähe gesehen!«

»Sind denn keine Indizien am Tatort gefunden worden?«

»Ich hatte keine Zeit, um das Zimmer zu durchsuchen. Offensichtlich ist nur, dass Ibbitts versucht hat, sich mit seinem Messer zu verteidigen.«

»Ah, glauben Sie, er hat den Mörder verletzt?« In Elenoras Stimme schwang Begeisterung mit. »Wenn es ihm gelungen ist, seinen Angreifer zu verletzen, besteht vielleicht ein Funke Hoffnung.«

»Leider befürchte ich, dass er nur den Umhang des Mörders erwischt hat. Am Messer hingen einige schwarze Fäden, aber es war kein Blut zu sehen.«

Auf dem gegenüberliegenden Sitz herrschte ein merkwürdiges Schweigen.

»Schwarze Fäden?«, wiederholte Elenora mit seltsamer Stimme. »Die von einem langen Mantel stammen?«

»Ja. Ich vermute, es gab einen Kampf, und Ibbitts Messer verfing sich in dem Stoff. Ich sehe jedoch nicht, inwieweit uns diese Information helfen kann. Wenn es doch nur einen Zeugen gäbe.«

Elenora zog hörbar die Luft ein. »Ich glaube, es gibt einen Zeugen, Sir.«

»Wer denn? Sagen Sie es mir bitte.«

»Mich«, flüsterte sie und ihre Stimme klang wie betäubt. »Ich glaube, ich habe mit dem Mörder kurz nach der Tat getanzt.«

23

Sie saß in dem Sessel, der dem Kamin am nächsten stand, und versuchte, sich am Feuer zu wärmen, während Arthur in der Bibliothek auf und ab schritt. Sie spürte die ruhelose Energie, die von ihm ausging.

»Sind Sie sicher, dass sein Umhang einen Riss hatte?«, fragte er.

»Ja, ziemlich sicher.« Sie streckte die Hände in Richtung des Feuers, aber aus irgendeinem Grund schien sich die Wärme nicht sehr weit im Raum auszubreiten. »Ich habe ihn mit den Fingern gestreift.«

Mit Ausnahme des Kamins, der in der Bibliothek brannte, lag das große Haus im Dunkeln und es herrschte Totenstille. Arthur hatte vermieden, die Dienstboten zu wecken. Margaret war auch noch nicht zurück.

Arthur hatte nicht viel gesagt, nachdem er die erschreckende Nachricht erfahren hatte. Die Rückfahrt war fast schweigend verlaufen. Sie wusste, dass er die ganze Zeit damit beschäftigt war, über das, was sie ihm erzählt hatte, nachzudenken. Zweifellos stellte er jetzt alle möglichen Theorien auf und kam vielleicht auch zu einem Ergebnis. Sie hatte auf seine Konzentration Rücksicht genommen.

Sobald sie jedoch die Eingangshalle betreten hatten, begleitete er sie in die Bibliothek und zündete den Kamin an.

»Wir müssen miteinander reden«, hatte er gesagt und seinen schwarzen Umhang über die Rückenlehne des Sessels geworfen.

»Ja.«

Mit ungeduldigen Fingern band Arthur sein Halstuch auf und ließ es lässig am Vorderteil seines Jacketts herunterbaumeln. Dann begann er im Zimmer auf und ab zu gehen.

»Haben Sie ihn auf seine zerrissene Kleidung aufmerksam gemacht?«, fragte er.

»Nein, ich habe nichts gesagt. In Wahrheit hatte ich keine Lust, mich mit ihm zu unterhalten.«

Sie schauderte. »Zu dem Zeitpunkt war es mein größter Wunsch, den Tanz so schnell wie möglich hinter mich zu bringen.«

»Hat er nichts zu Ihnen gesagt?«

»Nicht ein einziges Wort.« Sie biss sich auf die Unterlippe und dachte an die Szene im Ballsaal. »Ich vermute mal, er wollte mir keinen Hinweis auf seine Identität geben.«

Arthur entledigte sich seines Mantels und der Weste und ließ beide Kleidungsstücke auf einen runden Tisch fallen, der auf einem Sockel stand.

Sie atmete tief durch und blickte konzentriert auf die Flammen im Kamin. Arthur schien offensichtlich nicht zu bemerken, dass er sich praktisch vor ihr auszog.

Beruhige dich, ermahnte sie sich. Arthur wollte es sich bloß bequem machen. Ein Gentleman hatte durchaus das Recht, dies in der privaten Atmosphäre seines Zuhauses zu tun. Seine Gedanken drehten sich eindeutig um den Mord und nicht um leidenschaftliche Gefühle. Er ahnte nicht, welche Wirkung er auf ihr Nervenkostüm hatte.

»Das könnte bedeuten, dass Sie ihm schon mal irgendwo begegnet sind«, fuhr Arthur fort. »Vielleicht hatte er Angst, dass Sie ihn wiedererkennen, wenn er mit Ihnen sprechen würde.«

»Ja, das ist durchaus möglich. Das Einzige, was

ich mit Sicherheit sagen kann, ist, dass ich noch nie zuvor mit ihm getanzt habe.«

»Wie können Sie sich dessen so sicher sein?«

Sie riskierte, ihm erneut einen Blick zuzuwerfen. Er lief noch immer mit der gleichen ruhelosen Energie wie ein Löwe in seinem Käfig auf und ab.

»Es ist schwer zu erklären«, fuhr sie fort. »Als er zuerst durch das Gewühl auf mich zukam, dachte ich, Sie seien es.«

Diese Worte ließen Arthur innehalten. »Was, zum Teufel, hat Sie dazu veranlasst, das zu glauben?«

»Weil er dieselbe Art von Umhang trug und eine Maske aufhatte, die fast genauso aussah wie die Ihre.«

»Verdammt. Er wollte Sie absichtlich täuschen. Die Ähnlichkeit der Kostüme kann kein Zufall gewesen sein.«

Sie dachte kurz darüber nach und schüttelte dann den Kopf. »Dem stimme ich nicht zu. Es könnte ganz sicherlich auch ein Zufall gewesen sein. Auf dem Ball gab es eine ganze Reihe von Gentlemen, die ähnliche Umhänge und Masken trugen.«

»Haben Sie heute Abend noch andere Männer mit mir verwechselt?«

Sie lächelte reuevoll angesichts dieser scharfsinnigen Frage. »Nein, das habe ich nicht. Nur den Mann in dem zerrissenen Umhang, und das auch nur einen kurzen Augenblick lang.«

»Wie wussten Sie so genau, dass ich nicht der Mann war?«

Sie glaubte, eine merkwürdige Mischung aus Neugier und Verdacht aus Arthurs Worten herauszuhören, so als würde er eine vollkommen andere Frage stellen. *Würden Sie mich in einem dunklen Raum voller Menschen wirklich wiedererkennen? Niemand kennt mich so genau …*

Ja, *das würde ich*, dachte sie. Aber das konnte sie ja wohl kaum laut aussprechen.

Sie grübelte darüber nach, was sie ihm sagen konnte. Es musste sich logisch anhören. Sie konnte ihm ganz bestimmt nicht sagen, dass der Mörder anders gerochen hatte als Arthur. Eine solche Feststellung wäre zu persönlich, zu intim und würde ihm zu verstehen geben, wie sehr sie sich mit ihm beschäftigte.

»Er hatte nicht dieselbe Größe wie Sie«, sagte sie stattdessen. »Ich habe mit Ihnen getanzt, Sir. Ihre Schulter ist höher als seine.« Sie konnte ihren Kopf auf Arthurs Schulter legen, dachte sie verträumt. »Und viel breiter.« Arthurs Schultern waren ziemlich muskulös und äußerst einladend. »Außerdem waren seine Finger länger als Ihre.«

Arthurs Gesichtsausdruck verdunkelte sich. »Sie haben auf seine Finger geachtet?«

»In der Tat, Sir. Eine Frau achtet auf die Hände eines Gentleman, wenn er sie berührt. Trifft dies nicht auch auf einen Mann zu, wenn er eine Frau anfasst?«

Arthur gab einen unverbindlichen Laut von sich, der wie »Ha« klang.

»Oh, und mir sind noch zwei Dinge aufgefallen«, fuhr sie fort. »An seiner linken Hand trug er einen Ring und außerdem hatte er Reitstiefel an.«

»Wie tausend andere Männer in dieser Stadt«, brummte er.

Dann sah er sie wieder an und zog eine Augenbraue hoch. »Seine Stiefel sind Ihnen ebenfalls aufgefallen?«

»Als ich merkte, dass Sie es nicht waren, wollte ich seine Identität herausfinden.«

Sie starrte in das Kaminfeuer. »Wer immer er auch war, es war bestimmt kein alter Mann. Als er mit mir tanzte, lag eine modische Leichtigkeit in seinen Bewegungen. Er war ganz und gar nicht steif oder zurückhaltend. Er gehörte mit Sicherheit nicht derselben Generation an wie Ihr Großonkel.«

»Diese Erkenntnisse sind sehr nützlich«, sagte Arthur bedächtig. »Darüber muss ich noch genauer nachdenken. Ist Ihnen sonst noch etwas aufgefallen?«

»Es ist schwer zu erklären, aber ich habe gespürt, dass in seinem Verhalten etwas Merkwürdiges lag. Er schien von einer nervösen Aufregung ergriffen zu sein.«

»Er hatte gerade einen Mord begangen.« Arthur blieb vor dem Fenster stehen und schaute in den mondbeschienenen Garten hinaus. »Der schaurige Nervenkitzel seiner Tat klebte noch an ihm und machte ihm schwer zu schaffen. Also hat er sie ausgespuckt und mit Ihnen getanzt.«

»Das Ganze ist ziemlich merkwürdig, finden Sie nicht?« Sie erschauderte. »Man sollte meinen, dass ein Mörder nach der Tat sofort nach Hause geht und ein heißes Bad nimmt, ganz bestimmt nicht auf einen Ball, um zu tanzen.«

»Er ist nicht auf den Ball der Fambridges gegangen, um mit irgendeiner Frau zu tanzen«, sagte Arthur in ruhigem Tonfall. »Er ist dorthin gegangen, um mit Ihnen zu tanzen.«

Elenora durchlief ein Schauder. »Ich muss zugeben, dass ich auch den Eindruck hatte, als hätte er mich bewusst ausgewählt. Ich verstehe aber nicht, warum er das getan haben könnte.«

»Aber ich.«

Abrupt wandte sie den Kopf zu ihm um. Seine Antwort erstaunte sie. »Sie verstehen sein Motiv?«

»Zweifellos hat er heute Abend von Ibbitts erfahren, dass ich ihm auf den Fersen bin. Hochmütig, wie er ist, beschloss er, seinen – wie er meinte – angeblichen Triumph über mich zu feiern.«

Sie schürzte die Lippen. »Vielleicht haben Sie Recht, Sir, aber das ist keine Erklärung dafür, warum er mit mir getanzt hat.«

Arthur wandte sich um und blickte sie an. Ihr stockte fast der Atem, als sie in seine Augen sah, die vor Zorn sprühten.

»Begreifen Sie denn nicht?«, sagte er. »Es gibt einen uralten und sehr schändlichen Brauch unter Männern, die miteinander Krieg führen. Meistens verkünden die Gewinner ihren Sieg dadurch, dass sie von den Frauen ihrer Gegner Besitz ergreifen.«

»Besitz ergreifen? Sir, Sie reden von Vergewaltigung.« Sie sprang auf. »Ich versichere Ihnen, er hat nur mit mir getanzt.«

»Und ich versichere Ihnen, Miss Lodge, dass in den Augen des Täters dieser Tanz stellvertretend für eine andere Tat stand.«

»Aber das ist doch lächerlich«, sagte sie entschlossen. Dann erinnerte sie sich daran, wie sehr sie es verabscheut hatte, die Hand des Fremden auf ihrer Hüfte zu spüren. Sie atmete tief durch. Egal, wie er darüber dachte, für mich war es nicht mehr als ein kurzer Tanz mit einem unangenehmen Partner.

»Ich weiß. Aber es geht hier nicht um Ihre Meinung.«

»Das stimmt nicht«, sagte sie aufgebracht.

Er tat so, als hätte er dies nicht gehört. »Ich muss mir einen anderen Plan ausdenken.«

Sie wusste, dass er bereits dabei war, eine neue Strategie zu entwickeln. »Sehr gut. Was sollen wir also tun, Sir?«

»Sie tun absolut gar nichts, Elenora, außer dass Sie in Ihr Zimmer hinaufgehen und Ihre Sachen packen. Ihre Anstellung in diesem Haushalt endet mit dem heutigen Abend. Ich werde Ihnen Ihren Lohn zuschicken.«

»Was?« Voller Entsetzen starrte sie ihn an. »Sie entlassen mich?«

»Ja, ich beabsichtige, Sie auf eines meiner Anwesen zu schicken, bis diese Geschichte beendet ist.«

Schiere Panik ergriff von ihr Besitz. Auf keinen Fall würde sie aufs Land zurückgehen. Ihr neues Leben spielte sich hier in London ab. Was immer auch geschah, sie würde es nicht zulassen, dass man sie weit weg auf ein ländliches Anwesen schickte, wo sie Gott weiß wie lange tatenlos herumsitzen musste.

Aber wenn sie sich darüber aufregte, würde dies die Dinge nur noch verschlimmern, sagte sie sich. Sie hatte es hier mit Arthur zu tun und bei ihm wirkten logische Argumente am besten.

Sie bemühte sich darum, mit ruhiger und beherrschter Stimme zu sprechen. »Sie beabsichtigen, mich fortzuschicken, nur weil der Mörder mit mir getanzt hat?«

»Ich habe Ihnen doch bereits erklärt, dass es in seinen Augen mehr als ein Tanz war.«

Sie errötete. »Um Himmels willen, Sir, es ist doch nicht so, als hätte er sich mir aufgezwungen.«

»Mit dem, was er getan hat«, sagte Arthur mit erschreckend rauer Stimme, »wollte er zeigen, dass Sie für ihn in diesem Spiel, das er mit mir spielt, eine Marionette sind. Ich werde es nicht zulassen, dass er Sie auf irgendwelche Art und Weise benutzt.«

Sie musste ihm sein raues und unnachgiebiges Verhalten nachsehen, sagte sie sich. Schließlich wollte er sie nur beschützen.

»Ich schätze wirklich, was Sie zu tun versuchen«, sagte sie und bemühte sich darum, ihre Geduld zu bewahren, »aber es ist schon zu spät. Ich bin bereits in die Angelegenheit verstrickt, ob Sie es wollen oder nicht. Mylord, ich befürchte, dass Sie nicht mit Ihrer normalerweise üblichen Klarheit denken.«

Er sah sie unverwandt an. »Tue ich das nicht?«

Wenigstens hatte sie jetzt seine Aufmerksamkeit, dachte sie. »Sir, Sie sind offenbar sehr um meine Sicherheit besorgt. Das ist wirklich äußerst zuvorkommend. Aber warum glauben Sie, dass der Mörder mich vergessen wird, wenn Sie mich fortschicken, um auf dem Land zu versauern?«

»Sobald er begriffen hat, dass ich meine Strategie geändert habe, wird er das Interesse an Ihnen verlieren.«

»Ich glaube nicht, dass Sie sich darauf verlassen sollten. Haben Sie schon einmal an die Möglichkeit gedacht, dass der Mörder vielleicht glaubt, dass ich noch wertvollere Informationen über Sie und Ihre Pläne habe, als Ibbitts sie hatte?«

Es entstand ein kurzes, spannungsgeladenes Schweigen. Sie sah das grimmige Verständnis in Arthurs Gesicht und wusste, dass er ihrer Logik nichts entgegensetzen konnte.

»Ich werde Ihnen einen bewaffneten Wächter zur Seite stellen«, sagte er.

»Das wäre eine Möglichkeit, aber es würde den Täter nicht unbedingt abschrecken. Er verkehrt ungehindert in der gehobenen Gesellschaft. Was soll ich tun? Alle Gentlemen meiden? Und für wie lange? Wochen? Monate? Sie können mich nicht auf unbestimmte Zeit bewachen lassen. Nein, ich bleibe besser hier bei Ihnen, dann kann ich Ihnen bei der Suche nach dem Mörder helfen.«

»Verdammt noch mal, Elenora …«

»Und was ist mit Margaret? Wenn ich nicht mehr hier bin, wird der Täter vielleicht versuchen, sie stattdessen zu benutzen. Schließlich ist sie nicht nur ein Mitglied Ihres Haushalts, sondern sie gehört auch zu Ihrer Familie. Wenn Sie mich aus dem Spiel nehmen, wird sie wahrscheinlich das nächste Opfer des Täters sein.«

»Verdammt«, sagte Arthur erneut, diesmal in erheblich milderem Tonfall. »Sie haben Recht. Ich habe wirklich nicht klar gedacht.«

»Das liegt nur daran, dass Sie heute Abend unter einer so großen Anspannung standen«, bekräftigte sie. »Sie müssen nicht so hart mit sich ins Gericht gehen. In eine Situation hineinzuplatzen, in der ein Mord geschehen ist, hätte auf das Denkvermögen eines jeden Menschen schlimme Auswirkungen.«

Sein Mund verzog sich zu einem bizarren Lächeln. »Ja, natürlich. Ich hätte wissen müssen, dass dies der Grund für meine mangelhafte Logik heute Abend ist.«

»Machen Sie sich keine Sorgen«, sagte sie und versuchte, einen aufmunternden Ton anzuschlagen. »Ich bin sicher, dass Ihr normalerweise übliches logisches Denkvermögen bald zurückkehren wird.«

»Ich kann nur hoffen, dass dies der Fall sein wird.«

Dem Unterton, der in seiner Stimme mitschwang, traute sie nicht.

»Sir, ich möchte Sie nur daran erinnern, dass ich bei den Ermittlungen eine große Hilfe war«, fuhr sie fort, eifrig darauf bedacht, seine Aufmerksamkeit wieder auf dieses wichtige Thema zu lenken. »Wenn Sie mir weiterhin erlauben, Ihnen zu helfen, werden wir das Rätsel wahrscheinlich schneller lösen, als wenn Sie allein daran arbeiten.«

»Dessen bin ich mir überhaupt nicht sicher«, murmelte er.

»Außerdem, wenn ich weiterhin in der Rolle Ihrer Verlobten an Ihrer Seite bin, können Sie mich besser beschützen, und der Täter wird vermuten, dass wir jetzt auch nicht mehr wissen als vor dem Mord an Ibbitts.«

Er presste die Lippen zusammen. »Das ist leider die Wahrheit.«

»Nein, das ist nicht die Wahrheit.« Jetzt war es an ihr, im Zimmer auf und ab zu gehen. »Ich habe genau aufgepasst, als der Mörder mit mir getanzt hat. Es besteht eine große Wahrscheinlichkeit, dass ich ihn wiedererkenne, wenn ich noch mal in engen Kontakt mit ihm treten würde. Zumindest kann ich die meisten Gentlemen ausschließen, denn sie kommen aufgrund ihres Alters, ihrer Größe und ihres Körperbaus sowie der Art und Weise, wie sie sich bewegen, nicht in Frage, ganz zu schweigen von der Form ihrer Hände.«

Er kniff die Augen zusammen, und sie wusste, dass sie ihren Standpunkt deutlich gemacht hatte.

»Verstehen Sie denn nicht, Sir?« Sie schenkte ihm ein aufmunterndes Lächeln. »Wenn wir Ihren ursprünglichen Plan fortsetzen, sind wir ihm gegenüber im Vorteil, weil der Täter nicht ahnt, dass wir eine Verbindung zwischen meinem Tanzpartner und Ibbitts' Mörder hergestellt haben. Er weiß nicht, dass wir einige wichtige Einzelheiten über seine körperlichen Merkmale kennen.«

»Sie haben Recht«, lenkte er ein. Mit einer winzigen Geste, in der Ärger und Enttäuschung lagen, öffnete er die Hand. »Wenn ich Sie jetzt fortschicke, wird er vermuten, dass wir über seinen Tanz mit Ihnen Bescheid wissen. Wenn er denkt, dass wir bereits so viel über ihn wissen, wird er sich fragen, ob wir eventuell noch mehr Informationen haben.«

»Und das wiederum würde ihn veranlassen, noch vorsichtiger zu sein. Es liegt aber in unserem Interesse, wenn er stattdessen ermutigt und letzten Endes leichtsinnig wird.«

Nachdenklich betrachtete er sie einen Augenblick lang. »Sehr gut. Sie haben mich davon überzeugt, dass Sie auf dem Land auch nicht sicherer sind als unter diesem Dach.«

Sie blieb vor der Wendeltreppe stehen und lächelte vor Erleichterung. »Ganz genau.«

»Mit einer Einschränkung: Ab sofort werden weder Sie noch Margaret das Haus allein verlassen. Wenn eine von euch ausgehen sollte, werden entweder ich oder einer der männlichen Bediensteten sie begleiten.«

»Wie steht es mit Bennett Fleming? Er wäre doch ein akzeptabler Begleiter. Wir wissen jedenfalls mit Sicherheit, dass er nicht der Mörder ist. Abgesehen von allem anderen ist er einfach zu klein.«

Arthur zögerte und nickte dann. »Ich glaube, man kann mit Sicherheit sagen, dass Bennett kein wahnsinniger Alchimist ist, der auf Teufel komm raus ein verrücktes Experiment durchführen will.

Ich würde ihm mein Leben anvertrauen. Er wäre wirklich ein geeigneter Begleiter und ich werde so bald wie möglich mit ihm reden. Er muss verstehen, dass Gefahr im Verzug ist, sodass er Sie und Margaret im Auge behalten muss, wenn er bei Ihnen ist.«

»Ja. Wir müssen Margaret auch über diese geheimen Untersuchungen aufklären.«

Absolutes Schweigen machte sich in der Bibliothek breit, sodass Elenora das Knistern und Zischen der Flammen deutlich hören konnte. Die Diskussion war beendet und sie hatten sich auf einen Kompromiss geeinigt. Sie konnte in seinem Haus bleiben und Arthur bei der Suche nach dem Mörder helfen.

Das Vernünftigste wäre jetzt, nach oben und ins Bett zu gehen.

Sie starrte die Tür an, konnte jedoch nicht den Willen aufbringen, darauf zuzugehen.

Auch Arthur zeigte kein großes Interesse, den Raum zu verlassen. Er fuhr fort, sie mit seinen faszinierenden Augen anzusehen.

»Hitchins hatte Recht, was Sie betrifft«, sagte er, nachdem das Schweigen fast unerträglich geworden war. »Sie sind eine äußerst willensstarke und entschlossene Frau, Miss Elenora Lodge. Sie sind mutig. Ich glaube nicht, dass ich in meinem ganzen Leben so oft mit jemand gestritten habe wie mit Ihnen in den letzten Tagen.«

Elenora wurde das Herz schwer. Er hielt sie für streitsüchtig. Jeder wusste, dass schwierige Frauen bei Männern nicht sehr beliebt waren.

Sie räusperte sich. »Ich denke, wir hatten einige hitzige Diskussionen, Sir, aber ich glaube nicht, dass es gerechtfertigt ist, zu behaupten, dass wir *gestritten* hätten.«

»Hitzige Diskussionen nennen Sie das also. Nun, ich vermute, dass wir dazu bestimmt sind, noch eine ganze Reihe davon auszutragen, solange Sie noch in diesem Haushalt beschäftigt sind. Ein beängstigender Gedanke, finden Sie nicht?«

»Sie halten mich wohl zum Narren, Mylord. Ich bezweifle, dass die Aussicht darauf Sie oder mich in Angst und Schrecken versetzen wird.«

Er zog leicht die Mundwinkel hoch. »Gibt es überhaupt irgendetwas, das Sie vor Angst erzittern lässt, Miss Lodge?«

Sie machte eine Geste, die, wie sie hoffte, fröhliche Unbekümmertheit ausdrückte. In Wirklichkeit zitterte sie jetzt ein wenig, aber nicht vor Angst. Sie betete, dass es ihm nicht auffallen würde.

»Ja, alle möglichen Dinge«, versicherte sie ihm.

»In der Tat.« Langsam kam er auf sie zu und seine Stimme klang vor Sinnlichkeit rau. »Was halten Sie von der Möglichkeit, dass, wenn wir weiterhin auf so intime Art und Weise zusammenarbeiten, wir auch noch mehr tun könnten, als einige hitzige Diskussionen zu führen? Würde Sie das vielleicht zum Erzittern bringen, Miss Lodge?«

Ihre Blicke trafen sich und sie sah die aufsteigende Glut in seinen Augen, die sie fast auf den Teppich sinken ließ.

»Wir haben beide einen außergewöhnlich starken Willen«, sagte sie und fühlte sich merkwürdig atemlos. »Ich bin sicher, dass wir beide sehr wohl in der Lage sind, unsere Verbindung lediglich auf berufliche Dinge zu beschränken.«

Er blieb direkt vor ihr stehen; seine Stiefelspitzen waren nur wenige Zentimeter von ihren Schuhen entfernt. Wenn sie nur einen Schritt zurücktrat, würde sie gegen das schmiedeeiserne Geländer der Wendeltreppe stoßen.

»Wahrscheinlich wären wir beide in der Lage, eine rein professionelle Beziehung zu unterhalten«, sagte er leise. »Aber was wäre, wenn wir es nicht tun würden? Was würde dann passieren, Miss Lodge? Würden Sie erzittern?«

Ihr Mund wurde trocken und Erregung durchflutete sie. Sie fühlte, wie sich eine Wärme in ihrem

Unterleib ausbreitete, die ihre Knie weich werden ließ. Sie brachte es nicht fertig, den Blick von der glühenden Hitze seiner Augen abzuwenden.

»Ich zittere auch nicht angesichts einer solchen Aussicht, Sir«, flüsterte sie.

»Nein?« Er hob die Arme und griff um Elenora herum, um sich an dem Geländer hinter sich auf beiden Seiten ihres Kopfes festzuhalten. »Ich beneide Sie, Miss Lodge. Denn jedes Mal, wenn ich darüber nachdenke, eine intime Beziehung mit Ihnen einzugehen, fange ich an zu zittern.«

Er vermied es, sie zu berühren, hatte sie jedoch wirkungsvoll gefangen genommen. Er stand so nahe bei ihr, dass sie seinen faszinierenden Geruch einatmen konnte. Sie musste ihre Lippen mit ihrer Zungenspitze befeuchten, bevor es ihr möglich war zu sprechen.

»Unsinn«, brachte sie hervor. Das klang jedoch ziemlich schwach, dachte sie. Unfähig, seiner Nähe zu widerstehen, berührte sie sein Kinn mit ihren Fingerspitzen. »Sie zittern ja überhaupt nicht.«

»Diese Feststellung ist nur ein Beweis dafür, wie wenig Sie über mich wissen.«

Er hielt noch immer die Stangen auf beiden Seiten ihres Kopfes umklammert und lehnte sich vor, bis sein Mund genau über ihrem schwebte.

Er beabsichtigte wohl, sie zu küssen, dachte sie,

aber er gab ihr genug Zeit, um dagegen zu protestieren oder Reißaus zu nehmen.

Plötzlich wurde sie von einem wilden Gefühlsausbruch ergriffen. Das Letzte, was sie heute Abend wollte, war, vor ihm davonzulaufen. Ganz im Gegenteil. Jede Faser ihres Körpers sehnte sich danach, in seine Umarmung zu sinken und sich zu gestatten, die Geheimnisse der Leidenschaft, die sie in seinen Armen finden würde, auszukosten.

Sie legte die Hand auf sein weißes Leinenhemd. Als sie ihn berührte, hörte sie tief in seiner Brust ein leises, hungriges Aufstöhnen. Das Wissen, dass sie eine solch große Wirkung auf ihn hatte, veranlasste sie, sich wie eine Hexe zu fühlen.

Sie spürte eher, als dass sie es sah, wie sich seine Hände um die Eisenstäbe zusammenballten. Dann presste sich sein Mund auf den ihren.

Erregung peitschte durch sie hindurch, ein herrlicher, berauschender, Schwindel erregender Strudel an leidenschaftlichen Gefühlen. Wenn sie diese Gefühle nicht auch bei ihm erleben würde, würde sie es für immer bereuen.

Sie ließ ihre Hände nach oben gleiten und umfasste seinen Nacken. Er reagierte sofort und drückte sich so eng gegen sie, dass sie von seinem erregten Körper gegen die Treppe gepresst wurde.

Er ergriff das Geländer in einer Art und Weise, als wäre es das Einzige, was ihn und Elenora mit der Erde verband.

»Elenora.« Er atmete tief durch. »Mein Verstand sagt mir, dass dies keine gute Idee ist. Aber ich bin heute Abend einfach nicht in der Lage, noch mehr von dieser Logik zu verkraften.«

»Aber es gibt noch andere Dinge auf der Welt als Logik, Sir.« Sie hob den Kopf und lächelte ihn an. »Dinge, die genauso wichtig sind.«

»Bis zum heutigen Abend habe ich das nicht geglaubt.«

Er küsste sie erneut, diesmal intensiver.

Gierig erwiderte sie seinen Kuss und öffnete die Lippen für ihn. Dann ließ sie ihre Finger durch sein dunkles Haar gleiten.

Er löste seine rechte Hand von dem Geländer und begann, das Oberteil ihres Kleides aufzuknöpfen. Mit verblüffender Leichtigkeit fiel es auf den Boden. Als sie spürte, wie sich seine Hand über ihrer linken Brust schloss, wurde sie von sinnlicher Lust durchflutet. Tief in ihrem Innern machte sich eine merkwürdige, köstliche Spannung bemerkbar. Sie ertappte sich dabei, wie sie einen leisen, heiseren Schrei ausstieß.

Er hob den Kopf und schaute auf ihre Brust hinunter, die in seiner Hand lag.

»Sie sind wunderschön.« Mit dem Daumen strich er über ihre Brustwarze.

Sie hatte den Wunsch, ihn in ähnlicher Weise zu berühren, und machte sich daran, sein Hemd aufzuknöpfen. Er murmelte etwas vor sich hin, das sie nicht verstehen konnte, aber das aufregende Versprechen, das in seinen Worten mitschwang, war klar herauszuhören.

Als sie sein Hemd geöffnet hatte, begann ihr Puls zu rasen und winzige Schauer liefen wellenartig durch ihren Körper. Sie ließ ihre Fingerspitzen über seine entblößte Brust gleiten und war hingerissen von dem sinnlichen Gefühl seiner straffen Haut und der Beschaffenheit der Haare, die sie bedeckten.

Unfähig, zu widerstehen, küsste sie zuerst seinen Hals und dann seine Schulter.

Er erschauderte.

Seine Reaktion auf ihre Berührung ermutigte sie, ihre Hand noch tiefer hinabgleiten zu lassen. Sie glitt über seinen geschmeidigen, muskulösen Körper, bis sie durch den Bund seiner Hose aufgehalten wurde.

Er gab einen Laut von sich, der halb Stöhnen und halb unterdrücktes Lachen war, und ergriff ihre forschende Hand.

»Wir spielen mit dem Feuer«, sagte er an ihrer

Schulter. »Dies ist kein Sport, den ich sehr oft ausübe. Aber heute Abend bin ich davon überzeugt, dass die Flammen das Risiko wert sind.«

Sie war nicht sicher, was er damit meinte. Aber bevor sie ihm irgendwelche Fragen stellen konnte, ließ er die andere Stange hinter ihrem Kopf los, hob Elenora hoch und drückte sie an seine Brust. Die Röcke ihres teilweise aufgeknöpften Kleides ergossen sich über seine Arme und streiften die Rückenlehne eines Sessels.

Er trug sie leichtfüßig durch das Zimmer und ließ sie auf dem Teppich vor dem Kamin zu Boden gleiten. Bevor sie sich mit dieser neuen Position vertraut machen konnte, setzte er sich neben sie.

Er legte seinen linken Arm um sie, dann ergriff er mit der anderen Hand ihre Röcke und schob den weichen Stoff bis über ihre Knie hinauf. Ihr stockte der Atem, als sie bemerkte, dass sie im Schein des Kaminfeuers fast völlig entblößt war.

Eine Frau von Welt würde dies zweifellos ganz normal finden, dachte sie. Und es war wirklich aufregend, die Hitze der Flammen auf ihrer nackten Haut zu spüren.

Sie schloss die Augen und fühlte die Erregung, die in kleinen Schauern durch sie hindurchlief. Er hatte seine Hand von ihrem Bein genommen, und sie bemerkte, dass er sich an seinem Hosenbund zu schaffen machte.

Einen Augenblick später spürte sie, wie sein harter Penis sich gegen ihre entblößte Hüfte drückte. Neugierig geworden öffnete sie ihre Augen gerade so weit, um einen kurzen Blick auf ihn zu werfen. Sie hatte schon einmal erregte Tiere auf dem Hof gesehen, aber noch nie zuvor einen Mann in einem solchen Zustand.

Der Anblick seines voll aufgerichteten Gliedes verschlug ihr den Atem.

»Gütiger Himmel«, keuchte sie, bevor sie sich zurückhalten konnte. Er war groß, viel größer, als sie erwartet hatte. Und so *männlich.*

»Was ist los?«, fragte Arthur und beugte sich vor, um ihren Hals zu küssen.

»Geht es Ihnen gut?«

»Ja, ja, natürlich.«

Rasch schloss sie wieder die Augen. Sie wollte ihn fragen, ob diese Größe normal war, fürchtete jedoch, dass diese Frage seine gute Laune verderben würde. Sie wollte ganz bestimmt nicht, dass er sie für eine Frau wie Juliana hielt, die Angst davor hatte, von ihm geliebt zu werden. Sie musste geschickt vorgehen, dachte sie.

Noch ehe sie die richtigen Worte für eine derart sensible Frage finden konnte, durchfuhr sie ein erneuter Schock, als er lässig ein Leinentaschentuch aus seiner Tasche zog und es auf die Seite legte. Wollte er sich etwa mittendrin die Nase schnäuzen?, fragte sie sich.

Bevor sie ihm jedoch zum Taschentuch oder seiner Penisgröße irgendwelche Fragen stellen konnte, glitten seine Finger bereits durch das Büschel von Haaren, das ihre intimste Stelle verdeckte.

Und dann berührte er sie auf die aufregendste Art und Weise und entfachte ein köstliches, fast schmerzendes Gefühl in ihr. Sie bäumte sich ihm entgegen auf der Suche nach mehr, nach etwas, das sie nicht beschreiben konnte.

»Sie sind bereit für mich, oder?«, sagte er dicht an ihrem Mund. »So feucht und weich.«

»Ja, *ja*.« Sie hatte keine Ahnung, was er mit diesen Worten sagen wollte, aber heute Abend konnte sie ihm keine andere Antwort geben als *ja*.

Er rollte sich auf sie und spreizte ihre Beine mit einem vorsichtigen Druck seiner Schenkel. Sie spürte seine Erektion, die die feuchte, pulsierende Öffnung zu ihrem Körper suchte, und fragte sich, ob es jetzt wohl zu spät sei, über die Größe zu sprechen.

Es war zu spät. Viel zu spät. Er hatte seinen Penis bereits behutsam eingeführt und füllte sie aus, bis sie glaubte zu explodieren.

Plötzlich durchzuckte sie ein scharfer, unerwarteter Schmerz. Voller Entsetzen schrie sie leise auf und grub ihre Fingernägel in seinen Rücken.

»Verdammt noch mal.«

Sie öffnete die Augen und sah seinen wilden Blick.

»Elenora.« Sein Gesicht war vor Zorn angespannt. »Warum haben Sie mir das nicht gesagt?«

»Was denn?« Sie wand sich ein wenig hin und her und spürte, dass ihr Körper sich dem seinen bereits angepasst hatte. Es war sehr eng, dachte sie, aber es ging. Gerade eben. Das war das Entscheidende.

»Warum haben Sie mir nicht gesagt, dass Sie noch Jungfrau sind?«, fragte er gepresst.

»Weil es nicht wichtig ist.«

»Ich halte es aber für wichtig.«

»Aber ich nicht.«

»Verdammt, ich habe gedacht, Sie seien eine Dame mit Erfahrung auf diesem Gebiet.«

Sie lächelte zu ihm auf. »Ich habe eine gute Nachricht, Sir. Von diesem Augenblick an bin ich in der Tat eine Dame mit Erfahrung.«

»Verspotten Sie mich nicht«, warnte er sie. »Ich bin außerordentlich verärgert über Sie.«

»Heißt das, dass Sie das, was wir angefangen haben, nicht zu Ende führen werden?«

Sein Gesicht sah im Schein des Kaminfeuers bedrohlich aus. »Ich kann momentan keinen klaren Gedanken fassen.«

Sie ließ die Finger durch sein Haar gleiten. »Dann müssen Sie mir erlauben, die Entscheidung für uns beide zu treffen. Ich würde bevorzugen, dass Sie die Sache zu Ende bringen, falls Sie dazu in der Lage sind.«

»In der Lage? Ich bin nicht in der Lage, irgendetwas anderes zu tun.«

Er stützte die Ellbogen auf dem Teppich auf, nahm ihren Kopf zwischen seine Hände und küsste sie erbarmungslos.

Sie spürte, wie er begann, sich langsam, vorsichtig in ihr zu bewegen. Sie wusste, dass er an die Grenze seiner normalerweise ausgezeichneten Selbstbeherrschung gestoßen war, und freute sich darüber, dass sie diejenige war, die ihn an diesen gefährlichen Abgrund gebracht hatte.

Er drang tiefer in sie ein und seine Bewegungen wurden schneller und rhythmischer. Seine Rückenmuskeln fühlten sich unter ihren Händen hart an. Eine süße Spannung baute sich in ihr auf. Sie zog ihn näher an sich heran, begierig, dieses neue, unbekannte Territorium zu erforschen.

»Elenora. Elenora, ich kann mich nicht mehr zurückhalten. Verzeih mir.«

Ohne Vorwarnung zog er sich aus ihr heraus, ließ sich auf die Knie nieder und griff nach dem Taschentuch, das er vor einigen Minuten bereitgelegt hatte. Er wickelte das quadratische Stück Leinen um den Schaft seines Gliedes. Dann drang ein heftiges Stöhnen aus seinem geöffneten Mund, und seine Augen verengten sich zu engen Schlitzen, während er kam.

Als es vorüber war, brach er zusammen. Sein Oberkörper lag auf ihren Brüsten, ein Bein lag auf ihren Schenkeln und einen Arm hatte er besitzergreifend um sie gelegt.

Eine Zeit lang lag sie ruhig da und genoss den Augenblick: das Gewicht von Arthurs Körper, die Wärme des Kaminfeuers und das Brennen zwischen ihren Schenkeln.

Schließlich regte sich Arthur und stützte sich auf die Ellbogen, um auf sie hinunterzusehen.

»Nicht ganz das, was Sie erwartet haben, oder?«, fragte er.

»Es war … interessant«, erwiderte sie.

Er zuckte zusammen. »Das heißt also Verdammnis auf die sanfte Art.«

Sie hatte seine Gefühle verletzt, dachte sie. »Diese Erfahrung war teilweise ziemlich … anregend«, bekräftigte sie.

Er beugte sich zu ihr hinunter und küsste ihre Nasenspitze. »Ich muss mich entschuldigen, meine Süße.«

Panik ergriff sie. Sie wand sich unter ihm heraus und setzte sich rasch aufrecht hin, während sie mit dem Oberteil des Kleides ihre Brüste verdeckte.

Sie starrte ihn an. »Sie müssen sich nicht die Schuld geben, Arthur.«

Er rollte auf den Rücken, faltete die Arme hinter seinem Kopf und betrachtete sie eingehend mit einem Gesichtsausdruck, der schwer zu deuten war. »Nein?«

»Natürlich nicht. Ich habe Sie dazu ermutigt, wenn Sie sich erinnern. Meine Großmutter hat mir einmal von gewissen erregenden Gefühlen erzählt, die man nur in den Armen eines Mannes erfahren kann. Schon lange bin ich neugierig darauf, was es mit diesen Gefühlen auf sich hat, und ich kann Ihnen versichern, dass ich unbedingt herausfinden wollte, ob sie die Wahrheit gesagt hat.«

»Sie haben mich benutzt, um Ihre Neugier zu befriedigen?« Er zog die Augenbrauen hoch. »Und ich habe mir eingebildet, dass Sie mich anziehend finden.«

»Ich finde Sie anziehend.« Sie war entsetzt bei dem Gedanken, dass er etwas anderes vermuten könnte. »Sehr anziehend sogar. Die Wahrheit ist, ich habe noch nie einen Mann so anziehend gefunden.«

»Es ist sehr nett von Ihnen, dies zu sagen, aber ich kann mich des Gedankens nicht erwehren, dass Sie lediglich versuchen, meine Stimmung in Bezug auf das, was soeben passiert ist, etwas aufzuhellen.«

»Es gibt absolut keinen Grund, warum Sie sich schlecht fühlen sollten, Sir. Es war einzig und allein meine Idee.«

»Wenn Sie sich die Mühe gemacht hätten, zu irgendeinem Zeitpunkt Ihren Mangel an Erfahrung zu erwähnen, wären die Dinge etwas anders verlaufen, das wissen Sie doch hoffentlich, oder?«

Dieses Thema würde ihn nicht so schnell loslassen. Er war immer noch verärgert. Sie errötete und spürte die ersten Anwandlungen von Schuldgefühl.

Sie seufzte. »Ja, mir ist sehr wohl bewusst, dass Ihr überaus stark ausgeprägtes Verantwortungsbewusstsein Sie zweifellos davon abgehalten hätte, mich zu lieben, wenn Sie geglaubt hätten, dass ich unerfahren bin.«

Ein Lächeln blitzte in seinen Augen auf. »Das habe ich nicht gesagt.«

»Es ist nicht notwendig, dass Sie die Worte aussprechen«, murmelte sie. »Mir ist bewusst, dass ich nicht das Recht hatte, Sie in eine solche Situation zu bringen.« Ärger stieg in ihr auf. »Aber ich muss Ihnen sagen, dass es außerordentlich ärgerlich ist, in einem Moment ein derart erregendes Gefühl zu spüren und im nächsten deswegen so viel Schuld und Verantwortung zu empfinden.«

Er erschreckte sie mit einem völlig unerwarteten, überaus bösen Grinsen. »Darin sind wir völlig einer Meinung, Miss Lodge.«

Wütend funkelte sie ihn an. »Sir, ich möchte Sie nochmals daran erinnern, dass ich nicht zu der Kategorie junger Damen gehöre, die in dieser Saison auf dem Heiratsmarkt ihr Glück versuchen. Ich bin keine süße, unschuldige, überbehütete Juliana.«

Langsam setzte er sich aufrecht hin. »Wer immer Sie auch sind, Elenora, Sie sind auf keinen Fall Juliana.«

»Ja, nun, ich wollte lediglich sichergehen, dass Sie genau verstehen, dass das, was heute Abend hier geschehen ist, auf keinen Fall Ihr Fehler war. Sie tragen an all dem absolut keine Schuld.«

Er schien eine Ewigkeit darüber nachzudenken. Dann nickte er und rollte sich mit einer weichen, leichten Bewegung auf die Füße.

»Wissen Sie, meine Liebe, ich glaube in der

Tat, dass ich mit Ihnen in diesem Punkt übereinstimme.« Er stellte sich vor den Kamin und schob sein Hemd in die Hose zurück. »Also gut, Sie haben mich überzeugt. Ich werde das ganze Gewicht der Schuld gerne auf Ihren charmanten Schultern abladen. Ich könnte sogar so weit gehen und behaupten, dass Sie mich benutzt haben.«

»Nein.« Schockiert durch seine Worte rappelte sie sich hoch. »Nein, wirklich, ich habe niemals daran gedacht, Sie zu benutzen, Arthur.«

»Trotzdem, das kommt letzten Endes doch auf dasselbe raus, oder nicht?« Er hatte seine Hose zugeknöpft und drehte sich herum, um sie anzusehen. »Sie haben meine Schwächen ausgenutzt, um eine erregende neue Erfahrung zu machen, ist das richtig?«

Sie fühlte, wie ihr warm wurde. »Sie sind ganz bestimmt nicht schwach, Sir.«

»Doch, wenn es um Sie geht.«

»Unsinn.«

Er hob seine Hand. »Ah, aber Sie wussten ganz genau, dass ich nicht widerstehen konnte, sie zu küssen. Geben Sie es doch zu.«

Sie glaubte einen verdächtigen Schimmer in seinen Augen zu erkennen. Lachte er sie aus? Nein, das ergab keinen Sinn. Diese Unterhaltung war dafür viel zu ernst.

»Das entspricht absolut nicht der Wahrheit«, sagte sie steif. »Ich hatte keine Ahnung, dass Sie mir nicht widerstehen konnten. Außerdem glaube ich das keinen Augenblick lang.«

»Ich versichere Ihnen, es ist die Wahrheit.« Er rückte seine Hose zurecht. »Ich fürchte, ich bin bloß ein unglückliches Opfer, das Ihrem Charme erlegen ist.«

Er machte sich über sie lustig, dachte sie. Oder etwa doch nicht?

Sie forschte in seinem Gesicht nach einer Antwort, war sich jedoch nicht sicher. Ihre Verwirrung nahm immer mehr zu.

»Unglaublich ist das letzte Wort, das ich benutzen würde, um Sie zu beschreiben, Sir«, sagte sie.

»Jetzt versuchen Sie, sich der Verantwortung zu entziehen, indem Sie andeuten, ich hätte entschlossener und willensstärker sein sollen.« Er schüttelte den Kopf, während er auf sie zuging. »Sie enttäuschen mich, Miss Lodge. Ich dachte, Sie wären viel zu ehrlich, um solche Tricks zu probieren.«

Verdammt, dachte sie. Sie begriff nicht, was er damit sagen wollte.

»Es ist kein Trick«, erklärte sie. »Außerdem muss ich Ihnen sagen …«

Ihre Worte wurden von einem Geräusch, das

von der Eingangstür her kam, unterbrochen. Im Flur waren Stimmen zu hören, und wieder einmal wurde Elenora von Panik ergriffen. Margaret und Bennett waren zurückgekommen.

Völlig außer sich blickte sie im Zimmer umher und suchte nach einem Fluchtweg. Vielleicht konnte sie aus dem Fenster steigen und in den Garten fliehen. Aber wie würde sie es fertig bringen, wieder ins Haus zu gelangen?

»Was ist mit Ihnen los, Elenora?«, fragte Arthur sanft, während er sein Hemd zuknöpfte. »Haben Sie vielleicht die Möglichkeit außer Acht gelassen, dass Ihre Nacht der Verführung zu einem unpassenden Zeitpunkt unterbrochen werden könnte?«

»Wagen Sie es nicht, mich zu verspotten, Sir.« Sie reduzierte ihre Stimme zu einem heiseren Flüstern. »Sie könnten jeden Moment hereinkommen. Was sollen wir tun?«

Er machte eine galante Verbeugung. »Haben Sie keine Angst. Obwohl ich absolut nicht sicher bin, ob Sie es verdienen, werde ich Ihnen die Peinlichkeit, in einer solch außerordentlich kompromittierenden Situation erwischt zu werden, ersparen.«

»Wie denn?«, fragte sie unverblümt.

»Überlassen Sie die Einzelheiten besser mir.«

Er nahm seinen Umhang und trug ihn zum

entgegengesetzten Ende des Zimmers in der Nähe des Fensters, von dem man auf den Garten sehen konnte, und er versteckte das gebrauchte Taschentuch in den Falten seines Umhangs.

Dann hob er ihre Kleider auf und legte sie über ihre Schultern, ergriff ihren Arm und drängte sie in Richtung Wendeltreppe. Mit düsterem Blick sah sie auf den Balkon, der die Bibliothek einrahmte. »Sie wollen, dass ich mich dort oben verstecke?«

»Einer der Bücherschränke ist eine Geheimtür, die sich zu einem Wäscheschrank hin öffnet.« Er scheuchte sie die engen Stufen hinauf. »Jahrelang hat ihn schon niemand mehr benutzt. Ich hatte ihn fast vergessen, bis mir der Gedanke kam, dass Ibbitts sich vielleicht dort versteckt gehalten hatte, als er unser Gespräch belauschte.«

»Eine Geheimtür? Wirklich?«

»Wirklich.«

»Wie aufregend«, hauchte sie und lief vor ihm die Stufen hinauf. »Genau wie in einem Horrorroman.«

»Ich sehe, dass Sie die Vorstellung von einer Geheimtür sogar noch anregender finden als mein Liebesspiel.«

»Oh nein, wirklich nicht. Es ist nur, dass … nun, ich habe noch nie die Gelegenheit gehabt, von einer Geheimtür Gebrauch zu machen.«

»Versuchen Sie gar nicht erst, sich herauszureden. Sie haben meine zarte Empfindungen ohnehin schon zunichte gemacht.«

»Wenn Sie von mir erwarten, dass ich diese Bemerkung als Scherz auffasse, so muss ich Ihnen sagen, dass Ihre Art von Humor zu wünschen übrig lässt.«

»Warum glauben Sie, dass es ein Scherz ist?«

Auf dem Balkon wandte er sich nach links, ergriff das Ende des Bücherschranks und zog daran. Elenora sah fasziniert zu, als der Schrank zur Seite glitt und ein dunkler Wäscheschrank zum Vorschein kam.

»Hinein mit Ihnen.« Er schob sie hinein. »Die Schranktür öffnet sich zum Flur hin, ganz in der Nähe Ihres Schlafzimmers. Ich schlage vor, Sie beeilen sich, bevor Margaret Bennett gute Nacht sagt und nach oben geht.«

Rasch trat sie in die Schatten und wirbelte herum, um ihn anzusehen. »Und was geschieht mit Ihnen?«

Der verdächtige Schimmer in Arthurs Blick war verschwunden. Er schien auf einmal sehr nachdenklich. »Ich glaube, dies ist eine ausgezeichnete Gelegenheit, mich mit Bennett zu unterhalten. Ich werde ihn bitten, dass er mir dabei hilft, Sie und Margaret im Auge zu behalten.«

»Oh ja, natürlich.«

»Gute Nacht, meine süße Verführerin. Ich verspreche, dass ich nächstes Mal mein Bestes tun werde, um Ihnen eine noch erregendere Erfahrung zu verschaffen.«

Ehe sie sich von der Vorstellung, dass es ein »nächstes Mal« geben könnte, erholen konnte, schloss er die Tür des Bücherschranks vor ihrer Nase.

24

Leise vor sich hin summend ging Arthur die Wendeltreppe hinunter. Die Mischung aus Schuldgefühl, Panik und Erinnerung an sein Liebesspiel, die sich in Elenoras goldenen Augen widerspiegelte, war von unschätzbarem Wert.

Höchste Zeit, dass sie dafür, dass sie mit seinen Empfindungen spielte, die Schuld auf sich nahm, dachte er vergnügt.

Die Situation, in die sie nun beide verwickelt waren, war aufgrund der Ereignisse des heutigen Abends noch komplizierter geworden, aber trotz allem, was geschehen war, fühlte er sich so gut wie schon lange nicht mehr.

Jetzt hatte er nicht nur einen, sondern zwei Mordfälle aufzuklären.

Als er den Treppenabsatz erreicht hatte, strich er sich durch sein Haar und schob es zurück, damit er wieder einigermaßen ordentlich aussah. Mit einem raschen Blick in den achteckigen Spiegel neben der Tür vergewisserte er sich, dass er wie ein Mann aussah, der sich in der privaten Atmosphäre seiner Bibliothek entspannte, nachdem er einen ereignisreichen Abend in der Stadt verbracht hatte.

Er überprüfte den Raum. Soweit er beurteilen konnte, gab es nirgendwo irgendwelche Beweisstücke dafür, dass er soeben sein wildes, leichtsinniges Liebesspiel mit seiner falschen Verlobten beendet hatte.

Er öffnete die Tür und ging den Flur hinunter. Er hatte keine Eile und machte außerdem genug Lärm, sodass Margaret und Bennett zweifellos hören konnten, dass er in unmittelbarer Nähe war.

Das Gemurmel von leisen Stimmen erstarb, als er in die Eingangshalle trat und Margaret und Bennett dicht beieinander stehen sah. Das Gefühl von Vertrautheit, das sie umgab, war unverkennbar.

Beide sahen ihn an. Margarets Gesicht war gerötet, Bennett sah verdattert aus.

»Guten Abend, Arthur«, sagte Margaret beschwingt. »Ich hatte keine Ahnung, dass Sie noch wach sind.«

Arthur neigte den Kopf. »Sie sind sicher erschöpft und wollen umgehend nach oben und ins Bett gehen.«

»Nun, eigentlich nicht …«, begann Margaret.

Arthur ignorierte sie und blickte Bennett an. »Ich möchte in der Bibliothek einen Weinbrand trinken, Sir. Kommen Sie mit?«

Mit fester Hand umklammerte Bennett den Griff seines Spazierstocks. »Ja, natürlich.«

Margaret runzelte die Stirn. Ihr war nicht wohl bei der ganzen Sache. »Arthur, warum wollen Sie mit Bennett allein sein? Sie werden mich hoffentlich nicht blamieren, indem Sie ihn bitten, seine Heiratsabsichten zu verkünden, oder? Wenn das der Fall ist, möchte ich Sie daran erinnern, dass ich kein unreifes Mädchen, sondern Witwe bin. Mein Privatleben ist meine Sache.«

Arthur seufzte. »Noch ein weibliches Wesen, das glaubt, alle Entscheidungen selbstständig treffen zu können. Was ist, in Teufels Namen, aus der Welt geworden, Fleming? Bei dieser Geschwindigkeit werden die Damen uns arme Männer bald nicht mehr gebrauchen können.«

»Ich meine es ernst, Arthur«, sagte Margaret eindringlich.

»Schon gut, meine Liebe.« Bennett küsste ihre Hand. »St. Merryn und ich sind alte Freunde, erinnern Sie sich? Ich habe absolut keine Einwände dagegen, in der Bibliothek ein Glas Weinbrand mit ihm zu trinken.«

Margaret sah nicht sehr glücklich aus, aber in ihre Augen trat ein weicher Ausdruck. »Na gut. Aber versprechen Sie mir, dass Sie ihm nicht erlauben werden, Sie dazu zu zwingen, irgendwelche Erklärungen abzugeben oder Versprechungen zu machen, die Sie nicht machen wollen.«

Bennett tätschelte beruhigend ihre Hand. »Sorgen Sie sich nicht um mich, meine Liebe. Ich bin sehr wohl in der Lage, mit dieser Situation fertig zu werden.«

»Ja, selbstverständlich.« Margaret warf Arthur noch einen letzten warnenden Blick zu, hob ihre Röcke an und ging rasch die Treppe hinauf.

Arthur wies Bennett den Weg durch den Flur in die Bibliothek. »Ich glaube, Sie werden meinen neuen Weinbrand ausgezeichnet finden.«

Bennett kicherte. »Das bezweifle ich keineswegs. Sie kaufen nur das Beste.«

Arthur folgte ihm in die Bibliothek und schloss die Tür hinter sich. Dann ging er zu dem Tisch, auf dem die Karaffe und die Gläser standen. »Bitte setzen Sie sich doch. Ich habe Sie heute Abend hierher gebeten, weil ich etwas mit Ihnen besprechen möchte, das von großer Bedeutung ist.«

»Ich verstehe.« Bennett setzte sich in einen der Sessel gegenüber dem Kamin und streckte die Beine aus. »Sie möchten sicher nachfragen, wie es um meine Absichten bestellt ist, Margaret zu ehelichen. Ich versichere Ihnen, dass sie absolut ehrenwert sind.«

»Natürlich sind sie das. Gütiger Himmel, das ist eine meiner geringsten Sorgen. Sie sind einer der ehrenwertesten Männer, die ich je kennen gelernt habe.«

Bennett schien über diese Worte peinlich berührt zu sein, andererseits war er aber auch höchst erfreut darüber. »Vielen Dank. Das Gefühl beruht auf Gegenseitigkeit, wie Sie sicherlich wissen.«

Arthur nickte und nahm die beiden Gläser, die er gerade gefüllt hatte. Eines reichte er Bennett. »Ich freue mich sehr darüber, dass Margaret so glücklich ist, und ich vermute, dass Sie der Grund dafür sind.«

Bennett entspannte sich und trank einen Schluck von dem Weinbrand. »Ich halte mich für einen sehr glücklichen Mann. Ich hätte nicht gedacht, dass ich jemals wieder eine Frau lieben könnte, nachdem ich Elizabeth verloren habe. Es kommt nicht häufig vor, dass das Leben uns eine zweite Chance gibt, finden Sie nicht auch?«

»Ja.« Arthur dachte kurz darüber nach. »Ihr beide ergänzt euch ausgezeichnet. Sie lesen Romane und Margaret schreibt sie. Es gibt nichts Idealeres.«

Bennett verschluckte sich an seinem Brandy und stieß einen prustenden Laut aus. »Sie wissen, dass sie Schriftstellerin ist?«

»Natürlich.« Arthur setzte sich ihm gegenüber.

»Sie glaubt, Sie wissen nicht, dass sie unter dem Pseudonym Margaret Mallory für die Minerva Press schreibt.«

»Warum denken bloß alle, dass ich keine Ahnung habe, was in meiner eigenen Familie vor sich geht?«, wunderte sich Arthur. Er unterbrach sich, als er ein schmales hellblaues Band entdeckte, das auf dem Teppich in der Nähe des Sofas lag.

Es war eines der blauen Strumpfbänder aus Satin, das Elenora benutzt hatte, um ihre Strümpfe festzumachen.

Rasch stand er auf.

Bennett runzelte die Stirn. »Ist etwas nicht in Ordnung?«

»Absolut nicht. Ich habe gerade daran gedacht, ein wenig Holz nachzulegen.«

Er legte einige Holzscheite auf die langsam zerfallende Glut. Dann schlenderte er gemächlich zu seinem Sessel zurück. Beinahe hätte er mit der Spitze seines Stiefels das Strumpfband berührt.

»Ich habe Sie nicht hierher gebeten, um über Margaret zu reden. Was ich mit Ihnen besprechen möchte, ist der Stand meiner Ermittlungen. Es gab einen weiteren Mordfall.«

»Das kann ich nicht glauben.« Bennett wollte gerade einen Schluck Weinbrand trinken. Seine buschigen Augenbrauen zogen sich zusammen. »Was, zum Teufel, wollen Sie damit sagen, Sir?«

Arthur nutzte diesen Augenblick als willkommene Ablenkung und schob mit der Stiefelspitze das Strumpfband unter das Sofa. Es war noch zu sehen, wenn man wusste, wo es sich befand, aber es war höchst unwahrscheinlich, dass Bennett sich auf Hände und Knie begeben würde, um den Teppich nach Anzeichen irgendwelcher Ausschweifungen abzusuchen.

Zufrieden, dass er alles getan hatte, was in seiner Macht stand, um das Beweisstück zu verbergen, ging er zu seinem Sessel zurück.

»Ich habe Ibbitts heute Abend erschossen aufgefunden.«

»Gütiger Gott.«

Arthur setzte sich. »Die Lage ist gefährlicher

geworden. Ich werde Ihre Hilfe benötigen, Fleming.«

Elenora hörte ein Klopfen an ihrer Schlafzimmertür, als sie gerade ihren Mantel und das Kleid ausgezogen hatte. Es war Margaret.

»Einen Augenblick«, rief sie.

Sie versteckte die Kleidung im Kleiderschrank, nahm ihren Morgenmantel und schlüpfte hinein, riss sich die Nadeln aus ihrem Haar, stülpte eine weiße Haube über den Kopf und legte ihre Ohrringe ab.

Ein Blick in den Spiegel sagte ihr, dass sie wie eine Frau aussah, die gerade aus dem Bett gekrochen war.

Sie öffnete die Tür. Hoffentlich würde Margaret nicht auffallen, dass sie für jemanden, der gerade aufgewacht war, ziemlich schnell atmete.

Aber Margaret sah nicht danach aus, als wäre sie in der Stimmung, sich auf Äußerlichkeiten zu konzentrieren. Sie strahlte Angst aus.

»Geht es Ihnen gut?«, fragte Elenora besorgt.

»Ja, ja, es geht mir gut, aber ich muss mit Ihnen sprechen.«

»Selbstverständlich.« Elenora trat einen Schritt zurück, um sie hereinzulassen. »Was ist passiert?«

»Es geht um Arthur. Er hat Bennett in seine Bibliothek mitgenommen, um mit ihm unter vier Augen zu reden.« Nervös schritt Margaret vor der Frisierkommode auf und ab. »Ich habe schreckliche Angst davor, dass er Bennett zwingt, seine Heiratsabsichten zu erklären.«

»Ich verstehe.«

»Ich habe Arthur gesagt, dass ich Witwe bin und daher ein Recht auf ein Privatleben mit einem Gentleman habe, egal, was er für Absichten hat.«

»Allerdings.«

»Aber sie kennen Arthur doch schon lange genug, um zu wissen, dass er dazu neigt, die Verantwortung für jemanden zu übernehmen, egal, ob man will oder nicht.«

»Ja, nun, wenn es Sie beruhigt, kann ich Ihnen versichern, dass Bennetts Absichten in Bezug auf Sie nicht Gegenstand des Gespräches sind, das die beiden unten in der Bibliothek führen.«

Margaret blieb stehen, drehte sich zu Elenora um und sah sie fragend an. »Sind Sie sicher?«

»Ganz sicher. Vielleicht setzen Sie sich lieber. Es ist eine lange Geschichte und sie beginnt mit dem Mord an George Lancaster.«

»Um Himmels willen.« Abrupt ließ sich Margaret auf den Stuhl vor der Frisierkommode fallen.

Bennett verließ die Bibliothek etwa dreißig Minuten später wie ein Mann, der sich einer ehrenwerten Sache verpflichtet fühlte. Arthur verabschiedete ihn an der Tür, die er dann hinter sich schloss. Er drehte das Licht in der Eingangshalle herunter und ging anschließend in die Bibliothek zurück. Vor dem Sofa ließ er sich auf ein Knie fallen und griff nach dem blauen Strumpfband. Er nahm das belastende Beweisstück an sich und richtete sich auf. Einen Augenblick lang sah er das Strumpfband, das aufgerollt in seiner Hand lag, prüfend an. Es war außerordentlich fein und zart und verlockend feminin. Er brauchte das Ding nur anzusehen und schon spürte er erneut Erregung in sich aufsteigen. Er dachte daran, wie er es von Elenoras Bein abgestreift hatte, damit er ihren Strumpf herunterziehen konnte.

Nie wieder würde er diesen Raum betreten, ohne daran zu denken, was heute Abend hier geschehen war, sinnierte er. Als er Elenora geliebt hatte, hatte eine Veränderung in ihm stattgefunden, die er nicht beschreiben konnte.

Was auch immer in Zukunft geschehen würde, er war nicht derselbe wie vor dem heutigen Abend.

25

Am nächsten Morgen wartete Elenora so lange damit, zum Frühstück hinunterzugehen, bis sie den Hunger nicht mehr ertragen konnte. Aber trotzdem zögerte sie und überlegte, ob sie sich ein Tablett mit Essen ins Schlafzimmer bringen lassen sollte.

Schließlich öffnete sie die Tür und marschierte entschlossen auf den Flur hinaus. In ihrem Zimmer zu essen, nur um Arthur aus dem Weg zu gehen, wäre außerordentlich feige von ihr gewesen.

Sie war überrascht, dass sie so ausgeruht und gut in Form war. Sie hatte damit gerechnet, eine ruhelose Nacht zu verbringen, aber zu ihrem großen Erstaunen hatte sie tief und fest geschlafen. Zum Glück, dachte sie, als sie den Treppenabsatz erreichte, denn zumindest waren ihre Augen nicht rot und geschwollen oder ihre Haut vor lauter Schlafmangel matt.

Für dieses erste Treffen mit Arthur hatte sie ein grünes Musselinkleid und eine weiße Halskrause ausgewählt. Sie hatte den Eindruck, dass die lebhafte Farbe sie irgendwie zuversichtlicher und selbstbewusster aussehen ließ.

Sie musste jetzt eine Menge Selbstbeherrschung aufbringen. Was sagte man zu einem Gentleman am Morgen, nachdem man ihn in seiner Bibliothek hemmungslos und leidenschaftlich geliebt hatte?

»Guten Morgen, Ma'am.« Ned trat auf den Korridor. Er sah sehr besorgt aus. »Ich wollte gerade das neue Dienstmädchen hinaufschicken, um festzustellen, ob Sie lieber in Ihrem Schlafzimmer essen möchten.«

»Das ist sehr aufmerksam von Ihnen, Ned, aber normalerweise frühstücke ich nur dann im Bett, wenn ich krank bin. Und ich bin fast nie krank.«

»Sehr wohl, Ma'am. Das Frühstück wird im Frühstücksraum eingenommen, wie Sie es angewiesen haben, Ma'am. Sally und ihre Schwester haben es gestern Nachmittag hergerichtet.«

»Ausgezeichnet.« Sie warf ihm einen strahlenden Blick zu, atmete tief durch und eilte den Flur hinunter ins Frühstückszimmer.

Trotz ihrer Besorgnis, wie sie Arthur gegenüber reagieren sollte, nahm sie sich einige Sekunden Zeit, um die Veränderungen zu genießen, die in dem Zimmer vorgenommen worden waren.

Das Frühstückszimmer war so lange gesäubert und gebohnert worden, bis es glänzte. Von den silbernen Tabletts auf der Anrichte wehten verlockende Düfte herüber. Durch die Fenster drang die warme Frühlingssonne. Der Blick auf den Garten war insofern ein wenig getrübt, als die Pflanzen wild gewachsen waren und ungepflegt aussahen, aber das würde sich in Kürze ändern. Die neuen Gärtner sollten heute mit ihrer Arbeit beginnen.

Sie war erschrocken, als sie sah, dass Arthur nicht allein am Tisch saß. Margaret war bei ihm.

»Oh, da sind Sie ja«, sagte Margaret. »Ich habe mir Sorgen um Sie gemacht. Ich wollte gerade jemanden hinaufschicken, um sicherzugehen, dass es Ihnen heute Morgen gut geht.«

Elenora war sich bewusst, dass Arthur sie mit offensichtlichem Vergnügen betrachtete, und bemühte sich, nicht rot zu werden.

»Wie ich Ned bereits gesagt habe, erfreue ich mich einer ausgezeichneten Gesundheit«, sagte sie.

Arthur stand höflich auf und zog den Stuhl zurück. »Wir haben uns schon gefragt, ob Sie gestern Abend vielleicht zu viel Bewegung gehabt haben.«

Elenora funkelte Arthur wütend an.

»Auf dem Parkett«, fügte er mit perfekt gespielter Unschuld hinzu.

Einige Sekunden lang betrachtete sie aufmerksam sein Gesicht. Hinter seinem trockenen Humor erhaschte sie einen Funken echter Besorgnis. Um Himmels willen, hatte er wirklich geglaubt, dass sie es für nötig hielt, einen Tag das Bett zu hüten, um sich von dem Schock ihres nächtlichen Liebesaktes zu erholen? Sie war doch keine zarte Pflanze.

»Machen Sie sich nicht lächerlich, Sir.« Sie ignorierte den Stuhl, den er für sie bereithielt, nahm ihren Teller und stolzierte zur Anrichte, um die dort angerichteten Speisen zu inspizieren.

»Arthur macht doch nur Spaß«, sagte Margaret rasch. »Natürlich hatte ich keine Angst, dass Sie gestern Abend zu viel getanzt haben könnten. Ich hatte angenommen, dass die schrecklichen Ereignisse des Abends vielleicht ihre Spuren hinterlassen haben, das ist alles. Arthur und ich unterhielten uns gerade darüber. Es ist wirklich entsetzlich.«

»Es ist alles in Ordnung mit mir, das kann ich Ihnen versichern.« Elenora betrachtete die dampfenden Speisen auf den Tabletts.

»Ich empfehle den Fisch«, schlug Arthur vor. »Er ist wirklich ausgezeichnet.«

»Und probieren Sie die Eier«, ergänzte Margaret. »Ich sage Ihnen, Sallys Schwester ist eine hervorragende Köchin.«

Elenora nahm von allem ein bisschen, und als sie sich umwandte, stellte sie fest, dass Arthur noch immer ihren Stuhl festhielt.

Sie setzte sich. »Ich danke Ihnen, Sir.«

Er schaute auf ihren vollen Teller. »Offensichtlich haben die jüngsten Ereignisse keine Auswirkungen auf Ihren Appetit.«

»Absolut nicht, Sir.«

Er setzte sich ihr gegenüber. »Auch ich war heute Morgen ziemlich hungrig.«

Sie hatte allmählich genug von seinen Anspielungen. Sie nahm ihr Messer und strich etwas Butter auf eine Scheibe Toast. »Auf welche Weise werden Sie Ihre Ermittlungen heute fortsetzen, Sir?«

Sein Gesichtsausdruck wurde ernst. »Über all der Aufregung gestern Abend habe ich vergessen zu erwähnen, dass ich einen interessanten Hinweis bekommen habe, bevor wir zu dem Haus gefahren sind, in dem Ibbitts ermordet wurde.«

Elenora legte ihren Toast ab. »Was für einen Hinweis?«

»Wir haben den Namen des Mannes herausbekommen, der sich wahrscheinlich Saturn nannte. Anscheinend ist er vor einigen Tagen gestorben. Ich habe vor, heute Vormittag seine Witwe aufzusuchen.«

»Das sind ja aufregende Neuigkeiten«, sagte Elenora. Sie war über die Nachricht so begeistert, dass sie vollkommen vergaß, ihn zu schelten, weil er ihr davon nicht schon früher erzählt hatte. »Sie müssen mich mitnehmen.«

Er zog eine Augenbraue hoch. »Warum?«

»Eine trauernde Witwe wird wahrscheinlich davor zurückschrecken, über private Dinge mit einem Gentleman zu sprechen, den sie nicht kennt. Wenn aber eine andere Frau zugegen ist, wird sie sich wohler fühlen.«

Arthur dachte einen Augenblick darüber nach. »Sie könnten Recht haben. Also gut, wir werden um elf Uhr dreißig das Haus verlassen.«

Elenora entspannte sich allmählich. Was auch immer zwischen den beiden geschehen war, eines hatte sich ganz bestimmt nicht geändert: Für Arthur war sie in dieser Sache nach wie vor ein Partner, dessen Ratschlag er außerordentlich zu schätzen wusste. Und an dieser Erkenntnis würde sie sich festhalten.

Margaret strahlte. »Um das Thema zu wechseln, Arthur hat mir gerade erzählt, dass er über meine Schriftstellerei Bescheid weiß. Ist das nicht erstaunlich? Und ich habe schon befürchtet, dass er mich wieder aufs Land zurückschickt, wenn er die Wahrheit erfährt.«

Elenoras Augen begegneten Arthurs Blick. Sie lächelte. Wenn es um die Menschen ging, für die er sich verantwortlich fühlte, gab es kaum etwas, was seiner Aufmerksamkeit entging.

»Irgendwie überrascht es mich nicht, dass er bereits die ganze Zeit über Ihre Tätigkeit Bescheid wusste, Margaret.«

Vierzig Minuten später öffnete Elenora die Schlafzimmertür und blickte sich nach allen Seiten um. Der Flur war leer. Sie hatte gehört, dass Arthur vor einigen Minuten in sein Zimmer gegangen war, um sich für den bevorstehenden Besuch bei Glentworth' Witwe umzuziehen. Und Margaret arbeitete, wie immer um diese Zeit, an ihrem Manuskript.

Das bedeutete, dass auch niemand in der Bibliothek war.

Sie trat auf den Flur hinaus und ging rasch auf den Wäscheschrank zu. Ihre Hausschuhe verursachten auf dem Teppich kein Geräusch.

Als sie den Schrank erreicht hatte, warf sie einen letzten Blick zurück, um sicherzugehen, dass niemand sie beobachtete. Dann verschwand sie in dem kleinen, dunklen Raum und schloss die Tür hinter sich.

Sie tastete umher und fand den Hebel, der das Geheimversteck öffnete. Vorsichtig zog sie daran.

Der Bücherschrank glitt zurück. Sie trat auf den Balkon und schaute hinunter, um sich zu vergewissern, dass niemand vom Dienstpersonal die Idee gehabt hatte, gerade in diesem Augenblick in der Bibliothek abzustauben. Aber wie sie vermutet hatte, war sie in dem lang gestreckten Raum allein.

Sie raffte die Röcke und ging rasch die Wendeltreppe hinunter. Dann durchquerte sie den Raum, in dem sie und Arthur sich geliebt hatten.

Besorgt durchsuchte sie das Zimmer, aber von ihrem blauen Strumpfband fehlte jede Spur. Es musste doch irgendwo sein, dachte sie.

Erst nachdem Margaret gestern Abend gegangen war, hatte sie gemerkt, dass es weg war. Als sie sah, dass ihr linker Strumpf bis zum Knöchel heruntergerutscht war, vermutete sie, dass das Strumpfband sich gelöst haben musste, als sie es eilig gehabt hatte, ihr Kleid auszuziehen und in ihren Morgenmantel zu schlüpfen. Sie hatte sich eine Notiz gemacht, dass sie am nächsten Morgen bei Tageslicht nach dem Strumpfband suchen wollte.

Eine sorgfältige Durchsuchung ihres Zimmers vor einigen Minuten führte jedoch zu keinem Ergebnis, und sie vermutete, dass sie das Strumpfband wahrscheinlich in der Bibliothek verloren hatte. Bei der Vorstellung, dass Bennett Fleming es gesehen haben könnte und seine Schlüsse daraus gezogen hatte, wäre sie beinahe in Hysterie verfallen.

Es war eine Sache, eine Frau von Welt zu sein,

eine Dame voller Rätsel und Erfahrung, doch es war eine andere Sache, wenn ein sehr netter und äußerst anständiger Gentleman wie Bennett Fleming ein Strumpfband fand und noch dazu an einem Ort, wo es ganz bestimmt nichts zu suchen hatte.

Sie seufzte erleichtert auf, als sie das blaue Strumpfband nicht irgendwo auf dem Teppich herumliegen sah. Das bedeutete, dass Bennett es letzte Nacht wahrscheinlich nicht gefunden hatte. Es bestand aber leider auch noch die Möglichkeit, dass einer der Diener es heute Morgen entdeckt hatte.

Sie sank auf Hände und Knie, um unter dem Sofa nach dem Strumpfband zu suchen.

»Suchen Sie das?«, ertönte plötzlich Arthurs Stimme.

Der Klang seiner Stimme versetzte ihr einen solchen Schrecken, dass sie sich zu rasch erhob und beinahe mit dem Kopf gegen den Tisch geschlagen wäre.

Sie fand das Gleichgewicht wieder und richtete ihren Blick auf den Balkon, wo Arthur lässig am Geländer lehnte. Das blaue Strumpfband baumelte von den Fingern seiner rechten Hand. Er musste beobachtet haben, wie sie in den Wäscheschrank geschlüpft war, und war ihr nachgegangen.

Verärgert rappelte sie sich auf.

»In der Tat«, sagte sie, sorgfältig darum bemüht, ihre Stimme leise klingen zu lassen, »habe ich danach gesucht. Sie müssen gewusst haben, dass ich mir Gedanken darüber gemacht habe, wo ich es verloren haben könnte. Sie hätten mir auch schon früher etwas sagen können, dann hätte ich mir nicht so große Sorgen zu machen brauchen.«

»Regen Sie sich nicht auf, ich habe es gestern Abend sichergestellt, kurz bevor Fleming es entdecken konnte.« Arthur warf das Strumpfband lässig in die Luft und fing es genauso lässig wieder auf. »Er wäre vermutlich nie auf die Idee gekommen, dass Sie mich wenige Minuten, bevor er nach Hause kam, verführt haben.«

Sie verzog das Gesicht, raffte ihre Röcke und eilte die Treppe hinauf. »Gestatten Sie mir, Ihnen zu sagen, Sir, dass Sie manchmal eine außerordentlich schräge Art von Humor haben.«

»Es gibt Menschen, die Ihnen erzählen würden, dass ich überhaupt keinen Sinn für Humor habe.«

»Es ist absolut verständlich, wie diese Personen zu diesem Urteil gekommen sind.« Sie war am oberen Treppenabsatz angekommen und streckte die Hand nach dem Strumpfband aus. »Darf ich das haben?«

»Ich glaube nicht«, erwiderte er und steckte es in seine Tasche. »Ich habe beschlossen, eine Sammlung anzulegen.«

Sie starrte ihn an. »Das kann doch nicht Ihr Ernst sein.«

»Kaufen Sie noch ein Paar und lassen Sie mir die Rechnung zukommen«, sagte Arthur.

Er küsste sie auf den Mund, bevor sie ihn ausschimpfen konnte. Als er schließlich seinen Kopf hob, war sie außer Atem.

»Nein, kaufen Sie gleich mehrere Strumpfbänder.« Er lächelte voller Genugtuung. »Ich habe vor, eine umfangreiche Sammlung anzulegen.«

26

»Wir haben meinen Mann vor ein paar Tagen begraben.« Mrs Glentworth sah zu dem Porträt hinauf, das über dem Kamin hing. »Es kam so plötzlich – ein Unfall in seinem Labor. Die elektrische Maschine. Es muss einen schrecklichen Schlag gegeben haben, der sein Herz stillstehen ließ.«

»Wir möchten Ihnen zu dem Verlust Ihres Mannes unser herzliches Beileid aussprechen, Mrs Glentworth«, sagte Elenora sanft.

Mrs Glentworth nickte flüchtig. Sie war eine gebrechliche, knochige Frau mit schütterem grauem Haar, das sie unter eine alte Haube gesteckt hatte. Stolze Armut und stoische Resignation lasteten schwer auf ihren dünnen Schultern.

»Ich habe ihn noch vor dieser Maschine gewarnt.« Ihre Finger umklammerten das Taschentuch, das sie in der Hand hielt, und ihr Unterkiefer bewegte sich ruckartig, so als würde sie mit den Zähnen knirschen. »Aber er hat nicht auf mich gehört. Er machte ständig Experimente damit.«

Elenora warf Arthur, der mit einer Tasse Tee in der Hand in der Nähe des Fensters stand, einen Blick zu. Sein Gesicht glich einer regungslosen Maske, die den wachsamen Ausdruck seiner Augen jedoch kaum verbergen konnte. Sie war ziemlich sicher, dass er genau dieselben Gedanken hatte wie sie. Angesichts der jüngsten Ereignisse schien der tödliche Unfall in Glentworth' Labor mehr als nur ein Zufall zu sein.

Aber selbst wenn Mrs Glentworth vermutete, dass ihr Mann ermordet worden war, so ließ sie es sich nicht anmerken. Vielleicht war es ihr auch egal, dachte Elenora. Das schäbige Wohnzimmer war von Schwermut erfüllt, wie es sich für einen Ort der Trauer geziemte. Die Witwe schien angespannt und ziemlich verzweifelt, aber keinesfalls traurig zu sein. Elenora hätte schwören können, dass unter den vornehmen Worten und der höflichen Art ihre Gastgeberin vor Wut kochte.

Mrs Glentworth hatte sie bereitwillig empfangen, da Arthurs Name und Titel ihr großen Respekt einflößten. Aber offensichtlich war sie verwirrt.

»Wussten Sie, dass mein Großonkel, George Lancaster, vor einigen Wochen in seinem Labor von einem Einbrecher umgebracht wurde?«, fragte Arthur.

Mrs Glentworth zog die Stirn in Falten. »Nein, das wusste ich nicht.«

»Wussten Sie denn, dass Ihr Mann und Lancaster in ihrer Jugend gute Freunde waren?«, fügte Elenora leise hinzu.

»Natürlich.« Mrs Glentworth zerdrückte ihr Taschentuch. »Mir ist sehr wohl bekannt, dass die drei eng miteinander befreundet waren.«

Elenora bemerkte, dass Arthur still geworden war. Sie wagte nicht, ihn anzusehen.

»Sagten Sie, die *drei*, Mrs Glentworth?«, fragte Elenora auf eine, wie sie hoffte, nicht allzu neugierige Art.

»Sie hielten eine Zeit lang wie Pech und Schwefel zusammen. Sie haben sich in Cambridge kennen gelernt, wissen Sie. Aber sie interessierten sich nur für die Wissenschaft, Geld war ihnen nicht wichtig. Sie verbrachten ihre Zeit mit der Durchführung von lächerlichen Experimenten in ihren Labors.«

»Mrs Glentworth«, begann Elenora vorsichtig. »Ich frage mich, ob …«

»Ich schwöre Ihnen, manchmal wünschte ich, dass mein Mann ein Straßenräuber oder Dieb gewesen wäre.« Heftiges Zittern erschütterte Mrs Glentworth. Dann, als wäre irgendwo in ihrem Innern ein Damm gebrochen, sprudelten der aufgestaute Ärger und Schmerz nur so aus ihr heraus. »Vielleicht hätte ich dann noch etwas Geld. Aber nein, er war von der Naturwissenschaft geradezu besessen und hat jeden Penny für seine Laborgeräte ausgegeben.«

»Welche Art von Experimenten hat Ihr Mann durchgeführt?«, fragte Arthur.

Die Frau schien die Frage nicht gehört zu haben. Ihre Wut war nicht mehr aufzuhalten. »Glentworth hatte ein beträchtliches Einkommen, als wir heirateten. Meine Eltern hätten mir nie erlaubt, ihn zu heiraten, wenn das nicht der Fall gewesen wäre. Aber der Dummkopf hat das Geld nie investiert. Er hat es mit vollen Händen rausgeworfen, ohne auch nur einen Gedanken an mich oder unsere Tochter zu verschwenden. Er war schlimmer als ein Gewohnheitsspieler und behauptete ständig, dass er die neuesten Mikroskope oder noch weitere Brenngläser benötigte.«

Arthur versuchte, ihren Monolog zu unterbrechen, um dem Gespräch eine andere Richtung zu geben. »Mrs Glentworth, Sie erwähnten, dass Ihr Mann noch einen dritten Freund …«

»Sehen Sie sich doch einmal um.« Mrs Glentworth fuchtelte mit der Hand herum, in der sie ihr Taschentuch hielt. »Sehen Sie irgendetwas, das einen Wert hat? Nichts. Überhaupt nichts. In all den Jahren hat er nach und nach das Tafelsilber und die Gemälde verkauft, um von dem Geld Dinge für sein Labor zu kaufen. Am Ende hat er sogar seine wertvolle Schnupftabakdose versetzt. Ich habe geglaubt, er würde sich nie von ihr trennen, denn er sagte mir, dass er sie mit ins Grab nehmen wolle.«

Elenora betrachtete das Porträt über dem Kaminsims genauer. Es zeigte einen korpulenten Gentleman mit schütterem Haar, der altmodische Kniehosen und einen Mantel trug. In der einen Hand hielt er eine Schnupftabakdose, auf deren Deckel ein großer, roter, geschliffener Stein angebracht war.

Sie warf Arthur einen Blick zu und sah, dass auch er das Porträt eingehend betrachtete.

»Er hat die Schnupftabakdose verkauft, die er auf dem Bild in der Hand hält?«, fragte Arthur.

Mrs Glentworth schnäuzte sich in ihr Taschentuch. »Ja.«

»Wissen Sie, wer sie ihm abgekauft hat?«

»Nein. Ich vermute, dass mein Mann sie zu einem Pfandleiher gebracht hat. Er hat wahrscheinlich auch nicht viel dafür bekommen.« Mrs Glentworth' Lippen zitterten vor Wut. »Es ist nicht so, dass ich auch nur etwas von dem Geld gesehen hätte. Er hat mir noch nicht einmal erzählt, dass er die Dose verkauft hat.«

Arthur sah sie an. »Wissen Sie noch, wann er die Dose versetzt hat?«

»Nein. Aber es muss kurz vor seinem Tod durch die elektrische Maschine gewesen sein.« Mrs Glentworth wischte mit ihrem zerknüllten Taschentuch ein paar Tränen ab. »Vielleicht sogar noch am selben Tag. Ich erinnere mich, dass er die Dose an jenem Morgen beim Frühstück bei sich hatte. Er verließ das Haus, um seine Übungen zu machen, und war eine Zeit lang weg. Er hat sicher nach einem Pfandleiher gesucht.«

»Wann haben Sie bemerkt, dass die Dose weg war?«, fragte Elenora.

»Erst an dem Abend, als ich seine Leiche fand. Nachmittags hatte ich eine Freundin besucht, die krank war. Als ich von meinem Besuch zurückkam, war mein Mann bereits zu Hause und hatte sich in seinem Labor eingeschlossen, wie er es normalerweise zu tun pflegte. Er ist nicht einmal zum Essen gekommen.«

»Und das war nicht ungewöhnlich?«, fragte Arthur.

»Absolut nicht. Wenn er mit einem seiner Experimente beschäftigt war, konnte er Stunden in seinem Labor verbringen. Als es jedoch Zeit war, ins Bett zu gehen, habe ich an die Tür geklopft, um ihn daran zu erinnern, die Lampen herunterzudrehen, bevor er nach oben käme. Als ich keine Antwort erhielt, habe ich mir natürlich Sorgen gemacht. Wie ich bereits sagte, war die Tür verschlossen. Ich musste einen Schlüssel holen, um sie zu öffnen. Dann habe ich … habe ich …« Sie hielt inne und schnäuzte sich.

»Dann haben Sie seine Leiche gefunden«, beendete Elenora sanft den Satz.

»Ja. Es dauerte einige Zeit, bis ich mich wieder gefasst hatte und bemerkte, dass die Schnupftabakdose weg war. Dann wurde mir klar, dass er sie noch am selben Tag verkauft haben musste. Weiß der Himmel, was er mit dem Geld gemacht hat. Es befand sich mit Gewissheit nicht in seinen Taschen. Vielleicht hatte er beschlossen, einen Gläubiger, der ihn unter Druck gesetzt hatte, zu bezahlen.«

Es entstand ein kurzes Schweigen. Elenora und Arthur tauschten erneut einen wissenden Blick aus. Keiner von beiden sprach ein Wort.

»Ich hätte nie geglaubt, dass er sich je von der Dose trennen würde«, sagte Mrs Glentworth nach einer Weile. »Er hing sehr daran.«

»War Ihr Mann allein im Haus, als Sie am Nachmittag weggegangen sind?«, fragte Arthur.

»Ja. Wir haben ein Dienstmädchen, aber sie war an dem Tag nicht hier. Eigentlich kommt sie nur noch selten. Sie hat ziemlich lange kein Geld mehr bekommen, wissen Sie. Ich vermute, dass sie auf der Suche nach einer neuen Stelle ist.«

»Ich verstehe«, sagte Arthur.

Mrs Glentworth schaute sich resigniert um. »Ich werde dieses Haus verkaufen müssen, fürchte ich. Es ist mein einziger Vermögenswert. Ich kann nur hoffen, dass ich genug Geld dafür bekommen werde, um die Gläubiger meines Mannes zu befriedigen.«

»Was werden Sie tun, nachdem Sie das Haus verkauft haben?«, wollte Elenora wissen.

»Ich werde keine andere Wahl haben, als zu meiner Schwester und ihrem Mann zu ziehen. Ich verabscheue beide und sie mich ebenfalls. Sie haben sehr wenig Geld. Es wird ein schreckliches Leben sein, aber was sollte ich denn sonst machen?«

»Ich werde Ihnen sagen, was Sie machen können«, sagte Elenora. »Sie können St. Merryn dieses Haus verkaufen. Er wird Ihnen mehr dafür geben, als Sie bekommen würden, wenn Sie es an jemand anderen verkaufen. Außerdem wird er Ihnen ein Nutzungsrecht für den Rest Ihres Lebens zugestehen.«

Mrs Glentworth starrte sie an. »Bitte?« Sie warf Arthur einen kurzen, ungläubigen Blick zu. »Warum würde Seine Lordschaft dieses Haus für mehr kaufen wollen, als es wert ist?«

»Weil Sie heute außerordentlich hilfsbereit waren und er damit seinen Dank ausdrücken möchte.« Elenora sah Arthur an. »Ist es nicht so, Sir?«

Arthur zog die Augenbrauen hoch und alles, was er dazu sagte, war: »Selbstverständlich.«

Mrs Glentworth blickte Arthur unsicher an. »Sie würden so etwas tun, nur weil ich heute Ihre Fragen beantwortet habe?«

Er lächelte schwach. »Ich bin Ihnen wirklich sehr dankbar, Madam. Da fällt mir noch etwas ein. Ich möchte Ihnen eine letzte Frage stellen.«

»Ja, natürlich.« Hoffnung und Erleichterung zeichneten sich in Mrs Glentworth' abgespanntem Gesicht ab.

»Können Sie sich noch an den Namen des dritten Mannes erinnern, der mit Ihrem Mann befreundet war?«

»Lord Treyford.« Mrs Glentworth zog leicht die Stirn in Falten. »Ich habe ihn nie kennen gelernt, aber mein Mann hat ihn früher oft erwähnt. Treyford ist jedoch tot. Er wurde vor vielen Jahren ermordet, als er ein junger Mann war.«

»Wissen Sie sonst noch etwas über ihn?«, drängte Arthur. »War er verheiratet? Hat er eine Witwe hinterlassen, die ich befragen kann? Oder Kinder?«

Mrs Glentworth dachte nach und schüttelte dann den Kopf. »Ich glaube nicht. In jener Zeit hat mein Mann verschiedene Anspielungen dahingehend gemacht, dass Treyford völlig in seiner Forschungsarbeit aufging und nicht gewillt war, sich den Anforderungen, die eine Frau und eine Familie an ihn gehabt hätten, zu stellen.« Sie seufzte. »Ich glaube sogar, mein Mann war ziemlich neidisch, dass Treyford in dieser Beziehung so viel Freiheit hatte.«

»Hat Ihr Mann sonst noch irgendetwas über Treyford erzählt?«, fragte Arthur.

»Er sagte des Öfteren, dass Lord Treyford bei Weitem der Intelligenteste der drei Männer war. Einmal hat er sogar behauptet, dass, wenn Treyford am Leben geblieben wäre, England wahrscheinlich einen zweiten Newton bekommen hätte.«

»Ich verstehe«, sagte Arthur.

»Sie dachten, sie wären so intelligent, wissen Sie.« Mrs Glentworth verschränkte die Hände in ihrem Schoß. Wieder erschien ein Anflug von Zorn auf ihrem Gesicht. »Sie waren davon überzeugt, dass sie mit ihren Experimenten und abgehobenem Gerede über die Wissenschaft die Welt verändern würden. Aber was hat das Studium der Naturwissenschaft ihnen letzten Endes gebracht, frage ich Sie. Gar nichts. Und jetzt sind sie alle tot, nicht wahr?«

»Es scheint so«, sagte Elenora leise.

Arthur stellte seine halb leere Teetasse ab. »Sie waren eine große Hilfe, Mrs Glentworth. Wenn Sie uns jetzt entschuldigen wollen, wir müssen gehen. Ich werde umgehend meinen Buchhalter zu Ihnen schicken, um die Sache mit dem Haus und Ihren Gläubigern zu regeln.«

»Mit Ausnahme von *ihr* natürlich«, sagte Mrs Glentworth in schroffem Ton. »*Sie* ist noch am Leben und hat alle überlebt.«

Elenora gab sich große Mühe, Arthur nicht anzusehen. Sie bemerkte, dass er genauso reglos war wie sie.

»Sie?«, wiederholte Arthur in unverändertem Tonfall.

»Ich habe sie immer für eine Art Hexe gehalten.« Mrs Glentworth' Stimme klang jetzt leise und missmutig. »Vielleicht hat sie sie ja wirklich mit einem Fluch belegt. Das hätte ich ihr durchaus zugetraut.«

»Ich verstehe nicht«, sagte Elenora. »Gehörte denn zu dem engen Freundeskreis, den Ihr Mann vor langer Zeit unterhielt, auch eine Frau?«

Über Mrs Glentworth' Gesicht lief erneut eine Welle des Zorns. »Sie haben sie ihre Göttin der Inspiration genannt. Mein Mann und seine Freunde haben damals regelmäßig an den Treffen teilgenommen, die sie jeden Mittwochnachmittag abhielt. Wenn sie die Männer einlud, sind sie umgehend in ihr Haus in der Stadt geeilt. Sie saßen dort herum, tranken Port und Weinbrand und haben sich über Naturwissenschaft unterhalten, als seien sie alle grandiose Gelehrte. Ich nehme an, sie wollten ihr imponieren.«

»Wer war sie?«, wollte Arthur wissen.

Mrs Glentworth war von ihren unangenehmen Erinnerungen so gefangen genommen, dass diese Frage sie vollkommen verunsicherte. »Nun, Lady Wilmington natürlich. Sie waren ihre ergebenen Sklaven. Jetzt sind alle tot und sie ist die Einzige, die noch da ist. Eine ziemlich merkwürdige Wendung des Schicksals, finden Sie nicht?«

Kurze Zeit später half Arthur Elenora beim Einsteigen in die Kutsche. Er war damit beschäftigt, die Informationen, die Mrs Glentworth ihnen soeben gegeben hatte, zu verarbeiten. Dies hielt ihn jedoch nicht davon ab, die Kurven von Elenoras attraktivem Hinterteil zu bewundern, als sie sich etwas nach vorn beugte und ihre Röcke raffte, um in die Kutsche zu steigen.

»Ihnen habe ich es zu verdanken, dass mich dieser Besuch eine beträchtliche Summe kosten wird«, sagte er sanft, schloss die Kutschentür und nahm auf dem Sitz Elenora gegenüber Platz.

»Kommen Sie, Sir, selbst wenn ich nicht dabei gewesen wäre, hätten Sie bestimmt angeboten, Mrs Glentworth zu helfen. Geben Sie es doch zu.«

»Ich gebe gar nichts zu.« Er lehnte sich in seinem Sitz zurück und lenkte seine Aufmerksamkeit auf das Gespräch, das soeben in dem schäbigen kleinen Wohnzimmer geführt worden war. »Die Tatsache, dass Glentworth nur einige Wochen, nachdem mein Großonkel ermordet wurde, bei einem Unfall in seinem Labor ums Leben kam, zeigt, dass der Mörder wahrscheinlich nicht nur zwei, sondern drei Mal zugeschlagen hat.«

»Glentworth, Ihr Großonkel und Ibbitts.« Elenora verschränkte die Arme unter der Brust, als sei ihr plötzlich kalt geworden. »Vielleicht kann uns diese mysteriöse Lady Wilmington etwas Nützliches erzählen. Kennen Sie die Dame, Sir?«

»Nein, aber das werde ich, wenn möglich, noch heute Nachmittag ändern.«

»Ah ja, genau wie Sie es bei Mrs Glentworth gemacht haben.«

»In der Tat.«

»Ihr Titel und Ihr Reichtum haben ganz gewiss einige Vorteile.«

»Sie öffnen ein paar Türen, sodass ich Fragen stellen kann.« Er zuckte die Schultern. »Aber leider ist das keine Garantie dafür, dass ich auch ehrliche Antworten erhalte.«

Und sie reichten auch nicht aus, um eine Dame, die sich mit der Absicht trug, ein Geschäft zu eröffnen und die ihre Unabhängigkeit behalten und ihr Leben nach eigenem Gutdünken leben wollte, für sich zu gewinnen.

27

»Oh ja, ich erinnere mich noch an die Mittwochnachmittagstreffen, als hätte das letzte erst vergangene Woche stattgefunden.« Ein abwesender, beinahe melancholischer Ausdruck verschleierte Lady Wilmingtons blaue Augen. »Wir waren damals alle noch so jung und voller Leidenschaft. Die Wissenschaft war unsere neue Alchimie und wir, die ihre Geheimnisse erforschen wollten, betrachteten uns als Entdecker des modernen Zeitalters.«

Elenora trank ihren Tee aus papierdünnen Porzellantassen und blickte sich verstohlen in dem eleganten Salon um, während sie lauschte, wie Clare, Lady Wilmington, über die Vergangenheit plauderte. Hier herrschte eine völlig andere Atmosphäre als am anderen Ende der Stadt, wo Mrs Glentworth in ihrem kleinen, armselig möblierten Wohnzimmer hauste, dachte Elenora. Lady Wilmington litt ganz bestimmt nicht unter finanziellen Problemen.

Der Salon war im chinesischen Stil ausgestattet, der vor einigen Jahren in Mode gekommen war, und war in seiner ganzen üppigen, sinnlichen Pracht erhalten geblieben. Die düstere, exotische Atmosphäre, die durch die mitternachtsblaue und goldene Tapete, auf der Blumenmuster prangten, hervorgerufen wurde, sowie durch das Muster des fein geknüpften Teppichs und durch die schwarzen, mit Japanlack überzogenen Möbel, wurde hier und da von Spiegeln mit wunderschönen Rahmen aufgehellt. Der Raum war dazu geschaffen, die Sinne anzusprechen.

Elenora konnte sich gut vorstellen, wie die Gastgeberin in einer solchen Umgebung Hof gehalten hatte. Lady Wilmington musste bereits auf die siebzig zugehen, war jedoch ausgesprochen teuer und nach der neuesten Mode gekleidet. Ihr goldfarbenes Kleid mit der hoch geschnürten Taille schien für die in diesem Zimmer vorherrschenden Farbtöne geradezu wie geschaffen. Ihre feinen Gesichts- und Schulterknochen deuteten darauf hin, dass sie früher sehr schön gewesen war. Ihr Haar war jetzt silbern und zum Teil wahrscheinlich auch nicht echt, aber sie hatte es zu einem außerordentlich kunstvollen Knoten zusammengesteckt.

Je älter eine Frau wurde, desto mehr Schmuck trug sie. Das war Elenoras Erfahrung und Lady Wilmington bildete darin keine Ausnahme. Von ihren Ohren baumelten Ohrringe aus Perlen. An ihren Handgelenken und Fingern glitzerten Diamanten, Rubine und Smaragde.

Es war jedoch das goldene Medaillon an ihrem

Hals, das Elenoras Interesse weckte. Im Gegensatz zu den Ringen war es überraschend schlicht gearbeitet. Es schien sich um ein sehr persönliches Andenken zu handeln. Vielleicht enthielt es ein kleines Bild von einem ihrer Kinder oder ihrem verstorbenen Mann.

Arthur ging zum nächstgelegenen Fenster hinüber und schaute in den tadellos gepflegten Garten hinaus, als würde ihn das, was er dort sah, faszinieren.

»Dann erinnern Sie sich bestimmt an meinen Großonkel sowie an Glentworth und Treyford«, sagte er.

»Natürlich, sehr gut.« Lady Wilmington hob eine Hand und legte die Finger an das goldene Medaillon an ihrem Hals. »Sie hatten sich alle der Wissenschaft verschrieben und lebten für ihre Experimente, genauso wie Maler und Bildhauer für ihre Kunst leben.« Sie ließ die Hand sinken und lächelte traurig. »Aber jetzt sind alle tot. Glentworth starb als Letzter. Ich habe gehört, dass Ihr Großonkel vor ein paar Wochen von einem Einbrecher getötet wurde, Sir. Mein herzliches Beileid.«

»Ich glaube nicht, dass er von einem gewöhnlichen Dieb umgebracht wurde, den er beim Stehlen erwischt hat«, sagte Arthur ruhig. »Ich bin sicher, dass er von jemandem getötet wurde, den er aus der Zeit kannte, als die Gentlemen der Gesellschaft der Steine an Ihren Mittwochstreffen teilnahmen.«

Arthur schien immer noch von dem gefesselt zu sein, was er draußen im Garten sah. Elenora hingegen hielt ihren Blick unverwandt auf ihre Gastgeberin gerichtet. Sie bemerkte ein leichtes Beben, das durch Lady Wilmingtons Schultern ging, als Arthur kategorisch zu dieser Schlussfolgerung gelangte. Wieder glitten ihre Finger über das Medaillon.

»Unmöglich«, sagte Lady Wilmington entschlossen. »Wie kann das sein?«

»Auf diese Frage habe ich noch keine Antwort, aber ich werde sie finden.« Arthur wandte sich langsam um und sah sie an. »Mein Großonkel ist nicht der Einzige, der von diesem Schurken umgebracht wurde. Ich nehme an, dass Glentworth' Tod auch kein Unfall war, und ich bin überzeugt, dass derselbe Mann beide getötet und außerdem meinen früheren Diener auf dem Gewissen hat.«

»Gütiger Himmel, Sir.« Lady Wilmingtons Stimme bebte. Ihre Teetasse klapperte, als sie sie auf den Unterteller zurückstellte. »Ich weiß wirklich nicht, was ich sagen soll.

Das ist … das ist unglaublich. Ihren Diener

ebenfalls, sagen Sie? Aber aus welchem Motiv sollte irgendjemand ihn töten wollen?«

»Um ihn zum Schweigen zu bringen, nachdem er genug Informationen von ihm erhalten hatte.«

Lady Wilmington schüttelte den Kopf. »Über was denn, um Himmels willen?«

»Über meine Ermittlungen im Zusammenhang mit dem Mord an George Lancaster, natürlich. Der Mörder weiß jetzt, dass ich ihm auf den Fersen bin. Er wollte herausfinden, was ich bisher in Erfahrung gebracht habe.« Arthurs Gesichtsausdruck war angespannt. »Was nicht gerade viel und schon gar nicht den Tod eines Menschen wert ist.«

»Ganz bestimmt nicht.« Lady Wilmington erschauderte.

»Dieser Schurke denkt nicht auf rationale Weise«, sagte Arthur. »Ich glaube, er hat meinen Großonkel und Glentworth nur getötet, um die roten Steine zu bekommen, die auf ihren Schnupftabakdosen angebracht waren.«

Lady Wilmington zog die Augenbrauen zusammen. »Ich erinnere mich noch sehr gut an diese außergewöhnlichen Steine. Sie waren wirklich faszinierend. Treyford meinte, dass die Rubine ungewöhnlich dunkel waren, aber Glentworth und Lancaster glaubten, dass sie in uralten Zeiten aus einer einzigartigen Art von Glas gefertigt worden waren.«

»Haben Sie jemals das Buch über die Steine gesehen, das mein Großonkel zusammen mit den Steinen aus Italien mitgebracht hatte?«, fragte Arthur.

»Ja, natürlich.« Sie seufzte wehmütig. »Was hat es damit auf sich?«

»Ich bin überzeugt, dass der Schurke, hinter dem wir her sind, verrückt genug ist, um zu glauben, dass er das in dem *Buch der Steine* beschriebene Höllengerät bauen kann«, sagte Arthur.

Lady Wilmington starrte ihn an und vor Erstaunen blieb ihr vorübergehend der Mund offen stehen.

»Sicherlich nicht«, sagte sie schließlich im Brustton der Überzeugung. »Das ist absoluter Unsinn. Ich kann einfach nicht glauben, dass selbst ein Verrückter die Anweisungen in diesem alten Buch ernst nehmen könnte.«

Arthur blickte sie über seine Schulter hinweg an. »Haben die drei Männer je über die Maschine gesprochen?«

»Ja, natürlich.« Lady Wilmington sammelte sich und ihre Stimme klang wieder fest. »In dem Buch hieß die Maschine Jove's Thunderbolt. Wir haben mehrere Male darüber gesprochen. Treyford und die anderen haben auch versucht, sie zu bauen, aber schließlich begriffen sie, dass sie niemals funktionieren würde.«

»Warum waren sie sich dessen so sicher?«, fragte Elenora.

Lady Wilmington massierte ihre Schläfen mit den Fingern. »Ich erinnere mich nicht mehr an sämtliche Einzelheiten. Es hatte etwas mit der Schwierigkeit zu tun, ein starkes Feuer auf die Steine zu übertragen, um die Energie, die in den Steinen verborgen war, zu aktivieren. Alle waren sich schließlich einig, dass dies ein aussichtsloses Unterfangen war.«

»Ich nehme an, dass mein Großonkel zu diesem Schluss gekommen ist«, sagte Arthur. »Aber sind Sie sicher, dass auch Glentworth und Treyford diese Meinung vertraten?«

»Ja.« Ein abwesender Ausdruck trat in Lady Wilmingtons Augen. Erneut berührte sie in einer flüchtigen Geste ihr Medaillon, als würde sie darin Trost suchen, während sie in die Vergangenheit zurückblickte. »Also, zu jener Zeit war es modern, dass diejenigen, die sich mit wissenschaftlichen und mathematischen Studien beschäftigten, auch mit dem Okkulten liebäugelten. In einigen Kreisen unterliegen selbst heute noch die gebildetsten Menschen der Faszination der dunklen Künste und zweifellos wird das auch in Zukunft so sein.«

Elenora sah sie eindringlich an. »Man sagt, dass auch der große Newton vom Okkulten besessen war und sich viele Jahre ernsthaft mit dem Studium der Alchimie beschäftigt hat.«

»Das ist richtig«, erwiderte Lady Wilmington mit fester Stimme. »Und wenn selbst ein solch brillanter Geist durch die dunklen Künste verführt werden kann, wer könnte dann einen normal sterblichen Menschen dafür tadeln, wenn er diesen faszinierenden Geheimnissen zum Opfer fällt?«

»Glauben Sie, dass Glentworth oder Treyford ihre Forschungen insgeheim weiterbetrieben haben, nachdem sich alle einig waren, die Alchimie aufzugeben?«, fragte Arthur.

Lady Wilmington blinzelte und setzte sich aufrecht hin. Als sie sich Arthur zuwandte, war sie eindeutig wieder in der Gegenwart.

»Das kann ich mir nicht vorstellen, Sir. Sie waren schließlich hochintelligente, gebildete Männer des modernen Zeitalters und keine wirklichen Alchimisten, um Gottes willen.«

»Ich habe noch eine weitere Frage, wenn Sie so freundlich wären, mir noch einen Moment Ihre Aufmerksamkeit zu schenken«, sagte Arthur.

»Worum geht es?«

»Sind Sie sicher, dass Lord Treyford vor vielen Jahren bei der Explosion in seinem Labor ums Leben kam?«

Lady Wilmington schloss die Augen. Ihre Finger wanderten zu dem Medaillon hinauf. »Ja«, flüsterte sie. »Treyford ist ganz sicher tot. Ich habe seine Leiche selber gesehen, ebenso wie Ihr Großonkel. Sie glauben also nicht, dass der Mörder ein alter Mann ist?«

»Ganz und gar nicht«, erwiderte Elenora. »Wir sind uns darüber im Klaren, dass wir nach einem jungen Mann suchen.«

»Warum sagen Sie das?«, fragte Lady Wilmington.

»Weil der Schurke die Frechheit besaß, mit mir zu tanzen, nachdem er Ibbitts umgebracht hatte«, sagte Elenora.

Lady Wilmington erstarrte. »Sie haben mit dem Mörder getanzt? Wie konnten Sie wissen, dass er es war? Können Sie ihn beschreiben?«

»Nein, leider nicht«, gab Elenora zu. »Es war auf einem Maskenball. Ich habe sein Gesicht nie gesehen. Aber in seinem Umhang war ein Riss, und wir nehmen an, dass er entstand, als er mit dem Diener kämpfte.«

»Ich verstehe«. Lady Wilmington sah beunruhigt

aus. »Ich muss schon sagen, diese ganze Angelegenheit ist äußerst merkwürdig.«

»Ja, das stimmt«, sagte Arthur. Er blickte auf die Uhr. »Wir müssen gehen. Vielen Dank, dass Sie uns empfangen haben, Madam.«

»Keine Ursache.« Sie neigte ihren Kopf. »Sie müssen mich über Ihre Fortschritte in dieser Angelegenheit auf dem Laufenden halten.«

»Natürlich.« Arthur zog eine Karte aus seiner Tasche und legte sie auf den Tisch. »Wenn Sie sich noch an irgendetwas erinnern können, das für meine Nachforschungen nützlich sein könnte, würde ich es außerordentlich zu schätzen wissen, wenn Sie mir das sofort mitteilen würden, egal, wie spät es ist, Madam.«

Lady Wilmington nahm die Karte in die Hand. »Selbstverständlich.«

Arthur wechselte kein Wort mit Elenora, bis sie in der Kutsche waren. Er setzte sich auf seinen Platz und legte einen Arm auf die Kissen.

»Nun?«, sagte er. »Was halten Sie von Lady Wilmington?«

Sie dachte an die Art und Weise, wie die Dame während der ganzen Unterhaltung immer wieder ihr Medaillon berührt hatte.

»Ich glaube, dass sie eines der Mitglieder der

Gesellschaft der Steine sehr geliebt haben muss«, sagte sie.

Vor Überraschung spannte sich Arthurs Gesicht an. »Das ist eigentlich nicht das, was ich zu hören erwartete, aber es ist sicherlich interessant. Welcher der drei Männer hat Ihrer Meinung nach ihr Herz gewonnen?«

»Lord Treyford, der in der Blüte seiner Jahre gestorben ist und den sie und die anderen für den Intelligentesten der drei hielten. Ich nehme an, dass sich sein Bild in dem goldenen Medaillon befindet.«

Arthur rieb sich das Kinn. »Ich habe das Medaillon nicht bemerkt, bin mir jedoch sicher, dass die gnädige Frau einige Tatsachen zurückhält. Ich habe mit genug gerissenen Leuten geschäftliche Beziehungen unterhalten, um zu wissen, wann mich jemand belügt.«

Elenora zögerte. »Wenn sie uns wirklich belogen hat, dann nur, weil sie davon überzeugt war, dass es notwendig ist.«

»Vielleicht versucht sie, jemanden zu schützen«, sagte Arthur. »Wir müssen auf jeden Fall noch mehr über Treyford in Erfahrung bringen.«

Der Mörder hatte gewagt, mit Miss Lodge zu tanzen. Er musste verrückt sein, sich solch dreiste Freiheiten herauszunehmen.

Verrückt.

Lady Wilmington erschauderte bei dem Gedanken. Sie saß noch lange da, starrte auf die Karte des Grafen und berührte ihr Medaillon. Alte Erinnerungen ergriffen von ihr Besitz. Lieber Himmel, dies war noch viel schlimmer, als sie es sich vorgestellt hatte.

Nach einer Ewigkeit richtete sie sich auf und trocknete ihre Augen. Obwohl es ihr das Herz brach, hatte sie keine andere Wahl mehr. Tief im Innern hatte sie gewusst, dass es einmal so weit sein würde und dass sie dann tun würde, was getan werden musste.

Widerstrebend öffnete sie eine Schublade in ihrem Schreibtisch und nahm ein Blatt Papier heraus. Sie würde die Botschaft sofort abschicken. Wenn sie es gut plante, würde bald alles unter Kontrolle sein.

Als sie die kurze Notiz geschrieben hatte, waren einige Worte von ihren Tränen verschmiert.

28

St. Merryn hatte Lady Wilmington aufgesucht.

Der Mörder konnte kaum glauben, was er soeben gesehen hatte. Erschüttert stand er in einem Hauseingang in der Mitte der Straße und beobachtete, wie die glänzende Kutsche um die Ecke verschwand.

Unmöglich. Wie hatte der Bastard die Verbindung hergestellt? Und so schnell?

Er war nicht weiter überrascht, als der Gassenjunge, den er als Spion angestellt hatte, berichtete, dass St. Merryn und Miss Lodge zu der Adresse von Mrs Glentworth gefahren waren. Es war nicht zu vermeiden, dass der Graf früher oder später mit der Witwe von Saturn reden würde. Aber was hatte diese dumme alte Frau ihm bloß erzählt, dass er sofort danach zum Haus der Wilmingtons fuhr?

Hektisch überdachte der Mörder sein Vorhaben noch einmal und versuchte herauszufinden, ob er einen Fehler gemacht hatte. Aber er konnte in seinem sorgfältig ausgeklügelten Plan keinen Fehler entdecken.

Er fühlte, wie er zu schwitzen begann. Der Anblick von St. Merryns Kutsche, die vor Lady Wilmingtons Haustür auf der Straße stand, war das erste Anzeichen dafür, dass das witzige Spiel, das er mit seinem Gegner spielte, eine gefährliche und nicht vorgesehene Wende genommen hatte.

Genug. Er wollte kein Risiko eingehen, auf weitere unangenehme Überraschungen zu stoßen. Er hatte jetzt alles, was er benötigte, um die Maschine fertig zu bauen. Die Zeit war reif, um die Sache zu beenden.

Er trat aus dem Hauseingang und ging die von Bäumen gesäumte Straße hinunter. Sein brillanter Verstand arbeitete bereits an einer Strategie.

29

Jeremy Clyde kam gebeugt aus der Eingangstür des Bordells. Er ignorierte die wenigen Kutschen und Karossen, die auf der Straße warteten und auf Fahrgäste hofften. Er benötigte jetzt frische Luft. Sein Kopf brummte von den Unmengen an Wein, die er zu sich genommen hatte.

Er überlegte, wohin er als Nächstes gehen sollte. In seinen Club? In eine der Spielhöllen? Die andere Alternative war, nach Hause zu gehen zu der Hexe, die er törichterweise geheiratet hatte, aber das wollte er auf keinen Fall. Sie würde bereits mit einer langen Liste von Fragen und Forderungen auf ihn warten.

Er hatte geglaubt, dass die Ehe mit einer reichen Frau all seine Probleme lösen würde. Stattdessen hatte sie sein Elend tausendfach verschlimmert. Alles war schief gelaufen, nachdem Elenora ihren Besitz und ihr Erbe verloren hatte. Wenn ihr Stiefvater nur nicht so entsetzlich dumm gewesen wäre.

Wenn nur nicht. Es kam Jeremy so vor, als würde er diese Worte hundert Mal am Tag wiederholen.

Es war einfach nicht gerecht. Hier stand er nun und war in einer schrecklichen Ehe gefangen, ein Opfer der Launen seiner geizigen Schwiegereltern, während Elenora wie eine Katze auf ihren Füßen gelandet war. Sie würde einen der vermögendsten und einflussreichsten Männer der Stadt heiraten. Wie konnte das nur möglich sein? Es war einfach nicht gerecht.

Plötzlich kam aus der Dunkelheit ein Mann auf ihn zu. Jeremy zögerte unsicher, war jedoch erleichtert, als im Licht der Gaslaternen der feine, elegante Mantel und die glänzenden Stiefel, die der Fremde trug, zu erkennen waren. Wer immer er auch war, es musste sich um einen Gentleman handeln und nicht um einen Straßenräuber.

»Guten Abend, Clyde«, sagte der Mann gut gelaunt.

»Entschuldigung«, murmelte Jeremy. »Kennen wir uns?«

»Noch nicht.« Der Fremde machte eine spöttische Verbeugung. »Gestatten Sie mir, mich vorzustellen. Mein Name ist Stone.«

Es gab nur eine Erklärung für Stones amüsierte Vertraulichkeit, dachte Jeremy verbissen. »Ich vermute, Sie werden mir jetzt erzählen, dass Sie meinen Namen kennen, weil Sie neulich im Park beobachtet haben, wie ich vom Mond gefallen bin, oder irgendwelche Klatschgeschichten darüber gehört haben. Sie brauchen nichts weiter dazu zu sagen.«

Stone kicherte. Kumpelhaft legte er seinen Arm um Jeremys Schultern. »Ich gebe zu, dass ich bei dem unglücklichen Vorfall zugegen war, aber ich war darüber ganz und gar nicht erfreut. Im Gegenteil, ich habe sogar großes Mitleid empfunden. Wenn ich an Ihrer Stelle wäre, wäre ich darauf erpicht, mich an dem Mann zu rächen, der mir eine solche Erniedrigung zugefügt hat.«

»Bah. Das ist wohl kaum möglich.«

»Seien Sie sich dessen nicht so sicher, Sir. Ich könnte Ihnen dabei behilflich sein. Ich habe über St. Merryn Nachforschungen anstellen lassen und Straßenjungen beauftragt, ihn von Zeit zu Zeit zu beobachten. Außerdem habe ich seinen kürzlich verstorbenen Diener befragt, der, wie ich Ihnen versichern kann, eine gute Quelle war. Ich weiß eine Menge über den Grafen und seine ungewöhnliche Verlobte, Dinge, die, wie ich vermute, für Sie von außerordentlichem Interesse sind.«

30

Zwei Tage später stand Elenora mit Margaret im hinteren Teil eines zum Bersten vollen und überheizten Ballsaales. Es war fast Mitternacht und sie hatte pflichtbewusst eine Reihe von Tänzen absolviert, die alle eine Ewigkeit zu dauern schienen. Ihre Füße taten weh, sie war ruhelos und machte sich Sorgen.

Keines von diesen Dingen hätte ihr auch nur das Geringste ausgemacht, wenn Arthur mit ihr getanzt hätte, aber dies war nicht der Fall gewesen. Genauso wie am vorhergehenden Abend war er bereits den ganzen Abend unterwegs, um seine Ermittlungen voranzutreiben. Hätte sie ihn nur überreden können, sie mitzunehmen, aber, wie er ihr erklärt hatte, konnte er sie nicht in all die Herrenclubs schmuggeln, in die er ging, um die alten Männer zu befragen.

Ihre Gedanken kehrten ständig zu der Unterhaltung zurück, die sie mit Lady Wilmington geführt hatten. Heute Nachmittag war ihr eingefallen, dass es noch eine äußerst wichtige Frage gab, die sie und Arthur versäumt hatten, ihr zu stellen.

Eine schöne junge Frau mit einem höflichen Lächeln, das auf ihrem Gesicht gefroren zu sein schien, schwebte in den Armen eines älteren Gentleman vorüber, der seinen Blick offensichtlich nicht von den hellhäutigen Brüsten der Frau nehmen konnte.

»Ich muss schon sagen, je länger ich meine Rolle in dieser Angelegenheit spiele«, murmelte Elenora Margaret zu, »desto mehr Respekt habe ich für die Geduld und das Durchhaltevermögen der jungen Damen, die auf dem Heiratsmarkt gehandelt werden. Ich weiß nicht, wie sie das fertig bringen.«

»Sie haben bereits eine jahrelange Erfahrung auf dem Gebiet«, sagte Margaret trocken. »Der Einsatz bei diesem Spiel ist schließlich sehr hoch. Alle wissen nur zu gut, dass ihre Zukunft und in vielen Fällen auch die Zukunft ihrer Familien davon abhängt, was bei dieser einen kurzen Ballsaison herauskommt.«

Mit einem Mal fühlte Elenora einen Anflug von Verständnis und Mitgefühl in sich aufsteigen. »Das war bei Ihnen genauso, oder nicht?«

»In dem Jahr, als ich achtzehn wurde, befand sich meine Familie in einer verzweifelten Notlage.

Ich hatte drei Schwestern und zwei Brüder sowie meine Mutter und meine Großmutter, an die ich denken musste. Mein Vater war tot und er hatte uns nur sehr wenig zum Leben hinterlassen. Unsere einzige Hoffnung bestand darin, dass ich ein gutes Heiratsangebot erhalten würde. Meine Großmutter kratzte das nötige Geld zusammen, damit ich an einer einzigen Ballsaison teilnehmen konnte. Auf meinem allerersten Ball lernte ich Harold Lancaster kennen. Sein Angebot habe ich natürlich sofort angenommen.«

»Und Sie haben das, was Sie tun mussten, Ihrer Familie zuliebe getan.«

»Er war ein guter Mann«, sagte Margaret leise. »Und ich konnte mich noch um ihn kümmern. Die größte Schwierigkeit war der Altersunterschied, der zwischen uns bestand. Harold war fünfundzwanzig Jahre älter als ich. Wie Sie sich vorstellen können, hatten wir nur sehr wenig gemeinsam. Ich hatte gehofft, Trost bei meinen Kindern zu finden, aber wir haben leider keine bekommen.«

»Was für eine traurige Geschichte.«

»Aber sie ist nicht ungewöhnlich.« Margaret deutete mit dem Kopf auf die Paare, die sich auf der Tanzfläche drehten. »Ich vermute, dass es auch in dieser Ballsaison wieder viele ähnliche Schicksale geben wird.«

»Zweifellos.«

Und das Ergebnis wäre eine Reihe von kalten, lieblosen Verbindungen, dachte Elenora. Sie fragte sich, ob Arthur letzten Endes nicht auch gezwungen wäre, eine solche Verbindung einzugehen. Er hatte keine andere Wahl, als zu heiraten, egal, ob er eine Frau fand, die er mit all seiner tief in ihm verborgenen Leidenschaft lieben konnte oder nicht. Letzten Endes würde er seiner Familie zuliebe und wegen seines Titels seine Pflicht erfüllen, ohne Rücksicht auf seine eigenen Gefühle zu nehmen.

»Ich muss sagen, Sie hatten Recht«, sagte Margaret und fächelte sich energisch Luft zu. »Heute Abend herrscht wirklich ein großes Gedränge hier. Bennett wird eine Ewigkeit brauchen, bis er mit der Limonade zu uns zurückkommt. Wir werden wahrscheinlich vorher vor Durst umkommen.«

Die Menge teilte sich für einen kurzen Augenblick. Elenora erblickte eine kunstvoll gelockte, altmodisch gepuderte Perücke, die Bestandteil der Livree war, die von den Lakaien ihrer Gastgeber getragen wurde.

»Dort drüben an der Tür steht ein Diener«, sagte sie und stellte sich auf die Zehenspitzen, um besser sehen zu können.

»Vielleicht können wir seine Aufmerksamkeit erregen.«

»Wenn es nicht schon zu spät ist«, murmelte Margaret. »Die Leute werden sein Tablett leer gemacht haben, bevor er auch nur in unsere Nähe kommt.«

»Bleiben Sie hier, damit Bennett Sie findet, wenn er zurückkommt.« Elenora drehte sich herum, um dem sich rasch entfernenden Lakaien hinterherzugehen. »Ich werde sehen, ob ich den Diener einholen kann, bevor ihm die Limonade ausgeht.«

»Passen Sie auf, dass Sie nicht totgetrampelt werden.«

»Machen Sie sich keine Sorgen, ich bin sofort wieder zurück.«

Mit einem höflichen Murmeln schlüpfte Elenora durch eine Gruppe von älteren Damen hindurch und ging, so schnell sie konnte, auf die Stelle zu, wo sie den Lakaien zuletzt gesehen hatte.

Sie war nur noch ein paar Schritte entfernt, als sie plötzlich spürte, wie behandschuhte Finger ihren entblößten Rücken streiften, genau an der empfindlichen Stelle in ihrem Nacken.

Eine eisige Kälte kroch ihr Rückgrat hinunter und ihr stockte der Atem.

Es musste sich um ein Versehen handeln, beruhigte sie sich. Dies konnte leicht passieren, wenn so viele Leute so dicht beieinander standen. Oder vielleicht hatte einer der Herren das Gedränge ausgenutzt und die Gelegenheit ergriffen, sich Freiheiten herauszunehmen.

Nichts, was persönlich gemeint war.

Sie bemühte sich, nicht laut loszuschreien. Ihre Intuition sagte ihr, dass die Berührung durch die behandschuhten Finger, die so vertraulich über ihre nackte Haut strichen, sehr intim war.

Es kann nicht sein, dachte sie. Nicht hier. Das würde er nicht wagen. Trotz der Hitze bekam sie vor Angst eine Gänsehaut. Sicherlich hatte sie sich geirrt.

Aber das letzte Mal war der Täter auch in einem überfüllten Ballsaal zu ihr gekommen, dachte sie.

Was immer sie auch unternahm, sie musste einfach so tun, als würde sie ihn nicht bemerken.

Sie zwang sich, Ruhe zu bewahren, drehte sich langsam auf dem Absatz um und versuchte, einen gleichgültigen Eindruck zu machen. Mit einer ruckartigen Bewegung ihres Handgelenks klappte sie den Fächer auf und fächelte sich Luft zu, während sie sich in der Menge umsah.

In ihrer Nähe standen einige Herren, aber niemand von ihnen war nahe genug, um sie berühren zu können.

Dann erblickte sie den Lakaien. Es war jedoch

nicht derjenige, dem sie hinterhergelaufen war, sondern ein anderer Mann.

Er hatte ihr den Rücken zugekehrt und schritt eilig durch das Gewühl der lachenden und plaudernden Gäste. Sie sah nur den Kragen seines grün-silbrigen Jacketts und die Rückseite der gepuderten Lockenperücke. In seinen Bewegungen lag jedoch etwas, das ihr merkwürdig vertraut vorkam.

Sie tauchte in der Menge unter und bemühte sich, den Lakaien nicht aus den Augen zu verlieren.

»Entschuldigen Sie«, murmelte sie, als sie einige Gäste zur Seite drängte. »Verzeihung. Es tut mir Leid, dass ich Ihr Glas umgeworfen habe, Madam. War keine Absicht, dass ich auf Ihren Zeh getreten bin, Sir …«

Dann hatte sie endlich das dichteste Gedränge hinter sich gelassen und blieb stehen. Der Lakai war spurlos verschwunden, aber sie sah sofort, dass die Türen, die sich zum Garten hin öffneten, auf dieser Seite des Ballsaals der einzige Ausgang waren.

Sie trat in die Schatten hinaus. Aber sie war nicht allein. Auf der Terrasse standen einige Pärchen und unterhielten sich flüsternd. Niemand schenkte ihr Beachtung.

Der Lakai war nirgendwo zu sehen.

Sie überquerte die Steinterrasse und ging die fünf breiten Stufen hinunter, die in die von Dunkelheit eingehüllten Gärten führten. Sie versuchte, wie ein Gast auszusehen, dem es im Ballsaal zu warm geworden war und der beschlossen hatte, ein wenig frische Abendluft zu schöpfen.

Plötzlich tauchten große Marmorstatuen, die in einem breiten Kreis angeordnet waren, vor ihr auf. In der Dunkelheit zwischen den Statuen regte sich nichts.

»*Elenora.*«

Beim unerwarteten Klang ihres Namens erschrak sie so sehr, dass sie um ein Haar laut aufgeschrien hätte.

Sie fuhr herum und erblickte Jeremy Clyde, der in einiger Entfernung dastand.

»Hallo, Jeremy.« Sie klappte ihren Fächer zu. »Haben Sie zufällig einen der Lakaien vorbeigehen sehen?«

»Warum, zum Teufel, sollte ich Notiz von einem Diener nehmen?« Er schaute missmutig drein und ging rasch auf sie zu. »Ich habe gesehen, wie du aus dem Ballsaal gekommen bist, und bin dir gefolgt. Ich habe dich gesucht. Wir müssen miteinander reden.«

»Ich habe keine Zeit, zu plaudern.« Sie raffte

die Röcke und schritt auf die Reihe mit den Statuen zu, immer noch auf der Suche nach dem verschwundenen Lakaien. »Sind Sie sicher, dass Sie den Lakaien nicht gesehen haben? Er trug Livree. Ich bin sicher, dass er in diese Richtung gegangen ist.«

»Hol's der Teufel, wirst du endlich aufhören, von einem Lakaien zu faseln?« Jeremy eilte hinter ihr her und packte ihren entblößten Arm.

Ungeduldig versuchte sie, den Arm aus seinem Griff zu lösen. Er hielt ihn jedoch fest umklammert.

»Nehmen Sie bitte Ihre Hand da weg, Sir.« Die Paare auf der Terrasse konnten sie nicht sehen, aber ihr war bewusst, dass ihre Stimmen durch die Nachtluft schallten. Sie sprach in einem scharfen Flüsterton. »Ich möchte nicht, dass Sie mich berühren.«

»Elenora, du musst mich anhören.«

»Ich habe Ihnen doch gerade gesagt, dass ich keine Zeit dafür habe.«

»Ich bin heute Abend hierher gekommen, um dich zu sprechen.« Er schüttelte sie ein wenig. »Mein Liebling, ich weiß *alles*.«

Schockiert von seinen Worten vergaß sie seine Hand und schaute in sein Gesicht auf. »Was, um alles auf der Welt, wollen Sie damit sagen?«

Beunruhigt blickte er zur Terrasse hinüber und senkte dann die Stimme zu einem rauen Flüstern. »Ich weiß, dass St. Merryn dich eingestellt hat, damit du seine Geliebte wirst.«

Schockiert starrte sie ihn an. »Ich habe absolut keine Ahnung, wovon Sie reden.«

»Er benutzt dich, mein Liebling. Er hat keinesfalls die Absicht, dich zu heiraten.« Jeremy grunzte vor Abscheu. »Offenbar bist du die Einzige, die die Wahrheit nicht kennt.«

»Unsinn. Ich habe keine Ahnung, was hier gespielt wird, und möchte es auch gar nicht wissen. Lassen Sie mich los. Ich muss in den Ballsaal zurück.«

»Elenora, hör mir zu. Dein Name steht heute Abend in allen Wettbüchern in jedem Club in St. James.«

Deutlich spürte sie ein nervöses Flattern in ihrer Magengrube. »Wie bitte?«

»Jeder Gentleman in der Stadt hat eine Wette darüber abgeschlossen, was geschehen wird, wenn St. Merryn genug von dir hat.«

»Es ist allgemein bekannt, dass einige Gentlemen Wetten über alles abschließen, was sie amüsiert«, sagte sie angespannt.

»Wir reden hier über deinen Ruf, der bald ruiniert sein wird.«

»Seit wann machen Sie sich solch rührende Sorgen um meinen guten Namen?«

»Verdammt, Elenora, sprich leise.« Erneut blickte Jeremy aufgeregt um sich, um sich zu vergewissern, dass niemand in Hörweite stand und sie belauschen konnte. Er kam näher. »Ich möchte dich daran erinnern, dass ich ein Gentleman bin. Im Gegensatz zu St. Merryn hatte ich so viel Anstand, deinen Ruf zu schützen, als wir noch miteinander verlobt waren.«

»Ja, Ihr zuvorkommendes Wesen hat mich wirklich sprachlos gemacht, Sir.«

Er schien den sarkastischen Ton in ihrer Stimme nicht bemerkt zu haben. »St. Merryn hingegen benutzt dich nur. Er wird dich in erniedrigendster Weise beiseite werfen, nachdem er dich einige Wochen oder Monate in der Stadt als seine Verlobte vorgeführt hat. Wenn er mit dir abgerechnet hat, wirst du ruiniert sein.«

»Wie die Dinge liegen, ist es bereits zu spät für mich, also kann ich die Situation jetzt genießen.«

»Oh, meine liebe Elenora, so zu reden ist normalerweise nicht deine Art. Ich kann dir helfen.«

»Wirklich?« Sie war beinahe amüsiert. »Auf welche Art und Weise wollen Sie das anstellen?«

»Ich werde dich unter meinen Schutz nehmen. Ich habe jetzt das Geld dafür. Im Gegensatz zu St.

Merryn werde ich äußerst diskret sein. Du wirst dem spöttischen Gelächter der gehobenen Gesellschaft nicht ausgesetzt sein. Ich werde dich vor der Öffentlichkeit verstecken. Wir werden endlich zusammen glücklich sein, mein Liebling, genau so, wie es ursprünglich geplant war.«

Eine ohnmächtige Wut ergriff von ihr Besitz, und sie überlegte kurz, ob sie ihren Fächer in Jeremys Ohr stecken sollte.

»Erlauben Sie mir die Feststellung, Sir«, zischte sie durch die Zähne, »dass die Aussicht, durch St. Merryn ruiniert zu werden, wesentlich aufregender ist, als Ihre Geliebte zu werden.«

»Du bist überreizt«, beruhigte er sie. »Das verstehe ich vollkommen. Deine armen Nerven haben offensichtlich einiges mitgemacht in der letzten Zeit. Aber wenn du darüber nachdenkst, wirst du feststellen, dass meine Lösung die beste ist. Sie wird dich vor der großen Erniedrigung bewahren, die St. Merryn dir bereiten wird.«

»Lassen Sie mich los, Jeremy.«

»Ich versuche nur, dich zu beschützen.«

Kalt lächelte sie ihn an. »Das Letzte, was ich mir wünsche, ist unter Ihrem Schutz zu stehen, Sir.«

»Ziehst du es deshalb vor, bei St. Merryn zu bleiben, weil er wohlhabender ist als ich? Was wird dir sein Geld nützen, wenn du für ihn erledigt bist und dir das größte Unglück bevorsteht, das du jemals erlebt hast? Du wirst dich in der gehobenen Gesellschaft nie wieder blicken lassen können. Deine Zukunft wird zerstört sein.«

»Sie wissen überhaupt nichts über meine Zukunftspläne.«

»Elenora, bitte lass mich zu Ende reden, dann wirst du vielleicht verstehen, wie schlimm deine Situation in Wirklichkeit ist. Ich komme gerade aus meinem Club und habe die Einträge in den Wettbüchern mit eigenen Augen gesehen. Heute Abend hat der junge Geddings um zweitausend Pfund gewettet, dass St. Merryn dich am Ende der Ballsaison rauswerfen wird. Seine Wette war nur eine von vielen. Einige der Summen, um die es geht, sind enorm hoch.«

»Es überrascht mich immer wieder, dass so viele gebildete Männer so dumm sein können.«

»Sie alle wetten, dass die Verlobung ein Betrug ist. Der einzige Unterschied bei den Wetten ist das Datum, an dem er dich rauswirft. Die meisten rechnen damit, dass es am Ende der Ballsaison sein wird. Einige glauben, dass er dich während des Sommers noch in seinem Bett behalten wird, weil es für ihn bequem ist.«

Auf eine Weise hatte er Recht. Arthur würde sie gehen lassen, wenn ihre Aufgabe beendet war, dachte sie niedergeschlagen. Es war wirklich ärgerlich, dass so viele der Gentlemen der gehobenen Gesellschaft, die Wetten über ihre Zukunft abschlossen, auf ihre Kosten einen satten Gewinn machen würden. Das war alles andere als gerecht.

In dem Moment wurde sie von einem Gedanken aufgerüttelt, der sie gewaltiger traf als ein Blitzschlag.

Ich weiß genau, wie diese Affäre zu Ende gehen wird.

Sie war in der Lage, ihre eigene einsame Zukunft wesentlich deutlicher vor sich zu sehen als irgendeiner der Gentlemen in den Clubs. Sobald Arthur den Mörder dingfest gemacht hatte, würde sie in der Lage sein, ein Datum festzulegen, an dem sie ihre Verbindung beenden würde.

Diese Vorstellung machte sie sehr traurig, aber sie musste auch an die finanziellen Folgen denken. Sie war die einzige Person, außer Arthur natürlich, die mit absoluter Sicherheit eine Wette abschließen konnte, wie die Geschichte ausgehen würde.

Es würde nicht einfach sein, dachte sie. Sie klopfte mit ihrem zugeklappten Fächer auf ihre Handfläche und ihre Gedanken rasten. Es gab nur ein oder zwei Hindernisse, die aus dem Weg geräumt werden mussten. Schließlich konnte eine Lady nicht in einen Herrenclub gehen und dort eine Wette abschließen. Sie brauchte die Hilfe von jemandem, dem sie vertrauen konnte und der die Wette auf ihren oder seinen Namen für sie abschließen würde.

»Elenora?« Jeremy schüttelte sie leicht. »Hast du mir zugehört? Während wir miteinander reden, werden überall in der Stadt Wetten abgeschlossen. Wo ist dein Stolz? Du kannst St. Merryn nicht erlauben, dich auf diese abscheuliche Art und Weise zu behandeln.«

Reiß dich zusammen, ermahnte Elenora sich. Sie musste ihre Rolle weiterspielen.

»Unsinn, Jeremy.« Sie hob das Kinn. »Ich kann einfach nicht glauben, dass St. Merryn so herzlos ist und mich einfach beiseite wirft. Warum glauben alle, dass er so etwas tun würde?«

Das war wirklich eine sehr gute Frage, dachte sie. Was hatte eigentlich dazu geführt, dass heute Abend auf einmal so viele Wetten abgeschlossen wurden?

»Man sagt, dass er dich von einer Agentur bekommen hat«, erwiderte Jeremy.

Bei diesen Worten entspannte sie sich etwas. »Oh, um Himmels willen, Jeremy. Dieser Unsinn, dass er mich von einer Agentur hat, war doch von Anfang an ein Witz. Das weiß doch jeder. Haben Sie keinen Sinn für Humor?«

Er blinzelte ein wenig. »Bis zum heutigen Abend haben ich und alle anderen geglaubt, dass diese Geschichte in der Tat St. Merryns exzentrische Vorstellung von einem amüsanten Witz war. Aber jetzt wird überall verbreitet, dass es die Wahrheit ist und dass er dich in der Tat durch eine Agentur bekommen hat, die bezahlte Gesellschafterinnen vermittelt.«

»Aus welchem Grund sollte er so etwas tun? Aufgrund seines Titels und Reichtums könnte er sich seine Verlobte doch unter den jungen Damen der Gesellschaft aussuchen.«

»Begreifst du denn nicht? Man sagt, dass er zu einer Agentur gegangen ist, um eine verarmte Gesellschafterin anzustellen, weil er nicht die Absicht hat, zu heiraten. Er wollte sich nur mit einer Geliebten amüsieren, die ihm in seinem eigenen Haus jederzeit zur Verfügung steht und die er der Gesellschaft vorführen kann. Es ist wieder eine von seinen berüchtigten Strategien. Der Mann ist doch für seine intelligenten Pläne bekannt.«

»Nun, wenn dem so ist, ist dies sicherlich einer seiner brillanteren Pläne«, sagte sie leichthin, »weil ich davon überzeugt bin, dass er beabsichtigt, mich zu heiraten.« Es könnte nicht schaden, die Vorstellung zu bekräftigen, dass St. Merryns Absichten ehrlich waren, dachte sie. Dies würde vielleicht dazu beitragen, die Wetteinsätze zu erhöhen.

»Meine Liebste, du brauchst mir nichts vorzumachen.« Jeremy verstärkte seinen Griff um ihren Arm. »Ich habe dir doch gesagt, dass ich alles weiß. Es stimmt, dass St. Merryn dich von einer Agentur bekommen hat. Das kannst du nicht abstreiten.«

»Unsinn.«

»Goodhew & Willis, um genau zu sein.«

Lieber Himmel. *Er kennt den Namen der Agentur.* Ihres Wissens nach war dies das erste Mal, dass jemand den vermeintlichen Scherz mit Goodhew & Willis in Verbindung brachte.

Sie schluckte hart und versuchte, ihn nicht sehen zu lassen, dass seine Kenntnis der Sachlage sie schockierte. Sie musste unbedingt in Erfahrung bringen, wie er auf den Namen der Agentur gekommen war.

»Ich habe absolut keine Ahnung, worüber Sie da reden, Jeremy.« Es kostete sie eine enorme Anstrengung, ihre Stimme unbesorgt klingen zu lassen, aber sie schaffte es. »Wo haben Sie denn diesen merkwürdigen Namen gehört?«

»Oh, mein armer, naiver Schatz. Du glaubst wirklich daran, dass St. Merryn beabsichtigt, dich zu heiraten.« Er drückte ihren Arm. »Sag mir, welche Versprechen hat er dir gegeben? Was für Lügen hat er dir erzählt?«

»Im Gegensatz zu Ihnen, Jeremy, ist St. Merryn vollkommen ehrlich und aufrichtig mit mir.«

Jeremys Finger hatten sich wie ein Schraubstock um ihren Arm gelegt. »Willst du damit sagen, dass du seinem Plan tatsächlich zugestimmt hast? Ich kann einfach nicht glauben, dass du dich zu solcher Verdorbenheit hinreißen lässt. Was ist nur mit meiner süßen, unschuldigen Elenora geschehen?«

»Die süße, unschuldige Elenora wird bald meine Frau werden.« Arthur trat aus den Schatten einer Hecke. »Und wenn Sie nicht sofort Ihre Hand von ihrem Arm nehmen, Clyde, werde ich auch noch den letzten Rest an Geduld, den ich mit Ihnen habe, verlieren.«

»St. Merryn.« Blitzartig ließ Jeremy Elenoras Arm los und trat vorsichtig einen Schritt zurück, während Arthur sich neben Elenora stellte. »Wie können Sie es wagen, Sir?«

»Wie kann ich es wagen, Miss Lodge zu bitten, meine Frau zu werden?« Arthur ergriff Elenoras Arm. »Wahrscheinlich, weil mir das Wortspiel gefällt. Aber das geht Sie nichts an.«

Jeremy zuckte zusammen, wich jedoch nicht von der Stelle. »Schämen Sie sich nicht, Sir?«

»Das ist ja fast schon amüsant, weil es von einem Mann kommt, der Elenora im Stich gelassen hat, um eine andere zu heiraten.«

»Das stimmt nicht«, sagte Jeremy nervös.

»Doch«, bekräftigte Elenora, »das stimmt genau.«

»Mein Liebling, das hast du falsch verstanden.«

»Das glaube ich nicht.«

»Ich habe dich aber nicht gebeten, etwas so Unerhörtes zu tun und dich als meine Verlobte auszugeben.« Jeremy drehte sich herum und funkelte Arthur wütend an. »Wie können Sie es verantworten, Miss Lodge auf solche Art und Weise zu benutzen, Sir?«

»Wissen Sie, Clyde«, erwiderte Arthur und seine Stimme klang gefährlich leise«, »Sie sind außerordentlich lästig.«

Beunruhigt über seinen Tonfall, schob sich Elenora zwischen die beiden Männer. »Jetzt ist es genug, Arthur, wir haben wichtigere Dinge, um die wir uns heute Abend kümmern müssen.«

Er warf ihr einen Blick zu. »Bist du sicher? Es war kurz davor, interessant zu werden.«

»Jeremy weiß über Goodhew & Willis Bescheid«, sagte sie spitz.

Sie spürte, wie Arthurs Hand sich fest um ihren Arm spannte, denselben Arm, den er Jeremy soeben entzogen hatte. Bei der Geschwindigkeit, mit der die Männer heute Abend diesen Teil ihres Körpers in Beschlag nahmen, würde sie am nächsten Morgen lauter blaue Flecken haben, überlegte sie.

Arthur blickte Jeremy unverwandt an. »Ah ja?«

»Es ist doch allgemein bekannt, dass sie sie von dieser Agentur bekommen haben«, zischte Jeremy.

»In der Tat macht die Geschichte die Runde, dass ich mein Versprechen, meine künftige Frau von einer Agentur zu holen, die bezahlte Gesellschafterinnen vermittelt, eingelöst habe«, stimmte Arthur zu. »Aber der Name der Agentur ist mit Sicherheit niemandem bekannt. Woher haben Sie ihn?«

»Sehen Sie, Sir, es besteht kein Grund, warum ich mich Ihnen gegenüber deutlicher ausdrücken sollte …«

Er hielt abrupt inne, als Arthur Elenora unerwartet losließ, Jeremy an seinem teuren Mantel packte und ihn hart gegen das entblößte Hinterteil eines marmornen Gottes stieß.

»Wer hat Ihnen den Namen Goodhew & Willis gegeben, Clyde?«, fragte Arthur erneut, diesmal noch leiser.

Jeremy starrte ihn mit offenem Mund an, brachte es jedoch fertig, einen zittrigen Protest hervorzustoßen. »Lassen Sie mich los, Sir.«

»Ich hätte große Lust, Sie zum Duell aufzufordern, weil Sie in böswilliger Absicht Klatschgeschichten über meine Verlobte verbreitet haben, so wie ich es Ihnen schon einmal angedroht habe.«

Im Mondlicht war auf Jeremys Gesicht blankes Entsetzen zu sehen. »Sie bluffen, Sir. Alle Welt weiß, dass Sie sich noch nicht einmal die Mühe gemacht haben, den Mann, der mit Ihrer echten Verlobten davongelaufen ist, zum Duell herauszufordern. Es ist kaum wahrscheinlich, dass Sie in einem Duell wegen einer Frau Kopf und Kragen riskieren, die Sie lediglich als Annehmlichkeit betrachten.«

»Clyde, sowohl Sie als auch die ganze Welt wissen nur sehr wenig über mich und meine Absichten. Entweder Sie sagen mir jetzt sofort, wo Sie den Namen Goodhew & Willis gehört haben, oder ich werde innerhalb einer Stunde meine Sekundanten zu Ihnen schicken.«

Jeremys Widerstand war gebrochen. »Nun gut«, sagte er, darum bemüht, seine Würde zu wahren. »Ich vermute, es gibt keinen Grund, warum ich Ihnen nicht sagen sollte, wo ich von Ihren wirklichen Absichten Miss Lodge gegenüber erfahren habe.«

»Wo war das?«

»Im Green Lyon.«

Elenora zog die Stirn in Falten. »Was ist der Green Lyon?«

»Eine Spielhölle in einer Nebenstraße von St. James«, erklärte Arthur, ohne Jeremy aus den Augen zu lassen. »Wieso sind Sie dorthin gegangen, Clyde? Oder ist das eines Ihrer Stammlokale?«

»Beleidigen Sie mich nicht.« Jeremy richtete sich zu seiner vollen Größe auf. »Ich bin gestern Abend aus einer Laune heraus dorthin gegangen, weil ich mich ziemlich gelangweilt habe und jemand behauptet hat, dass es dort ganz unterhaltsam sei.«

»Sie sind zufällig gestern Abend dorthin gegangen und haben zufällig jemanden getroffen, der Ihnen von Goodhew & Willis erzählt hat? Das glaube ich nicht. Sie haben noch einen Versuch.«

»Aber es ist die Wahrheit, verdammt noch mal. Ich war nicht besonders gut gelaunt, und jemand hat den Vorschlag gemacht, dass wir in den Green Lyon gehen. Wir sind zusammen dorthin gegangen und haben ungefähr eine Stunde lang Risiko gespielt. Irgendwann im Laufe des Abends hat er Goodhew & Willis erwähnt.«

»Ist diese Person mit Ihnen befreundet?«, fragte Arthur gelassen.

»Nicht befreundet, lediglich ein Bekannter, den ich gestern Abend kennen gelernt habe.«

»Wo haben Sie ihn kennen gelernt?«

Jeremy warf Elenora einen raschen Blick zu und sah dann schnell wieder zur Seite. »Vor einem Etablissement in der Orchid Street«, brummte er.

»Orchid Street.« Arthurs Mund verzog sich angewidert. »Ja, natürlich, das ist wahrscheinlich die Adresse des Bordells, das von dieser alten Kupplerin betrieben wird, die sich Mrs Flowers nennt.«

Elenora stieß ein verächtliches Geräusch aus. »Sie besuchen Bordelle, Jeremy? Das sind ja erschreckende Neuigkeiten. Weiß Ihre Frau davon?«

»Ich habe mich zufällig in der Orchid Street aufgehalten, weil ich dort geschäftlich zu tun hatte«, nuschelte Jeremy. »Mir ist nicht bekannt, dass es dort überhaupt ein Bordell gibt.«

»Egal«, sagte Arthur. »Erzählen Sie mir mehr über den Mann, der sich Ihnen gestern Abend vorgestellt und vorgeschlagen hat, dass Sie ins Green Lyon gehen.«

Jeremy versuchte, die Schultern zu zucken, was ihm aber nur zum Teil gelang, weil Arthur ihn noch immer an seinem Mantel festhielt. »Es gibt nicht viel zu erzählen. Ich glaube, er sagte, sein

Name sei Stone oder Stoner oder so ähnlich. Er schien sich im Green Lyon auszukennen.«

»Wie sah er aus?«, fragte Elenora.

Vor Verblüffung verzog Jeremy das Gesicht zu einer Grimasse. »Warum, zum Teufel, spielt das eine Rolle?«

Arthur stieß Jeremy noch einmal gegen die Statue. »Beantworten Sie ihre Frage, Clyde.«

»Verdammt noch mal, ich kann mich nicht mehr genau an sein Aussehen erinnern. Als ich ihn kennen lernte, hatte ich bereits mehrere Flaschen Rotwein getrunken, wenn Sie es unbedingt wissen müssen.«

»Sie waren betrunken?« Elenora war von dieser Neuigkeit überrascht. Während der Zeit, als Jeremy ihr den Hof gemacht hatte, hatte sie nie erlebt, dass er dem Alkohol zusprach. »Es gibt nichts Schlimmeres als einen Betrunkenen. Ihre arme Frau hat mein tiefstes Mitgefühl.«

»Ich habe einen verdammt guten Grund dafür, warum ich meine Sorgen vergessen will«, knurrte Jeremy. »Meine Ehe ist nicht das, was man eine Liebesheirat nennen würde. Sie ist die Hölle auf Erden. Bevor wir heirateten, sagte mein Schwiegervater, dass er meiner Frau ein beträchtliches Vermögen vererben würde, aber dann hat er sich nicht an sein Versprechen gehalten. Er kontrolliert unser Einkommen und besteht darauf, dass ich nach seiner Pfeife tanze. Ich bin gefangen, gefangen, sage ich Ihnen.«

»Ihre Eheprobleme sind für uns nicht von Interesse«, sagte Arthur. »Beschreiben Sie den Mann, den Sie in der Orchid Street getroffen haben.«

Jeremy schnitt eine Grimasse. »Ich vermute mal, er war ungefähr genauso groß wie ich und hatte braunes Haar.« Er rieb seine Stirn. »Wenigstens glaube ich, dass es braun war.«

»War er dick?«, drängte Arthur. »Dünn?«

»Nicht dick.« Jeremy zögerte. »Er sah aus, als wäre er in sehr guter Form.«

»Hatte er irgendwelche ungewöhnlichen Merkmale?«, fragte Elenora. »Zum Beispiel Narben?«

Jeremy sah verärgert aus. »Ich kann mich an keine Narben erinnern. Was sein Aussehen betrifft, schien er der Typ zu sein, den Frauen anziehend finden.«

»Wie war er gekleidet?«

»Teuer«, erwiderte Jeremy, ohne zu zögern. »Ich erinnere mich, dass ich ihn nach dem Namen seines Schneiders gefragt habe, aber er machte nur einen Witz und wechselte das Thema.«

»Wie sahen seine Hände aus?«, wollte Elenora wissen. »Können Sie sie beschreiben?«

»Seine Hände?« Jeremy starrte sie an, als hätte sie ihm eine extrem schwierige mathematische Frage gestellt. »Ich kann nicht sagen, dass sie ungewöhnlich waren.«

»Dies ist absoluter Unsinn und führt zu nichts.« Arthur ließ Jeremys Mantel los. »Wenn Sie sich noch an etwas erinnern sollten, was irgendwie von Interesse sein könnte, so lassen Sie es mich umgehend wissen.«

Ärgerlich zog Jeremy seinen Mantel und Schal gerade. »Warum, in Teufels Namen, sollte ich mir die Mühe machen, dies zu tun?«

Arthurs Lächeln war so kalt wie die äußeren Ringe der Hölle. »Weil wir allen Grund haben, zu glauben, dass Ihr neuer Bekannter in den letzten Wochen mindestens drei Männer umgebracht hat.«

Jeremy gab ein gurgelndes Geräusch von sich und war nicht in der Lage, ein Wort zu sagen.

Wenn die Umstände anders gewesen wären, hätte sie den Anblick außerordentlich amüsant gefunden, dachte Elenora.

Jedenfalls hatte sie nicht genügend Zeit, Jeremys geschockten Gesichtsausdruck auszukosten, weil Arthur sie bereits von den Statuen wegzog und mit ihr auf den Ballsaal zusteuerte.

»Was, zum Teufel, haben Sie überhaupt hier draußen mit Clyde verloren?«, knurrte er.

»Ich dachte, ich hätte jemanden gesehen, der der Mörder gewesen sein könnte.«

»Verdammt und zugenäht. Er war hier?« Arthur blieb so plötzlich stehen, dass Elenora über seinen Stiefel stolperte. Wenn er sie nicht aufgefangen hätte, wäre sie auf die Knie gefallen. »Sind Sie sicher?«

»Ich vermute es, aber ich muss zugeben, dass ich nicht hundertprozentig sicher bin.« Sie zögerte. »Er hat mich berührt, meinen Nacken. Ich könnte schwören, dass er es mit Absicht getan hat. Das Gefühl hat mir einen eiskalten Schauer durch den Körper gejagt.«

»Dieser Bastard.« Arthur zog sie eng an sich und legte besitzergreifend einen Arm um sie.

Es fühlte sich sehr angenehm an, so eng an seine Brust gedrückt zu werden, dachte Elenora. Warm, sicher, Trost spendend.

»Arthur, vielleicht war es auch nur meine Fantasie«, sagte sie in seinen Mantel hinein. »Gott weiß, meine Nerven waren in letzter Zeit äußerst angespannt. Wir müssen uns auf das konzentrieren, was wir von Jeremy erfahren haben.«

»Das ist richtig.«

Zögernd hob sie den Kopf. »Es gibt außer Ihnen und mir nur sehr wenige Leute, die den Namen der Agentur kennen, zu der Sie gegangen sind. Von diesen Personen ist Ibbitts der Einzige, der die Information freiwillig weitergegeben haben könnte.«

»Und derjenige, dem er den Namen der Agentur gegeben hat, war wahrscheinlich der Mann, der ihn umgebracht hat.« Arthur löste sich von ihr und ging auf die Terrassenstufen zu. »Kommen Sie. Wir müssen uns beeilen.«

»Wohin gehen wir?«

»Sie gehen nach Hause. Ich fahre zum Green Lyon, um mich dort eine Zeit lang auf die Lauer zu legen. Clyde sagte, dass sein neuer Bekannter mit dem Club vertraut ist. Vielleicht ist er heute Abend dort.«

»Nein, Arthur, das geht so nicht. Ich muss mit Ihnen gehen.«

»Elenora, ich habe nicht die Zeit, mich mit Ihnen zu streiten.«

»Das verstehe ich. Aber Sie denken nicht logisch, Sir. Ich muss heute Abend mit Ihnen gehen, um Ausschau zu halten. Schließlich bin ich die einzige Person, die in der Lage sein könnte, den Täter zu erkennen.«

31

Eine Stunde später wickelte Elenora ihr Tuch noch enger um die Schultern und zog die Decke über ihre Knie. Die Nacht war nicht besonders kalt, aber man fröstelte, wenn man längere Zeit in einer unbeleuchteten Kutsche saß.

»Ich muss schon sagen, diese Beobachtungsangelegenheit ist nicht annähernd so aufregend, wie ich gedacht hatte«, sagte sie.

Arthur, der von der Dunkelheit eingehüllt auf der anderen Seite der Kutsche saß, hatte seinen Blick unentwegt auf die Eingangstür des Green Lyon gerichtet. »Ich habe Sie gewarnt, wenn Sie sich recht erinnern.«

Sie entschied sich, dies zu ignorieren. Arthur war heute Abend nicht gerade gut gelaunt. Aber das konnte sie ihm kaum verübeln, dachte sie.

Die Kutsche war ziemlich altersschwach. Arthur hatte Jenks beauftragt, sie für diesen Zweck zu mieten, und Elenora begriff, was sein Beweggrund dafür war. Es war ziemlich wahrscheinlich, dass man seine eigene Kutsche erkannt hätte, wenn sie längere Zeit auf der Straße vor dem Green Lyon stand. Leider hatte der Mietstall zu so später Stunde nur noch ein altes Fahrzeug übrig gehabt.

Es war verständlich, warum keiner der anderen

Kunden die Kutsche angemietet hatte, denn wenn das schwere, unbequeme Gefährt sich in Bewegung setzte, ruckelte und schwankte es beträchtlich. Obwohl es auf den ersten Blick so aussah, als seien die Sitze sauber, wurde jedoch schnell deutlich, dass die Kutsche über die Jahre hinweg schlecht gepflegt worden und ein übler Geruch in die Kissen gedrungen war.

Elenora unterdrückte einen winzigen Seufzer. Sie hatte erwartet, dass die Zeit, die sie mit Arthur in dem dunklen, engen Inneren der Kutsche verbrachte, äußerst angenehm sein würde. Sie stellte sich vor, wie sie ein paar Stunden leise miteinander plaudern würden, während sie die Gentlemen beobachteten, die in dem Club ein und aus gingen.

Aber sofort nachdem sie sich der langen Reihe von Fahrzeugen, die auf der Straße vor der Spielhölle warteten, angeschlossen hatten, war Arthur in ein tiefes Schweigen versunken. Er hatte seine ganze Aufmerksamkeit auf die Eingangstür des Green Lyon gerichtet, und sie wusste, dass er wieder einmal seinen Plan überdachte.

Sie beobachtete die Eingangstür und fragte sich, warum solche Etablissements wohl eine derart große Anziehungskraft auf Männer ausübten. Ihrer Meinung nach sah es nicht gerade verlockend aus. Die einzige Gaslaterne vor dem Haus gab nur ein schwaches Licht ab, das die Gesichter der Gäste erhellte, die dort verkehrten.

Die meisten Männer, die aus den Kutschen und Karossen torkelten, die an der vorderen Treppe hielten, waren betrunken. Sie lachten laut und erzählten ihren Freunden schlüpfrige Witze und einige betraten voller fieberhafter Erwartung die Spielhölle.

Die meisten Männer, die aus dem Club kamen, hatten einen vollkommen anderen Gesichtsausdruck. Ein oder zwei Herren strahlten vor Freude. Sie prahlten mit ihrem Gewinn und befahlen ihren Kutschern, sie zu anderen Spielhöllen zu fahren. Eine noch größere Anzahl von Männern kam jedoch mit einem Ausdruck von Niedergeschlagenheit, Ärger oder völliger Hoffnungslosigkeit die Stufen herab. Einige sahen aus, als hätte sie die Nachricht von einem Todesfall in der Familie ereilt. Elenora wusste, dass sie soeben ihr Haus oder Erbe verspielt hatten. Sie fragte sich, ob sich irgendeiner von ihnen noch vor dem Morgengrauen die Pistole an die Schläfe setzen würde, genauso wie es ihr Stiefvater getan hatte, als er bei seinem letzten Investmentvorhaben sein ganzes Vermögen verloren hatte.

Erneut lief ihr ein Schauder über den Rücken.

Arthur bewegte sich. »Ist Ihnen kalt?«

»Nein, eigentlich nicht. Was werden Sie tun, wenn wir ihn heute Abend nicht ausfindig machen?«

»Ich werde es morgen Abend noch einmal versuchen.« Arthur legte seinen Arm auf die Rückenlehne seines Sitzes. »Dies ist der wichtigste Hinweis, den ich bisher bekommen habe, falls mir nicht noch in der Zwischenzeit neue Informationen vor die Füße fallen sollten.«

»Beunruhigt es Sie, dass der Täter die Information über meine Verbindung zu Goodhew & Willis ausgerechnet Jeremy anvertraut hat? Das kann doch kein Zufall gewesen sein.«

»Nein. Ich bin ziemlich sicher, dass er Unruhe stiften wollte, indem er Clyde erzählt hat, dass Sie tatsächlich von einer Agentur kommen und dass die Gerüchte kein Scherz sind.«

»Welche Art von Unruhe?«

»Keine Ahnung. Noch nicht. Denken Sie daran, dass er immer noch glaubt, wir hätten keine Möglichkeit, seine Identität herauszufinden. Er ist zweifellos davon überzeugt, dass seine wahre Identität ein sicheres Geheimnis ist.«

Sie zog an ihrem Schultertuch. »Ich hoffe nur, dass ich ihn aus dieser Entfernung erkennen kann.«

Erneut entstand Schweigen zwischen ihnen.
»Arthur?«
»Ja?«
»Es gibt da etwas, was ich Sie schon seit langem fragen wollte.«
Er wandte sich nicht um. »Um was handelt es sich?«
»Wie kommt es, dass Sie den Namen des Bordells in der Orchid Street erraten haben, als Jeremy davon sprach?«
Einige Sekunden lang gab Arthur kein Zeichen von sich, dass er die Frage gehört hatte. Dann bemerkte sie, dass er in der Dunkelheit lächelte.
»Solche Etablissements wissen genau, wie sie ihre Dienste bekannt machen«, sagte er. »Männer reden, Elenora.«
»Ich bin kein bisschen überrascht, dies zu hören.«
Jetzt sah er sie an und das amüsierte Lächeln umspielte noch immer seine Mundwinkel. »Was Sie wirklich wissen wollen, ist, ob mir das Bordell bekannt ist, weil ich es vielleicht besucht haben könnte.«
Sie hob das Kinn und hielt ihren Blick auf die Eingangstür des Green Lyon gerichtet. »Ich interessiere mich ganz und gar nicht für diesen Aspekt Ihres Privatlebens, Sir.«

»Natürlich tun Sie das und meine Antwort ist nein.«

»Ich verstehe.« Sie war einen Augenblick vergnügt und erinnerte sich dann an die andere Frage, die sein Privatleben betraf und die ihr bereits von Anbeginn dieses Abenteuers Sorgen bereitet hatte. Die gute Laune, die kurzzeitig von ihr Besitz ergriffen hatte, verflog sofort wieder. »Nun, ich nehme an, Sie haben die Dienste eines solchen Etablissements nicht benötigt.«

»Es gibt zur Zeit keine andere Frau in meinem Leben, Elenora«, sagte er leise. »In Wirklichkeit gibt es schon eine ganze Zeit lang niemanden mehr. Ist es das, was Sie wissen wollten?«

»Es geht mich nichts an.«

»Ah, aber das tut es doch, meine Liebe«, sagte er leise. »Schließlich haben wir eine intime Beziehung miteinander. Sie haben gute Gründe zu erfahren, ob ich eine romantische Beziehung zu einer anderen Frau habe.« Er hielt einen Moment inne. »Genauso wie ich erwarte, dass Sie es mir umgehend erzählen, wenn Sie sich entschließen sollten, eine derartige Beziehung mit einem anderen Mann einzugehen.«

Irgendetwas an seinem Ton ließ sie frösteln und ihre Nackenhaare stellten sich auf. Er wollte ihr damit sagen, dass er ihre Zuneigung nicht teilte.

»Ich erwarte, dass die Dinge so bleiben, solange wir ein Verhältnis miteinander haben.«

Sie räusperte sich. »Ich erwarte dieselbe Loyalität auch von Ihnen.«

»Die haben Sie«, sagte er kurz und bündig.

Er richtete seine Aufmerksamkeit wieder auf die Tür des Green Lyon. Im Stillen begann sie, die Zufriedenheit und das sehnsüchtige Verlangen, die sie fühlte, zu analysieren. Während der Zeit, in der sie in dieser merkwürdigen Affäre aneinander gebunden waren, hätte sie ihn für sich allein, dachte sie. Aber diese Erkenntnis verstärkte ihr Bewusstsein darüber, wie schmerzhaft eine Trennung sein würde.

Sie bemühte sich, ihre Gedanken auf die Zukunft und ihre großartigen Pläne zu konzentrieren, aber es wurde immer schwieriger, sich ein Leben ohne Arthur vorzustellen.

Lieber Gott, ich habe mich in ihn verliebt.

Diese Erkenntnis erfüllte sie mit einer großen Euphorie, die sich augenblicklich in Furcht verwandelte. Wie konnte sie so etwas nur geschehen lassen? Es war eine Fehlentscheidung von enormen Ausmaßen.

»Hol's der Teufel.« Arthur richtete sich abrupt auf und lehnte sich näher an das Kutschenfenster. »Was geht dort vor?«

Sein eindringlicher Tonfall riss sie aus ihren trüben Gedanken. Abrupt lehnte sie sich nach vorn.

»Was ist passiert?«, fragte sie.

Arthur schüttelte den Kopf und hielt seinen Blick unverwandt auf das Geschehen vor dem Club gerichtet. »Verdammt, wenn ich das bloß wüsste. Aber das kann kein Zufall sein. Schauen Sie sich das an. Könnte das der Mann sein, mit dem Sie an dem Abend getanzt haben, als Ibbitts umgebracht wurde? Der Sie heute Abend berührt hat?«

Sie folgte seinem Blick und sah, wie ein attraktiver Mann Anfang zwanzig zielstrebig aus der Tür des Green Lyon schritt. Im Schein der Gaslaterne hatte sein Haar eine hellbraune Farbe. Er war schlank und bewegte sich leichtfüßig.

Der Puls in ihren Handgelenken begann zu rasen und ihr Mund wurde trocken. War dies der Mörder? War dies der Mann, der sie heute und an jenem Abend, als Ibbitts ermordet wurde, so intim berührt hatte? Aus dieser Entfernung war sie ganz und gar nicht sicher.

»Er hat ungefähr dieselbe Größe«, sagte sie zögernd. »Und er scheint auch langgliedrige Hände zu haben. Ich kann von hier aus nicht sehen, ob er einen Ring trägt.«

»Er hat Reitstiefel an.«

»Ja, aber wie Sie bereits sagten, bevorzugen eine ganze Reihe von Gentlemen diese Art von Stiefeln.« Sie schlang die Finger in ihrem Schoß ineinander. »Arthur, es tut mir Leid, aber aus dieser Entfernung bin ich mir nicht sicher. Ich müsste näher an ihn herangehen.«

»Er steigt in keine der wartenden Kutschen ein.«

Sie beobachtete, wie der Mann in den Reitstiefeln sich am unteren Treppenabsatz umwandte und eine kleine Laterne anzündete, die er an seiner Seite trug. Dann ging er die Straße hinunter und verschwand in der Dunkelheit. Er war allein.

»Bleiben Sie in der Kutsche. Jenks wird nach Ihnen sehen.«

Arthur öffnete die Kutschentür und sprang hinaus. »Ich werde dem Mann folgen.«

Ängstlich lehnte sie sich nach vorn. »Nein, Sie dürfen nicht allein gehen. Arthur, bitte, dies ist wahrscheinlich genau das, was der Schurke erwartet.«

»Ich will sehen, wo er hingeht. Er wird mich nicht entdecken.«

»Arthur …«

»Ich bin außerordentlich neugierig, welche Art von Geschäft er in unmittelbarer Nähe zum Green Lyon zu erledigen hat.«

»Dies gefällt mir ganz und gar nicht, Sir. Bitte nehmen Sie Jenks mit.«

Arthur wandte seinen Kopf und sah den schnell verschwindenden Lichtpunkt der Laterne, die der Mann in seiner Hand trug. »Es wird ohnehin schon schwierig genug sein, ihn nicht merken zu lassen, dass ich ihm folge. Auf jeden Fall würde er dann zwei Männer entdecken, die ihm nachstellen.«

Er wollte gerade die Kutschentür schließen.

»Warten Sie. Sie wissen, wer der Mann mit der Laterne ist, nicht wahr?«, flüsterte sie.

»Roland Burnley. Der Mann, der mit Juliana davongelaufen ist.«

Arthur schloss die Tür, bevor Elenora sich von ihrem Schrecken erholen konnte.

32

Das schwache Licht der Kutschen und der Gaslaterne am Eingang des Green Lyon verschwamm hinter Arthur immer mehr. Er ging jetzt rascher und versuchte, Rolands Laterne nicht aus den Augen zu verlieren. Er musste sich darauf konzentrieren, sein Gewicht auf die Fußballen zu verlagern, damit die Absätze seiner Stiefel auf dem Kopfsteinpflaster keine Geräusche verursachten und den Mann warnten.

Roland hingegen machte keinen Versuch, seine Anwesenheit zu verbergen. Seine Schritte waren schnell und sicher; ein Mann, der genau wusste, wohin er ging.

Die enge, gewundene Straße war von kleinen Läden gesäumt, die nachts alle verschlossen und verriegelt waren. Aus den Zimmern, die über den Etablissements lagen, drang kein Lichtstrahl. Am Tag war dies keine besonders gefährliche Gegend, aber um diese Uhrzeit würde nur ein Narr allein hierher kommen.

Was zog Roland bloß hierher?

Nach einigen Minuten blieb er vor einem dunklen Hauseingang stehen. Arthur versteckte sich rasch in einem anderen Eingang und beobachtete, wie Roland in einen kleinen, engen Flur trat. Das Licht der Laterne flackerte kurz auf und verschwand dann vollständig, als sich die Tür hinter dem jungen Mann schloss.

Arthur kam der Gedanke, dass Roland in dieser Straße vielleicht eine Frau besuchte. Daran war nichts Ungewöhnliches.

Es war allgemeine Praxis, dass Männer, selbst diejenigen, die gerade geheiratet hatten, nebenher eine Geliebte hatten. Aber solche Vergnügen waren teuer und die finanzielle Lage der Burnleys war außerordentlich miserabel.

Arthur sah zu den Fenstern hinauf, die zu der Etage über der Tür gehörten, durch die Roland soeben das Haus betreten hatte. Auch dort war kein Licht zu sehen. Roland musste in einen Raum auf der Rückseite des Hauses gegangen sein.

Er würde nichts Neues erfahren, wenn er weiterhin in dem Hauseingang herumstand, dachte Arthur. Er zündete seine Laterne an, drehte das Licht herunter und trat aus dem dunklen Eingang. Dann überquerte er die winzige Straße und drückte die Türklinke hinab.

Die Tür ließ sich leicht öffnen.

Das schwache Licht der Laterne fiel auf die Treppe, die zu der Etage über den Geschäften führte. Arthur zog seine Pistole aus der Manteltasche.

Vorsichtig schlich er die Treppe hinauf und hielt nach unerwarteten Schatten auf dem Treppenabsatz Ausschau. Nichts bewegte sich in der Dunkelheit.

Als er oben angekommen war, stand er in einem unbeleuchteten Flur, von dem zwei Türen abgingen. Unter dem Spalt der einen Tür drang ein schmaler Streifen Licht hervor.

Arthur setzte seine Laterne ab, damit der schwache Schein auf den Boden fiel, seine Umrisse sich jedoch nicht zu stark abhoben. Er hatte nicht vor, sich zur perfekten Zielscheibe zu machen.

Er ging auf die Tür zu und machte sich mit seiner linken Hand am Griff zu schaffen. Er ließ sich leicht bewegen. Was auch immer er hier zu tun hatte, Roland schien völlig unbekümmert zu sein, dass jemand hereinkommen und die Pistole auf ihn richten könnte. Aber vielleicht hatte er auch nicht die Absicht, lange zu bleiben, und wollte schnell wieder verschwinden können, ohne nach einem Schlüssel suchen zu müssen.

Arthur lauschte einen Moment konzentriert. Aus dem Zimmer drangen keine Stimmen. Er konnte jedoch hören, wie jemand, vermutlich Roland, im Zimmer umherging.

Eine Schublade wurde geöffnet und wieder geschlossen. Dann war ein Quietschen zu hören. Vielleicht die rostigen Scharniere eines Kleiderschrankes?

Als er ein lang andauerndes, kratzendes Geräusch vernahm, nahm er diesen Moment wahr, um leise die Tür zu öffnen.

Er sah in ein kleines Zimmer, in dem ein Bett, ein Schrank und ein alter Waschtisch standen. Roland kniete auf den nackten Holzdielen und suchte etwas unter dem Bett. Er hatte nicht gehört, dass Arthur das Zimmer betreten hatte.

»Guten Abend, Burnley.«

»Was?« Roland drehte sich mit einem Ruck

herum und sprang auf die Füße. Er starrte Arthur entgeistert an. »*St. Merryn*. Also ist es wahr.« Ein qualvoller Ausdruck trat in seine Augen, der kurze Zeit später von glühendem Zorn ersetzt wurde. »Sie haben sie also gezwungen, mit Ihnen ins Bett zu gehen. Sie *Bastard*.«

Mit unbändiger Wut warf er sich Arthur entgegen, beide Hände vorgestreckt. Entweder hatte er die Pistole nicht bemerkt, oder er war zu wütend, um die Bedrohung, die von ihr ausging, zu erkennen.

Arthur lief rasch durch die Tür und auf den Flur hinaus. Er trat einen Schritt zur Seite und streckte seinen Fuß vor. Roland wurde mit einer solchen Wucht und Schnelligkeit nach vorn geschleudert, dass er nicht stehen bleiben konnte.

Er stolperte über Arthurs Stiefel und schlug in einem vergeblichen Versuch, sein Gleichgewicht nicht zu verlieren, verzweifelt um sich. Er fiel jedoch nicht auf den Boden, sondern drehte sich einmal um sich selbst und prallte gegen die gegenüberliegende Wand des Flurs.

Wie vom Blitz getroffen ging er zu Boden. »Hol Sie der Teufel, St. Merryn.«

»Ich schlage vor, wir besprechen dies wie vernünftige Gentlemen und nicht wie ein Paar wilder Hitzköpfe«, sagte Arthur gelassen.

»Wie können Sie es wagen, sich einen Gentleman zu nennen, Sir, nach den schlimmen Dingen, die Sie angerichtet haben?«

Arthur ließ langsam die Pistole sinken und Roland schien die Pistole zum ersten Mal zu bemerken. Mit gerunzelter Stirn folgte er Arthurs Bewegung.

»Was genau soll ich getan haben, das so schlimm ist?«, fragte Arthur.

»Sie kennen die Art Ihres Verbrechens sehr genau. Es ist absolut monströs.«

»Beschreiben Sie es.«

»Sie haben meine süße Juliana dazu gezwungen, sich Ihnen hinzugeben, im Gegenzug für Ihr Versprechen, meine Spielschulden zu bezahlen. Streiten Sie das nicht ab.«

»Natürlich streite ich das ab.« Arthur bedeutete Roland mit dem Lauf der Pistole, in den Raum zurückzugehen. »Jedes verdammte Wort.« Er blickte auf die dunkle Treppe. »Gehen Sie hinein. Ich möchte diese Unterhaltung nicht auf dem Flur führen.«

»Dann haben Sie also vor, mich umzubringen. Ist das der letzte Schritt in Ihrem Racheplan?«

»Nein, ich werde Sie nicht umbringen. Gehen Sie jetzt bitte hinein. Sofort.«

Roland starrte ängstlich auf die Pistole. Widerstrebend löste er sich von der Wand und ging langsam in das Zimmer.

»Sie haben sie nie geliebt, St. Merryn. Geben Sie es doch zu. Aber Sie haben sie begehrt, nicht wahr? Sie waren wütend, als sie mit mir davongerannt ist, also haben Sie einen kaltblütigen Racheplan entwickelt. Sie haben so lange gewartet, bis mir die Schulden bis zum Hals standen. Dann haben sie Juliana wissen lassen, dass Sie für meine Schulden aufkommen würden, wenn sie sich Ihnen hingeben würde.«

»Wer hat Ihnen denn diese merkwürdige Geschichte erzählt, Burnley?«

»Ein Freund.«

»Sie kennen doch hoffentlich das Sprichwort: Bei solchen Freunden braucht man keine Feinde.« Arthur steckte die Pistole in seine Tasche zurück und sah sich im Zimmer um. »Ich vermute, Sie sind heute Abend hierher gekommen, weil Sie Juliana und mich hier in diesem Bett erwartet haben?«

Roland zuckte zusammen und sein Mund verzog sich zu einer schmalen Linie. »Während ich Karten spielte, erhielt ich eine Nachricht. Sie besagte, dass ich, wenn ich umgehend zu dieser Adresse gehen würde, einen Beweis für Ihre schändliche Tat finden würde.«

»Auf welche Weise wurde die Nachricht überbracht?«

»Ein Straßenjunge hat sie dem Portier in dem Club übergeben.«

»Interessant.« Arthur durchquerte das Zimmer und untersuchte das leere Schrankinnere. »Und haben Sie den Beweis dafür gefunden, dass ich Ihre Frau erpresst haben soll, mit mir ins Bett zu gehen?«

»Ich hatte das Zimmer noch nicht vollständig durchsucht, als Sie hereingekommen sind.« Roland ballte seine Hände zu Fäusten. »Aber die Tatsache, dass Sie hier sind, ist sicherlich ein Beweis dafür, dass Sie mit diesem Zimmer vertraut sind.«

»Das hatte ich auch bei Ihnen vermutet«, sagte Arthur.

Er wandte sich vom Kleiderschrank ab und ging zum Waschtisch hinüber. Systematisch öffnete er die Schubladen und schloss sie wieder.

»Was machen Sie da?«, fragte Roland.

»Ich suche nach dem, was Sie hier in diesem Zimmer finden wollten.«

Er öffnete die letzte Schublade und entdeckte einen schwarzen Samtbeutel, der mit einem Lederband verschnürt war. Plötzlich verstand er. »Vielleicht war es nur mir vergönnt, heute Abend hier etwas zu finden.«

Arthur knotete das Lederband auf und leerte den schwarzen Samtbeutel aus. Zwei in Leinen gebundene Gegenstände fielen in seine Hand, die er auf den Waschtisch legte und einen nach dem anderen auswickelte.

Zusammen mit Roland betrachtete er die beiden wunderschön emaillierten Schnupftabakdosen. Sie waren mit einer Darstellung eines Alchimisten bei der Arbeit versehen. Auf dem Deckel prangte ein großer geschliffener roter Stein.

Roland kam näher heran und sah missmutig drein. »Schnupftabakdosen? Was haben die hier zu suchen?«

Arthur beobachtete, wie das Licht der Laterne auf den glänzenden Dosen in seiner Hand hin und her tanzte. »Anscheinend waren wir beide dafür vorgesehen, heute Abend die Rollen von Narren zu spielen, und beinahe wäre es uns auch gelungen.«

»Wovon reden Sie?«

Arthur steckte die Dosen sorgfältig in den Samtbeutel zurück. »Ich glaube, irgendjemand wollte, dass ich Sie heute Abend umbringe, Burnley, oder dass Sie wegen Mordverdachts verhaftet werden.«

Die Kutsche setzte sich rumpelnd in Bewegung, noch bevor Arthur Zeit hatte, die Tür zu schließen. Elenora hielt sich zurück, bis beide Männer ihr gegenüber Platz genommen hatten. Im Halbdunkel versuchte sie, in ihren Gesichtern zu lesen.

»Was geht hier vor sich?«, fragte sie und bemühte sich, die Angst, die sie ergriffen hatte, zu ignorieren.

»Erlauben Sie mir, Ihnen Roland Burnley vorzustellen.« Arthur schloss die Tür und zog die Blenden herunter, um die Fenster zu bedecken. »Burnley, meine Verlobte, Miss Elenora Lodge.«

Roland, dem nicht ganz wohl in seiner Haut war und der sich in eine Ecke gelümmelt hatte, warf ihm einen unsicheren Blick zu und musterte anschließend Elenora. In seinem Blick lag sowohl Missbilligung als auch Neugier.

Roland hatte die Gerüchte, die in den Clubs über sie verbreitet wurde, bestimmt gehört, dachte sie, und wusste nicht, was er von dieser Sache halten sollte. Offensichtlich fragte er sich, ob er gerade einer ehrbaren Dame oder einer Kurtisane vorgestellt worden war. Eine solche Situation musste einen Gentleman aus anständiger Familie in große Verlegenheit bringen.

Sie schenkte ihm ihr wärmstes Lächeln und streckte ihm die Hand entgegen. »Es ist mir ein Vergnügen, Sie kennen zu lernen, Sir.«

Roland zögerte, doch da er sich mit den behandschuhten Fingern einer Lady und einer förmlichen Vorstellung konfrontiert sah, gewann seine gute Erziehung die Oberhand.

»Miss Lodge.« In oberflächlicher Anerkennung beugte er seinen Kopf über ihre Hand.

Sofort ließ er ihre Finger wieder los und Elenora hatte gerade noch genug Zeit, den Grad seines Händedrucks zu prüfen. Sie warf Arthur einen Blick zu.

»Er ist nicht derjenige, den Sie suchen, Sir«, sagte sie leise.

»Ich bin vor einer Weile ebenfalls zu diesem Ergebnis gekommen.« Arthur warf den schwarzen Samtbeutel sacht in ihren Schoß und drehte eine der Kutschenlampen heller.

»Aber es scheint so, als ob irgendjemand möchte, dass ich genau das Gegenteil glaube. Sehen Sie sich das an.«

Sie fühlte das Gewicht und die Form der in dem Beutel befindlichen Gegenstände. »Sie wollen damit doch nicht sagen, Sie hätten die Schnupftabakdosen gefunden?«

»Doch.«

»Lieber Himmel.« Schnell löste sie das Band und nahm die in Leinen eingewickelten, kleinen Gegenstände heraus. Nachdem sie die erste Dose ausgewickelt hatte, hielt sie sie dicht vor die Lampe. In dem Licht schimmerten die Emaille-Verzierungen und der große rote Stein auf dem Deckel funkelte. »Was hat das zu bedeuten?«

»Ich habe St. Merryn vor einigen Minuten dieselbe Frage gestellt«, brummte Roland. »Aber er war nicht in der Lage, mir darauf eine Antwort zu geben.«

»Es ist eine äußerst komplizierte Geschichte, Sir«, bekräftigte Elenora. »Ich bin davon überzeugt, dass St. Merryn Ihnen die Dinge erklären wird, da Sie jetzt beide in Sicherheit sind.«

Arthur verlagerte sein Gewicht und streckte sein Bein aus. »Kurz gesagt, Burnley, ich bin auf der Suche nach dem Mörder, der meinen Großonkel und mindestens zwei andere Männer auf dem Gewissen hat.«

Roland starrte ihn an. »Was, zum Teufel …«

»Man hat mich glauben lassen, dass der Mörder häufig im Green Lyon verkehrt, daher habe ich mich mit Miss Lodge heute Abend auf die Lauer gelegt. Stellen Sie sich vor, wie erstaunt ich war, als ich sah, wie Sie den Club verließen und allein eine dunkle Straße hinuntergegangen sind.«

»Ich sagte Ihnen doch bereits, ich hatte allen Grund zu glauben, dass …« Roland unterbrach sich errötend mitten im Satz und warf Elenora einen Blick zu.

Arthur sah Elenora an. »Jemand hat ihm erzählt, dass seine Frau ihn mit mir betrogen hat, und wenn er zu einer gewissen Adresse gehen würde, würde er den Beweis dafür finden.«

Elenora war schockiert. »Was für ein ausgewachsener Unsinn.«

Arthur zuckte die Schultern.

Sie fuhr Roland an. »Erlauben Sie mir, Ihnen zu sagen, Sir, dass St. Merryn ein Gentleman ist und die erhabensten Vorstellungen von Ehre sowie den feinsten Sinn von Integrität besitzt. Wenn Sie nur das Geringste über ihn wüssten, wäre Ihnen bekannt, dass es unvorstellbar ist, dass er Ihre Frau verführt haben könnte.«

Roland warf Arthur einen hitzigen Blick zu. »Dessen bin ich mir nicht so sicher.«

Ein amüsierter Blick trat in Arthurs Augen, er sagte jedoch nichts.

»Aber ich bin mir dessen sicher, Sir«, erklärte Elenora. »Und wenn Sie weiterhin solchen Schwachsinn glauben, sind Sie schlimmer als ein Narr. Außerdem muss ich Ihnen sagen, dass Sie Ihrer Frau genauso großes Unrecht tun, wenn Sie auch nur einen Augenblick daran glauben, dass sie Sie betrügen würde.«

»Sie wissen doch überhaupt nichts über diese Sache«, murrte Roland vor sich hin. Langsam sah er ein wenig gehetzt aus.

»Was dies angeht, haben Sie ebenfalls Unrecht«, ließ Elenora ihn wissen. »Ich hatte bereits die Ehre, Mrs Burnleys Bekanntschaft zu machen. Aus unserer Unterhaltung ging eindeutig hervor, dass sie Sie von ganzem Herzen liebt und niemals irgendetwas tun würde, um Sie zu verletzen.«

In Rolands Gesicht zeigte sich der Ausdruck von Verwirrung. »Sie haben Juliana getroffen? Ich verstehe nicht. Wie kam das zustande?«

»Das ist momentan von untergeordneter Bedeutung. Es genügt, wenn ich Ihnen sage, dass ich vollkommenes Vertrauen in Julianas Gefühle Ihnen gegenüber habe, selbst wenn Sie nicht dieser Meinung sind. Und noch größeres Vertrauen habe ich in St. Merryns Ehre.« Sie wandte sich wieder an Arthur. »Fahren Sie doch bitte mit Ihrer Geschichte fort, Sir.«

Arthur neigte den Kopf. »Es ist offensichtlich, dass der Schurke mein Treffen mit Burnley heute Abend veranlasst hat. Er nahm an, dass ich Burnley folgen, ihn zusammen mit den Schnupftabakdosen finden und zu dem Schluss kommen würde, dass er der Mann ist, den ich suche. Er hat die ganze Angelegenheit inszeniert, um mich von meiner Spur abzubringen.«

»Ja, natürlich«, sagte Elenora nachdenklich. »Um wen es sich bei dem Täter auch handelt, er weiß offensichtlich, dass Sie und Mr Burnley sich nicht gerade gut verstehen, und er war sich sicher, dass jeder das Schlechteste von dem anderen denken würde.«

»Ha.« Roland schien sich noch tiefer in seine Ecke zu verkriechen.

Arthur atmete tief durch.

Elenora schenkte den beiden Männern ein aufmunterndes Lächeln. »Der Schurke hat euch beide total falsch eingeschätzt, nicht wahr? Aber wie sollte er auch verstehen, dass ihr viel zu intelligent und verständnisvoll seid, um einen solch schwer wiegenden Fehler zu machen? Er hat euch danach beurteilt, wie er selbst in einer solchen Situation reagieren würde.«

»Hm.« Arthur war durch dieses Gespräch offensichtlich gelangweilt.

Roland gab einen grunzenden Laut von sich und betrachtete die Spitzen seiner Stiefel.

Elenora blickte in die Gesichter der beiden Männer und spürte ein unangenehmes Kribbeln in ihren Handflächen. In diesem Moment wurde ihr bewusst, dass das, was zwischen Arthur und

Roland geschehen war, ziemlich nah an einer Katastrophe gewesen war.

»Nun, das ist jetzt alles vorüber«, fuhr sie fort, fest entschlossen, die miese Stimmung zu vertreiben. »Wir haben eine ganze Reihe von Fragen, die wir an Sie stellen möchten, Mr Burnley. Ich hoffe, Sie haben nichts dagegen?«

»Was für Fragen?«, fragte er und blickte zur Seite.

Arthur sah Roland prüfend an. »Fangen wir damit an, dass Sie uns alles erzählen, was Sie über den Mann wissen, der Ihnen nahe gelegt hat, heute Abend in das Zimmer zu gehen.«

Roland verschränkte die Arme. »Es gibt nicht viel zu erzählen. Ich habe ihn vor ein paar Tagen beim Kartenspielen kennen gelernt. Am ersten Abend habe ich mehrere hundert Pfund von ihm gewonnen. Leider habe ich in den darauf folgenden Tagen das ganze Geld und noch mehr verloren.«

»War er derjenige, der Ihnen vorgeschlagen hat, den Green Lyon zu besuchen?«, fragte Elenora.

Rolands Lippen wurden schmal. »Ja.«

»Wie hieß er?«, drängte sie.

»Stone.«

»Beschreiben Sie ihn«, sagte Arthur.

Roland streckte seine Hände aus. »Er ist schlank

und hat blaue Augen. Sein Haar ist mittelbraun. Er hat ungefähr meine Größe und sieht gut aus.

»Wie alt ist er?«, fragte Elenora.

»Ungefähr genauso alt wie ich. Das war wohl einer der Gründe, warum wir so gut miteinander ausgekommen sind, vermute ich. Das und die Tatsache, dass er verstanden hat, in was für einer schwierigen finanziellen Situation ich mich befinde.«

Elenora verstärkte ihren Griff um den Samtbeutel in ihrem Schoß. »Hat er Ihnen irgendetwas über sich erzählt?«

»Nur sehr wenig.« Roland hielt inne, als würde er versuchen, sich an das, was geschehen war, zu erinnern. »Die meiste Zeit redeten wir darüber, wie meine gegenwärtigen finanziellen Probleme durch …« Er brach abrupt ab und warf Arthur einen raschen, ärgerlichen Blick zu.

»Er hat Sie aufgefordert, mir die Schuld in die Schuhe zu schieben?«, fragte Arthur trocken.

Roland betrachtete wieder seine Stiefel.

Elenora nickte beruhigend. »Machen Sie sich keine Sorgen, Mr Burnley. Ihre finanziellen Probleme werden bald gelöst sein. St. Merryn beabsichtigt, Sie an einem seiner neuen Investitionsvorhaben zu beteiligen.«

Ruckartig setzte Roland sich auf. »Wie bitte? Was reden Sie da?«

Arthur warf Elenora einen ungeduldigen Blick zu. Sie tat so, als würde sie es nicht bemerken.

»Sie können Ihre finanziellen Angelegenheiten später mit St. Merryn besprechen. Momentan sind wir noch bei dem Mann, der Sie zum Spielen ins Green Lyon mitgenommen hat. Bitte versuchen Sie, sich an das, was er Ihnen über sich erzählt hat und was Ihnen ungewöhnlich oder interessant erschien, zu erinnern.«

Roland war hin- und hergerissen, denn er wollte lieber über das Investitionsvorhaben sprechen. Schließlich gab er nach.

»Es gibt sonst fast wirklich nichts, was ich Ihnen erzählen könnte«, sagte er. »Wir haben einige Flaschen Rotwein zusammen getrunken und Karten gespielt.« Er hielt inne. »Nun, es gab doch etwas. Ich hatte den Eindruck, dass der Mann sich sehr für Naturwissenschaften und allgemeine wissenschaftliche Themen interessierte.«

Elenora hielt den Atem an.

»Was hat er Ihnen im Zusammenhang mit seinem Interesse an den Naturwissenschaften erzählt?«, fragte Arthur.

»Daran kann ich mich nicht mehr genau erinnern.« Roland runzelte die Stirn. »Das Thema kam auf, nachdem wir Karten gespielt hatten. Ich hatte ziemlich viel Geld verloren. Stone kaufte eine

Flasche Rotwein, um mich zu trösten. Wir tranken eine Zeit lang und redeten über verschiedene Dinge. Und dann fragte er mich, ob mir bekannt sei, dass England vor einigen Jahren seinen zweiten Newton verloren hätte, bevor er dieser Welt beweisen konnte, dass er ein Genie war.«

Elenoras Mund wurde trocken. Sie blickte Arthur an und erkannte an dem Funkeln in seinen Augen, dass er begriffen hatte.

»Da fällt mir ein, dass wir vergessen haben, Lady Wilmington noch eine Frage zu stellen«, sagte sie. »Obwohl es natürlich nicht sehr wahrscheinlich ist, dass sie uns die Wahrheit sagt.«

33

»Ich bin mir ganz und gar nicht sicher, ob dies der richtige Schritt ist, Sir.« Elenora rückte ihr Schultertuch zurecht und sah zu den verdunkelten Fenstern des Stadthauses hinauf. »Es ist zwei Uhr nachts. Vielleicht hätten wir vorher nach Hause gehen und die Sache noch einmal überdenken sollen.«

»Ich habe nicht die Absicht, bis zu einer christlicheren Uhrzeit zu warten, um mit Lady Wilmington zu sprechen«, erwiderte Arthur.

Er hob den schweren Türklopfer aus Messing zum dritten Mal und ließ ihn dann wieder fallen. Elenora zuckte zusammen, als das laute Geräusch die Stille durchdrang.

Kurz vorher hatten sie Roland in seinem Club abgesetzt und ihm aufgetragen, Stillschweigen über das, was am Abend geschehen war, zu bewahren. Dann hatte Arthur den Kutscher angewiesen, direkt zu Lady Wilmington zu fahren.

Endlich waren im Flur Schritte zu vernehmen und einige Sekunden später wurde die Tür geöffnet. Ein verschlafen aussehendes Dienstmädchen in einem dünnen Morgenmantel und mit einer Haube auf dem Kopf starrte sie misstrauisch an. In der einen Hand hielt sie eine Kerze. »Was ist hier los? Sie müssen sich in der Tür geirrt haben, Sir.«

»Dies ist das richtige Haus.« Arthur schob sich durch die Türöffnung. »Rufen Sie umgehend Lady Wilmington und sagen Sie ihr, dass es sich um eine höchst dringliche Angelegenheit handelt. Es geht um Leben oder Tod.«

»Leben oder Tod?« Das Dienstmädchen trat einen Schritt zurück und verzog vor Entsetzen das Gesicht.

Elenora nutzte die Gelegenheit, um durch die

Tür und hinter Arthur herzueilen. Sie lächelte sanft.

»Gehen Sie und sagen Sie Lady Wilmington, dass St. Merryn und seine Verlobte hier sind«, sagte sie mit fester Stimme. »Ich bin sicher, dass sie uns empfangen wird.«

»Ja, Ma'am.« Elenoras klare Anweisungen schienen das aufgeregte Dienstmädchen etwas zu beruhigen. Sie zündete eine weitere Kerze auf dem Dielentisch an und eilte dann die Treppe hinauf. Einen Augenblick später kam sie raschen Schrittes wieder herunter.

»Ihre Ladyschaft lässt Ihnen ausrichten, dass sie Sie in einigen Minuten in ihrem Arbeitszimmer empfangen wird.«

»Ich behaupte immer noch, dass wir die Angelegenheit sorgfältiger hätten durchdenken sollen, bevor wir heute Abend hierher gekommen sind«, erklärte Elenora.

Sie saß angespannt auf einem zerbrechlich wirkenden Stuhl in dem eleganten kleinen Arbeitszimmer. Die Kerze, die das Dienstmädchen für sie angezündet hatte, stand auf dem hübsch verzierten Schreibtisch in der Nähe des Fensters.

»Der Hinweis auf einen zweiten Newton kann

kein Zufall gewesen sein. Das wissen Sie ebenso gut wie ich.« Arthur wanderte in dem kleinen Zimmer umher, die Hände hinter dem Rücken verschränkt. »Lady Wilmington ist der Schlüssel zu diesem Rätsel. Ich fühle es.«

Elenora stimmte seinen Schlussfolgerungen zu. Was ihr jedoch Sorgen bereitete, war die Art und Weise, in der Arthur beabsichtigte, Lady Wilmington zur Rede zu stellen. Dies war eine heikle Angelegenheit, die mit etwas mehr Feingefühl angegangen werden musste.

»Am Anfang des heutigen Abends musste ich immer wieder an unseren Besuch bei ihr denken«, sagte Elenora. »Und daran, wie sie jedes Mal, wenn sie von Treyford sprach, ihr Medaillon berührt hat. Wenn er ihr Liebhaber war, könnten sie vielleicht ein Kind …«

»Jedenfalls keinen Sohn.« Arthur schüttelte den Kopf. »Diese Möglichkeit habe ich heute Abend geprüft. Lady Wilmingtons einziger männlicher Erbe ist ein seriöser, äußerst korpulenter, ehrenwerter Gentleman, der seinem Äußeren und seinen geistigen Interessen nach auf jeden Fall ihrem Mann gleicht. Er kümmert sich nur um sein Anwesen und ist an wissenschaftlichen Themen absolut nicht interessiert.«

»St. Merryn.« Lady Wilmington erschien auf

der Türschwelle, ihre Stimme war vor Enttäuschung ausdruckslos. »Miss Lodge. Sie haben die Wahrheit also doch herausbekommen. Das hatte ich befürchtet.«

Arthur blieb stehen und sah zur Tür hinüber. »Guten Abend, Madam. Sie wissen offenbar, warum wir zu so später Stunde hier sind.«

»Ja.« Lady Wilmington betrat langsam das Arbeitszimmer.

Heute Abend sieht sie viel älter aus, dachte Elenora.

Sie empfand großes Mitleid mit dieser immer noch stolzen Frau, die einmal sehr schön gewesen war. Lady Wilmingtons graues Haar war nicht zu einem modischen Knoten aufgesteckt, sondern unter einer weißen Haube verborgen. Sie wirkte müde und abgespannt wie jemand, der seit einigen Tagen nicht mehr richtig geschlafen hatte. Diesmal trug sie keine Ringe an ihren Fingern und an ihren Ohren glänzten keine Perlen. Elenora bemerkte jedoch, dass sie das goldene Medaillon um ihren Hals trug.

Lady Wilmington setzte sich auf den Stuhl, den Arthur ihr hinhielt. »Sie sind zu mir gekommen, um mich über meinen Enkel zu befragen, nicht wahr?«

Arthur war wie gebannt. »Ja«, sagte er sanft.

»Er ist Treyfords Enkel, nicht wahr?«, fragte Elenora behutsam.

»Ja.« Lady Wilmington richtete ihre Aufmerksamkeit auf die flackernde Kerze. »Treyford und ich waren leidenschaftlich ineinander verliebt. Aber ich war verheiratet und hatte zwei Kinder von meinem Ehemann. Ich konnte nichts tun, als ich entdeckte, dass ich von meinem Geliebten ein Kind bekam. Ich habe vorgegeben, dass Wilmington der Vater war, und nach dem Gesetz stand es außer Frage, dass er der Vater meiner Tochter war. Niemand kannte die Wahrheit.«

»Wusste Treyford, dass Sie ein Kind von ihm hatten?«, fragte Arthur.

»Ja. Er hat sich sehr gefreut und hat stundenlang darüber gesprochen, dass er sich um ihre Erziehung kümmern würde, eben wie ein besorgter Freund der Familie. Er versprach, sorgfältig ausgearbeitete Pläne aufzustellen, um sicherzugehen, dass das Kind schon von klein auf in Naturwissenschaft und Mathematik unterrichtet wurde.«

»Aber dann wurde Treyford bei der Explosion in seinem Labor getötet«, sagte Arthur.

»Ich dachte, dass mir das Herz brechen würde, als ich an jenem Tag von seinem Tod erfuhr.« Lady Wilmington berührte ihr Medaillon mit den Fingerspitzen. »Ich habe mich mit dem Wissen getröstet, dass ich sein Kind hatte. Ich habe gelobt, Helen in Treyfords Sinn zu erziehen. Aber obwohl sie äußerst intelligent war, hat sie sich nicht für Wissenschaft oder Mathematik interessiert. Das Einzige, was sie anzog, war die Musik. Sie konnte hervorragend spielen und komponieren, aber ich wusste, dass Treyford sehr enttäuscht darüber gewesen wäre.«

»Als Ihre Tochter heiratete, bekam sie einen Sohn, der sowohl Treyfords großartigen Verstand als auch seine Leidenschaft für die Wissenschaft geerbt hatte.« Arthur ergriff die Rückenlehne des Stuhls und betrachtete Lady Wilmingtons Gesicht mit großer Aufmerksamkeit. »Ist das richtig, Madam?«

Lady Wilmington spielte mit ihrem Medaillon. »Parker ist das genaue Abbild von Treyford, als dieser so alt war wie er. Die Ähnlichkeit ist verblüffend. Als meine Tochter und ihr Mann durch ein Fieber dahingerafft wurden, habe ich mir geschworen, meinen Enkel so zu erziehen, wie Treyford es gewünscht hätte.«

»Sie haben ihm die Wahrheit über die Identität seines Großvaters gesagt, nicht wahr?«, fragte Elenora leise.

»Ja. Als er alt genug war, um es zu verstehen, habe ich ihm von Treyford erzählt. Er verdiente es einfach, zu erfahren, dass das Blut eines wahren Genies in seinen Adern pulsierte.«

»Sie haben ihm gesagt, dass er der direkte Nachfahre des Mannes war, der Englands zweiter Newton hätte werden können«, sagte Arthur. »Und Parker hat sich auf den Weg gemacht, um das Vermächtnis seines Großvaters zu erfüllen.«

»Er studierte sämtliche Gebiete, die Treyford fasziniert hatten«, flüsterte sie.

Elenora sah sie an. »Auch die Alchimie?«

»Ja.« Lady Wilmington erschauderte. »Sie müssen mir glauben, wenn ich Ihnen sage, dass ich versucht habe, Parker von diesem dunklen Pfad abzubringen. Aber als er älter wurde, gab es klare Anzeichen, dass er Treyford nicht nur in Bezug auf seine intellektuellen Interessen ähnlich war.«

»Was wollen Sie damit sagen?«, fragte Arthur.

»Im Laufe der Jahre wurden Parkers Launen immer unvorhersehbarer. In einem Moment war er ohne ersichtlichen Grund glücklich und voller Freude, und dann, ohne jegliche Vorankündigung, sank seine Laune auf einen Tiefpunkt, sodass ich oft befürchtete, er würde sich das Leben nehmen. Lediglich sein Studium der Alchimie konnte ihn ablenken, wenn er in einer solchen Stimmung war. Vor zwei Jahren ging er nach Italien, um seine Forschungen dort fortzusetzen.«

»Wann ist er zurückgekommen?«, fragte Arthur.

»Vor einigen Monaten.« Lady Wilmington seufzte schmerzvoll auf. »Ich war so glücklich, ihn wiederzuhaben, aber ich habe sofort festgestellt, dass das, was er in Italien gelernt hatte, seine Begeisterung für die Alchimie nur noch verstärkte. Er verlangte, Treyfords Papiere und Aufzeichnungen zu sehen, die ich all die Jahre in einem Koffer aufbewahrt hatte.

»Sie haben sie ihm gegeben?«, wollte Elenora wissen.

»Ich hatte gehofft, das würde ihn zufrieden stellen. Aber ich befürchte, dass ich alles noch verschlimmert habe. Mir war bekannt, dass er an einem geheimen Projekt arbeitete, aber um was es sich dabei genau handelte, wusste ich nicht.«

»Was wollte er Ihrer Ansicht nach erreichen?«, fragte Arthur kühl. »Den Stein des Philosophen entdecken? Blei in Gold verwandeln?«

»Sie machen sich über mich lustig, Sir, aber ich sage Ihnen die Wahrheit: Parker ist so tief in seine okkulten Forschungen versunken, dass er denkt, solche Dinge seien möglich.«

»Wann haben Sie festgestellt, dass er entschlossen war, die in dem *Buch der Steine* beschriebene Maschine zu bauen?«, fragte Arthur.

Lady Wilmington sah ihn mit trauriger Resignation an. »Erst als Sie mich neulich aufgesucht und mich davon unterrichtet haben, dass sowohl Glentworth als auch Ihr Großonkel umgebracht worden waren und dass die Schnupftabakdosen verschwunden sind. Da wurde mir klar, was Parker vorgehabt hatte.«

»Und Ihnen wurde ebenfalls bewusst, dass er noch etwas anderes war als ein exzentrisches Genie«, sagte Arthur. »Ihnen wurde klar, dass aus ihm ein Mörder geworden ist.«

Lady Wilmington senkte den Kopf, umschloss das Medaillon und sagte kein Wort.

»Wo ist Parker jetzt?«, fragte Arthur.

Lady Wilmington hob den Kopf. Eine ruhige Entschlossenheit schien von ihr Besitz ergriffen zu haben. »Sie brauchen sich keine Sorgen mehr um meinen Enkel zu machen, Sir. Ich habe mich der Situation bereits angenommen.«

Arthurs Miene schien zu erstarren. »Sie werden sicherlich verstehen, dass er aufgehalten werden muss, Madam.«

»Natürlich. Das habe ich bereits getan.«

»Ich bitte um Verzeihung?«

»Es wird keine weiteren Mordfälle mehr geben.« Lady Wilmington löste ihre Hand von dem Medaillon. »Sie haben mein Wort. Parker ist an einem Ort, an dem er weder sich selbst noch irgendjemandem etwas antun kann.«

Elenora betrachtete ihr Gesicht. »Was haben Sie veranlasst, Madam?«

»Mein Enkel ist verrückt.« Tränen glitzerten in Lady Wilmingtons Augen. »Ich kann mich nicht länger verstellen und das Gegenteil behaupten. Aber bitte verstehen Sie, dass ich die Vorstellung nicht ertragen kann, dass er in Bedlam angekettet ist.«

Elenora durchlief ein Schauder. »Niemand wünscht sich, dass einem lieben Verwandten so etwas geschieht. Aber …«

»Nachdem Sie neulich fortgegangen waren, habe ich meinen privaten Arzt konsultiert. Ich kenne ihn bereits seit Jahren und habe volles Vertrauen zu ihm. Er hat die nötigen Vorkehrungen getroffen und Parker in eine Anstalt auf dem Land eingeliefert.«

»Sie haben ihn in eine Anstalt einweisen lassen?«, fragte Arthur scharf.

»Ja. Dr. Mitchell und zwei Helfer sind heute Nachmittag zu Parkers Unterkunft gefahren. Sie haben ihn überrascht, als er sich gerade anzog, um in seinen Club zu gehen, und ihn unter ihre Kontrolle gebracht.«

Arthur zog die Stirn in Falten. »Sind Sie sich dessen ganz sicher?«

»Ich bin mit ihnen mitgegangen und habe beobachtet, wie die Männer Parker überwältigt und ihn in diese schreckliche Zwangsjacke gesteckt haben. Mein Enkel hat mich angefleht, ihm zu helfen, als sie ihn in einen vergitterten Wagen zerrten. Und dann banden sie ihm einen Stoffstreifen über den Mund, damit er nicht mehr sprechen konnte. Ich habe danach stundenlang geweint.«

»Du lieber Gott«, flüsterte Elenora.

Lady Wilmington starrte wie betäubt auf die Kerze. »Ich schwöre Ihnen, heute war der furchtbarste Abend in meinem ganzen Leben. Er war sogar noch schrecklicher als der Tag, an dem ich erfuhr, dass ich Treyford für immer verloren hatte.«

Elenora spürte, wie ihre Augen feucht wurden. Sie erhob sich rasch und ging zu dem Stuhl hinüber, auf dem Lady Wilmington saß, sank auf die Knie und legte ihre Hände auf die der alten Dame.

»Es tut mir so Leid, dass Sie gezwungen wurden, einen solch großen Schmerz zu ertragen«, sagte sie.

Aber Lady Wilmington schien sie nicht zu hören und starrte weiterhin auf die Kerze.

»Es gibt etwas, das ich gerne klarstellen möchte, wenn Sie nichts dagegen haben, Lady Wilmington«, sagte Arthur ruhig. »Wenn Parker am frühen Abend in eine Privatanstalt eingeliefert wurde, wer hat Roland Burnley dann die Notiz übergeben, heute Abend zu einer Adresse in der Nähe des Green Lyon zu gehen? Und wer hat sich vergewissert, dass ich ihm folgen und die Schnupftabakdosen finden würde?«

Lady Wilmington stieß einen tiefen Seufzer aus. »Parker ist ausgesprochen umsichtig, wenn es darum geht, Pläne zu schmieden. Diesen Wesenszug hat er ebenfalls von Treyford geerbt. Sein Plan, der Sie und den jungen Burnley betraf, war vermutlich bereits abgeschlossen, bevor ihn die Wärter heute Nachmittag mitgenommen haben. Es tut mir Leid, aber mir war darüber nichts bekannt. Wenn ich gewusst hätte, was dort im Gange war, hätte ich Ihnen sofort eine Nachricht zukommen lassen, Sir. Zumindest gibt es keine weiteren Opfer mehr, nachdem Sie mir diese Geschichte erzählt haben.«

»Das ist richtig.« Arthur schloss seine Finger zur Faust und öffnete sie wieder. »Obwohl die Lage eine Zeit lang ziemlich unsicher war, als ich Burnley heute Abend mit den verdammten Schnupftabakdosen fand.«

Lady Wilmington griff nach dem Taschentuch, um ihre Tränen wegzuwischen. »Es tut mir sehr

Leid, Sir. Ich weiß nicht, was ich sonst noch sagen soll.«

»Apropos Schnupftabakdosen«, fuhr Arthur fort, »ich frage mich, warum Parker wollte, dass ich sie finde. Sie sagen, er war von der Vorstellung besessen, Jove's Thunderbolt zu bauen. Wenn dem so war, brauchte er die roten Steine. Warum sollte er also wünschen, dass mir zwei davon in die Hände fallen?«

Elenora erhob sich. »Vielleicht sollten wir uns die Schnupftabakdosen einmal näher ansehen. Ich kann mir nur einen Grund vorstellen, warum Parker wollte, dass Sie sie finden.«

Arthur wusste sofort, was sie damit sagen wollte. Er öffnete den Samtbeutel und nahm eine der Dosen heraus. Dann zündete er die Lampe auf dem kleinen Schreibtisch an.

Elenora sah zu, als er den Deckel der Dose dicht an das Licht hielt und ihn eingehend betrachtete.

»Ja, natürlich«, sagte er und stellte die Dose zurück.

»Was haben Sie entdeckt?«, fragte Lady Wilmington gespannt.

»Ich werde die Dosen morgen zu einem Juwelier bringen, um ganz sicher zu sein«, sagte Arthur. »Aber ich glaube, mit Gewissheit behaupten zu können, dass dieser Stein aus gefärbtem Glas besteht, welches so zurechtgeschnitten wurde, dass er so aussieht wie der Originalstein.«

»Das ergibt Sinn«, stimmte Elenora zu. »Parker entfernte die drei roten Steine und ersetzte sie durch Glassteine. Ich frage mich, wo er die echten versteckt hat.«

Lady Wilmington schüttelte erstaunt den Kopf. »Es ist möglich, dass er sie bei sich trug, als er heute Nachmittag abgeholt wurde. Aber vielleicht hat er sie auch irgendwo in seiner Wohnung versteckt.«

»Wenn Sie mir die Adresse geben, werde ich morgen früh seine Zimmer durchsuchen«, sagte Arthur.

Lady Wilmington sah Arthur mit einer solchen Verzweiflung an, dass es Elenora fast das Herz brach.

»Ich werde Ihnen den Schlüssel zu Parkers Zimmern geben«, erbot sich Lady Wilmington. »Ich kann nur beten, dass Sie mir verzeihen werden, dass ich nicht offener zu Ihnen gewesen bin.«

»Wir verstehen, wie Sie sich fühlen.« Elenora legte beruhigend ihre Hände auf die der alten Dame. »Er ist schließlich Ihr Enkel, alles, was Ihnen von Ihrer verlorenen Liebe noch geblieben ist.«

Einige Minuten später stieg Arthur hinter Elenora in die Kutsche. Anstatt ihr gegenüber Platz zu nehmen, wie es bisher der Fall gewesen war, ließ er sich neben ihr nieder. Mit einem tiefen Seufzer streckte er die Beine von sich und sein Oberschenkel streifte dabei den ihren. Seine körperliche Nähe war heute Abend eher tröstend als anregend, dachte Elenora. Es war ein gutes Gefühl, und sie wusste, dass dies ein weiterer Aspekt ihrer Beziehung war, den sie in Zukunft vermissen würde.

»Es macht Sinn, dass er seine Pläne entweder gestern oder vorgestern unter Dach und Fach gebracht hat«, sagte Arthur nach einer Weile. »Er hat Jeremy Clyde benutzt, der unwissentlich mitgespielt und den Köder ausgelegt hat, der mich heute Abend in den Green Lyon führte. Außerdem hat Parker zweifellos einige Straßenjungen angeheuert, um nach mir Ausschau zu halten. Einer von ihnen muss mich in der Mietkutsche entdeckt und die Nachricht Burnley überbracht haben.«

»Und das alles in der Hoffnung, Sie abzulenken und in dem Glauben zu lassen, den Mörder gefunden zu haben.«

»Ja.«

»Er nahm an, dass Sie nur allzu gerne glauben würden, dass Burnley der Täter ist. Schließlich war Roland ja mit Ihrer Verlobten davongelaufen.« Sie lächelte bitter. »Wie konnte der Mörder wissen, dass Sie Roland gegenüber nicht übel gesinnt waren und die Flucht selbst inszeniert hatten?«

»Das war sein einziger Fehler.«

»Ja. Und da wir gerade über Fehler reden – es war wohl meine überhitzte Fantasie, die mich glauben ließ, dass der Lakai, der mich heute Abend im Ballsaal berührt hat, der Mörder ist.« Elenora erschauderte. »Ich muss zugeben, ich bin heilfroh darüber, dass ich mich geirrt habe.«

»Ich auch.« Arthur ließ seine Finger zwischen ihre gleiten und verstärkte den Griff seiner Hand auf eine besitzergreifende, aber gleichzeitig fürsorgliche Art und Weise. »Allein die Vorstellung, dass er Sie erneut berührt haben könnte …«

»Übrigens, Sir, ich denke, dass Lady Wilmington richtig gehandelt hat«, sagte sie rasch und hoffte, ihn ablenken zu können. »Parker ist wirklich verrückt. Es gab nur zwei Möglichkeiten: entweder eine Anstalt oder der Galgen.«

»Ich stimme Ihnen zu.«

»Jetzt ist es vorbei«, sagte sie sanft. »Die Sache ist zu Ende. Sie haben Ihre Pflicht erfüllt und sollten sich jetzt entspannen.«

Er sagte kein Wort. Nach einer Weile streckte er seine Hand aus, umklammerte ihre Hand und schloss die Finger eng um die ihren.

So saßen sie eine Zeit lang schweigend da, bis

die Kutsche vor dem großen Haus in der Rain Street angekommen war.

34

Arthur stand am Fenster und blickte auf die Zeiger der Uhr, die auf dem Nachttisch stand. Es war gerade Viertel nach drei. Er war bereits ausgezogen, hatte sich jedoch noch nicht die Mühe gemacht, unter die Decke zu schlüpfen. Es war auch sinnlos, denn er brauchte keinen Schlaf.

Alles, was er brauchte, war Elenora.

Das Haus schien in tiefem Schlaf zu liegen. Die Diener waren schon lange zu Bett gegangen und erfahrungsgemäß würde Bennett Margaret nicht vor dem Morgengrauen nach Hause bringen.

Arthur fragte sich, ob Elenora Schlaf auch für so überflüssig hielt wie er.

Er schaute aus dem Fenster in den nächtlichen Garten hinaus und stellte sich vor, wie Elenora wohl aussehen würde, wenn sie mit angezogenen Beinen im Bett lag. Dann dachte er wieder daran, dass ein Gentleman niemals an die Schlafzimmertür einer Dame klopfen durfte, wenn er nicht ausdrücklich dazu aufgefordert worden war.

Elenora hatte ihn jedoch nicht dazu aufgefordert, als er ihr vor einer Weile gute Nacht gesagt hatte. In der Tat hatte sie ihm kurz und bündig zu verstehen gegeben, dass er sich hinlegen und schlafen sollte.

Er war jedoch nicht in der Stimmung, ihrer Aufforderung nachzukommen.

Eine Zeit lang stand er da und sah in die Dunkelheit hinaus. Es wäre wirklich unverantwortlich, in Elenoras Zimmer zu gehen. Nun, sie waren mit der Episode in der Bibliothek gerade noch mal ungestraft davongekommen, aber er hatte kein Recht dazu, sie möglicherweise erneut in eine derart peinliche Situation zu bringen.

Es gab viele Unwägbarkeiten. Zum Beispiel konnten Margaret und Bennett früher nach Hause kommen, und Margaret könnte herausfinden, dass Arthur im falschen Schlafzimmer war. Oder einer der Dienstboten könnte das Knarzen der Dielenbretter hören und aus Furcht vor Einbrechern nach oben kommen, um nachzusehen.

Tief im Innern wusste er jedoch, dass es nicht das Risiko war, entdeckt zu werden, das ihn zurückhielt. Es war die Möglichkeit, dass Elenora nur an einer kurzfristigen, leidenschaftlichen Affäre interessiert war.

Er dachte daran, dass sie von finanzieller und privater Unabhängigkeit träumte, und einen kurzen, berauschenden Augenblick lang stellte er sich vor, wie es sein würde, die Fesseln seiner Verantwortung gegenüber den Lancasters abzuschütteln und sich mit Elenora aus dem Staub zu machen.

Fantasievorstellungen von einem herrlich freien Leben mit ihr in weit entfernten Gefilden, außer Reichweite seiner Verwandten und der Anforderungen, die diejenigen, die von ihm abhängig waren, an ihn stellten, tauchten vor seinen Augen auf.

Doch das Bild verschwand schnell wieder. Er hatte Verpflichtungen und würde sie erfüllen.

Aber heute Nacht war Elenora nur ein paar Schritte entfernt am Ende des Korridors.

Er band die Schärpe seines schwarzen seidenen Morgenmantels zu und wandte sich vom Fenster ab. Dann nahm er die Kerze, ging durch das Zimmer, öffnete die Tür und schlich auf den Flur hinaus.

Einige Sekunden stand er da und lauschte. Auf der Straße war kein Kutschengeräusch zu hören und auch unten im Haus war alles still.

Er ging den Flur hinunter und blieb vor Elenoras Schlafzimmer stehen. Unter der Tür drang kein Lichtschein hervor. Er ermahnte sich, dies als Zeichen zu werten, dass sie, im Gegensatz zu ihm, bereits zu Bett gegangen und eingeschlafen war.

Aber was wäre, wenn sie dort in der Dunkelheit lag und hellwach war? Es würde nicht schaden, ganz leicht an ihre Tür zu klopfen. Wenn sie fest schlief, würde sie das leise Geräusch gar nicht hören.

Er klopfte, jedoch nicht so leise, wie er beabsichtigt hatte. Aber was wäre der Sinn und Zweck eines fast geräuschlosen Pochens gewesen?

Einen Moment lang hörte er nichts. Dann vernahm er das unverwechselbare Knarren des Bettgestells, auf das gedämpfte Schritte folgten.

Die Tür öffnete sich und Elenora blickte ihn mit Augen an, die im Schein der Kerze unergründlich schienen. Ihr dunkles Haar war unter einer kleinen Spitzenhaube versteckt. Sie trug einen einfachen Morgenmantel, auf dem kleine Blumen prangten.

»Ist irgendetwas passiert?«, flüsterte sie.

»Bitten Sie mich hereinzukommen.«

Sie zog die Augenbrauen zusammen. »Warum?«

»Weil ein Gentleman nicht ohne Aufforderung Ihr Schlafzimmer betreten darf.«

»Oh.«

Er hielt den Atem an und fragte sich, was sie jetzt tun würde.

Langsam verzog sich ihr Mund zu einem sinnlichen Lächeln. Sie trat einen Schritt zurück und öffnete die Tür. »Bitte, kommen Sie herein.«

Durch seine Adern strömte ein starkes Verlangen, das alle anderen Empfindungen auszuschalten drohte. Er war bereits erregt und hart und verzehrte sich vor Sehnsucht nach ihr.

Es kostete ihn eine gute Portion Selbstbeherrschung, um sie nicht zu packen und umgehend ins Bett zu tragen. Er zwang sich dazu, leise in das Zimmer zu treten, und stellte die Kerze auf dem Tisch ab.

Sie schloss lautlos die Tür und wandte ihm ihr Gesicht zu.

»Arthur, ich …«

»Pst. Man darf nicht hören, dass wir zusammen hier drin sind und reden.«

Bevor sie noch irgendetwas sagen konnte, zog er sie in seine Arme und küsste sie.

Sie schlang die Arme um seinen Körper. Durch den dünnen Seidenstoff seines Morgenmantels spürte er, wie sich ihre Fingernägel in seinen Rücken gruben. Ihre Lippen öffneten sich leicht und erlaubten ihm einzudringen.

Er würde nicht die Kontrolle verlieren, schwor

er sich. Dieses Mal würde er ihr ein solch fantastisches Erlebnis bieten, dass sie ihn nie mehr vergessen würde.

Er ließ die Hand an ihrem Rücken hinuntergleiten und genoss die elegante Kurve ihrer Hüften. Als sich seine Finger über ihren Hüften schlossen und er ihre festen, runden Pobacken unter seinen Händen spürte, hätte er doch beinahe die Kontrolle verloren. Er drückte sie sanft und presste sie dann eng an sein erigiertes Glied.

Erneut durchfuhr sie ein köstlicher kleiner Schauer. Atemlos stieß sie einen winzigen Laut aus und klammerte sich an ihn.

Er legte die Hände um ihre Taille, löste das Band, das ihren Morgenmantel zusammenhielt, und enthüllte ein einfaches weißes Batistnachthemd, das am Hals mit einer Bordüre aus Spitze und blauen Bändern versehen war. Er sah die weiche Wölbung ihrer Brüste und die Spitzen ihrer Brustwarzen, die sich unter dem feinen Stoff abzeichneten.

Er küsste ihren Hals und knabberte an ihrem empfindlichen Ohrläppchen. Erneut zuckten kleine Schauer durch ihren Körper und sie unterdrückte ein lustvolles Stöhnen. Ihre Reaktion erregte ihn so sehr, wie kein Rauschmittel es je vermocht hätte.

Nacheinander entfernte er die Nadeln, die ihre kleine Haube festhielten. Als er die letzte herausgezogen hatte, fiel ihr Haar über seine Hände. Er packte die duftenden Locken und hielt ihren Kopf fest, um sie noch intensiver küssen zu können.

Sie schob ihre Hand unter den Kragen seines Morgenmantels und spreizte ihre Finger auf seiner entblößten Brust. Die Hitze ihrer Hand war so stark, dass er ein sehnsuchtsvolles Stöhnen unterdrücken musste.

Er blickte auf sie hinunter. Der Schein der Kerze war hell genug, und er konnte erkennen, dass ihr Gesichtsausdruck verwundert und leidenschaftlich war. Sie öffnete ihre Lippen, und er wusste, dass sie bereits so tief in das Reich der Lust eingetaucht war, dass sie vergessen hatte, sich ruhig zu verhalten.

Rasch bedeckte er ihren Mund mit seiner Hand und schüttelte, milde lächelnd, den Kopf. Reuevolles Verständnis schimmerte in ihren Augen, gefolgt von einem provozierenden, neckenden Blitzen. Äußerst sanft und vorsichtig biss sie in seine Handfläche.

Beinahe hätte er laut losgelacht. Halb betäubt von dem Wissen, was noch vor ihnen lag, hob er sie in seine Arme und trug sie zu ihrem Bett.

Er ließ sie auf die zerknitterten Laken sinken und

zog seinen Morgenmantel und die Hausschuhe aus. Er war nackt, denn er hatte kein Nachthemd angezogen, als er sich bettfertig gemacht hatte, und ihm wurde plötzlich bewusst, dass Elenora ihn zum ersten Mal völlig nackt sah.

Er schaute auf sie hinunter und fragte sich, ob er für sie angenehm anzuschauen war oder ob der Anblick seines unbekleideten, erregten Körpers ihr Unbehagen bereitete.

Als er jedoch ihren Gesichtsausdruck sah, verschwand seine Anspannung. Eine strahlende Faszination schimmerte in ihren Augen und er begann zu lächeln. Als sie ihre Finger ausstreckte, um sein Glied zu berühren, konnte er kaum noch an sich halten.

Langsam, vorsichtig ließ er sich auf das Bett sinken. Einige Minuten lang genoss er das heiße Vergnügen, von Elenora intim berührt zu werden. Aber nach einigen Augenblicken ausgesprochener Qualen war er gezwungen, ihre forschenden Hände zu packen und festzuhalten. Wenn er sie nicht aufhalten würde, dachte er, wäre er nicht in der Lage, ihr Liebesspiel zu beenden, wie er vorhatte.

Er schob sie sanft auf den Rücken, beugte sich über sie, ließ seine Hand an ihrem entblößten Oberschenkel entlanggleiten und schob den Saum ihres Nachthemdes immer höher.

Er hielt nicht inne, bis er das Dreieck ihrer dunklen Haare sehen konnte, das ihre Scham bedeckte.

Er beugte sich vor und küsste ihr weiches und schön gerundetes Knie. Sie ließ die Finger über seinen Nacken gleiten.

Dann spreizte er sanft ihre Beine und berührte die Innenseite ihres seidenen Schenkels mit seiner Zunge. Diesmal verkrampften sich ihre Finger in seinem Haar.

»Arthur?«

Er hob die Hand und legte sie über ihren Mund, um sie daran zu erinnern, sich ruhig zu verhalten.

Als er spürte, dass sie nachgab, widmete er sich wieder seiner Aufgabe.

Er ließ sich zwischen ihren Beinen nieder und atmete ihren femininen Duft ein. Sie roch nach Meer und Gewürzen, die so selten waren, dass er ihre Namen nicht kannte. Er könnte den Rest seines Lebens damit verbringen, diesen betörenden Duft einzuatmen, dachte er. Er hob ihre Knie an und legte sie beidseitig neben seinen Kopf. Dann suchte er die kleine, empfindliche Knospe und begann, sie mit seinen Fingern zu liebkosen.

Bei dieser Berührung versteifte sie sich, als sei sie nicht ganz sicher, wie sie reagieren sollte. Aber ihr Körper wusste genau, was er tun musste. In kürzester Zeit war sie so nass, dass seine Hände im Schein der Kerze glänzten.

Sie atmete schneller. Ihre Hüften bewegten sich und hoben sich ihm entgegen. Als er einen Finger in sie hineinschob, umschloss sie ihn eng und begann zu stöhnen.

Er senkte den Kopf und küsste die Quelle ihres Verlangens, gleichzeitig glitt er mit dem anderen Finger in sie hinein und erkundete sie vorsichtig.

»Arthur.« Ihr Stöhnen klang gedämpft. Sie kämpfte sich hoch, bis sie in eine sitzende Position kam. »Was machst du da?«

Ohne den Kopf zu heben, drückte er sie mit einer Hand sanft auf das Bett zurück.

Zunächst glaubte er, dass sie sich wehren würde. Aber dann begann sie zu stöhnen und sank in die Kissen. Er hörte ihre raschen kleinen Atemzüge und wusste, dass sie von einer Macht ergriffen war, die sie nicht verstand.

»Oh, ja, oh ja, ooooooh.«

Das war es dann mit ihrem Versprechen, sich ruhig zu verhalten, dachte er amüsiert, aber auch ein wenig besorgt. Er konnte aber nicht aufhören. Sie stand kurz vor dem Höhepunkt, und er war entschlossen, die Sache sorgfältig zum Abschluss zu bringen.

Lange vor ihr spürte er, wie sie kam. Ihre Hände klammerten sich in die Laken und ihr ganzer Körper versteifte sich.

Sie war verloren, dachte er, und hatte keine Vorstellung mehr davon, was um sie herum geschah.

In diesem Moment hörte er, wie unten in der Eingangshalle die Tür geöffnet wurde. Dann vernahm er das entfernte gedämpfte Gemurmel von Stimmen.

Margaret und Bennett waren da.

Elenoras Orgasmus brauste wie ein Sturm über sie hinweg. Arthur hob rasch den Kopf und sah, wie sich ihre Lippen öffneten. Ihre Augen waren fest zugekniffen.

Eine Katastrophe bahnte sich an.

Schnell schob er sich vor, bis ihr Körper von seinem bedeckt war. Er nahm ihren Kopf zwischen seine Hände und verschloss ihren Mund mit seinen Lippen, um den hohen Lustschrei zu dämpfen.

Einen Augenblick später entspannte sie sich unter ihm. Vorsichtig hob er den Kopf und gab ihren Mund frei. Er legte seine Fingerspitze auf ihre Lippen und flüsterte in ihr Ohr. Sie sah wie betäubt und verständnislos zu ihm auf.

»Margaret und Bennett sind da«, flüsterte er.

Unten wurde die Tür geschlossen und Margarets Schritte erklangen auf der Treppe.

Arthur wagte nicht, sich zu bewegen. Elenora unter ihm verhielt sich ebenfalls absolut still. Beide lauschten angestrengt.

Margarets Schritte wurden lauter, als sie durch den Flur auf ihr Schlafzimmer zuging. Arthur blickte in Elenoras Augen. Zusammen starrten sie auf die brennende Kerze, die noch immer auf dem Tisch stand.

Er wusste, dass sie sich beide dieselbe Frage stellten. Würde Margaret den schwachen Kerzenschein, der unter der Tür hindurchdrang, bemerken?

Margarets Schritte verhallten an ihrer Schlafzimmertür, doch dann, gerade als Arthur dachte, dass er und Elenora verschont worden seien, ging sie weiter den Flur entlang.

Sie würde klopfen und erwarten, dass Elenora die Tür öffnete, dachte er. Seine einzige Hoffnung war, dass Elenora mit einer passenden Entschuldigung aufwarten konnte, warum sie sie nicht zu einem mitternächtlichen Schwatz in ihr Schlafzimmer bitten konnte.

Er bemerkte, dass Elenora beide Hände gegen seine Brust gestemmt hatte und sich mit aller Kraft nach oben drückte. Gehorsam rollte er auf die Seite und stand schweigend neben ihrem Bett.

Dann ertönte an der Schlafzimmertür das unvermeidbare Klopfen.

»Elenora? Ich habe die Kerze bemerkt. Wenn Sie nicht allzu müde sind, hätte ich eine aufregende Nachricht für Sie. Bennett hat mich gebeten, ihn zu heiraten.«

»Einen Moment, Margaret, ich ziehe schnell meinen Morgenmantel und die Hausschuhe an.« Elenora sprang aus dem Bett. »Ihre Nachricht ist wirklich sehr aufregend und ich freue mich sehr für Sie.«

Elenora fuhr fort, begeistert zu reden, während sie die Tür des Kleiderschrankes öffnete, die daraus hervorquellenden Röcke beiseite zerrte und hektisch in Arthurs Richtung gestikulierte.

Er verstand, dass er sich in dem verflixten Kleiderschrank verstecken sollte, und unterdrückte ein Stöhnen. Aber sie hatte Recht. Es war das einzige Versteck in diesem Schlafzimmer.

Er hielt inne, um seinen Morgenmantel und die Hausschuhe aufzuheben und stieg dann widerstrebend in den Kleiderschrank. Elenora schloss schnell die Tür. Da stand er nun, umgeben von feinem Musselin, parfümierten Seidenstoffen und – absoluter Dunkelheit.

Er hörte, wie Elenora die Schlafzimmertür öffnete.

»Ich glaube, das muss gefeiert werden, Sie nicht auch?«, sagte sie zu Margaret. »Warum gehen wir nicht in die Bibliothek hinunter und probieren Arthurs ausgezeichneten Weinbrand? Ich bin gespannt auf jede Einzelheit von Bennetts Heiratsantrag. Auch ich habe aufregende Neuigkeiten für Sie.«

Margaret lachte glücklich und klang wie eine junge Dame, die ihre erste große Liebesaffäre erlebte. Vielleicht war das auch der Fall, dachte Arthur.

»Aber glauben Sie wirklich, dass wir es wagen können, etwas von dem Weinbrand zu trinken?«, fragte Margaret mit einem Anflug echter Besorgnis. »Sie wissen doch, wie Arthur darüber denkt. Er behandelt das Zeug, als sei es ein seltenes goldenes Elixier der Götter.«

»Glauben Sie mir«, sagte Elenora gefühlvoll, »in diesem Moment wird Arthur absolut nichts dagegen haben, dass wir nach unten gehen und etwas von seinem kostbaren Weinbrand trinken.«

Die Tür schloss sich hinter den beiden Frauen.

Arthur stand einige Minuten grübelnd in der Dunkelheit, umgeben von weiblichen Kleidungsstücken. Er fragte sich, was aus seinem geordneten, exakt vorausgeplanten Leben geworden war. Er konnte kaum glauben, dass er sich in einem Kleiderschrank im Schlafzimmer einer Frau versteckt hielt.

Etwas Derartiges war ihm noch nie passiert, bevor er Elenora kennen gelernt hatte.

35

Der folgende Tag war ein Mittwoch, der Tag, an dem das Hauspersonal freihatte. Elenora war allein im Haus mit Sally, die schnell in ihrem Zimmer verschwand, um ihren neuen Margaret-Mallory-Roman zu lesen.

Margaret war vor einer halben Stunde mit Bennett ausgegangen. Arthur hatte kurz darauf das Haus verlassen, weil er die Zimmer, in denen Parker gewohnt hatte, durchsuchen wollte. Elenora wusste, dass er erwartet hatte, sie würde darauf bestehen, ihn zu begleiten. Als er ihr jedoch von seinem Plan erzählte, hatte sie nur abwesend mit dem Kopf genickt und ihm bei seiner Suche nach den drei roten Steinen Glück gewünscht.

Um zwei Uhr dreißig setzte sie ihre Haube auf und nahm ihre Handschuhe, um ein wenig frische Luft zu schnappen.

Es war ein warmer, sonniger Tag. Als sie an ihrem Bestimmungsort angekommen war, warteten Lucinda Colyer und Charlotte Atwater bereits auf sie. Die Atmosphäre, die nach wie vor in Mrs Blancheflowers Wohnzimmer herrschte, erinnerte an die düstere Stimmung auf einem Friedhof.

»Da bist du ja, Elenora«. Lucinda griff nach der Teekanne. »Wir können es kaum erwarten, die Neuigkeit zu erfahren.«

»Ja, ich glaube, es wird euch interessieren.« Elenora setzte sich auf das Sofa und sah ihre beiden Freundinnen an. »Es tut mir Leid, dass ich euch so kurzfristig zu einem Treffen gebeten habe.«

»Mach dir deswegen keine Sorgen«, sagte Charlotte. »In deiner Nachricht sagtest du, dass es um eine äußerst wichtige Angelegenheit geht, die wir umgehend miteinander besprechen müssen.«

»Lieber Himmel, es ist bereits geschehen, nicht wahr?« In Lucindas Blick trat eine schreckliche Vorahnung. »Genau, wie ich vorausgesagt hatte. Dein neuer Arbeitgeber hat dich ausgenutzt. Meine arme, arme Elenora. Aber ich habe dich gewarnt.«

Elenora erinnerte sich, was Arthur letzte Nacht mit ihr angestellt hatte, und dachte an die unglaublichen Empfindungen, die sie erlebt hatte. Ihr wurde plötzlich ziemlich warm.

»Beruhige dich, Lucinda«, sagte sie und trank einen Schluck Tee. »Ich kann dir versichern, dass

St. Merryn mich in keiner Weise beleidigt oder gekränkt hat.«

»Oh.« Vor Enttäuschung entglitten Lucinda die Gesichtszüge, sie brachte es jedoch fertig, ein schwaches Lächeln aufzusetzen. »Ich bin so froh, dies zu hören.«

Elenora stellte ihre Tasse auf den Unterteller. »Ich fürchte, ich kann euch nicht mit aufregenden Geschichten über die Lüsternheit meines Arbeitgebers aufheitern, aber ich denke, dass ihr das, was ich euch gleich sagen werde, viel aufregender finden werdet. Außerdem ist es wesentlich lukrativer.«

Arthur stand inmitten des kleinen Zimmers, das Parker als Wohnzimmer benutzt hatte. Irgendetwas stimmte hier nicht.

Als Lady Wilmington ihm vor einer Stunde den Schlüssel gegeben hatte, hatte sie ihm versichert, dass er Parkers Unterkunft in demselben Zustand vorfinden würde wie am Tag zuvor, als dieser in die Anstalt gebracht worden war. Sie hatte deutlich gemacht, dass sie noch keine Zeit gehabt hätte, die Möbel und privaten Dinge ihres Enkels fortzuschaffen.

Arthur hatte jedes der Zimmer systematisch durchsucht. Er hatte die roten Steine nicht gefunden, aber das machte ihm keine großen Sorgen. Was ihm Unbehagen bereitete, war der Zustand, in dem sich die Zimmer befanden.

Oberflächlich betrachtet war nichts daran auszusetzen. Alles schien seine Ordnung zu haben und es gab nichts, was irgendwie auffällig war. Die Einrichtung im Schlafzimmer, Wohnzimmer und der Küche glich der in den Unterkünften, die von einem modernen jungen Gentleman bewohnt wurden. Im Bücherregal standen Werke der bekanntesten Dichter und eine Auswahl an Klassikern. Im Schrank hingen Kleidungsstücke, die nach der neuesten Mode gefertigt waren.

Nein, es gab nichts Außergewöhnliches an diesem Ort, stellte Arthur fest. Aber das war genau das, was nicht stimmte, denn Parker selbst war ein höchst ungewöhnlicher Bursche.

Elenora amüsierte Lucindas und Charlottes Reaktion auf das, was sie soeben gesagt hatte. Sie starrten sie entsetzt an.

»Kurz gesagt«, schloss sie, »die Gentlemen in den Clubs haben alle vermutet, dass St. Merryn der gehobenen Gesellschaft einen großen Streich gespielt hat. Sie meinen, dass er mich deshalb eingestellt hat, damit ich ihm auf äußerst bequeme Art und Weise als seine Geliebte zur Verfügung stehe.«

»Sie haben gedacht, dass du seine Geliebte bist und dich als seine Verlobte ausgibst. Und dass du in seinem Haus wohnst, damit er jederzeit über dich verfügen kann. Das ist doch wirklich unerhört«, rief Lucinda aus.

Charlotte sah sie mit einem beschwichtigenden Stirnrunzeln an. »Aber Elenora ist doch nicht die Geliebte von St. Merryn, Lucinda. Das ist doch nur ein Gerücht, das in den Clubs die Runde macht.«

»Ja, natürlich«, sagte Lucinda rasch. Sie lächelte Elenora entschuldigend, wenn auch etwas bedauernd, an. »Erzähl bitte weiter.«

»Wie ich bereits sagte«, fuhr Elenora fort, »geht es in den Wetten um den genauen Zeitpunkt, an dem St. Merryn sein Versteckspiel beendet und mich entlassen wird.« Sie hielt inne, um sich zu vergewissern, dass sie die volle Aufmerksamkeit der beiden Frauen hatte. »Ich sehe keinen Grund, warum wir diese Situation nicht ausnutzen sollten, um unsere eigenen Wetten abzuschließen.«

In die Gesichter der beiden Frauen trat zunächst ein Ausdruck von Verständnis, gefolgt von den ersten Anzeichen von Staunen und Hoffnung.

»Das wäre eine Möglichkeit«, flüsterte Charlotte begeistert. »Wenn Elenora St. Merryn überreden könnte, ihre Beziehung an einem bestimmten Tag zu beenden …«

»Ich glaube nicht, dass es damit ein Problem geben wird«, versicherte Elenora den beiden Frauen. »Ich bin zuversichtlich, dass St. Merryn, was das genaue Datum betrifft, mitspielen wird.«

»Und wir wären die Einzigen, die das genaue Datum kennen«, hauchte Lucinda. »Jede von uns könnte vielleicht ein Vermögen gewinnen.«

»Es wäre äußerst verlockend, mehrere tausend Pfund zu wetten«, sagte Elenora, »aber ich denke nicht, dass es sehr klug wäre. Eine solch riesige Summe würde bei den Leuten nur Verdacht erregen. Wir wollen nicht, dass irgendjemand unsere Wetten in Frage stellt.«

»Also, wie viel?«, wollte Lucinda wissen.

Elenora zögerte und überlegte. »Ich glaube, dass wir mit ruhigem Gewissen eine Gesamtsumme von sieben- oder achthundert Pfund wetten könnten. Ein Betrag unter tausend Pfund wäre angemessen und würde in den Wettbüchern nicht weiter auffallen. Wir teilen den Gewinn dann durch drei.«

»Das ist in meinen Augen ein Vermögen«, sagte Lucinda hingerissen. Sie sah bedeutungsvoll zur Decke auf. »Es ist viel mehr, als ich von Mrs Blancheflowers Testament erwarten kann, und ich habe vermutlich auch bessere Chancen, das Geld zu bekommen. Langsam glaube ich, dass meine Arbeitgeberin mich noch überleben wird.«

»Aber wie würden wir es anstellen, die Wette abzuschließen?«, fragte Charlotte. »Eine Lady kann doch nicht einfach in einen von diesen Clubs in St. James gehen und dort eine Wette abschließen.«

»Ich habe über dieses Problem nachgedacht«, sagte Elenora, »und ich denke, ich habe einen Plan, der funktioniert.«

»Dies alles ist so aufregend«, sagte Charlotte.

»Ich meine, dieses Vorhaben sollte mit mehr als nur einer Tasse Tee gefeiert werden«, kündigte Lucinda an.

Sie stand vom Sofa auf, öffnete den Küchenschrank und nahm eine staubige Karaffe Sherry heraus.

»Einen Augenblick«, sagte Charlotte und ihre Begeisterung verflog. »Was passiert, wenn wir die Wette verlieren? Wir hätten nicht die Möglichkeit, für unsere Wetten aufzukommen.«

»Um Himmels willen, Charlotte, gebrauch doch deinen Verstand.« Lucinda zog den Verschluss aus geschliffenem Glas von der Karaffe. »Wir könnten nur dann verlieren, wenn St. Merryn Elenora wirklich heiraten würde. Also, für wie wahrscheinlich hältst du das?«

Charlottes Gesicht heiterte sich sofort wieder auf. »Wahrscheinlich? Es ist unvorstellbar, dass ein Gentleman, der so wohlhabend und gut gestellt ist wie St. Merryn, eine bezahlte Gesellschafterin heiratet. Ich weiß nicht, was in mich gefahren ist, dass ich auch nur vermuten konnte, dass wir die Wette verlieren.«

»Du hast Recht«, stimmte Elenora zu. Mit großer Willenskraft drängte sie die aufkommenden Tränen zurück. Schließlich brachte sie ein strahlendes Lächeln zustande und hob ihr Sherryglas. »Auf unsere Wette, meine Damen.«

Eine halbe Stunde später machte sie sich auf den Weg zu dem Haus in der Rain Street. Sie fühlte sich, als würde sie auf ihre eigene Katastrophe zusteuern. Es war gut und schön, auf eine rosige Zukunft zu trinken, die frei von finanziellen Sorgen war und die Aussicht bot, ihren eigenen kleinen Buchladen zu führen, dachte sie. Und eines Tages, wenn ihre Tränen getrocknet waren, würde sie zweifellos in der Lage sein, das Leben, das sie sich geschaffen hatte, zu genießen. Aber zunächst musste sie mit dem Schmerz fertig werden, der mit der Trennung von Arthur verbunden war.

Sie kam aus dem Park und ging die Straße entlang, die sie nach Hause führte. *Nein, es ist nicht dein Zuhause. Diese Straße führt dich zu deinem gegenwärtigen Arbeitsplatz. Du hast kein Zuhause. Aber bald wirst du eines haben. Du wirst es dir selber schaffen.*

An der Eingangstür zu dem großen Haus fiel ihr ein, dass die meisten Bediensteten heute ihren freien Tag hatten. Sie besaß jedoch einen Schlüssel und konnte somit in das Haus gelangen. Sie trat in die Eingangshalle und legte Umhang, Handschuhe und Haube ab.

Jetzt brauchte sie eine Tasse Tee, entschied sie. Sie ging den Flur entlang, der zum hinteren Teil des Hauses führte, und stieg die Steinstufen in die Küche hinunter. Sie blickte auf die Tür zu dem Zimmer, in dem Ibbitts seinerzeit die arme Sally erpresst hatte. Zwei Tage später war der Diener tot gewesen.

Bei der Erinnerung daran erschauderte sie und ging weiter den Flur entlang. Die Tür zu Sallys Zimmer stand offen. Sie warf einen Blick hinein und erwartete, das Dienstmädchen mit ihrem Roman im Bett liegend vorzufinden.

Das Zimmer war jedoch leer. Vielleicht hatte Sally beschlossen, den Tag außerhalb des Hauses zu verbringen.

In der weiträumigen Küche bereitete sie den Tee vor und trug das Tablett in die Bibliothek hinauf, wo sie sich eine Tasse Tee eingoss und anschließend an das Fenster trat.

Das Haus war in der letzten Zeit verändert worden. Die Arbeiten waren noch nicht vollständig abgeschlossen, aber schon jetzt sah es hier vollkommen anders aus als an dem Tag, an dem sie angekommen war. Trotz ihrer Niedergeschlagenheit empfand sie eine leise Genugtuung darüber, was bisher erreicht worden war.

Die Fußböden und die Holzteile glänzten, weil sie vor kurzem poliert worden waren. Zimmer, die lange Zeit verschlossen gewesen waren, waren geöffnet und gesäubert und von den Möbeln waren die Schutzhüllen entfernt worden. Die Fenster und ehemals dunklen Wandspiegel glänzten und reflektierten das Sonnenlicht auf die Stellen, die lange im Dunkeln gelegen hatten. Auf ihre Anweisung hin waren die schweren Vorhänge im ganzen Haus zurückgebunden worden. Nirgendwo war auch nur ein Stäubchen zu finden.

Auch die Gärten begannen viel einladender auszusehen, stellte sie fest. Sie war erfreut über den Fortschritt, der gemacht worden war. Die Kiespfade waren alle ordentlich geharkt und das Unkraut systematisch entfernt worden. Beete waren frisch bepflanzt worden und auch die Reparaturarbeiten an dem Brunnen hatten begonnen.

Sie dachte daran, wie hübsch der Blick von der Bibliothek aus in einigen Monaten sein würde. Die Blumen würden in voller Blüte stehen, die Kräuter wären küchenfertig und die Fontäne des Springbrunnens würde im Sonnenschein glitzern.

Sie fragte sich, ob Arthur von Zeit zu Zeit an sie denken würde, wenn er aus diesem Fenster blickte.

Sie hatte ihren Tee ausgetrunken und wollte sich gerade vom Fenster abwenden, als sie den Mann bemerkte. Er trug feste Arbeitskleidung und eine Lederschürze und war über ein Blumenbeet gebeugt. Dann fielen ihr die Ersatzkacheln für den Brunnen ein. Es würde nichts schaden, mit dem Gärtner ein Wort zu wechseln, um sich zu vergewissern, dass der Auftrag erteilt worden war.

Sie eilte aus der Bibliothek in den Garten hinaus.

»Einen Moment bitte«, rief sie, während sie rasch auf den Gärtner zuging. »Ich würde gerne mal mit Ihnen reden.«

Der Gärtner stieß ein Grunzen aus, sah jedoch nicht auf, sondern fuhr fort, Unkraut zu jäten.

»Wissen Sie, ob der Auftrag für die Brunnenkacheln erteilt worden ist?«, fragte sie und stellte sich neben ihn.

Der Mann grunzte erneut.

Sie beugte sich leicht hinunter und beobachtete, wie er ein wild wucherndes Unkraut ausriss. »Haben Sie mich verstanden?«

Dann blieb ihr fast das Herz stehen. *Seine Hände*. Der Gärtner trug keine Handschuhe und sie sah seine langen, eleganten Finger. An seiner linken Hand glänzte ein goldener Siegelring. Sie erinnerte sich an das Gefühl des Rings unter dem dünnen Handschuh, den der Mörder an dem Abend getragen hatte, als er sie zum Tanz aufgefordert hatte.

Sie atmete einen Hauch seines unangenehmen Geruchs ein und richtete sich umgehend auf. Ihr Puls raste jetzt so schnell, dass sie sich fragte, ob er ihn vielleicht hören konnte. Sie trat einen Schritt zurück und verschränkte die Hände ineinander, um das leichte Zittern unter Kontrolle zu bringen. Sie warf einen raschen Blick auf die Rückseite des Hauses, das eine Million Meilen entfernt zu sein schien.

Der Gärtner erhob sich auf die Füße und wandte sich zu ihr hin.

Ihr erster verrückter Gedanke war, dass er viel zu attraktiv war, um ein skrupelloser Mörder zu sein. Und dann sah sie seine Augen und wusste, dass es keinen Zweifel über seine Identität gab.

»Ich habe das Muster der Kacheln, die ich gerne

auf dem Brunnen angebracht hätte, selbst ausgewählt«, sagte sie spitz. Sie trat noch einen Schritt zurück und schenkte ihm ihr strahlendstes Lächeln. »Wir wollen doch keine Fehler machen, oder?«

Plötzlich zog der Gärtner eine Pistole unter der Lederschürze hervor und richtete sie auf Elenoras Herz.

»Nein, Miss Lodge«, sagte er. »Wir wollen ganz sicher keine Fehler machen. Sie haben mir sowieso schon genug Ärger bereitet.«

Dann fiel Elenora ein, dass Sally nicht in ihrem Zimmer gewesen war. Furcht und eine große Wut ergriffen von ihr Besitz.

»Was haben Sie mit dem Dienstmädchen gemacht?«, fragte sie mit fester Stimme.

»Sie ist in Sicherheit.« Mit der Pistole deutete er auf den Schuppen. »Überzeugen Sie sich selbst.«

Elenora ging die kurze Entfernung bis zu dem Gartenschuppen hinüber, vor Entsetzen kaum in der Lage, zu atmen, und öffnete die Tür.

Sally lag gefesselt und geknebelt auf dem Boden, aber offensichtlich war ihr nichts geschehen. Ihre Augen weiteten sich vor Panik und Verzweiflung, als sie Elenora erblickte. Auf dem Boden neben ihr lag ein versiegelter Brief.

»Ihr Dienstmädchen wird am Leben bleiben,

solange Sie tun, was ich sage, Miss Lodge«, sagte Parker beiläufig. »Aber wenn Sie mir irgendwelche Schwierigkeiten machen, werde ich ihr vor Ihren Augen die Kehle durchschneiden.«

»Sind Sie verrückt, Sir?«, fragte Elenora, ohne zu bedenken, was sie da sagte.

Die Frage schien ihn zu amüsieren. »Meine Großmutter scheint dasselbe von mir zu glauben. Sie ließ mich gestern in eine Anstalt einweisen. Und ich dachte, sie würde mich abgöttisch lieben. Es ist traurig, wenn man sich nicht einmal mehr auf seine Verwandten verlassen kann, finden Sie nicht?«

»Sie hat nur versucht, Sie zu retten.«

Er zuckte die Schultern. »Was auch immer sie damit beabsichtigt hat, es ist mir gelungen, innerhalb von wenigen Stunden aus der Anstalt zu entkommen. Ich war rechtzeitig gestern Abend wieder in London, um meine Pläne in die Tat umzusetzen.«

»Sie waren es also, den ich auf dem Ball gesehen habe.«

Er machte eine spöttische Verbeugung. »Das ist richtig. Sie haben wirklich einen schönen Nacken, Miss Lodge.«

Sie würde sich durch solch intimes Gerede nicht aus der Ruhe bringen lassen, schwor sie sich.

»Warum wollten Sie, dass St. Merryn glaubt, Roland Burnley sei der Täter?«

»Damit der Graf in seiner Wachsamkeit nachlässt, natürlich. Ich dachte, es wäre leichter, Sie zu erwischen und später auch ihn, wenn er nicht mehr so gut aufpasst.« Er kicherte. »Außerdem genieße ich es, mit seiner Lordschaft mein Spiel zu treiben. St. Merryn ist stolz auf seinen logischen Verstand, aber der ist nichts verglichen mit meinem.«

»Was soll das alles bedeuten?«, fragte Elenora so gebieterisch, wie sie nur konnte. Wenn sie auf Zeit spielte, würde vielleicht irgendjemand zurückkommen, sie draußen im Garten entdecken und hinauskommen, um nachzusehen.

»Auf all Ihre Fragen wird es vielleicht eine Antwort geben, Miss Lodge. Aber eines nach dem anderen. Gestatten Sie, dass ich mich vorstelle.« Parker machte eine elegante kleine Verbeugung, aber die Pistole fest in seiner Hand. »Sie haben die große Ehre, Englands zweiten Newton kennen zu lernen.«

36

Arthur stellte seinen Fuß auf die Stufe und stützte den Unterarm auf sein Knie. »Warum haben Sie geglaubt, dass der Gentleman, der in Zimmer fünf wohnte, ein merkwürdiges Benehmen hatte?«

Die alte Haushälterin schnaubte verächtlich. »Er hatte keinen Diener. Kein Zimmermädchen. Niemanden, der sich um seine Kleidung kümmerte oder Mahlzeiten für ihn kochte. Er lebte ganz allein hier. Habe nie einen jungen Mann getroffen, der sich mehr hätte leisten können.«

Arthur blickte über seine Schulter zur Tür Nummer fünf. »Waren Sie hier, als sie ihn abgeholt haben?«

»Jawohl.« Die Frau folgte seinem Blick und schüttelte den Kopf. »Es war einfach schrecklich. Sie haben ihn in eine von den Zwangsjacken, in die man diese armen Seelen in Bedlam steckt, gezwängt und nach draußen gebracht. Die vornehme Dame in der Kutsche hat sich die Augen ausgeweint. Nachher haben alle gesagt, sie hätten ihn in eine Privatanstalt irgendwo auf dem Land gebracht.«

»Hat der Gentleman jemals irgendwelchen Besuch bekommen, während er in dieser Straße wohnte?«

»Ich habe niemanden gesehen«, sagte die Haushälterin. »Aber er war auch nur einige Stunden am Nachmittag und am frühen Abend da.«

Arthur richtete sich auf und nahm seinen Fuß von der Steintreppe. »Er hat hier nicht geschlafen?«

»Ich sah ihn nie vor Mittag nach Hause kommen und habe angenommen, dass er die Nächte in seinem Club verbringt.«

Arthur betrachtete die Tür. »Oder irgendwo anders.«

Elenora atmete den feuchten, nasskalten Geruch ein, der ihr zu verstehen gab, dass sie sich irgendwo unter der Erde befand, bevor Parker ihre Augenbinde abnahm. Nachdem er den Stoffstreifen entfernt hatte, öffnete sie die Augen und sah sich im Inneren eines fensterlosen Steinverlieses um, das von einigen an die Wand montierten Lampen erhellt wurde.

Sie waren in einer Art Eisenkäfig nach unten gefahren. Weil ihre Augen bedeckt waren, hatte sie das Gerät nicht sehen können, aber sie hatte die Bewegung gespürt und das Geräusch der schweren Kette gehört, die Parker benutzt hatte, um den Käfig hinunterzulassen. Mit großem Stolz hatte er erklärt, dass er als Einziger das Geheimnis kannte, wie man den Käfig bewegen konnte.

»Es gibt ein besonderes Schloss, das ihn am oberen und unteren Ende verankert«, hatte er gesagt. »Man muss die Kombination kennen, um ihn zu lösen.«

Nach der niedrigen, gewölbten Decke zu schließen war der Raum sehr alt. Der gotische Baustil war echt und entsprach nicht der Vorstellung eines modernen Architekten von einer Innenansicht. Irgendwo in der Ferne hörte sie Wasser tropfen oder gegen etwas schlagen.

In dem Verlies standen einige Arbeitstische, auf denen eine Reihe von Instrumenten und Apparaten lagen. Einige Geräte kannte sie, zum Beispiel die Waage, das Mikroskop und das Brennglas, andere hatte sie nie zuvor gesehen.

»Willkommen im Labor meines Großvaters, Miss Lodge.« Parker machte mit einer Hand eine ausladende Geste. »Seine Sammlung von Geräten und Apparaten war beeindruckend. Aber als ich auftauchte, waren sie schon alle mehrere Jahre alt. Einige konnte man noch gebrauchen, aber ich habe mir die Freiheit herausgenommen und viele der Instrumente durch modernere und fortschrittlichere Geräte ersetzt.«

Ihre Hände waren immer noch zusammengebunden, aber Parker hatte die Fesseln um ihre Knöchel entfernt.

Während der Fahrt, die ihr wie ein Albtraum vorkam, hatte Elenora versucht, sich aus dem Fahrzeug zu stürzen. Dabei hatte sie festgestellt, dass die Tür abgeschlossen und verriegelt war. Als Parker den beiden Männern auf dem Kutschbock seine Anweisungen erteilt hatte, war ihr schnell klar geworden, dass es keinen Zweck hatte, sie um Hilfe zu bitten. Die Schurken waren eindeutig von Parker angeheuert worden.

»Wir sind aber nicht sehr weit gefahren«, sagte sie spitz und ignorierte absichtlich seine Beschreibung des Labors. »Wir müssen noch in London sein. Wo genau sind wir hier?«

Sie bemühte sich um einen ausgeglichenen Ton, als hätte sie die ganze Situation unter Kontrolle. Was immer auch geschah, sie wollte vermeiden, dass er die Angst, die sie ergriffen hatte, bemerkte. Eine solche Genugtuung würde sie diesem Verrückten nicht vergönnen.

»Sehr scharfsinnig, Miss Lodge. Ja, wir sind in der Tat noch in London. Dieses Verlies liegt ziemlich abgelegen unterhalb der Ruinen einer alten Abtei. In unmittelbarer Nachbarschaft wohnen nur sehr wenige Leute, und die sind davon überzeugt, dass es hier spukt.«

»Ich verstehe.« Sie blickte sich um und beobachtete die schattigen Ecken des Verlieses. Es war nicht schwierig, sich vorzustellen, dass Gespenster und Geister an diesem Ort weilten.

Parker legte die Pistole auf einen Arbeitstisch und zog seinen Mantel aus. Unter diesem gut geschnittenen Kleidungsstück trug er ein schneeweißes Leinenhemd und eine elegante blau-weiß gemusterte Weste.

»Mein Großvater hat die örtlichen Legenden um die Abtei geschürt und ich habe diese Tradition fortgeführt«, sagte Parker. »Sie sind nützlich, um die Leute von diesem Ort fernzuhalten.«

»Warum haben Sie mich hierher gebracht?«

»Nun, das ist eine etwas komplizierte Geschichte, Miss Lodge.« Er blickte auf seine Uhr. »Aber es bleibt noch genug Zeit, sie Ihnen zu erzählen.« Er ging zu einem Arbeitstisch hinüber und berührte die große, gefährlich aussehende Maschine, die dort stand. Er streichelte sie auf die Art, wie ein Mann eine Geliebte streichelt. Seine Augen strahlten große Ehrfurcht aus. »Es ist eine Geschichte über das Schicksal.«

»Unsinn. Kein Student, der sich ernsthaft mit der Wissenschaft beschäftigt, spricht von Schicksal.«

»Ah, aber ich bin mehr als ein ernsthafter Student der Wissenschaft, meine Liebe. Ich wurde geboren, sie zu beherrschen.«

»Ihre Großmutter hatte Recht. Sie sind wirklich verrückt.«

Er schenkte ihr ein kurzes, hämisches Lächeln. »Das glaubt sie in der Tat.«

»Sie haben einen Mord auf dem Gewissen.«

»Mord war nur der Anfang, Miss Lodge.« Langsam und liebevoll ließ er seine Hand über einen Teil der Maschine gleiten, der an den langen Lauf eines Gewehres erinnerte. »Nur der Anfang. Ich habe noch erheblich mehr zu tun.«

Die Art und Weise, wie er die Maschine streichelte, bereitete ihr Unbehagen. Sie wandte den Blick von seinen langen, eleganten Fingern ab. »Erzählen Sie mir von Ihrem so genannten Schicksal.«

»Darüber gibt es keinen Zweifel, jetzt nicht mehr.« Er schien von seiner Maschine völlig hingerissen zu sein. »Zwischen St. Merryn und mir besteht eine Verbindung. Keiner von uns kann seinem Schicksal entkommen.«

»Was wollen Sie damit sagen?«

Parker zog einen kleinen roten Samtbeutel aus seiner Tasche und schnürte das Band auf, das ihn verschloss. »Jeder von uns hat ein Vermächtnis von Mord und vereiteltem Schicksal geerbt. Aber dieses Mal werden sich die Dinge völlig anders entwickeln als beim letzten Mal.«

Vorsichtig nahm er einen großen roten Stein

aus dem Beutel und steckte ihn in eine Öffnung an der Seite der merkwürdigen Maschine.

»Was, um alles in der Welt, sagen Sie da?«, fragte sie, verzweifelt darum bemüht, ihn am Reden zu halten.

»Mein Großvater und St. Merryns Großonkel waren Freunde, bis zu dem Zeitpunkt, als ihre Freundschaft in bittere Rivalität umschlug. Die Konkurrenz zwischen ihnen wurde zuletzt sehr heftig, denn George Lancaster konnte die Tatsache nicht ertragen, dass mein Großvater Newton ebenbürtig war, verstehen Sie? Er nannte ihn einen Verrückten und machte sich über ihn lustig.«

»Sie haben sich gerächt, nicht wahr? Sie haben Arthurs Großonkel umgebracht.«

»Lancasters Tod war ein Unfall, wissen Sie. Zumindest habe ich das damals geglaubt. Ich hatte nicht beabsichtigt, ihn zu töten, jedenfalls nicht, bevor er den Erfolg meines Vorhabens gesehen hatte. Ich wollte ihm zu verstehen geben, dass er Unrecht getan hatte, als er meinen Großvater verhöhnte und ihn einen verrückten Alchimisten schimpfte. Aber der alte Mann überraschte mich, als er in jener Nacht einfach hereinkam, während ich sein Labor durchsuchte.«

»Sie waren auf der Suche nach der Schnupftabakdose.«

»Ja. Jove's Thunderbolt benötigt alle drei Steine, müssen Sie wissen.« Er steckte den zweiten Stein in die Maschine. »Nachdem George Lancaster tot war, glaubte ich, dass ich mein Schicksal vielleicht falsch gedeutet habe, aber als ich dann erfuhr, dass St. Merryn mir nachstellte, wurde alles sonnenklar. Ich habe sofort verstanden, dass er und nicht der alte Mann dazu bestimmt ist, Zeuge meines großen Erfolgs zu werden. Das liegt doch auf der Hand.«

»Wieso?«

»George Lancaster und mein Großvater lebten in einer anderen Zeit, sie gehörten einer anderen Generation an. Sie sind ein Teil der Vergangenheit. St. Merryn und ich jedoch sind Männer des modernen Zeitalters. Es ist daher logisch, dass der Graf, und nicht sein Vorfahr, derjenige ist, der Zeuge meines Triumphes wird.« Parker streichelte die Maschine. »Genauso, wie es richtig ist, dass ich, und nicht mein Vorfahr, das letzte Geheimnis von Jove's Thunderbolt entschlüsselt habe.«

»Wo haben Sie von diesem angeblichen Schicksal erfahren?«

»Es stand alles in den Aufzeichnungen meines Großvaters.« Parker ließ den letzten Stein in die Maschine gleiten, schloss den Deckel und wandte sich um, um Elenora anzusehen. »Aber wie jeder gute Alchimist schrieb Treyford oft in einer verschlüsselten Sprache, die nicht leicht zu entziffern ist. Ich habe mich zwischenzeitlich ein paar Mal geirrt.«

»Warum glauben Sie, dass Sie nicht einen riesigen Fehler gemacht haben, indem Sie mich hierher gebracht haben?«

»Ich gebe zu, dass einige Aufzeichnungen meines Großvaters sehr ungenau waren. Aber alles klärte sich auf, als der Graf von St. Merryn sicherstellte, dass sich unsere Wege kreuzen würden.«

»Sie meinen, als er den Mann zu suchen begann, der seinen Großonkel umgebracht hat?«

»Genau. Als ich erkannte, dass er Jagd auf mich machte, habe ich endlich begriffen, dass wir dazu bestimmt sind, in unserer Generation Gegner zu sein, genauso wie Lancaster und mein Großvater vor vielen Jahren.«

Jetzt verstand Elenora. »Sie haben mich heute Abend hierher gebracht, weil Sie wussten, dass das der leichteste Weg ist, um St. Merryn hierher zu locken und gefangen zu nehmen.«

»Sie sind eine sehr intelligente Frau, Miss Lodge. St. Merryn hat eine gute Wahl getroffen, als er in die Agentur Goodhew & Willis ging. Es ist jedoch ein großes Unglück für Sie, dass er Sie in diese Angelegenheit mit hineingezogen hat. Aber so spielt das Schicksal manchmal. Unschuldige müssen oft wichtige Rollen als Geiseln übernehmen.«

37

In der Rain Street angekommen, sprang Arthur aus der Kutsche, noch bevor sie vollständig angehalten hatte, und ging die Treppe hinauf.

»Lassen Sie die Pferde hier«, rief er Jenks über die Schulter hinweg zu. »Wir müssen heute Nachmittag noch jemandem einen Besuch abstatten.«

»Sehr wohl, Sir.«

Die Tür öffnete sich, ehe Arthur den Eingang erreicht hatte. Ned stand im Türbogen und auf seinem Gesicht war die blanke Angst zu erkennen.

»Haben Sie meine Nachricht erhalten, Sir?«

»Ja.« Ungeduldig trat Arthur in die Eingangshalle. »Ich war noch in Parkers Unterkunft, als der Junge mich fand und mir sagte, dass es etwas Dringendes gäbe. Worum handelt es sich? Ich muss heute noch jemandem einen Besuch machen und möchte keine Zeit verschwenden.«

Er bemerkte, dass Sally hinter Ned im Flur stand. Als er ihren angsterfüllten Blick sah, zog sich sein Magen zusammen.

»Wo ist Miss Lodge?«, krächzte er.

Sally gab ihm den versiegelten Brief und fing an zu weinen.

»Er drohte, mir die Kehle durchzuschneiden, wenn sie versuchen würde, wegzulaufen oder um Hilfe zu rufen«, sagte Sally tränenüberströmt. »Und er hätte es auch getan. Ich habe seine Augen gesehen, Sir. Sie waren alles andere als menschlich.«

»Es stimmt, dass es meinem Großvater nicht gelungen ist, Jove's Thunderbolt fertig zu stellen.« Die Arme verschränkt, lehnte Parker lässig an dem Arbeitstisch. »Aber der Fehler lag an seinen Instrumenten und nicht an den Anweisungen des alten Alchimisten.«

»Was heißt das?«, fragte Elenora und versuchte, echte Neugier vorzutäuschen. Sie ging näher an den Arbeitstisch heran, als sei sie von der merkwürdigen Maschine fasziniert. Parker war eifrig bemüht, über das Gerät und sein eigenes Genie zu sprechen. Er hatte das Verhalten eines Dozenten angenommen.

»Nach der Beschreibung in dem alten Buch ist es notwendig, ein kaltes Feuer zu entzünden, um die Energie freizusetzen, die im Innern der drei Steine liegt«, sagte Parker. »Darin bestand das große Hindernis. Mein Großvater berichtete in seinem Tagebuch, dass er versucht hat, die Steine auf verschiedene Arten aufzuheizen, aber keine davon war erfolgreich. Auch wusste er nicht, was mit einem kalten Feuer gemeint war. Er war gerade dabei, Experimente bezüglich der Erzeugung einer entsprechend starken Hitzequelle durchzuführen, als er bei der Explosion getötet wurde.«

Elenora blieb auf der anderen Seite des Tisches stehen und gab vor, das Gerät näher zu betrachten. »Und Sie glauben, die Antwort gefunden zu haben?«

»Ja.« Parkers Gesicht leuchtete begeistert auf. »Ich habe das Tagebuch meines Großvaters gelesen und die Beschreibung in dem *Buch der Steine* im Lichte der modernen Wissenschaft betrachtet, und ich verstehe endlich, was man verwenden könnte, um ein kaltes Feuer bei den Steinen zu entfachen.«

»Und was wäre das?«

Parker streichelte die Maschine. »Eine elektrische Maschine, natürlich.«

Arthur ignorierte den verzweifelten Diener, der versuchte, ihn anzukündigen, und ging sofort in das Arbeitszimmer.

»Parker hat Elenora als Geisel genommen«, sagte er.

»*Nein.*« Lady Wilmington stand rasch von ihrem Stuhl hinter dem Schreibtisch auf. »Nein, das kann doch nicht möglich sein.«

»Er ist aus der Privatanstalt ausgebrochen, in die Sie ihn bringen ließen.«

»Du lieber Himmel.« Lady Wilmington sank voller Verzweiflung auf ihren Stuhl zurück. »Niemand hat mich davon unterrichtet, dass er geflohen ist, das schwöre ich.«

»Ich glaube Ihnen. Sie haben es Ihnen vermutlich nicht gesagt, weil man hofft, Parker zu finden, bevor Sie von seinem Verschwinden erfahren. Schließlich sind Sie eine äußerst wohlhabende Kundin. Die Besitzer der Anstalt wollen natürlich auf keinen Fall, dass Sie nach einem anderen Platz Ausschau halten.«

»Dies ist eine Katastrophe.«

Arthur durchquerte das Zimmer mit drei Schritten und stellte sich auf die andere Seite des kleinen Schreibtisches.

»Parker hat eine Notiz hinterlassen und mich darin aufgefordert, um Mitternacht allein zu einer bestimmten Adresse zu gehen. Dort soll ich zwei Männer treffen, die mich zu einem geheimen Ort bringen werden. Ich nehme an, dass ich zuerst gefesselt werde sowie eine Augenbinde erhalte, bevor ich zu Ihrem Enkel gebracht werde. Aber in diesem Zustand werde ich Elenora wohl kaum helfen können.«

»Es tut mir so Leid, ausgesprochen Leid.« Lady Wilmington schien vor Verzweiflung wie betäubt. »Ich weiß nicht, was ich sagen oder tun soll. Das habe ich ganz bestimmt nicht gewollt. Ich dachte, ich hätte getan, was für alle am besten ist.«

Arthur beugte sich vor und legte seine Hand auf den wackligen Schreibtisch. »Wo ist Parkers Labor?«

Lady Wilmington war offensichtlich durch die Frage verunsichert. »Wie bitte?«

»Ich bin heute in sein Haus gegangen und habe es gründlich durchsucht. Die Bücher und Möbel sind nichts weiter als ein Bühnenbild und nur dazu gedacht, die Wohnung eines modischen Gentleman zu imitieren.«

»Was meinen Sie damit?«

»Ich habe einen Großteil meiner Jugend im Haus meines Großonkels verbracht«, sagte Arthur. »Ich weiß, was man in Bezug auf Möblierung von einem Mann erwarten kann, der eine Leidenschaft für die Wissenschaft hat. Ich habe keines von diesen Dingen in Parkers Unterkunft gefunden.«

»Ich verstehe nicht.«

»Er müsste eigentlich ein Labor haben, das mit Instrumenten, Apparaten und Glasgeräten ausgerüstet ist. Ich hätte Bücher über Optik und Mathematik vorfinden sollen und nicht über Poesie und Mode. Auch Treyfords Tagebücher waren nirgendwo zu sehen.«

»Ja, natürlich, ich verstehe. Ich war gestern zu aufgeregt, um an solche Dinge zu denken.«

»Parker mag verrückt sein, aber er ist von seinem Plan, Jove's Thunderbolt zu bauen, besessen. Er muss irgendwo in London ein Geheimlabor haben, einen Platz, an dem er sich sicher fühlt und wo er die ganze Nacht arbeiten kann, ohne Aufsehen zu erregen. Dorthin wird er Elenora gebracht haben.«

»Treyfords altes Labor.« Lady Wilmington rieb sich die Augenbrauen. »Zweifellos hat Parker die Beschreibung des Ortes in den Tagebüchern gefunden. Ihn faszinierte die Vorstellung, seinen Forschungen dort nachzugehen, wo sein Großvater vor langer Zeit seine Experimente durchführte.«

»Was wissen Sie darüber?«

»Treyford baute die Maschine, als er sich mit Ihrem Großonkel und Glentworth zerstritten hatte. Sie wussten nicht, dass ein Labor existierte, und es hätte sie wahrscheinlich auch nicht interessiert, wenn sie es gewusst hätten. Aber Treyford hat mich oft dorthin mitgenommen«, sagte Lady Wilmington wehmütig. »Er musste seine Forschungsergebnisse mit jemandem teilen, der begriff, dass er ein Genie war, verstehen Sie, aber in der Zeit sprach er bereits kein Wort mehr mit Lancaster und Glentworth.«

»Also hat er Sie in sein Labor mitgenommen, damit Sie Zeugin seiner Forschungsergebnisse werden?«

»Ja. Der Ort war unser Geheimnis. Es war der einzige Platz, an dem er und ich allein sein konnten und ohne Furcht, entdeckt zu werden.«

Der kleinere der beiden Männer, die in der Gasse warteten, war der Erste, der das flackernde Licht der näher kommenden Laterne bemerkte.

»Nun, was glaubst du? Er kommt, genau wie Mr Stone gesagt hatte.« Der Straßenräuber stieß sich von der Mauer ab und hob die Pistole. »Man sollte denken, er ist zu intelligent, um Kopf und Kragen für eine Frau zu riskieren.«

Eine Gestalt mit einem Hut und Überzieher näherte sich dem Eingang zur Gasse. Im Licht der Laterne war seine Silhouette deutlich zu erkennen.

»Er ist ein Dummkopf, ganz klar.« Der andere Mann packte das Messer und mit der anderen Hand hob er das Seil auf, mit dem er den Gefangenen fesseln wollte. »Aber das ist sein Problem, nicht unseres. Alles, was wir zu tun haben, ist, ihn zu der alten Abtei zu bringen und in den Käfig zu schieben, den Mr Stone uns beschrieben hat.«

Vorsichtig bewegten sie sich auf ihre Beute zu, aber die Gestalt in dem Überzieher und Hut machte keine verdächtigen Bewegungen. Er stand nur da und wartete.

»Bleiben Sie, wo Sie sind, Euer Lordschaft«, sagte der kleinere der Männer und hielt die Pistole so, dass das vermeintliche Opfer sie deutlich sehen konnte. »Bewegen Sie nicht einmal Ihren kleinen Finger. Mein Komplize hier wird Kammerdiener für Sie spielen und sich vergewissern, dass Sie für den Besuch bei Mr Stone angemessen gekleidet sind.«

Die Gestalt in dem Überzieher gab kein Wort von sich.

»Sie sind wohl nicht in der Stimmung, zu reden, eh?« Der größere der beiden ging mit dem Seil in der Hand auf ihn zu. »Kann nicht behaupten, dass ich es Ihnen verübele. Ich würde mich auch nicht gerade darum schlagen, in Ihrer Haut zu stecken, das ist Tatsache. Mr Stone ist wirklich ein komischer Vogel.«

»Aber er ist sehr großzügig, was unseren Lohn angeht, also versuchen wir, seine komische Art zu ignorieren«, erklärte der kleine Mann. »Also los jetzt. Legen Sie Ihre Hände auf den Rücken, damit mein Komplize Sie fesseln kann. Wir haben nicht alle Zeit der Welt, wissen Sie.«

»Nein«, sagte Jenks und nahm seinen Hut ab. »Wir haben nicht viel Zeit.«

So schnell sie konnten liefen Ned und Hitchins aus dem Hauseingang und stellten sich hinter die beiden Gauner.

Beim Klang der Schritte hinter ihnen drehte sich das Gaunerpaar um. Aber Ned und Hitchins hatten sie bereits überwältigt und stießen den beiden Schurken die Läufe ihrer Pistolen in den Rücken.

»Lasst sofort die Waffen fallen oder ihr seid beide tot«, befahl Hitchins.

Die Männer erstarrten. Die Pistole fiel scheppernd auf das Pflaster, dann das Messer.

»Jetzt warten Sie mal. Mein Freund und ich hatten den Auftrag, seine Lordschaft zu unserem Arbeitgeber zu bringen«, sagte der kleine Mann nervös. »Man hat uns gesagt, dass alles vorbereitet ist und seine Lordschaft dem Plan zustimmt. Hier liegt kein Verbrechen vor.«

»Das ist Ansichtssache«, erwiderte Hitchins.

Der größere der beiden Schurken blinzelte ihn beunruhigt an. »Sind Sie St. Merryn?«

»Nein. St. Merryn hat sich entschlossen, einen anderen Weg zu nehmen, um Ihren Arbeitgeber zu treffen.«

38

Parker zog seine goldene Uhr aus der Tasche und prüfte erneut die Zeit. »Noch eine halbe Stunde, und meine Helfer werden St. Merryn gefesselt in den Eisenkäfig setzen, der sich in der Kapelle über diesem Raum befindet.«

»Sie wollen damit sagen, dass Ihre Männer über dieses Labor Bescheid wissen?«, fragte Elenora erstaunt.

»Für wen halten Sie mich?« Er warf ihr einen verächtlichen Blick zu. »Glauben Sie wirklich, ich würde das Risiko eingehen und ein paar Straßenräubern ein solch großes Geheimnis verraten? Sie hatten lediglich Anweisungen, St. Merryn festzusetzen, ihn in den Käfig auf der Rückseite der Kapelle zu sperren und dann zu verschwinden. Niemand außer mir kennt diesen Ort.«

»Aber jetzt kenne ich ihn«, betonte sie.

Er neigte amüsiert den Kopf. »Da haben Sie Recht.« Er sah zu der gewölbten Decke hinauf.

»Und in einer Weile, wenn der Käfig durch die geheime Falltür im Boden der Kapelle heruntergelassen worden ist, wird St. Merryn ebenfalls davon erfahren. Ich hoffe, dass ihr beide in angemessener Form die große Ehre, an der ich euch teilhaben lasse, zu würdigen wisst.«

»Meinen Sie die Ehre, dass wir das Geheimlabor von Englands zweitem Newton besichtigen dürfen?«

»Sie haben solch einen bissigen Ton, Miss Lodge. Also wirklich, Sie verletzen mich.« Er kicherte und streckte die Hand aus, um den Griff von Jove's Thunderbolt zu betätigen. »Aber Sie werden Ihre Meinung ändern, sobald Sie feststellen, was diese Maschine alles kann.«

Rasch begann er an der Kurbel zu drehen.

Elenora beobachtete ihn beunruhigt. »Was tun Sie da?«

»Ich erzeuge einen großen Energiestrom, der notwendig ist, um die Maschine in Gang zu setzen.«

Sie betrachtete die Maschine mit wachsender Besorgnis und achtete auf jedes Detail. »Wie funktioniert sie?«

»Wenn sich das Gerät mit Elektrizität aufgeladen hat, kann ich die Energie freisetzen, indem ich den Knopf dort oben auf der Maschine herumdrehe.« Er deutete darauf. »Damit kann man die Stromzufuhr auch wieder abstellen. Wenn die Funken mit den drei Steinen in der Kammer in Berührung kommen, wird die Energie, die in ihnen gespeichert ist, aktiviert, genauso wie der alte Alchimist es vorhergesagt hat. Dann wird ein schmaler Strahl purpurroten Lichts erzeugt. Ich habe es bereits einmal ausprobiert, kurz bevor meine Großmutter mich in die Anstalt einweisen ließ. Es funktionierte tadellos.«

»Welche Funktion hat der Strahl?«

»Nun, eine ganz erstaunliche, Miss Lodge«, rief Parker aus. »Er zerstört alles, was ihm in den Weg kommt.«

Sie hätte es nicht für möglich gehalten, dass sie von noch größerer Panik ergriffen werden könnte als ohnehin schon.

Als sie jedoch den Wahnsinn sah, der in Parkers Augen brannte, verstärkte sich das eisige Gefühl in ihr um ein Vielfaches.

Elenora wurde plötzlich klar, dass er, was immer er sonst noch mit Jove's Thunderbolt anstellte, die tödliche Kraft der Maschine zunächst gegen sie und Arthur richten würde.

Arthur hatte vermutet, dass die Dunkelheit das Schlimmste an der ganzen Sache war, aber letzten Endes war es der Geruch, der ihm am meisten zu schaffen machte. Der Gestank, der von dem still gelegten Flussbett ausging, war so schrecklich, dass er gezwungen war, sein Halstuch um Mund und Nase zu wickeln.

Aber wenigstens musste er nicht den schmalen, von Ratten wimmelnden Uferpfad des verborgenen Flusses entlanggehen, dachte Arthur und tauchte die Stange wieder in das schwarze Wasser. Er hatte an der geheimen Anlegestelle unter dem alten Lagerhaus ein kleines, flaches Boot entdeckt.

»Treyford hielt sowohl am Eingang zum Labor als auch hier im Lagerhaus zusätzliche Boote und Ruderstangen bereit«, hatte Lady Wilmington erklärt, als sie ihn in das dunkle Kellergeschoss des verlassenen Gebäudes geführt und ihm die geheime unterirdische Anlegestelle gezeigt hatte. »Er sagte mir, dass er auf diese Weise das Labor durch die Abtei oder diese Stelle betreten oder verlassen konnte, ganz nach Lust und Laune oder wenn es nötig wurde, wegen eines misslungenen Experiments schnell die Flucht zu ergreifen. Parker scheint dieselbe Taktik angewandt zu haben.«

Der trübe Fluss zog träge dahin, und es war verhältnismäßig einfach, das kleine Boot mit der Stange flussaufwärts zu steuern. Die Laterne, die er in den Bug des Bootes gestellt hatte, warf ihr grelles Licht auf eine bizarre Umgebung.

Mehr als einmal hatte er das Boot um eine Flussbiegung herumgesteuert und musste sich rasch ducken, um sich nicht den Kopf an einer alten Brücke anzustoßen.

Außer den niedrigen Brücken gab es noch andere Hindernisse. An einigen Stellen waren Gesteinsbrocken und alte Holzplanken in den Fluss gefallen. Einige ragten aus dem Wasser heraus und erinnerten an lange verloren geglaubte Monumente einer untergegangenen Zivilisation. Wieder andere lagen unter dem Wasser und wurden erst sichtbar, wenn das kleine Boot leicht dagegenstieß.

Arthur betrachtete jeden heruntergefallenen Stein genau, während er an ihm vorüberstakte, und hielt nach den klassischen Statuen und dem außergewöhnlichen Marmorrelief Ausschau, die Lady Wilmingtons Angaben zufolge als Anhaltspunkte dienen sollten.

»Sie lagen schon viele Jahrhunderte hier, als ich sie zuletzt gesehen habe«, sagte sie, »und ich bin sicher, dass sie noch immer da sind.«

Parker sah erneut auf seine goldene Uhr und schien zufrieden und voller Erwartung zu sein. »Zwölf Uhr dreißig. Meine Männer werden St. Merryn inzwischen in den Käfig gesperrt haben und bereits gegangen sein.«

Elenora sah zur gewölbten Decke hinauf. »Ich habe aus den Zimmern über dieser Kammer kein Geräusch gehört.«

»Die Steinböden sind sehr dick und lassen keine Geräusche hindurch. Das ist eine der besten Eigenschaften, die das Labor hat. Ich kann Experimente durchführen, die eine Menge Lärm und Licht verursachen, und niemand, selbst wenn er direkt über dem Labor wäre, hätte eine Ahnung davon, was hier unten vor sich geht.«

»Warum glauben Sie nicht, dass Ihre Männer abwarten und beobachten werden, was hier geschieht?«, fragte Elenora.

»Bah. Sie haben genauso viel Angst vor der alten Abtei wie die Leute, die hier wohnen. Aber selbst wenn die Neugier sie überwältigte, würden sie lediglich sehen, wie der Käfig in der Steinwand hinter dem Altar verschwindet. Wenn sich das geheime Paneel erst einmal geschlossen hat, ist es nicht mehr möglich, die Öffnung zu finden. Man kann nicht sehen, wie der Käfig in diese Kammer heruntergelassen wird.«

Er hob die Hand und drehte das große Eisenrad, das aus der Steinmauer ragte.

Ein Teil der Decke wich zur Seite und enthüllte

einen dunklen Schacht über ihnen. Elenora hörte das Rasseln einer schweren Kette. Es war dasselbe Geräusch, das sie zuvor gehört hatte, als Parker sie hierher gebracht hatte.

Ihr Herz raste. Die einzige Gelegenheit, die Eisenstange auf dem Arbeitstisch zu ergreifen, wäre, wenn Parker damit beschäftigt war, Arthur aus dem Käfig zu holen.

Das Rasseln der Kette wurde lauter. Elenora sah, wie das untere Ende des Eisenkäfigs aus der Gruft, wo der Mechanismus lag, zum Vorschein kam.

Die Spitzen eines Paars blitzblank geputzter Stiefel wurden sichtbar. Parker war von dem Anblick gefesselt.

»Willkommen im Labor von Englands zweitem Newton, St. Merryn«, sagte er und hielt den Blick unverwandt auf Arthurs Stiefel gerichtet. In seinen Worten schwangen Triumph und Aufregung mit.

Elenora trat einen Schritt näher an den Arbeitstisch heran. Sie streckte ihre gefesselten Hände aus und ergriff eine schwere Eisenstange. Es gab nur diese eine Chance, dachte sie.

»Elenora, bück dich.« Arthurs scharfer Befehl hallte durch die Kammer.

Reflexartig gehorchte sie und ließ sich auf den Boden fallen, die Eisenstange fest umklammert.

»*St. Merryn.*« Parker riss sich von dem Anblick der herrenlosen Stiefel im Käfig los und zog die Pistole.

»Nein«, schrie Elenora.

Dann krachten zwei Schüsse durch das Labor und der beißende Geruch von Schießpulver hing in der Luft.

Elenora sah, dass die beiden Männer noch standen. Beide Pistolen hatten sich entladen, aber die Entfernung war zu groß gewesen, um genau zu treffen.

Die Waffen waren jetzt unbrauchbar, wenn sie nicht schnell wieder geladen wurden, aber Arthur zog eine zweite Pistole aus seiner Tasche und lief rasch nach vorn, ohne Parker aus den Augen zu lassen.

»Elenora«, ertönte Arthurs Stimme. »Ist alles in Ordnung?«

»Ja. Und bei Ihnen?«

»Ich bin unverletzt.« Er richtete die Pistole auf Parker.

»Bastard«, krächzte Parker. Er sah Arthur wutentbrannt an und bewegte sich näher auf den Arbeitstisch zu.

»Er hat noch eine Pistole«, rief Elenora. »Sie liegt hinter ihm auf dem Tisch.«

»Ich sehe sie.« Arthur machte einen Schritt nach

vorn und hob die Waffe, aus der sich noch kein Schuss gelöst hatte.

»Idiot.« Parker starrte ihn von der gegenüberliegenden Seite des Arbeitstisches aus an. »Sie wissen gar nicht, mit wem Sie es zu tun haben.«

Plötzlich warf er sich der merkwürdigen Maschine entgegen und versuchte, mit beiden Händen den runden Knopf auf dem Gerät zu drehen.

Vorsichtig hob Arthur die Pistole. »Nicht bewegen.«

»Seien Sie vorsichtig«, warnte Elenora. »Er sagt, dass die Maschine funktioniert.«

»Das bezweifle ich. Trotzdem …« Arthur richtete seine Pistole auf ihn. »Gehen Sie von der Maschine weg, Parker.«

»Zu spät, St. Merryn.« Parkers verrücktes Gelächter hallte von den Steinwänden wider. »Zu spät. Jetzt werden Sie erfahren, was in einem Genie wie mir steckt.«

Aus dem Gerät ertönte ein merkwürdiges Knistern. Elenora sah, wie die Elektrizität hervorschoss und in der Luft einen Lichtbogen beschrieb.

Dann löste sich ein dünner Strahl rubinroten Feuers aus dem langen Lauf. Parker richtete die Mündung der Waffe direkt auf Arthur.

Arthur ließ sich auf den Boden fallen. Der rote Lichtstrahl durchschnitt die Luft und traf Funken sprühend und zischend die Steinmauer hinter ihm.

Auf dem Boden liegend, hob Arthur die Pistole und feuerte los. Er hatte jedoch nicht genug Zeit, genau zu zielen, und die Kugel bohrte sich in den Arbeitstisch.

Parker richtete den Lauf der Maschine nach unten auf sein Opfer. Der höllenartige Strahl raste auf Arthur zu und verbrannte alles, was in seinem Weg war.

Ohne einen Laut zu verursachen, versuchte Elenora, sich hinter Parker zu stellen. Er durfte sie nicht bemerken, bis sie nah genug war, um loszuschlagen, sagte sie sich.

»Haben Sie wirklich geglaubt, dass Sie mich besiegen können?«, rief Parker Arthur entgegen.

Er nahm beide Hände, um den Lauf von Jove's Thunderbolt auf Arthurs Körper zu richten. Die schwere Maschine kam nur langsam in Gang, und Parker musste beträchtliche Kraft aufwenden, um den Lauf ständig neu einzustellen.

Nur noch einen kleinen Schritt, dachte Elenora. Sie verstärkte den Griff um die Eisenstange, die sie vom Arbeitstisch genommen hatte, und hob sie in die Luft.

»Sie sind ein Verrückter, nicht ein Genie«, schrie Arthur. »Genau wie Ihr Großvater.«

»Mit Ihren letzten Atemzügen werden Sie mein Genie anerkennen, St. Merryn«, beschwor Parker.

Elenora trat einen Schritt näher an Parker heran und holte mit voller Kraft aus, um die Stange auf seinen Kopf zu schlagen. Doch im letzten Moment bemerkte er sie.

In dem Moment, als sie ihm den tödlichen Schlag verpassen wollte, drehte er sich rasch zur Seite. Die Stange traf den schweren Tisch und prallte mit einer solchen Kraft wieder zurück, dass sie ihr aus der Hand glitt.

Sie hatte ihr Ziel verfehlt, Parker jedoch so weit abgelenkt, dass er die tödliche Maschine losließ. Außer sich vor Zorn stieß er Elenora auf die Seite.

Sie stürzte zu Boden und schloss vor Schmerz die Augen.

Es war das Geräusch einer plötzlichen Bewegung, das sie die Augen öffnen ließ. Gerade noch rechtzeitig sah sie, wie Arthur mit dem Kopf voran in Parker hineinrannte.

Die beiden Männer fielen mit einem dumpfen Aufschlag auf den Boden und rollten sich zusammen von einer Seite auf die andere, in einer Sekunde hatte Arthur die Oberhand, in der nächsten Parker.

Vom Maschinisten im Stich gelassen, hatte Jove's Thunderbolt sich jetzt stabilisiert, aber der tödliche Strahl schoss weiterhin aus der Mündung des Rohres.

Die beiden Männer kämpften mit einer solchen Brutalität, wie sie Elenora noch nie zuvor gesehen hatte. Sie konnte absolut nichts tun, um dazwischenzugehen.

Plötzlich machte sich Parker von Arthur frei und rappelte sich auf die Füße. Er hob die Eisenstange auf und wollte sie Arthur auf den Kopf schlagen.

Elenora stieß einen Warnschrei aus.

Arthur warf sich zur Seite, als die Stange auf ihn zukam und nur um Haaresbreite seinen Schädel verfehlte. Er streckte die Hand aus, ergriff Parkers Fußknöchel und zog ungestüm daran.

Parker schrie vor Wut auf und stolperte bei dem Versuch, sein Bein zu befreien und sein Gleichgewicht wiederzufinden. Er hob die Stange ein zweites Mal hoch, bereit, erneut einen vernichtenden Schlag auszuführen.

Noch halb am Boden liegend, ließ Arthur seinen Gefangenen plötzlich frei.

Völlig aus dem Gleichgewicht, streckte Parker einen Arm aus und machte schnell einen Schritt rückwärts, um sein Gleichgewicht wiederzufinden.

»Nein«, schrie Elenora.

Aber es war zu spät. Sie beobachtete mit Entsetzen, die Hände auf ihren Mund gepresst, wie Parkers verzweifelter Versuch, sein Gleichgewicht wiederzufinden, ihn direkt auf den tödlichen Lichtstrahl zutaumeln ließ.

Er schrie auf, als sich der Strahl durch seine Brust brannte, und sein Todesschrei hallte von den Wänden wider.

Es kam zu einem raschen, schrecklichen Ende. Parker brach zusammen wie ein kaputtes Aufziehspielzeug. Der alles versengende Strahl traf die Steinmauer, an der er vor einer Sekunde noch gestanden hatte.

Elenora wandte sich ab, unfähig, diesen Schauplatz des Grauens noch länger zu ertragen. Ihr drehte sich der Magen um, und sie hatte Angst, sich übergeben zu müssen.

»Elenora.« Arthur war wieder auf den Beinen und kam rasch auf sie zu. »Sind Sie verletzt?«

»Nein.« Sie schluckte heftig. »Ist er …? Er muss tot sein.« Sie wagte nicht, sich umzudrehen.

Arthur trat hinter sie und achtete darauf, nicht in den Lichtstrahl zu geraten. Dann kniete er sich hin, um die Leiche zu untersuchen, und stand schnell wieder auf.

»Ja«, sagte er. »Er ist höchstwahrscheinlich tot.

Jetzt müssen wir einen Weg finden, um das Gerät abzustellen.«

»Der Knopf dort oben, glaube ich.«

Ein merkwürdiges, leises Dröhnen unterbrach sie. Zunächst dachte sie, dass der Eisenkäfig wieder in Betrieb war. Dann entdeckte sie voller Entsetzen, dass das Geräusch von Jove's Thunderbolt kam.

Das Dröhnen entwickelte sich zu einem lauten Donner.

»Irgendetwas ist schief gelaufen«, sagte Arthur.

»Drehen Sie an dem Knopf.«

Arthur lief zum Arbeitstisch und wollte an dem Knopf zerren, doch er zuckte zurück.

»Verdammt. Der ist so heiß wie glühende Kohle.«

Das gedämpfte Dröhnen wurde allmählich zu einem schrillen Heulen, ein Ton, den Elenora noch nie zuvor gehört hatte. Der rote Strahl, der von der Maschine ausging, wurde langsam schwächer und begann, in einem seltsamen Muster zu pulsieren.

»Machen wir, dass wir von hier fortkommen.« Arthur lief auf sie zu.

»Wir können jedoch nicht den Käfig benutzen«, warnte sie. »Parker sagte, man kann ihn nur in Bewegung setzen, wenn man weiß, wie man ihn aufschließen muss.«

»Nicht den Käfig. Den vergessenen Fluss.«

Er packte sie an der Schulter und schob sie in Richtung Krypta auf der Rückseite des Labors.

Sie verstand nicht, was er damit meinte, aber sie wollte ihm nicht widersprechen. Die Maschine auf dem Arbeitstisch hatte eine dunkelrote Farbe angenommen, so als würde sie in den Flammen eines riesigen Ofens zum Glühen gebracht. Der merkwürdige, schrille Laut wurde immer stärker.

Es bedurfte sicherlich keines Genies wie Newton, um zu dem Schluss zu gelangen, dass die Maschine jede Sekunde explodieren würde, dachte sie.

Sie floh mit Arthur in die Krypta, wo sie der unangenehme Geruch mit voller Wucht traf. Arthur zündete eine Laterne an und sie stiegen in ein winziges, niedriges Boot.

»Ich verstehe jetzt, warum Sie allein gekommen sind«, sagte sie, vorsichtig balancierend.

»Dieses Boot ist nur für zwei Leute gedacht«, erwiderte Arthur. Er griff nach einer Stange und stieß das Boot von dem steinernen Dock ab. »Ich dachte, ich könnte es dazu benutzen, Sie von hier fortzuschaffen.«

»Dies ist ein Fluss«, flüsterte sie erstaunt. »Er fließt unter dem Herzen der Stadt hindurch.«

»Halten Sie Ihren Kopf gesenkt«, riet Arthur. »Es kommen Brücken und andere Hindernisse.«

Einige Minuten später ertönte das gedämpfte Geräusch einer Explosion und hallte von den altertümlichen Tunnelwänden wider. Elenora spürte, wie das kleine Boot von einem Beben erfasst wurde, aber es trieb unbeirrt in der Strömung dahin.

Dann folgte ein schreckliches Knirschen und Donnern, als wenn Steine aufeinander fallen würden, das kein Ende zu nehmen schien.

Nach einer Weile herrschte eine fast unerträgliche Stille.

»Lieber Himmel«, flüsterte Elenora. »Es scheint, als wäre das gesamte Labor zerstört worden.«

»Ja.«

Sie sah wieder in die Dunkelheit hinaus. »Glauben Sie, dass Parker wirklich Englands zweiter Newton gewesen sein könnte?«

»Wie mein Großonkel immer gern zu sagen pflegte: Es gab nur einen Newton.«

39

Zwei Tage später traf sich Elenora mit Margaret und Bennett in der Bibliothek. Heute Nachmittag war sie wieder ganz dieselbe, dachte sie. Der

Schock über die Ereignisse ließ langsam nach. Sie war erfreut, festzustellen, dass sie ihre gute Konstitution wiedergewonnen hatte und ihre Nerven wieder stärker geworden waren.

Es war an der Zeit, ein neues Leben zu beginnen.

Sie hatte Arthur kaum gesehen, nachdem sie die Fahrt auf dem vergessenen Fluss überstanden hatten. Den vorletzten Tag hatten sie damit zugebracht, sich mit den Folgen der großen Explosion zu beschäftigen. Es war merkwürdig, dass es oberirdisch keine sichtbaren Anzeichen der Katastrophe gegeben hatte. Die verlassene Abtei schien auch nicht betroffen zu sein.

Unter Arthurs Anleitung war es den Arbeitern gelungen, den Eingang zu der geheimen Kammer ausfindig zu machen, die den Eisenkäfig beherbergte. Sie hatten jedoch festgestellt, dass der Schacht mit Schutt und Gestein zugeschüttet war.

Arthur und Bennett waren mit kleinen Booten den vergessenen Fluss enlanggefahren, um herauszufinden, ob der Eingang zur Krypta noch passierbar war. Aber dort waren sie auf eine weitere unüberwindliche Mauer aus heruntergefallenen Steinen gestoßen. Die verborgene Kammer war vollkommen zerstört worden.

Das Einzige, was sie und Arthur zusammen unternommen hatten, war der Besuch bei Lady Wilmington. Arthur hatte ihr so schonend wie möglich erklärt, dass es ein außerordentlich kostspieliges und möglicherweise vergebliches Unternehmen wäre, nach Parkers Leiche zu suchen.

»So soll das Labor sein Grab sein«, hatte Lady Wilmington mit Tränen in den Augen verfügt.

Heute war Arthur wieder sehr früh aus dem Haus gegangen, weil er mit verschiedenen Leuten sprechen wollte, denen er noch eine Erklärung der Ereignisse schuldig war, wie Mrs Glentworth und Roland Burnley.

Als er gegangen war, hatte Elenora Bennett eine Nachricht zukommen lassen und ihn gebeten, sie sobald wie möglich aufzusuchen. Innerhalb einer Stunde war er dann zu ihr gekommen, aber er schien über den Gefallen, um den sie ihn bat, nicht allzu begeistert zu sein.

»Sind Sie ganz sicher, dass ich dies tun soll, Miss Lodge?«, fragte er ernst.

»Ja«, antwortete Elenora. Sie musste es über die Bühne bringen, dachte sie. »Meine Freundinnen und ich wären Ihnen außerordentlich dankbar, wenn Sie es einrichten könnten, die Wette für uns abzuschließen, Sir.«

Margaret zog vor Missbilligung leicht die Augenbrauen in die Höhe. »Ich kann nicht gerade behaupten, dass ich Ihren Plan gutheiße, Elenora. Ich denke wirklich, dass Sie die Situation zuerst mit Arthur besprechen sollten.«

»Das kann ich nicht. Ich kenne ihn nur zu gut. Er wird um meinen Ruf besorgt sein. Wenn er von meinem Plan erfährt, wird er vermutlich ein Machtwort sprechen und sich weigern, es mir zu erlauben.«

Margaret verkrampfte sich. »Arthur wird Bennett dafür tadeln, dass er die Wette für Sie und Ihre Freundinnen abschließt.«

Elenora zog die Stirn in Falten. Über diese Möglichkeit hatte sie noch gar nicht nachgedacht. »Ich möchte keinen Ärger zwischen Ihnen und St. Merryn verursachen, Sir, da Sie ja bald in die Familie einheiraten.«

»Machen Sie sich deswegen keine Sorgen, Miss Lodge«, sagte Bennett galant. »Ich habe keine Angst vor St. Merryns Temperament. Ich fürchte nur, dass Sie vermutlich seine Gefühle Ihnen gegenüber falsch verstanden haben.«

»Bennett hat Recht«, pflichtete ihm Margaret umgehend bei. »Arthur hat Sie sehr gern, Elenora. Ich bin mir dessen ganz sicher. Wahrscheinlich hat er Ihnen seine Gefühle nicht gezeigt, aber das kommt daher, weil er so etwas nicht gewöhnt ist.«

»Ich bezweifle ja auch nicht, dass er eine gewisse Zuneigung für mich empfindet«, sagte Elenora, darauf bedacht, ihre Worte vorsichtig zu wählen. »Aber in Wahrheit stehen wir in einem Arbeitgeber-Arbeitnehmer-Verhältnis zueinander und verhalten uns nicht wie ein verlobtes Paar.«

»Es mag auch so begonnen haben, aber ich denke, dass sich die Situation geändert hat«, beharrte Margaret.

Sie hatte sich in der Tat geändert, dachte Elenora, aber sie hatte nicht die Absicht, die Einzelheiten Margaret oder sonst irgendjemandem anzuvertrauen.

»Meine persönliche Beziehung zu Arthur hat sich nicht wesentlich geändert«, sagte sie vorsichtig.

»Dessen bin ich mir nicht so sicher«, beharrte Margaret stur. »Es würde mich nicht überraschen, wenn Arthur Ihnen einen Heiratsantrag macht.«

Elenora musste eine große Portion Selbstbeherrschung aufbringen, um nicht in Tränen auszubrechen. Irgendwie gelang es ihr, mit fester Stimme zu sprechen. »Ich möchte nicht, dass Arthur sich verpflichtet fühlt, mir nur wegen der jüngsten Ereignisse einen Heiratsantrag zu machen. Habe ich mich deutlich ausgedrückt?«

Margaret und Bennett sahen einander an.

»Ich verstehe«, sagte Margaret, »aber …«

»Es wäre außerordentlich ungerecht, wenn ihm das Gefühl vermittelt würde, dass es seine Pflicht ist, mir einen Heiratsantrag zu machen«, sagte Elenora gelassen. »Sie wissen, wie er ist, wenn es um sein Verantwortungsgefühl geht.«

Margaret tauschte einen erneuten Blick mit Bennett aus, der als Antwort das Gesicht verzog.

»Jeder weiß, dass Arthurs Pflichtgefühl manchmal etwas übertrieben ist«, gab Margaret zu.

»Genau«, sagte Elenora.

»Sie haben wahrscheinlich Recht, was St. Merryns Auffassung in Bezug auf seine Pflichten betrifft, Miss Lodge«, schaltete sich Bennett ein. »Aber ich fürchte, in diesem Fall besteht ein guter Grund, warum er in Betracht ziehen wird, dass ein Heiratsantrag die einzig ehrenhafte Sache ist.«

Elenora hob das Kinn und versuchte, ihre Hände nicht aneinander zu pressen. »Das glaube ich nicht.«

Bennett seufzte. »Nehmen Sie es mir nicht übel, aber nachdem Sie sich für St. Merryns Verlobte ausgegeben haben und es allgemein bekannt ist, dass Sie ziemlich *intime* Beziehungen zu ihm unterhalten, werden Sie nie wieder in der Lage sein, in den gehobenen Kreisen in Erscheinung zu treten, solange Sie nicht mit ihm verheiratet sind.«

»Bennett hat Recht«, versicherte Margaret.

»Meine Zukunft in der gehobenen Gesellschaft ist kein Problem«, sagte Elenora. »Ich habe keine. Das war von Anfang an so abgemacht. In der Tat haben Arthur und ich die Angelegenheit eingehend besprochen, bevor wir den Vertrag abgeschlossen haben.«

»Aber Elenora, Sie wären wegen dieser Stelle beinahe getötet worden«, sagte Margaret. »Arthur hat niemals beabsichtigt, Sie irgendwelchen Gefahren auszusetzen.«

»Natürlich nicht.« Elenora straffte die Schultern. »Und ich befürchte, dass er sich aufgrund der Tatsache, dass ich in Gefahr war, verpflichtet fühlt, über die ursprünglichen Vertragsbedingungen hinauszugehen und mir einen Heiratsantrag zu machen. Ich werde es nicht zulassen, dass er sich einem solch lächerlichen Pflichtgefühl unterwirft.«

»Ich verstehe vollkommen, was Sie meinen, Miss Lodge«, sagte Bennett sanft. »Aber glauben Sie nicht, dass es am besten wäre, wenn Sie zuerst mit ihm über Ihren Plan redeten?«

»Nein«, sagte Elenora entschlossen. »Kann ich mich darauf verlassen, dass Sie diese Angelegenheit für mich regeln, Sir?«

Bennett stieß erneut ein Seufzen aus. »Ich werde mein Bestes tun, Ihnen zu helfen, Miss Lodge.«

Um vier Uhr am selben Nachmittag kam Arthur die Treppe vor seinem Club herunter, ging an der langen Reihe wartender Kutschen vorbei und blieb vor der Tür einer wunderschönen kastanienbraunen Kutsche stehen.

»Ich habe Ihre Nachricht erhalten, Fleming«, sagte er durch das offene Fenster. »Was, zum Teufel, soll das alles bedeuten?« Dann erblickte er Margaret, die neben Bennett saß. »Seid ihr zwei auf dem Weg zum Park?«

»Nein«, sagte Margaret. Ihr Gesichtsausdruck zeugte von eiserner Entschlossenheit. »Wir sind hierher gekommen, um über ein außerordentlich wichtiges Thema mit Ihnen zu reden.«

»Das stimmt.« Bennett stieß die Tür auf. »Bitte steigen Sie doch ein, Sir.«

Etwas stimmte hier nicht, dachte Arthur resigniert. Er hatte bereits Pläne für den Nachmittag gemacht, Pläne, die auch Elenora mit einbezogen. Aber Bennett und Margaret waren offensichtlich ziemlich aufgeregt. Es war besser, jetzt herauszufinden, was geschehen war, als es auf später zu verschieben.

Seiner Erfahrung nach konnte man Probleme gewöhnlich am leichtesten in der Anfangsphase lösen.

Er hatte sich mit der Verspätung abgefunden

und schwang sich in die Kutsche, wo er sich auf den leeren Platz setzte. »Also, was ist denn passiert?«

»Es geht um Elenora«, sagte Margaret unverblümt. »Während wir reden, packt sie bereits ihre Sachen zusammen. Ich fürchte, sie trägt sich mit dem Gedanken, zu verschwinden, bevor Sie heute Nachmittag nach Hause kommen.«

Arthur spürte, wie sein Inneres zu Eis gefror. Elenora wollte ihn verlassen? Plötzlich hatte er eine klare Vorstellung davon, wie das Leben in dem großen Haus in der Rain Street ohne Elenoras lebhaftes Wesen ablaufen würde. Die düstere Atmosphäre, die in den letzten Tagen wie durch Zauberhand verschwunden war, würde in dem Moment zurückkehren, in dem sie das Haus verließ.

»Elenora und ich haben etwas Geschäftliches zu besprechen«, sagte er, wie er hoffte, in einem ruhigen und beherrschten Tonfall. »Sie wird nicht gehen, ehe gewisse Dinge erledigt sind.«

»Sie erwähnte, dass verschiedene Dinge wie ihr Lohn und ein gewisser Bonus durch Ihren Buchhalter erledigt werden könnten«, sagte Margaret.

Verdammt, dachte er, und ihm wurde noch kälter. Elenora wollte nicht nur ihre geschäftliche Beziehung beenden, sie rannte sogar vor ihm davon.

Elenora legte das letzte Kleidungsstück und ein Paar Hausschuhe in ihren Koffer und senkte langsam den Deckel. Sie hatte den Eindruck, als würde sie den Deckel eines Sarges schließen.

Das elende Gefühl, jemanden verloren zu haben, das den ganzen Nachmittag gedroht hatte, sie zu überwältigen, wurde stärker. Sie musste diesen Ort verlassen, bevor sie sich in einem Tränenmeer auflöste, dachte sie.

Sie hörte das dumpfe Geklapper einer Kutsche, die unten auf der Straße anhielt. Das war das Fahrzeug, das Ned für sie bestellt hatte. Dann vernahm sie das gedämpfte Geräusch der Eingangstür, die geöffnet und rasch wieder geschlossen wurde.

Ned war bestimmt nach draußen gegangen, um den Kutscher zu informieren, dass sie in ein paar Minuten herunterkommen würde.

Sie drehte sich auf dem Absatz um und ließ ein letztes Mal ihren Blick durch ihr Schlafzimmer schweifen. Sie wollte sich vergewissern, dass sie nichts vergessen hatte. Sie schaute auf das sorgfältig gemachte Bett.

Das Einzige, woran sie in diesem Moment denken konnte, war die letzte leidenschaftliche Nacht mit Arthur. Ihr war bewusst, dass sie diese Erinnerungen für den Rest ihres Lebens in ihrem Herzen tragen würde.

Wie von Ferne vernahm sie auf dem Korridor vor ihrem Schlafzimmer die Schritte eines Mannes. Das war sicher Ned, der ihren Koffer abholen und in die wartende Kutsche verladen wollte, vermutete sie.

Ihre Augen wurden feucht und sie griff nach einem Taschentuch. Auf keinen Fall durfte sie jetzt weinen. Noch nicht. Wenn Ned und Sally sowie die anderen Bediensteten sahen, dass sie weinend aus dem Haus ging, würden sie sehr beunruhigt sein.

Sie hörte ein Klopfen an der Tür.

»Kommen Sie herein«, rief sie, hektisch bemüht, die aufkommenden Tränen fortzuwischen.

Die Tür öffnete sich. Sie tupfte ihre Augen ab und drehte sich um, um der Person, die dort stand, gegenüberzutreten.

»Fahren Sie irgendwohin?«, fragte Arthur ruhig.

Sie war unfähig, sich zu bewegen. Arthur stand im Türrahmen, sein hartes Gesicht voller grimmiger, unnachgiebiger Linien, seine Augen so gefährlich funkelnd, wie sie sie noch nie zuvor gesehen hatte. Ihr Mund wurde trocken.

»Was machen Sie hier?«, flüsterte sie.

»Ich wohne hier, wenn Sie sich erinnern.«

Sie errötete. »Sie sind aber früh zu Hause.«

»Ich war gezwungen, meinen Terminplan für heute zu ändern, als ich die Nachricht erhielt, dass Sie vorhaben, wegzulaufen.«

Sie seufzte. »Haben Margaret und Bennett Ihnen das erzählt?«

»Sie haben mir gesagt, dass Sie Ihre Taschen packen und einfach abreisen wollen, ohne eine Nachricht zu hinterlassen.« Er verschränkte die Arme. »Und ich dachte, wir hätten noch einige Dinge zu besprechen.«

»Ich habe geglaubt, es sei das Beste, wenn wir die geschäftlichen Dinge durch Ihren Buchhalter regeln lassen«, sagte sie leise.

»Mein Buchhalter ist in vielerlei Hinsicht äußerst kompetent, aber ich bezweifle, dass er viel Erfahrung damit hat, einen Heiratsantrag zu überbringen.«

Elenora blieb der Mund offen stehen und nur mit großer Anstrengung konnte sie ihn wieder schließen. »Du meine Güte.« Sie konnte die Tränen nicht mehr zurückhalten. Hektisch tupfte sie an ihren Augen herum. »Du liebe Güte, das hatte ich befürchtet.«

»Höchstwahrscheinlich mache ich etwas falsch, wenn es um meine persönlichen Beziehungen geht«, sagte Arthur verdrossen. »Meine Verlobten scheinen alle vor mir davonlaufen zu wollen.«

»Ich bitte um Verzeihung.« Sie ließ ihr Taschentuch sinken und funkelte ihn wütend an. »Wie können Sie mir unterstellen, dass ich vor Ihnen davonlaufe? Ich bin kein ängstliches Kind wie Juliana, und das wissen Sie nur zu gut.«

»Ich bin mir darüber im Klaren, dass Sie nicht wie Juliana sind.« Vorsichtig betrat er ihr Schlafzimmer und schloss die Tür hinter sich. Aus den Augenwinkeln warf er einen Blick auf den geschlossenen Koffer. »Es hat jedoch den Anschein, als wollten Sie vor mir davonlaufen.«

Sie schniefte, zerknüllte das Taschentuch in einer Hand und verschränkte die Arme vor ihrer Brust. »Sie wissen, dass hier eine ganz andere Situation vorliegt.«

»Merkwürdig, aber meiner Ansicht nach scheint es so viel anders nicht zu sein.«

»Oh, um Himmels willen, es ist einfach lächerlich, so etwas zu sagen.«

»Wirklich?« Er blieb ein paar Schritte von ihr entfernt stehen. »Sie haben mir einmal gesagt, dass ich einen ausgezeichneten Ehemann abgeben würde. Haben Sie das wirklich so gemeint?«

»Natürlich habe ich das so gemeint.« Sie ließ die Arme sinken und fuchtelte mit dem zerknüllten Taschentuch herum. »Aber für eine andere Frau, eine, die Sie wirklich lieben.«

»Sie sind die Frau, die ich liebe. Wollen Sie mich heiraten?«

Die Luft schien aus dem Zimmer verschwunden zu sein, die Welt und die Zeit schienen stillzustehen.

»Sie lieben mich?«, wiederholte sie. »Arthur, meinen Sie das wirklich?«

»Haben Sie je erlebt, dass ich etwas sage, was ich nicht meine?«

»Nun, nein, es ist nur, dass …« Ihre Augen wurden schmal.

»Arthur, sind Sie sicher, dass Sie mir nicht nur deshalb einen Heiratsantrag machen, weil Sie sich dazu verpflichtet fühlen?«

»Wenn Sie an meine Vorgeschichte denken, meine Liebe, werden Sie sich vielleicht auch daran erinnern, dass ich das letzte Mal, als ich mich in einer Verlobung gefangen sah, aus der ich herauswollte, sehr wohl in der Lage war, mich daraus zu befreien.«

»Oh. Ja. Ja, das waren Sie.« Sie legte die Stirn in Falten. »Aber dies ist eine völlig andere Situation. Ich möchte nicht, dass Sie das Gefühl haben, mich heiraten zu müssen, nur weil etwas zwischen uns passiert ist.« Sie hielt inne. »Unten in der Bibliothek.«

»Ich werde Sie jetzt in ein kleines Geheimnis

einweihen.« Er überbrückte den Abstand, der zwischen ihnen lag. »Ich habe Sie beide Male geliebt, weil ich bereits beschlossen hatte, dass ich Sie heiraten will.«

Sie war zu überwältigt, um irgendetwas sagen zu können, das wie eine zusammenhängende Antwort klingen würde.

Sie schluckte. »Wirklich?«

»Ich wollte Sie von dem Augenblick an, an dem Sie durch die Tür von Goodhew & Willis gestürmt kamen. Da wusste ich bereits, dass Sie die Frau waren, auf die ich mein Leben lang gewartet habe.«

»Ist das wirklich wahr?«

»Meine Liebe, wie Sie wissen, bin ich für meine Intuition, wenn es um Investitionen geht, bekannt. Ich habe Sie nur ein Mal angesehen und habe sofort erkannt, dass Sie die beste Investition sind, die ich je im Leben tätigen kann.«

Sie lächelte und ihre Lippen zitterten. »Oh Arthur, das ist das Romantischste, was jemals irgendjemand zu mir gesagt hat.«

»Danke sehr. Mir hat es auch ziemlich gut gefallen. Ich habe es heute während der Fahrt in der Kutsche geübt.«

»Aber von einem wohlhabenden Gentleman in Ihrer Position wird doch erwartet, dass er eine blutjunge Dame heiratet, die gerade aus der Schule kommt. Eine mit ausgezeichneten Verbindungen zur Gesellschaft und einem riesigen Erbe.«

»Erlauben Sie mir, Sie daran zu erinnern, dass ich als Exzentriker bekannt bin. Die gehobene Gesellschaft wird schrecklich enttäuscht sein, wenn ich nicht eine Dame heirate, die genauso ungewöhnlich ist wie ich.«

»Ich weiß nicht, was ich sagen soll.«

Mit einer Hand hob er ihr Kinn an. »Sie könnten mir wenigstens sagen, ob es Ihnen möglich ist, mich genug zu lieben, um mich heiraten zu wollen.«

Ein köstliches Gefühl der Freude ergriff von ihr Besitz. Sie hob die Arme und legte sie um seinen Hals. »Ich liebe Sie mit einer solchen Verzweiflung, dass ich, als ich heute meinen Koffer gepackt habe und gehen wollte, gedacht habe, mir würde das Herz brechen.«

»Sind Sie sicher?«

»Absolut.« Sie berührte sein Kinn mit ihren Fingerspitzen. »Und, wie Sie wissen, Sir, habe ich einen äußerst starken Willen.«

Er zog sie lachend in seine Arme. »In dieser Beziehung passen wir wirklich gut zueinander. Kein Wunder, dass Sie mich total begeistert haben.«

Sie bemerkte, dass er sie zum Bett hinübertrug. »Lieber Himmel, die Diener, Sir. Ned wird gleich heraufkommen und meinen Koffer abholen und die Kutsche wartet draußen.«

»Niemand wird uns stören.« Vorsichtig ließ er sie auf das Bett fallen und zog seinen Mantel aus. »Ich habe die Kutsche und das Personal fortgeschickt, als ich vor ein paar Minuten nach Hause kam, und ihnen gesagt, dass ich mindestens zwei Stunden nicht gestört werden möchte.«

Sie lächelte. »Wirklich, Sir? Waren Sie sich Ihrer Sache so sicher?«

»Nein, ich war so verzweifelt.« Er setzte sich auf die Bettkante und zog seine Stiefel aus. »Ich wusste, dass, wenn ich Sie nicht mit Logik davon überzeugen kann, mich zu heiraten, meine einzige Hoffnung darin besteht, Sie so lange zu lieben, bis Sie nicht mehr klar denken können.«

»Was für eine schlaue Idee. Das ist eines von den Dingen, die ich an Ihnen liebe, Arthur. Ich habe noch nie einen Mann kennen gelernt, der es fertig gebracht hat, auf eine solch brillante Art Logik mit Leidenschaft zu verbinden.«

Wieder lachte er leise. Seine Stimme klang heiser und warm vor Glück.

Als er kurze Zeit später zu ihr kam, streckte sie ihm die Arme entgegen. Er zog sie genauso schnell aus, wie er sich selbst seiner Kleidung entledigt hatte, und warf ihr Kleid achtlos neben das Bett.

Dann rollte er sich auf den Rücken und zog sie an seine Brust. Mit beiden Händen umfasste sie sein Gesicht und küsste ihn mit einer solchen Eindringlichkeit, dass er aufstöhnte. Sie fühlte, wie sich sein Glied gegen ihren Schenkel presste, hoch aufgerichtet und steif vor Verlangen.

Er ließ eine Hand an ihrer Taille hinuntergleiten bis zur Hüfte und umfuhr die Spalte, die ihre sanft gerundeten Pobacken trennte. Seine Finger glitten tiefer bis zu der Stelle, wo sie bereits feucht und heiß vor Verlangen war.

Sie küsste seinen Hals und seine Brust, sie kostete ihn. Als sie tiefer hinunterglitt und ihn mit ihrer Zunge berührte – sie wollte ihm dasselbe Vergnügen bereiten, das er ihr zuvor verschafft hatte –, zog er tief den Atem ein. Sie spürte, wie sich seine Finger in ihr Haar klammerten.

»Genug«, sagte er mit heiserer Stimme.

Dann zog er sie zu sich herauf und platzierte sie so, dass sie mit gespreizten Beinen auf seinen Schenkeln saß. Er streichelte sie und beobachtete dabei ihr Gesicht.

Sie spürte, wie sich bei seiner Berührung ihr Körper anspannte. Sie bewegte sich gegen seine Hand, sie wand sich und klammerte sich an ihn.

Und dann, als sie dachte, seine köstliche Berührung nicht länger ertragen zu können, umschloss er mit den Händen ihre Hüften und drang tief in sie ein.

Sie begann zu keuchen und stieß einen unterdrückten Schrei aus, als die Wellen der Lust über sie hereinbrachen.

Und zusammen tauchten sie in den schäumenden Strudel ein. Lange Zeit danach kehrte die Wirklichkeit zurück und ergriff mit einer solchen Gewalt von Elenora Besitz, dass sie sich schnell im Bett aufsetzte.

Die Wette, dachte sie, von Panik erfüllt.

»Entschuldige bitte, ich muss aufstehen. Sofort.« Sie versuchte, Arthurs Arm und Bein abzuschütteln. »Bitte lass mich gehen. Ich muss mich anziehen.«

»Das ist nicht nötig.« Arthur legte seinen Arm fester um ihre Taille und zog sie träge zu sich herunter. »Niemand wird vor einer Stunde zurückkommen.«

»Du verstehst mich nicht. Ich kann dich nicht heiraten, wenn ich nicht vorher Mr Fleming ausfindig machen kann … Egal, es ist jedenfalls äußerst kompliziert, und ich habe nicht die Zeit, es dir zu erklären.«

»Du wirst doch hoffentlich nicht so grausam sein und mich jetzt, da du mich wieder einmal verführt hast, beiseite werfen.«

»Darum geht es nicht. Arthur, hör zu, etwas Schreckliches wird geschehen. Ich habe Mr Fleming gebeten, in meinem Namen und dem einiger Freundinnen eine Wette abzuschließen.«

»Ja.« Er sah sie ernst an. »Ich habe von deinem Plan gehört. Du weißt, wie ich über solche Dinge denke. Erinnere mich daran, mit dir noch ein langes Gespräch über die Gefahren des Glücksspiels zu führen.«

Sie gab den Kampf auf. »Du weißt von der Wette?«

»Ja. Ich kann dir gar nicht sagen, wie schockiert ich war, als ich herausfand, dass ich kurz davorstehe, eine bekennende Spielerin zu heiraten.«

Sie tat so, als würde sie dies nicht hören. »Du verstehst hoffentlich, warum ich Mr Fleming davon abhalten muss, die Wette im Wettbuch einzutragen.«

»Beruhige dich, meine Liebe.« Er packte sie und zog sie wieder mit einer Hand auf seine Brust. »Jetzt ist es zu spät, denn er hat die Wette bereits eingetragen.«

»Oh nein.« Sie ließ ihre Stirn auf seine Brust sinken. »Aber meine Freundinnen und ich können unmöglich für den Verlust aufkommen.«

»Wenn dies absolut notwendig werden sollte, werde ich dir erlauben, das Geld von mir zu borgen. Das ist dann mein Hochzeitsgeschenk an dich.«

»Ich werde keine andere Wahl haben, als auf dein großzügiges Angebot zurückzukommen.« Sie hielt den Kopf gesenkt. »Es war mein Fehler. Ich habe meine Freundinnen davon überzeugt, dass das Ergebnis so gut wie sicher ist. Dies ist so erniedrigend. Es tut mir Leid, dich dermaßen in Verlegenheit gebracht zu haben, Arthur.«

»Hm. Nun, wie ich bereits sagte, hat Bennett die Wette nach deinen Anweisungen abgeschlossen. Aber aufgrund meines Ratschlags hat er die Bedingungen ein kleines bisschen verändert.«

Misstrauisch hob Elenora den Kopf. »Was willst du damit sagen?«

»Er war damit einverstanden, ein paar andere Leute an deiner kleinen Gruppe unerschrockener Spieler zu beteiligen.«

»Du lieber Himmel.«

»Wie die Dinge im Augenblick liegen«, fuhr Arthur fort, »haben du und deine Freundinnen wie auch Roland Burnley, Margaret und Bennett gute Chancen, ein beträchtliches Vermögen zu gewinnen, wenn du einwilligst, mich noch vor Ablauf dieser Woche per Sondererlaubnis zu heiraten.«

Sie war hin- und hergerissen zwischen Lachen und völliger Verblüffung. »Ist dies die Wette, die

Mr Fleming heute in die Wettbücher eingetragen hat?«

»Ja.« Er ließ seine Hände durch ihr Haar gleiten. »Was glaubst du, wird das Ergebnis sein?«

Sie spürte, wie in ihr eine große Liebe zu ihm wuchs. »Ich denke, dass das Ergebnis der Wette eine Gewissheit ist.«

»Ich bin erleichtert, dies zu hören.« Er schenkte ihr sein seltenes, sinnliches Lächeln. »Weil auch ich mich auf dein kleines Investitionsvorhaben eingelassen habe.«

»Du hast dich an der Wette beteiligt?« Sie lachte vergnügt. »Das kann ich einfach nicht glauben. Warst du dir denn so sicher?«

»Nein.« Sein Blick war konzentriert und sehr ernst. »Aber ich habe gedacht, wenn ich die Wette verliere, wäre nichts mehr von Bedeutung, am wenigsten das Geld.«

»Oh Arthur, ich liebe dich so sehr.«

Er küsste sie lange und innig und besiegelte damit das Versprechen, sie ein Leben lang zu lieben.

Nachwort

Ein Jahr später …

»Wenn ihr eine Investition tätigen wollt, ist es äußerst wichtig, die Dinge nicht nur rein oberflächlich zu betrachten.«

Arthur lehnte sich in seinen Schreibtischsessel zurück und betrachtete seine kleine Zuhörerschaft. »Stellt die Fragen, die andere nicht stellen. Macht euch Notizen. Bedenkt, was eventuell schief gehen könnte, aber auch, was gut gelingen kann. Ist das klar?«

Die Zwillinge in den Wiegen gaben ein gurgelndes Geräusch von sich. Der kleine David betrachtete ihn genau. Offensichtlich war er von dem Vortrag sehr angetan. Seine Schwester Agatha jedoch schien sich mehr für ihre Rassel zu interessieren, aber Arthur wusste, dass sie jede Einzelheit in sich aufnahm. Genau wie ihre Mutter war auch sie in der Lage, mehrere Dinge gleichzeitig zu tun.

Er lächelte die Kinder an. Es bestand kein

Zweifel: Er war der Vater der intelligentesten und schönsten Kinder auf der ganzen Welt.

Auf dem Landsitz war es Frühling geworden. Warmes Sonnenlicht strömte in den Raum. Die Landschaft war grün und die Gärten standen in voller Blüte.

Kurz nachdem sie geheiratet hatten, hatte er Elenora hierher gebracht. London war für gelegentliche Besuche nicht schlecht, dachte er, aber keiner von beiden war dafür geschaffen, sich längere Zeit in der vornehmen Gesellschaft aufzuhalten. Auf jeden Fall war die Luft hier auf dem Land wesentlich gesünder für die Kinder.

»Geld ist nicht das Wichtigste auf der Welt«, fuhr Arthur fort, »aber es ist äußerst nützlich.«

Die Tür der Bibliothek wurde geöffnet und Elenora, frisch und lebendig in einem rosafarbenen Kleid, rauschte ins Zimmer. In der Hand hielt sie das ihm bekannte Haushaltsbuch.

»Besonders in diesem Haushalt«, fügte Arthur trocken hinzu. »Weil eure Mutter offenbar in der Lage ist, endlos Beträge für ihre Wohltätigkeitsorganisationen auszugeben.«

Elenora zog die Augenbrauen hoch, während sie auf ihn zuging. »Was für einen Unsinn erzählst du den Kindern da?«

»Ich gebe ihnen vernünftige finanzielle Ratschläge.« Er stand auf und küsste sie. Dann blickte er misstrauisch auf das Haushaltsbuch. »Sag es mir nicht, lass mich raten. Du brauchst noch mehr Gelder für dein neues Waisenhaus, stimmt's?«

Sie schenkte ihm ihr wundervolles, strahlendes Lächeln, das jedes Mal wieder sein Inneres erwärmte, und beugte sich über die Wiegen, um mit den Kindern zu spielen.

»Der Bau ist fast fertig«, sagte sie über ihre Schulter hinweg. »Ich brauche lediglich noch etwas Geld, um die Kosten für die Änderung der Gartengestaltung zu decken.«

»Wenn ich mich recht erinnere, wurden die Gärten bereits in dem ursprünglichen Haushaltsplan berücksichtigt.«

»Ja, aber ich möchte, dass sie vergrößert werden. Wir waren uns doch einig, dass die Kinder einen schönen Platz zum Spielen brauchen. Es ist wichtig, dass sie eine Menge frische Luft und Bewegung haben.«

Er hatte eine Dame mit vielen Talenten geheiratet, dachte er. Unter ihrer Führung gedieh alles auf der Welt: die Kinder, er selbst, ihre neu gegründeten Wohlfahrtsorganisationen und die verschiedenen Haushalte.

»Du hast Recht, meine Liebe«, sagte er. »Die Kinder im Waisenhaus brauchen große Gärten.«

»Ich wusste, du würdest es verstehen.« Sie straffte die Schultern, öffnete ihr Haushaltsbuch und machte schnell einen Eintrag. »Ich werde dem Architekten heute Nachmittag mitteilen lassen, dass er mit dem Umbau fortfahren soll.«

Arthur lachte. Äußerst behutsam nahm er ihr das Haushaltsbuch aus der Hand und legte es auf den Schreibtisch.

»Du hast mich vor einiger Zeit einmal gefragt, was ich unternehme, damit ich glücklich bin«, sagte er. »Ich habe damals im Park auf deine Frage nicht geantwortet, weil ich es nicht konnte. Ich wusste keine Antwort darauf, verstehst du. Jetzt weiß ich eine.«

Sie lächelte und ihre Liebe zu ihm war so klar und hell wie die Morgensonne. »Und was ist die Antwort, Sir?«

Er zog sie in seine Arme. »Durch die Liebe zu dir bin ich der glücklichste Mann auf der Welt.«

»Oh mein lieber Arthur«, flüsterte sie und eine unbändige Freude erfüllte ihr Herz. Sie umarmte ihn. »Ich habe dir vor einiger Zeit gesagt, dass du einen ausgezeichneten Ehemann abgeben würdest, nicht wahr? Du musst zugeben, dass ich Recht hatte.«

Er hätte gerne gelacht, zog es jedoch vor, sie stattdessen zu küssen.

Danksagung

Mein Dank geht an Catherine Johns, ehemalige Kuratorin der Romano-British Collections im British Museum, und an Donald M. Bailey – wieder – dieses Mal für die faszinierenden Informationen über die »verlorenen«, die vergessenen Flüsse in London. Alle Fehler sind natürlich meine, aber da es hier um »verlorene« Flüsse geht, wird vielleicht niemand jemals meine Fehler entdecken.

Die Autorin

Amanda Quick ist das Pseudonym der erfolgreichen und vielfach preisgekrönten Bestsellerautorin Jayne Ann Krentz. Sie lebt in Seattle.

BARBARA WOOD, Himmelsfeuer
704 S., ISBN 978-3-8000-9243-7

BARBARA WOOD, Spur der Flammen
720 S., ISBN 978-3-8000-9271-0

Spannung pur!

DAVID BALDACCI, Das Labyrinth
1008 S., ISBN 978-3-8000-9272-7

DAVID BALDACCI, Der Präsident
896 S., ISBN 978-3-8000-9217-8

SANDRA BROWN, Betrogen
816 S., ISBN 978-3-8000-9244-4

SANDRA BROWN, Ein Hauch von Skandal
816 S., ISBN 978-3-8000-9273-4

MICHAEL CONNELLY, Der Poet
864 S., ISBN 978-3-8000-9224-6

MICHAEL CONNELLY, Die Rückkehr des Poeten. 640 S., ISBN 978-3-8000-9245-1

MICHAEL CONNELLY, Schwarzes Eis
600 S., ISBN 978-3-8000-9274-1

KEN FOLLETT, Die Brücken der Freiheit
832 S., ISBN 978-3-8000-9222-2

KEN FOLLETT, Die Pfeiler der Macht
1040 S., ISBN 978-3-8000-9246-8

ELIZABETH GEORGE, Auf Ehre und Gewissen. 680 S., ISBN 978-3-8000-9275-8

ELIZABETH GEORGE, Gott schütze dieses Haus. 592 S., ISBN 978-3-8000-9218-5

JOHN GRISHAM, Der Klient
872 S., ISBN 978-3-8000-9276-5

JOHN GRISHAM, Die Akte
704 S., ISBN 978-3-8000-9227-7

JOHN GRISHAM, Die Firma
832 S., ISBN 978-3-8000-9247-5

LINDA HOWARD, Mister Perfekt
592 S., ISBN 978-3-8000-9248-2

P. D. JAMES, Ein Spiel zu viel
416 S., ISBN 978-3-8000-9225-3

STEPHEN KING, Atlantis
1072 S., ISBN 978-3-8000-9219-2

JAMES PATTERSON, Der 1. Mord
512 S., ISBN 978-3-8000-9220-8

IAN RANKIN, So soll er sterben
816 S., ISBN 978-3-8000-9253-6

JOANNE K. ROWLING, Harry Potter und der Stein der Weisen
472 S., ISBN 978-3-8000-9249-9

JOANNE K. ROWLING, Harry Potter und die Kammer des Schreckens
512 S., ISBN 978-3-8000-9277-2

MINETTE WALTERS, Die Bildhauerin
592 S., ISBN 978-3-8000-9278-9

MINETTE WALTERS, Die Schandmaske
624 S., ISBN 978-3-8000-9250-5

MINETTE WALTERS, Im Eishaus
512 S., ISBN 978-3-8000-9221-5

Aufmunterndes und Motivierendes

DIE BIBEL – Das Neue Testament
1048 S., ISBN 978-3-8000-9202-4

JACK CANFIELD & MARK V. HANSEN, Hühnersuppe für die Seele
336 S., ISBN 978-3-8000-9231-4

JACK CANFIELD & MARK V. HANSEN,
Noch mehr Hühnersuppe für die Seele
392 S., ISBN 978-3-8000-9259-8

DALE CARNEGIE, Sorge dich nicht – lebe!
608 S., ISBN 978-3-8000-9200-0

DALE CARNEGIE, Wie man Freunde gewinnt
448 S., ISBN 978-3-8000-9258-1

ERICH FROMM, Haben oder Sein
400 S., ISBN 978-3-8000-9226-0

KHALIL GIBRAN, Der Prophet
96 S., ISBN 978-3-8000-9201-7

LAOTSE , Tao Te King
96 S., ISBN 978-3-8000-9232-1

SENECA, Vom glücklichen Leben
416 S., ISBN 978-3-8000-9203-1

NEALE DONALD WALSCH, Gespräche mit Gott. Bd. I
400 S., ISBN 978-3-8000-9204-8

NEALE DONALD WALSCH, Gespräche mit Gott. Bd. II
496 S., ISBN 978-3-8000-9233-8

UEBERREUTER

FRANK McCOURT, Die Asche meiner Mutter
800 S., ISBN 978-3-8000-9209-3

ANNIE PROULX, Schiffsmeldungen
640 S., ISBN 978-3-8000-9210-9

ARUNDHATI ROY, Der Gott der kleinen Dinge. 592 S., ISBN 978-3-8000-9263-5

JOSÉ LUIS SAMPEDRO, Das etruskische Lächeln. 480 S., ISBN 978-3-8000-9211-6

RAFIK SCHAMI, Die Sehnsucht der Schwalbe
488 S., ISBN 978-3-8000-9235-2

ZERUYA SHALEV, Späte Familie
848 S., ISBN 978-3-8000-9264-2

BRAM STOKER, Dracula
576 S., ISBN 978-3-8000-9256-7

ANTONIO TABUCCHI, Erklärt Pereira
256 S., ISBN 978-3-8000-9237-6